第一二一辑

戏曲研究

编辑　中国艺术研究院戏曲研究所
　　　《戏曲研究》编辑部

文化艺术出版社
Culture and Art Publishing House

中文社会科学引文索引CSSCI(2021—2022)收录集刊

顾　　　问	郭汉城　　王文章　　曲润海　　薛若琳
主　　编	王　馗
执 行 主 编	谢雍君
副 主 编	张　静　王学锋
编 委 会	（按姓氏笔画排序）
	王安葵　　王　馗　　毛小雨　　刘文峰
	沈达人　　黄在敏　　谢雍君　　颜长珂
编辑部主任	王静波
执 行 编 辑	王静波
编辑部邮箱	xiquyanjiu@sina.com
编辑部电话	010—64933087

目录

Traditional Chinese Drama Research No. 121

CONTENTS

Special Topic of Traditional Drama History（Hubei Volume、Shanghai Volume）on the 70th Anniversary of the Founding of the People's Republic of China

In – depth Interview

Traditional Drama Literature

2

Palace Drama

3

Modern Drama

2021年度《戏曲研究》优秀学术论文名单

编者按：自 2018 年起，本刊从上一年度发表的论文中推选出年度优秀学术论文，在每年的第一辑予以公布。入选的标准为：关注与探求戏曲理论研究与实践创作中的前沿问题和疑难问题，发现与提出戏曲史论研究中的新文献和创见，学术视野开阔，理论观点新颖。希望这一举措，能够吸引更多的优质学术成果汇聚于本刊，大家同道齐心，一起推动戏曲研究稳步前行。

2021 年度优秀学术论文名单为：

第 117 辑

"花部"与"雅部"的融合
——富连成藏《群英会》钞本浅议 　　　　　　　　　　王一冰

第 118 辑

孙钟龄《东郭记》述评 　　　　　　　　　　　　　　曾永义

第 119 辑

中国艺术研究院 70 年来戏曲文献整理研究述要 　　　孙书磊
先上马，后加鞭
——中国戏曲的演化路径与"前海学派"的深度阐释

董上德

第 120 辑

新旧转折期的戏曲影像记录：电影《越剧菁华》研究 　　海　震

梅兰芳评传

谢雍君

梅兰芳是中国戏曲史上独特的存在，黄佐临将他放在世界戏剧视野中进行观照，认为："斯坦尼斯拉夫斯基相信第四堵墙，布莱希特要推翻这第四堵墙，而对于梅兰芳，这堵墙根本不存在，用不着推翻；因为我国戏曲传统从来就是'程式化'的，不主张在观众面前造成生活幻觉。"① 斯坦尼斯拉夫斯基是俄国戏剧家，是现实主义戏剧的代表，布莱希特是德国戏剧家，强调"间离效果"，两位都是 20 世纪上半叶欧美戏剧世界中杰出的戏剧理论家。黄佐临从戏剧观角度比较梅兰芳、斯氏和布氏，宣扬了中国戏曲艺术的独特价值。在 20 世纪剧坛上，涌现出一批著名的戏剧理论家和戏剧表演艺术家，黄佐

---

① 佐临《漫谈"戏剧观"》，《人民日报》1962 年 4 月 25 日第 5 版。

临选择梅兰芳表演艺术作为中国戏剧艺术的代表，彰显出梅兰芳在中国剧坛上的独特价值。梅兰芳毕生致力于京剧艺术的传承与革新，曾带团到日本、美国、苏联访问，把京剧艺术推向世界舞台，扩大了京剧艺术的国际影响力，欧阳予倩称他是"真正的演员，美的创造者"①，张庚赞誉他为"传统戏曲艺术的集大成者"②。梅兰芳传奇的一生值得我们回首与瞻仰。

梨园世家　　家学濡养

1894年10月22日（清光绪二十年九月二十四日），梅兰芳诞生于北京李铁拐斜街的梅家老宅。梅兰芳名澜，字畹华，别署缀玉轩主人，乳名群子，学艺后取名兰芳。在祖父梅巧玲之前，梅家与伶界无关。梅家祖籍江苏泰州，梅巧玲的父亲，一说是江苏泰州雕刻艺人，一说做过安徽怀宁知县。不管哪种身份，都不是伶人。梅巧玲父亲去世后，有的说梅巧玲被卖到苏州一户江姓人家，后来被江家人转卖给苏州福盛班的班主杨三喜；有的说梅巧玲母亲带他来到京城，进入福盛班学戏。③ 不管哪种遭遇，少年的梅巧玲为生活所迫，入福盛班学戏，这是事实。梅巧玲在戏班里谋生计，与京剧结下不解之缘。

李铁拐斜街位于皇城根下、前门西大街南侧，现称为铁树斜街，在清代，李铁拐斜街、韩家潭、百顺胡同、樱桃斜街等一带的胡同，是北京戏园子最为集中的区域，如广德楼、庆和园、同乐园、庆乐园、三庆园等知名戏园就坐落在这个区域。这一带也是早期京剧界伶

---

① 欧阳予倩《真正的演员——美的创造者》，载中国梅兰芳研究学会、梅兰芳纪念馆编《梅兰芳艺术评论集》，中国戏剧出版社1990年版，第17页。

② 张庚《一代宗匠》，载中国梅兰芳研究学会、梅兰芳纪念馆编《梅兰芳艺术评论集》，第45页。

③ 参见张永和《京剧名伶十三绝在北京的故事（三）——梅兰芳大师的祖父梅巧玲》，《北京纪事》2018年第7期，第54～57页。

人的聚居区。① 梅巧玲选择李铁拐斜街作为"下处",一则离戏园子近,便于赶场演出;二则伶人素有族居、群居的习惯,聚居一处,便于戏班管理,也有利于伶人间相互照顾。在李铁拐斜街,除了梅家三代人住在这里,还有众多名伶如余紫云、杨隆寿、陈顺林、韩宝芬等在此居住。

当梅兰芳出生时,家族血缘关系带给他在梨园行业的"业缘",大栅栏生活圈又决定了他的职业发展方向,为他成长为京剧表演艺术家提供了历史、社会和文化的机缘。血缘、业缘和地缘三者因缘际会,注定梅兰芳一生与京剧为伴。

梅兰芳家族四代为伶人,到梅兰芳是第三代。传统户籍制度规定,伶人隶属于乐籍,身份世袭,伶人子弟承袭父兄职业,后来成为梨园界习俗。京剧界三代、四代、五代乃至八代梨园世家的形成与此习俗有关。梅兰芳祖父梅巧玲在福盛班先跟杨三喜学昆旦,后跟罗巧福学艺,因天资聪颖,嗓子条件好,对昆曲的正旦、贴旦、闺门旦,京剧的花旦、青衣、泼辣旦等各路活都掌握,文武兼擅,昆乱不挡,后搭四喜班,因唱得好,又一专多能,很快在四喜班崭露头角,成为班里的主演。梅巧玲最擅演《雁门关》里的萧太后,既演出萧太后的雍容华贵,又借鉴王帽戏中的帝王身段,表现出太后的英气和派头,被誉为"活萧太后"。在《同光十三绝》画像中,有梅巧玲饰演萧太后的扮相。后来梅巧玲掌管四喜班,还被选作内廷供奉,经常出入清宫,尤受慈禧太后喜欢,他因身材丰腴,扮相华贵端丽,被谑称为"胖巧玲"。梅巧玲待人宽厚,重义轻财,掌管四喜班时,爱护学徒,关爱同门,戏班伶人有谁遇到困难,他尽力帮助,有"义伶"之誉。他还喜好书法,工汉隶八分书,笔法刚劲、稳健,会鉴赏古玩、字画等,可谓才博学广。尽管梅兰芳没有见过祖父梅巧玲,但在他的成长过程中时常听祖母讲祖父的为人和技艺,听四喜班的长辈讲

---

① 参见张永和《京剧摇篮是宣武》,《北京文史》2002年第1期,第36~37页。

祖父的故事，将祖父视作榜样。梅巧玲一专多能的艺术才华、广泛涉猎的艺术学养、善于创新的艺术精神，都对梅兰芳的艺术成长产生了影响。

除梅巧玲在京剧界赫赫有名，梅兰芳的外祖父杨隆寿也是著名的京剧武生伶人，有"活武松""活石秀"之称，曾组织小荣椿科班，培养了一批京剧后继人才。还有梅兰芳的父亲梅竹芬，也唱京戏，先学老生、小生，后跟梅巧玲学青衣、花旦，凡父亲的戏，他都会唱，因相貌、表演酷似梅巧玲，深受观众欢迎。然而，梅兰芳3岁时，梅竹芬就病逝了，因此他对父亲的印象不深，但梅竹芬艺工旦行，对梅兰芳学戏还是有影响的，梅兰芳一开始即习旦行，而不是生行。梅兰芳传承了父辈、祖父辈的艺术血脉，毕生专注于京剧艺术创作和演出，将京剧旦行表演艺术推向巅峰。

在父辈中，伯父梅雨田对梅兰芳表演艺术臻于成熟影响最大，帮助也最为显著。梅竹芬病逝后，梅兰芳由伯父梅雨田抚养。梅雨田是著名的琴师，技艺高超，声名在外，无论武场、文场，无论胡琴、昆笛、司鼓，样样精通。尤其是胡琴演奏经验丰富，有"胡琴圣手"之誉。梅雨田长期为谭鑫培伴奏，深得谭的器重。谭鑫培离世后，梅雨田为旦行名伶王瑶卿伴奏，对王的唱腔非常熟悉。《女起解》经王瑶卿创腔后在戏园唱红。1911年，梅兰芳搭双庆班在北京文明茶园演出，演《玉堂春》，由梅雨田伴奏，梅雨田协助梅兰芳创作新腔，在王瑶卿唱腔基础上，融入林季鸿的新腔设计，创作出散板、慢板、原板、快板多种唱法，唱腔变化多样，新鲜好听。此外，梅雨田还教过梅兰芳《武家坡》和《大登殿》两出戏。因他会昆笛，掌握昆曲300多套曲牌，为刚刚学艺的梅兰芳拍曲，这对于后来梅兰芳演出昆曲戏种下艺术的种子。如果说祖父梅巧玲是梅兰芳艺术成长的精神导师，那么伯父梅雨田唯我独强的胡琴表演、善于创腔的实践行为则为梅兰芳日后追求创新提供了思想基础和力量源泉。

拜师学艺　唱红成角

梅竹芬去世后，梅家日益中落。虽然梅雨田胡琴好，一直为名伶伴奏，尚能维持全家生计，但他专心操琴，并不善于经营。作为独苗，梅兰芳需要尽快成长起来，承担起养家糊口的重任。父亲的过早去世，使梅兰芳失去了随父学艺的机会。1902 年，8 岁的梅兰芳拜吴菱仙为师，正式开始学艺。在这之前，梅雨田曾延请朱小霞到家里教梅兰芳唱戏，学《三娘教子》时，梅兰芳唱不下来，朱先生认为他没有唱戏的天分，不愿再教。吴菱仙不同，他是梅巧玲的朋友，在四喜班时受过梅班主的馈赠，为了报恩，他尽心竭力地培养梅班主的孙子，平常严格教学，帮梅兰芳打好基本功，同时为梅兰芳寻找上台演出的机会。从此，一颗艺术新星冉冉升起。

1907 年，13 岁的梅兰芳带艺加入喜连成班。喜连成班创办于1904 年，由吉林富绅牛子厚出资，京剧伶人叶春善管事，1912 年改名为富连成社。截至 1948 年，该科班培养了 700 多名京剧人才，在京剧史上具有重要的地位。为了扩大社会的影响力，喜连成班除了招收学员，还聘请一些崭露头角的童伶搭班演唱，如梅兰芳、周信芳、林树森、贯大元等，对学员起引领、表率作用。梅兰芳参加日场演出，与喜连成班的学员如康喜寿、雷喜福、侯喜瑞，以及周信芳等同台。喜连成班的戏由童伶主演，一般安排在头两出。与其他童伶不同的是，梅兰芳演完后，在下场门前、胡琴座后仔细观摩谭鑫培、黄润甫、金秀山、龚云甫等名伶的戏，一直到散场才走。梅兰芳在喜连成班生活了 3 年，1910 年因嗓子倒仓才离开。

经过几年的学戏、搭班演戏、观摩，梅兰芳表演技艺进步很大。他学戏，不仅向吴菱仙、王瑶卿、陈德霖学青衣戏，还跟茹莱卿学武工，跟秦稚芬学花旦戏，跟路三宝学刀马旦戏。因此，梅兰芳戏路广，能戏多，而且善于揣摩、领悟前辈名家的表演技巧，将之化为己有。梅兰芳认为看戏学习非常重要，他在艺术上的进步，得益于看戏多。观摩是学戏、成才过程中不可或缺的基础训练。

幸运的是，梅兰芳倒嗓后，没过几个月，嗓音很快恢复，又可以唱戏。他改搭鸣盛和班，后来又改搭双庆班，开始正式随大班在戏园演出。其间，最为人称道的是 1911 年在文明茶园贴演《玉堂春》一举成功，为他的未来演艺生涯添加一注彩头。在梅雨田的提携下，梅兰芳很快跻身头牌之列，受到京城观众的追捧，一些戏迷成为他的拥趸，"梅党"逐渐形成。

1910 年，梅兰芳与名武生王毓楼的妹妹王明华结婚。

三赴沪上　名震南北

梅兰芳的名声在梨园界快速蔓延，传到上海，引起丹桂第一台老板许少卿的关注。1913 年秋，他到北京邀请王凤卿和梅兰芳到上海演出。王凤卿是汪派老生，曾被选为清宫内廷供奉，是业内公认的名角大家，梅兰芳则为刚刚唱红的新角。签订商演合同时，明确包银份额，王凤卿挂头牌，包银每月 3200 元，梅兰芳挂二牌，包银每月只有 1800 元。但这并不影响上海媒体的宣传造势，《申报》发布新闻，直接题名"著名汪派须生王凤卿，第一青衣花旦梅兰芳"[1]，将梅兰芳视作与王凤卿旗鼓相当之配角，两人珠联璧合，世无其俦。梨园界有句戏谚："学艺在京城，成名在上海。"到上海码头演出，可以扩大伶人在梨园界的影响力。梅兰芳从未去过上海，对这次演出怀有期许，希望有所收获。商演前，王凤卿和梅兰芳在张家花园做了一场堂会演出，《武家坡》的成功使梅兰芳的名字一夜之间传遍上海滩。

1913 年 11 月 4 日，梅兰芳开始在丹桂第一台演出。头三天打泡戏是《彩楼配》《玉堂春》《武家坡》，场场座满。梅兰芳的戏引起上

---

[1] 《申报》1913 年 10 月 15 日第 9 版。

海观众的热捧在王凤卿预料之中，他想趁此机会提携梅兰芳，就向许少卿提议让梅兰芳演一场压台戏。许少卿亲眼目睹梅兰芳具有强大的票房号召力，欣然接受王凤卿的提议。但压台戏演什么戏好？梅兰芳不敢怠慢。"打泡戏"都是唱工戏，压台戏再唱老戏，恐怕难以满足上海观众。为了给梅兰芳出谋划策，梅党冯耿光、李释戡从北京奔赴上海，和在上海生活的舒石父、许伯明一齐商量此事，最后确定刀马旦戏好看，适合上海观众爱看戏的欣赏趣味。这次随梅赴沪演出的琴师茹莱卿曾为名武生，梅兰芳的武工和把子皆为他所授。为此，梅兰芳临时向茹莱卿学了《穆柯寨》。《穆柯寨》以武戏见长，青衣兼唱刀马旦戏，当时只有王瑶卿这么演，其他伶人没有演过。因有刀马旦的功底，梅兰芳学了几天《穆柯寨》，就开始贴演。上海观众看到青衣梅兰芳唱演刀马旦戏，感到非常新颖别致，剧场里喝彩不断。演完扎靠戏《穆柯寨》，恰逢王蕙芳来沪，梅兰芳又向他现学《虹霓关》头本里的东方氏，满足了上海观众求新求异的审美需求。以前演《虹霓关》，梅兰芳主要演二本里的丫鬟，青衣应工；头本里的东方氏则为刀马旦应工。这次头本和二本连演，梅兰芳一人分演头本的东方氏和二本的丫鬟，即前为刀马旦，后为青衣，开创了梨园界"一赶二""一赶三"演法的先例，后来许多伶人纷纷仿效。演出合同原来签的是一个月，期限快满时，许少卿看到观众对梅兰芳的热情未减，又和梅兰芳续签了半个月。至此，梅兰芳的第一次上海之行圆满成功。

1914年秋冬，丹桂第一台老板换成尤鸿卿和文凤祥，他们邀请梅兰芳和王凤卿再次赴沪演出。梅兰芳带着上年的原班人马到沪，受到上海观众的热情欢迎。从12月7日演至第二年1月10日，其中1月2日休息，共演了34天。戏码以传统戏为主，增加了《延安关》《破洪州》等文武并重的戏，以及后来成为梅派代表作的《贵妃醉酒》。头三天打泡戏是《彩楼配》《女起解》《汾河湾》，接着，与丹桂第一台名花旦赵君玉合作演了《五花洞》，两人扮相相同，身段、唱腔也一样。演出结束后，梅兰芳从上海回到北京，在前门车站，翊文社、双庆社等多家班社派人接站。梅兰芳唱红上海滩的影响波及京城梨园。

1916年10月6日至12月17日，梅兰芳再次应许少卿之约，第三次赴沪演出。这次除了与王凤卿合作，还增加了姜妙香、姚玉芙，演出时间比前两次都长。第一天打泡戏还是《彩楼配》，除了传统戏，新排的时装新戏、古装新戏、昆曲戏，都陆续贴演，戏码类型多样，深得上海观众欢心。尤其是《嫦娥奔月》《黛玉葬花》，最为叫座。这两出戏一为传说故事，一为红楼新戏，上海观众对它们都比较熟悉，剧中人又是古装扮相，十分抢眼，吸引观众纷纷奔赴剧场观看。值得一提的是，与前两次不同，这次演出中，梅兰芳演大轴戏，王凤卿演压轴戏，这种变化意味着以梅兰芳为代表的旦行逐渐替代老生行成为梨园界的新势力。

三次赴沪演出后，梅兰芳已从名冠京城转变为誉满南北梨园界。与京城观众爱听戏、喜欢传统戏不同，上海观众以看戏为主，喜欢新奇，爱好时尚。民国时期，上海大批女观众涌进戏馆看戏，她们喜欢看热闹的、漂亮的，看重的不是伶人唱功如何，而是他出场时的扮相、嗓子和气度。青衣行当满足了她们观剧的要求。鉴于上海观众尤其是女观众审美趣味的不同，演出前，"梅党"调整了演出戏码，第一次赴沪演出增加刀马旦戏，第三次增添时装新戏、古装新戏和昆腔戏。不管刀马旦戏还是时装新戏、古装新戏，装扮、身段、舞美设计等都与传统戏不同，更突出舞台演出的观赏性。上海城市文化善于创新的特性扩大了梅兰芳的艺术视野，丰富了他的演剧方式，而且新戏的排演提升了他的艺术表现力，使他从一位青衣伶人跃居成为文武兼擅、昆乱不挡的全才。

编演新戏　引领行业先锋

1913年梅兰芳第一次到上海演出时，观摩了由夏月润、夏月珊兄弟编演的时装京戏《黑籍冤魂》《新茶花女》《黑奴吁天录》，及欧阳予倩主演的《茶花女》《不如归》《陈二奶奶》，夏氏兄弟的戏保留了传统京剧的场面，但服装、扮相已是现代人的穿着、化妆、打扮。尤其是几出话剧新戏，与传统京剧不同的演出形式给他留下深刻印象。上海戏馆与北京戏园不同的演剧方式和经营方式，让青年梅兰芳意识到戏剧世界在发生变化，他开始反思传统京戏的内容和演剧方式，对京剧的未来发展有了新的构想。他认为以前唱的老戏，都是取材于古代的故事，虽然有些戏的内容是有教育意义的，观众看了，也能多少起一点作用，但如果直接把现代的时事变成新剧，看的人会更感到亲切有味。① 为此，梅兰芳开始着手排演时装新戏。先是根据北京本地的时事新闻改编为《孽海波澜》，讲述京城协巡营帮统杨钦三设立济良所收容妓女的故事。因改编经验不足，该剧演出后，社会反响平平。

　　第二次赴沪演出后，梅兰芳深切了解到戏剧发展趋势随着观众的需要和时代的变化而变化，下决心不管成功与否都要走出旧圈子，走向新的道路。② 为了寻求发展，梅兰芳一方面编演时装新戏、古装新戏，另一方面排演昆腔戏。从 1915 年至 1918 年，编演的时装戏有《宦海潮》《邓霞姑》《一缕麻》《童女斩蛇》，古装戏有《嫦娥奔月》《黛玉葬花》《千金一笑》《麻姑献寿》《天女散花》等。在昆曲方面，梅兰芳有幼功，但正式学演是在 1914 年赴沪回京拜陈德霖为师后。除了陈德霖，还向乔蕙兰、李寿山、陈嘉梁、路三宝、王瑶卿等学昆曲，共学了几十出昆曲戏，如《金山寺》《断桥》《佳期》《拷红》《风筝误》《游园惊梦》《闹学》《醉酒》《破洪州》《天门阵》《儿女英雄传》等。在创演时装新戏的同时，学习昆曲，这是梅兰芳的智慧之处。他明白时装新戏主要在服装、布景、灯光方面博取人们

---

① 参见梅兰芳述，许姬传记《舞台生活四十年》，中国戏剧出版社1987年版，第211页。
② 参见梅兰芳述，许姬传记《舞台生活四十年》，第254页。

的眼球，对演员演技没有太多要求。学演昆曲，在提高演员表演技艺的同时，可以将美观而复杂的身段用到京剧里。"艺术是没有新旧的区别的，我们要抛弃的是旧的糟粕部分，至于精华部分，不单是要保留下来，而且应该细细地分析它的优点，更进一步把它推陈出新地加以发挥，这才是艺术进展的正规。"① 古装新戏的编演也是梅兰芳学习昆曲表演后产生的艺术灵感，古装新戏呈现的古典美学趣味与昆曲相同，梅兰芳的编演实践推动京剧走近古典艺术。梅兰芳对昆曲的提倡，对社会也产生了一定的影响。民国时昆曲已极度衰微，梅兰芳学演昆曲，使昆曲重新回到观众的视野中，京剧伶人纷纷效仿梅兰芳，投拜昆曲艺人为师，一些报纸如《又新日报》《京报》等，也刊登有关昆曲的信息和评论。《游园惊梦》是梅兰芳最爱的戏，经陈德霖传授，在传统昆曲表演的基础上增加了身段，使它更加生动而细腻。该剧是梅兰芳下的功夫最大、演出场次最多的一出戏，他主演的《游园惊梦》也成为京昆舞台上的经典之作。

为时装新戏、古装新戏编写提纲的是"梅党"，齐如山是其中一位。梅兰芳与齐如山的最初交往缘于 1912 年《汾河湾》的一段演出，齐如山就梅兰芳饰演的柳迎春某处身段和表情，提出不同看法，写了一封长信，信封上书写"梅兰芳先生大鉴"，使梅兰芳感受到尊重和真诚。梅兰芳觉得齐如山说得对的地方，在下次演出时做了修改。齐如山先后给梅兰芳写了百余封信，最后成为"梅党"中的灵魂人物。梅、齐结为合作伙伴，齐如山为梅兰芳编写新戏，助力梅派艺术的成熟和流播。

时装新戏的故事多取材于现实题材，《宦海潮》反映官场的阴谋险诈、人面兽心；《邓霞姑》叙述旧社会妇女为了争取婚姻幸福，与恶势力做艰苦斗争；《一缕麻》讲述旧社会指腹为婚的婚姻方式会导致悲剧后果。关于现实题材剧目的创作，梅兰芳做过总结，他认为演

---

① 梅兰芳述，许姬传记《舞台生活四十年》，第 255 页。

现代故事，"演员在台上的动作，应该尽量接近我们日常生活里的形态，这就不可能像歌舞剧那样处处把它舞蹈化了。在这个条件之下，京戏演员从小练成功的和经常在台上用的那些舞蹈动作，全都学非所用，大有'英雄无用武之地'之势"①。古装新戏则在形式上出新。《嫦娥奔月》的嫦娥头面借鉴古画中仕女装扮方式，首创古装头饰，创造"吕"字形双鬟头式，右面插珠穗钗头，左面戴翠花。这种头饰至今还在舞台上沿用。舞蹈也是该剧创新点，吸收中国古典歌舞表现手段，创造了嫦娥的"花镰舞"和"袖舞"。梅兰芳还将这种载歌载舞的形式活用在其他剧中，如《黛玉葬花》中的"花锄舞"、《千金一笑》中的"扑萤舞"、《麻姑献寿》中的"长袖舞"、《天女散花》中的"绸舞"等，歌舞表演成为梅氏古装新戏的特点。作为梅派的代表剧目，《麻姑献寿》和《天女散花》至今还在京剧舞台上演出，足见其受观众欢迎程度之高。

梅兰芳编演时装新戏、古装新戏之时，正是梨园界经历须生行、旦行彼消此长之际，他以旦角主演的身份改变了京剧须生占据重要地位的状况，剧评家缪子（张厚载）赞他开辟了"以旦角为中坚之新局面"②。1917年谭鑫培去世，《顺天时报》将梅兰芳评为"剧界大王"，成为京剧代言人。

两次访日　传播京剧艺术

1919年4月21日，应日本东京帝国剧场的邀请，梅兰芳带着喜群社部分伶人第一次出访东瀛。同行的伶人有姚玉芙、芙蓉草、高庆奎、贯大元、姜妙香等，场面有茹莱卿、陈嘉梁等，还有齐如山，以及日方向导村田孜郎等，于4月25日抵达东京。关于这次外访的动

---

① 梅兰芳述，许姬传记《舞台生活四十年》，第280页。
② 凤笙阁主编《梅兰芳》，梅社印行，1918年，第34页。

机，梅兰芳说："第一次访日的目的，主要并不是从经济观点着眼的，这仅仅是我企图传播中国古典艺术的第一炮。"① 美国、法国曾出重金邀约前往演出，但梅兰芳不为美金、法郎所动，因日方邀请在先，按照约定先到日本访问，表现出重诺轻利的精神。访日前，梅兰芳准备了三类戏，一是《御碑亭》《女起解》《武家坡》《游龙戏凤》类的传统戏，二是《游园惊梦》《思凡》类的昆腔戏，三是《天女散花》《嫦娥奔月》《黛玉葬花》类的古装新戏。但实际演出时，因帝国剧场演剧习惯，原计划被改变，从 5 月 1 日至 12 日共演了 5 出戏，戏码为《天女散花》《御碑亭》《黛玉葬花》《虹霓关》《贵妃醉酒》，演了传统戏和古装新戏，没演昆腔戏。后来梅兰芳应邀在大阪中央公会堂商演、在神户聚乐馆义演，在这五天时间里，戏码增加了昆腔戏。对于梅兰芳的京剧表演，日本观众和媒体的反响可用"狂热"来形容。在东京帝国剧场演出时，票价昂贵，特等票十元，超过当时日本歌舞伎座的特等票价（四元八角），尽管如此，剧场仍然日日满座。《东京日日新闻》《都新闻》《万朝报》等报纸纷纷刊发日本文艺界名人、学者、观众的剧评和观剧感受，将梅兰芳热推向高潮。《东京朝日新闻》发表久保天随的评论《梅兰芳的〈天女散花〉》，说："梅兰芳真像传说的那样，是一个美男子，他扮演天女真合适，看上去只能感觉到他是个十八九岁的姑娘。脸庞很秀气，袅娜的姿态当然是他的特点……他的眼睛价值千两，我觉得他的媚态都是从这里产生的。他的声音有点儿尖，但纯洁而清透。一句话，他真是个天生的合适的男旦。"② 梅兰芳赴日演出达到预期目的，将中国传统文化、古典艺术传播到海外，传统戏《御碑亭》演的次数最多，最受欢迎，梅兰芳认为该剧可以引起日本妇女观众的共鸣，日本妇女与从前的中国妇女一样，长期受到封建制度的折磨。在表演形式上，梅兰芳尝试

① 梅兰芳《东游记》，中国戏剧出版社 1957 年版，第 33 页。
② ［日］吉田登志子《梅兰芳 1919、1924 年来日公演的报告》，载中国梅兰芳研究学会、梅兰芳纪念馆编《梅兰芳艺术评论集》，第 649 页。

在人物性格和心理刻画上着力，这是西方戏剧所倡导的，也是他对京剧旧程式的突破。而昆腔戏和新创古装戏最能体现中国古典艺术的精髓，演出后，《都新闻》于5月2日发表伊原青青园的评论《梅兰芳的天女》，认为该剧具有古典艺术的雅趣，"梅兰芳选择这样卓越的戏曲剧本，我想日本演员应该把他这种办法当作自己的榜样"①，评论切中梅兰芳新编戏的内核，指出中日两国艺术可以互鉴。在日期间，梅兰芳也参观了歌舞伎剧场，并观看了宝生派能乐，认为日本能乐手鼓和太鼓的音乐、剧情、人物感情等，与中国戏曲很相似。②时值五四运动爆发前夜，中日两国意识形态矛盾日渐尖锐。梅兰芳赴日演剧属于民间商演形式，带去的戏码为日本政界、文化人和普通观众展现了中国戏曲的古典美，它超越了当时两国国内意识形态的障碍，彰显了梅兰芳赴日艺术交流所蕴涵的独特价值。

1921年冬，经吴菱仙、罗瘿公介绍，梅兰芳与崇雅社青衣福芝芳结婚。

1922年，梅兰芳组建承华社，该班社一直活跃在京剧舞台，至全面抗战爆发时解散。在这期间，梅兰芳演了《西施》《洛神》《太真外传》《俊袭人》，全本《宇宙锋》《抗金兵》《生死恨》等。

《西施》是梅兰芳对历史题材新戏的第一次探索，由罗瘿公编剧。创新之处在于：一是设计羽舞，"馆娃宫"这场，取古代商周之"佾"，化出西施与旋波双人的"佾舞"，因舞时执羽，执龠，一般称为"羽舞"，富有古韵。二是为了强化唱腔表现力，与琴师徐兰沅、王少卿研究，在文场中，增加了二胡伴奏，由王少卿操二胡，使乐音更加立体、丰富，后来旦角演员沿袭这种伴奏法，二胡成为旦角演唱的伴奏乐器之一。

---

① ［日］吉田登志子《梅兰芳1919、1924年来日公演的报告》，载中国梅兰芳研究学会、梅兰芳纪念馆编《梅兰芳艺术评论集》，第647页。

② 参见［日］吉田登志子《梅兰芳1919、1924年来日公演的报告》，载中国梅兰芳研究学会、梅兰芳纪念馆编《梅兰芳艺术评论集》，第655页。

1924 年 10 月，受日本帝国剧场社长大仓男爵的邀请，梅兰芳率承华社的姜妙香、姚玉芙、陈喜星等 40 多位伶人，第二次赴日演出，日方向导波多野乾一同行。10 月 25 日至 11 月 4 日，演出戏码分别为《麻姑献寿》、《奇双会》、《审头刺汤》、《贵妃醉酒》、《虹霓关》（头本）、《红线盗盒》、《廉锦枫》、《御碑亭》、《黛玉葬花》，11 天演了 9 出剧目，既有传统戏，也有新编戏，还有昆腔戏，类型多样，票价也比平日高。与第一次在帝国剧场演出戏码稍有不同的是，这次演出了昆腔戏，为日本观众展现了真正的中国戏。《东京朝日新闻》《中央新闻》《帝国新报》等报纸做了专题报道，并发表剧评和观感。《中央新闻》发表田村西男的评论《帝剧的初次开场》：“第四出戏是梅兰芳的《麻姑献寿》，他不但姿容很美，嗓音的动听也极为难得。这次演出因为有梅参加而备受欢迎，梅演出也很卖力。他在身段方面的表演确实是细心地在注意着的。”① 日本《演剧新潮》杂志还特意邀请日方文化名流就梅兰芳演剧召开座谈会，参加的日本戏剧家和剧评家有波多野乾一、山本久三郎、芥川龙之介、伊原青青园、菊池宽等，沈恒翻译，探讨中日戏剧的化妆、布景、脸谱、剧场等方面的异同点，在中日戏剧交流史上留下珍贵的一页。之后，梅兰芳一行赴大阪宝冢大歌剧场演出了 5 场。应日本帝国电影公司之邀，拍摄《红线盗盒》《廉锦枫》《虹霓关》的片段，均为无声黑白片，曾在日本影院上映。应日本蓄音器商会邀请，录制了《西施》《贵妃醉酒》《六月雪》等唱片。

作为京剧界赴海外演出的第一人，梅兰芳两次赴日演出，除了传播中国戏曲艺术，更重要的是改变了海外人士对于中国传统戏曲的看法。甲午战争后，日本人心目中，不知有中国文明，每每发为言论，亦多轻侮之词。至于中国之美术，更无所闻见。除老年人外，多不知

---

① ［日］吉田登志子《梅兰芳 1919、1924 年来日公演的报告》，载中国梅兰芳研究学会、梅兰芳纪念馆编《梅兰芳艺术评论集》，第 671～672 页。

中国之历史。学校中所讲授的，大多关于甲午战争，台湾、满洲的现状，中国政治的腐败，中国人缠足、赌博、吸鸦片等。至于数千年中国之所以立国者，研究很少。这次梅兰芳等前去日本，以演剧为指导，现身说法，才让日本人了解点滴中国文明。① 梅兰芳的访日演出提升了中国形象，扩大了中国文化在日本乃至亚洲的影响。赴日归来后的梅兰芳，其形象从京剧界的代表人物跃升为中国文化的代表人物。

卓然成派　名列"四大名旦"之首

1927 年，《顺天时报》6 月 20 日第 5 版，曾经做过一次投票选举，名为"奖励艺员，鼓吹新剧，征集五大名伶的新剧夺魁投票活动"。从活动倡议的目的来看，这不是一次评选五大名旦的活动，而是针对宣传新戏，评介五大名旦所演的新剧而展开的。为了缩小范围，使选票相对集中，主办方从五大名旦梅兰芳、程砚秋、尚小云、荀慧生、徐碧云所演的新剧中各选出 5 部作为候选剧目，梅兰芳参投的剧目有《洛神》《太真外传》《廉锦枫》《西施》和《上元夫人》。一个月以后，《顺天时报》揭晓了投票结果。以总得票数排列，位列第一的是尚小云的《摩登伽女》，其次是程砚秋的《红拂传》，然后是梅兰芳的《太真外传》。梅兰芳的 5 部剧中，《太真外传》的投票数最高，证明观众对此剧的喜爱，也是梅兰芳艺术成为梅派艺术的前提基础。

1930 年，上海《戏剧月刊》发起"现代四大名旦之比较"撰稿征文，1931 年初评选出征文获奖名单，苏少卿、张肖伧、苏老蚕三位剧评家分获一、二、三名。同时，该刊发表了观众对梅、程、尚、荀四大名旦艺术优点诸多项目统计比较表，主要从扮相、嗓音、表

---

① 参见涛痕《梅兰芳到日本后之影响》，《春柳》1919 年第 5 期，第 10 页。

情、身段、唱工、新剧六方面打分，最后的综合意见是：嗓音、扮相、做工、白口第一为梅兰芳，唱腔首推程砚秋，刀马推荀慧生、尚小云。"兰芳如春兰，王者之香；慧生如牡丹，占尽春光；小云如芙蕖，映日鲜红；砚秋如菊花，霜天挺秀。"[①] 因梅兰芳在扮相、嗓音、表情、身段、唱工等方面的表演技能都是上乘的，发展均衡，在总体上占了优势。"四大名旦"评分结果，梅兰芳位居第一。

两次评选中，一次是观众评选当红京剧明星最火的剧目，一次是剧评家评议"四大名旦"的表演技艺。无论评剧目还是评表演水平，观众和专家对梅兰芳的新编戏创作和表演艺术都给予高度的肯定和赞赏。经过多年的实践和探索，梅兰芳积累了丰富的剧目，拥有了雄厚的观众基础，并有弟子追随，梅派艺术至此卓然而立，催发京剧界旦行各流派及净行、丑行流派的兴起，彼此竞争，争奇斗艳，形成流派纷呈的繁盛局面。

访美访苏　推动国剧学会成立

梅兰芳访日演出成功，影响不只限于亚洲，更延伸到欧美国家。以前欧美各国人士到北京，以看中国戏为耻。自从梅兰芳登台演出、盛名外传以来，来华的外国人以观梅戏、访梅宅为时尚，且争聘他到海外演剧。这切合了梅兰芳到西方传播京剧的愿望。1929 年 10 月，华美协进社正式出面邀请梅兰芳赴美演出。在齐如山、"梅党"的帮助下，出国款项筹措、宣传册的编译和印刷等工作完成，赴美之程终于成行。

1930 年 1 月 18 日，梅兰芳一行从上海乘轮船赴美。赴美人员有王少亭、刘连荣、朱桂芳、姚玉芙、李斐叔，胡琴徐兰沅，还有齐如山、张禹九、龚作霖，等等。到达美国后，聘请在美讲学的张彭春担

---

① 苏少卿《现代四大名旦之比较》，《戏剧月刊》1931 年第 4 期，第 3 页。

任总导演和总顾问，负责演出事宜。张彭春主张只演真正旧剧，才能让外国人领略东方艺术的真精神。在演出戏码方面，反复商议并观看排演效果后，确定先尝试演出《汾河湾》《青石山》《刺虎》《空城计》《霸王别姬》，每剧演其中的精彩片段。2月16日试演，张彭春和梅兰芳总结演出情况，觉得演出时间稍长，为了适应美国剧场的演剧习惯和观众的观剧心理，计划删去《空城计》《霸王别姬》，改为《汾河湾》《青石山》《剑舞》《刺虎》，在两小时内演完。2月17日，在纽约四十九街戏院正式演出，座无虚席，戏票在梅兰芳抵达纽约前已售罄。9点开幕，11点演毕，梅兰芳上台谢幕达十多次，观众纷纷涌到台后请梅兰芳签名，梅受欢迎程度空前，在美国剧界也为罕见。

除了纽约，梅兰芳团队还赴芝加哥、旧金山、洛杉矶、檀香山等城市巡回演出，前后长达半年之久，上演的戏码除了上面提到的剧目外，还贴演《打渔杀家》《贵妃醉酒》《芦花荡》《春香闹学》《天女散花》《霸王别姬》《廉锦枫》《虹霓关》等。每到一处，掀起一股"京剧热"，这些城市的主流媒体纷纷刊登梅兰芳和京剧的报道和评论。《新共和周报》杂志刊登美国剧评家司达克·杨的文章："看梅先生的艺术——中国的旧艺术——它的特长即是像真，而同时离真，完全是一种情感的表现，并不是一种日常生活的表现，然而它表现出来的一种日常生活，尤其真。所以结果看起来中国的艺术是一种完全而又正确的东西。"①

梅兰芳赴美之行，最初的定位不是一般意义上的商业演出，而是希望通过赴美演出，推动中国京剧艺术在世界剧坛占有一席之地，促进世界人民和平共处。它除了具有跨文化的艺术传播功能，为美国戏剧界打开一扇观看东方戏剧之窗，让他们看到古希腊戏剧、英国伊丽莎白戏剧之外还有别样的中国京剧艺术，更重要的是，梅兰芳以中国

---

① 转引自谢思进、孙利华编著《梅兰芳艺术年谱》，文化艺术出版社2009年版，第161页。

文化使节的身份和姿态展现京剧艺术之美、东方文化之美、中国文化之美，搭起中美艺术、东西文化沟通的桥梁。访美期间，洛杉矶市波摩拿学院授予梅兰芳文学博士荣衔，南加利福尼亚大学授予梅兰芳荣誉文学博士学位。

1931 年 11 月，北平国剧学会成立，李石曾、冯耿光、王绍贤、梅兰芳、余叔岩、齐如山、张伯驹等为理事，王绍贤为主任理事，下设总务组、教导组、编辑组、审查组，分管教学、出版刊物等各项业务。梅兰芳在《国剧学会宣言》里宣称："世界上一切学术，所籍存在，皆赖于学者本身为不断之研究，精密之改良。以中国固有戏剧言，百年以来，风靡一世者，及至晚近，日渐衰微，矩矱散乱，浸失旧观。……愈信国剧本体，固有美善之质；而谨严整理之责任，愈在我剧界同人。……发扬光大之举，尤以为不可或缓。……愿效前驱，所冀以转移风俗，探求艺术之工具，收发扬文化，补助教育之事功。"[1] 游美时，他发现美国文艺界对中国戏曲的赞赏，这也令他反思，从而萌生了整理、研究京剧艺术的想法。国剧学会的成立，使他的这一想法变成现实。

1932 年 1 月 29 日，北平国剧学会召开第二次会议，到会者有溥西园、刘半农、刘天华、梁思成、焦菊隐等三十多人，讨论国剧学会复设国剧传习所，筹备戏剧图书馆，编订戏剧大词典，整理旧剧等事。之后，图书馆、资料陈列馆、传习所迅速得以筹建，《国剧画报》和《戏剧丛刊》相继出版。

国剧传习所于 1932 年 5 月 12 日成立，由梅兰芳和余叔岩负责主持教学工作。梅兰芳在国剧传习所新学员开学典礼上讲话，他说，戏剧要接近人民，接近大众，研究艺术是从事人类精神生产的活动，所以要站在时代前面一点一点地做下去。鼓励学员"第一要敬业乐群，

---

① 梅兰芳《国剧学会宣言》，载傅谨主编《梅兰芳全集》第一卷，中国戏剧出版社 2016 年版，第 27 页。

第二要活泼严肃，第三要勇猛精进"。① 国剧传习所招收学员 72 人，培养出老生刘仲秋、武生郑枢、小生高仲清、旦角郭建英、花脸姜海涛、场面霍文元等。

1932 年冬，梅兰芳举家迁居上海，国剧传习所停办，《国剧画报》和《戏剧丛刊》分别于 1933 年、1935 年停刊，北平国剧学会的活动主要以图书展览的方式延续着。但梅兰芳与国剧学会同仁的关系依然密切。1936 年梅兰芳赴京参加第一舞台梨园公会为救济贫苦同业筹款的义务戏，齐如山等人为他设宴洗尘，陪同他参观国剧陈列馆。北平国剧学会中断的事业在 1951 年梅兰芳担任中国戏曲研究院院长后得到接续并发扬光大。

1934 年初，苏联对外文化协会向梅兰芳发出邀请，请他到苏联访问演出，委托时在苏联考察的著名新闻人戈公振协助联系梅兰芳。如果说访美属于梅兰芳自发的民间行为，那么访苏则完全不同，属于苏联官方的主动邀请。戈公振与苏方、梅兰芳多次沟通、商议后，苏联以国宾身份邀请梅兰芳和他的剧团赴苏演出，梅兰芳决定放弃赴欧演出计划，接受苏联邀请。

为了做好梅兰芳访苏工作，中苏双方专门成立接待委员会。1934年 12 月 28 日，苏联对外文化协会发出正式邀请书。1935 年 2 月 21日，梅兰芳在上海率团乘专轮赴苏，经海参崴，换乘火车，于 3 月 12日晨抵达莫斯科。出访团队由张彭春任总指导，余上沅任副指导，伶人和乐队有 19 人：姚玉芙、王少亭、杨盛春、刘连荣等，徐兰沅司琴，何增福司鼓。同行的还有中国驻苏联大使颜惠庆、赴苏参加国际电影节的明星影片公司经理周剑云、电影明星胡蝶、《大公报》驻苏记者戈宝权。

对于梅兰芳的访问演出，苏联事先做了系统宣传，在莫斯科街头

---

① 梅兰芳《在国剧传习所开学仪式上的讲话》，载傅谨主编《梅兰芳全集》第一卷，第 33 页。

张贴印有"梅兰芳"中文字,旁边注有俄文演出时间、地点的海报;商店玻璃橱窗内陈列梅兰芳的生活照或戏装照;莫斯科的各大报纸如《真理报》《消息报》《莫斯科晚报》等纷纷刊载梅兰芳的新闻和照片,发文介绍中国戏剧,为演出造势。为了让苏联观众了解中国京剧,中方编印英文书籍《梅兰芳与中国戏剧》《梅兰芳在庶联所表演之六种戏及六种舞之说明》《美国戏剧界对于梅氏剧艺之批评》,带到苏联赠送给观众。苏联对外文化协会将前两种书籍翻译为俄文,供观众阅读、购买。

3月23日至28日,在莫斯科高尔基街音乐厅演出;4月2日至9日,在列宁格勒维堡区文化宫演出,戏码均为《汾河湾》《嫁妹》《剑舞》《青石山》《刺虎》。4月13日,在莫斯科大剧院做临别纪念演出,大剧院为苏联最高档次的剧院,专演歌剧及歌舞,梅兰芳能在此院舞台表演,体现出苏方对他的尊敬,也显示出中国戏剧的崇高地位。当晚,演出了《打渔杀家》(梅兰芳、王少亭)、《盗丹》(杨盛春)、《虹霓关》(梅兰芳、朱桂芳)。梅兰芳在莫斯科演出时,除了戏剧界人士,苏联政府要人及大文学家高尔基等,均前往观看。一些主流媒体刊发文章,对梅兰芳的演剧进行评价。政论家拉狄克在《消息报》上发文,认为:"中国剧团所表演之天才,及其对于劳动之爱好,如能用诸中国民族之解放,则中国必能解脱其束缚而创造其新而伟大之艺术。此种艺术决非纯粹模仿欧西艺术,而为运用中国古代艺术之技巧与伟大之经验者也。"①《工人与戏剧》杂志从文化交流角度高度肯定梅兰芳访苏活动,认为:"梅兰芳在莫斯科和列宁格勒的演出,应被视为苏中两国人民文化交流的新里程碑。"②

4月14日下午,苏联对外文化协会在其办公处举办座谈会,通

---

① 戈公振《梅兰芳在庶联》,载戈公振《从东北到庶联》,湖南人民出版社1984年版,第232页。

② 转引自梅绍武《一尊列宁塑像》,载梅绍武《父亲梅兰芳》(下),文化艺术出版社2015年版,第410~411页。

过中苏双方艺术家、戏剧家的对话，对梅兰芳访苏活动进行学术总结。由聂米罗维奇·丹钦柯主持，参会的有特烈杰亚柯夫、梅耶荷德、莫·格涅欣、泰依洛夫、爱森斯坦、奥赫洛普科夫、什克洛夫斯基、张彭春等戏剧理论家、导演、文学家、艺术家、音乐理论家、新闻记者等30余人。泰依洛夫评论："这是一种从人民古老文化中发展起来的戏剧，是不断慎重细心地完善着自己体系的戏剧，是一个走向综合性的戏剧，而这种综合性戏剧具有极不寻常的有机性。"① 爱森斯坦认为，在梅兰芳的表演中，"概括达到了象征、符号的地步，而具体的表演又体现着表演者的个性特征。因此，我们就看到了由演员的独特个性所体现出来的美妙的标志"②。

梅兰芳访苏演出对苏联、欧洲戏剧界影响深远，梅耶荷德在座谈会上谈道："梅兰芳博士的剧团在我们这里出现，其意义远比我们设想的更为深远。我们这些正在建设新戏剧的人，现在感到惊奇和欣喜，同时我们也非常激动。因为我们确信，当梅兰芳离开我国以后，我们仍然会感觉到他的特殊影响的存在。"③ 梅兰芳巡演期间，梅耶荷德正在构建"假定性"戏剧理论并付诸实践，他观看梅兰芳的两三个剧目后，在排演的新戏中融入中国戏曲的表演手法。时在莫斯科的德国戏剧理论家布莱希特，也赶赴剧场观看京剧演出，在梅兰芳的表演中找到对自己寻求的"间离效果"理论的印证，之后，他撰写《中国戏剧表演艺术中的陌生化效果》《论中国人的传统戏剧》《古老戏剧中的间离效果》等系列论文，高度评价中国戏曲（梅兰芳）表演方法达到的艺术境界，并正式提出"间离效果"戏剧观。中国戏

---

① ［瑞典］拉尔斯·克莱贝尔格整理，李小蒸译《艺术的强大动力（1935年苏联艺术家讨论梅兰芳艺术记录）》，《中华戏曲》第14辑，山西古籍出版社1993年版，第9页。

② ［瑞典］拉尔斯·克莱贝尔格整理，李小蒸译《艺术的强大动力（1935年苏联艺术家讨论梅兰芳艺术记录）》，《中华戏曲》第14辑，第12页。

③ ［瑞典］拉尔斯·克莱贝尔格整理，李小蒸译《艺术的强大动力（1935年苏联艺术家讨论梅兰芳艺术记录）》，《中华戏曲》第14辑，第6页。

曲与西方戏剧不同，自成系统。梅兰芳表演艺术为西方一些探求改革、构建现代戏剧的戏剧家提供了新的参照系，彼此互为借鉴，相为启发，有效促进 20 世纪上半叶东西方戏剧文化的交融。

蓄须明志　有所为有所不为

1937 年 11 月，上海沦陷。在动荡不安的时局中，日本人的聘请和拜访，汉奸、流氓的纠缠和挑衅，影响了梅兰芳的正常生活。在冯耿光、许源来的策划和联络下，1938 年春天，梅兰芳以赴香港演出的方式，离开了上海。

梅兰芳与香港有着极深的因缘，曾于 1922 年 10 月 15 日应香港同乐会邀请，第一次率承华社约 140 人赴港进行为期一个多月的演出。演员阵容有郭仲衡、朱桂芳、姜妙香、姚玉芙、李寿山等，徐兰沅操琴。在港期间，香港总督司徒拔派警察全程保护梅兰芳。市民涌到九龙码头观望他的到来，造成香港至九龙间的轮渡停运达数小时之久。10 月 24 日在太平戏院首场演出，梅兰芳和姚玉芙合演《麻姑献寿》。戏一直演至 11 月 24 日，剧目丰富多样，有《御碑亭》《奇双会》《嫦娥奔月》《牢狱鸳鸯》等。其中，《天女散花》演了三场，观众为之倾倒，称道"三睹散花，抵得倾家"①。香港报界评论更多，《大光报》评道："其声色艺之佳可称三绝。以色论，洵可称天仙化人。以声论，则婉转滑烈，近于流莺，吐音之际，一字百折，有如柔丝一缕，摇漾晴空，且忽然扬之使高，则其高可上九天，忽然抑之使低，则其可达重泉，上如抗，下如堕，可谓极其能事。及曲终之际，则余韵悠然，古所谓余音绕梁三日者，斯为得之。以艺论，则喜怒哀乐处处传神，能令观者忽然而喜，忽而悠然以思，忽而穆然以会于剧

---

① 梅绍武《第一次访问香港》，载梅绍武《父亲梅兰芳》（上），文化艺术出版社 2015 年版，第 19 页。

场之上如亲见古人，出其性情而与之相接；至于舞蹈之际，则端庄婀娜兼而有之，容貌之间，则幽闲贞静之气达于面目。"① 司徒拔亲临剧场观看《嫦娥奔月》和《天女散花》，带动香港其他官员及西方人士进入戏院观赏梅剧，将梅兰芳赴港演出引向沸点。梅兰芳赴港演出，在中英文化交汇的平台上展示中国传统文化，有助于提升中国的国际影响力，对于京剧艺术在南方地区的推广产生了积极的推动作用。

1928 年底，梅兰芳第二次赴港演出，这次在粤港两地戏院辗转演出，有姜妙香、姚玉芙、金少山、谭富英等名伶和他配戏。1931年五六月期间，梅兰芳第三次赴港演出，还是省港两地轮演，搭档有姜妙香、姚玉芙、金少山、刘连荣等。这两次演出皆邀约金少山，是为了合演《霸王别姬》，可见该戏已在观众群里获得良好口碑，成为梅剧的代表作。

1938 年 5 月，这是梅兰芳第四次赴港演出。与前三次商演不同，这次属于避难之行，计划演出结束后，避居香港。梅兰芳于 5 月 5 日乘邮轮抵达香港②，自 5 月 11 日开始在利舞台演出，直至 5 月底。一同赴港的有奚啸伯、杨盛春、姜妙香、朱桂芳、刘连荣等，琴师王少卿。戏码方面，除了《奇双会》《霸王别姬》《宇宙锋》《汾河湾》《天女散花》等，还安排了鼓舞民众抗击外敌的剧目，如《抗金兵》《穆桂英》《木兰从军》。最后三天为妇儿、难民筹款演出，表达梅兰芳反抗侵略、矢志爱国的赤子之心。这次演出在梅兰芳的演艺生涯中具有特殊的意义，是 1945 年抗战胜利前的最后一次大型公演。此后，承华社全体成员回到内地，班社解散。梅兰芳退出舞台，隐居在香港半山的一所公寓，以不演戏、不合作的方式来表达抗日的决心。

---

① 转引自梅绍武《第一次访问香港》，载梅绍武《父亲梅兰芳》（上），第 19～20页。

② 参见《梅兰芳在香港，已开始演剧筹赈并愿和粤剧合作》，《电星》1938 年第 1 卷第 15 期，第 3 页。

1941 年 12 月，香港沦陷。在港期间，有戏院老板来邀请，用重金来诱惑，日伪分子、地痞流氓来骚扰，都被梅兰芳拒绝。为了抵制为日军演出，他蓄起了胡子，对于一位旦角来说，蓄须等于扼杀自己的舞台生命，但梅兰芳做到了，在大是大非面前，他坚决站在国家的立场，以付出舞台生命的代价换得作为一位中国人的尊严。但日本人蛮不讲理，一旦强硬起来，梅兰芳会有生命危险。对此他心里非常清楚，用胡子来做挡箭牌可能会起点作用。日本占领军听说梅兰芳在香港，派人传话让他参加"庆功会"演出，都被他坚定地拒绝了。

蓄须期间，梅兰芳关心时事，每天看报纸了解国际局势，打太极拳、羽毛球，锻炼身体。他同时进行绘画、阅读、学习英语等活动，拉二胡练声，或者请许源来吹笛，复习昆曲唱段，一直坚持练功，做好随时返回舞台的准备。没有了演出收入，日常生活出现窘迫状况。为了缓解经济上的压力，他典卖字画，甚至卖了北京无量大人胡同的房子。即便如此，梅兰芳也不向日军或日伪分子低头，维护了一位艺术家的体面和骨气，《自由西报》记者称誉梅兰芳"一直实行着个人的抗战"[1]。

抗战胜利后，梅兰芳赴京演出，国民党当局要招待马歇尔元帅，请他演戏，这在有的伶人看来是莫大的荣誉，他却拒绝了。但各种赈灾义演，梅兰芳却从不缺席，彰显铮铮风骨，这种嫉恶从善的品性为他 1949 年选择留在大陆奠定了思想基础。

参政议政　新生活新身份

1949 年 5 月 27 日，梅兰芳一大早就出门，走到建国东路，看见不少解放军战士睡在马路边，这让他确信解救中国的真正力量是共产党领导的人民革命，是纪律严明的中国人民解放军。从 5 月 31 日起，

---

① 梅兰芳《登台新感》，《文汇报》1945 年 10 月 10 日第 2 版。

梅兰芳在上海南京大戏院连演三天，招待和慰问解放军指战员。第一天演毕，陈毅市长特意到后台向梅兰芳致谢。

7月上旬，第一次全国文学艺术工作者代表大会在北平召开，梅兰芳受邀参加会议。会议期间，梅兰芳演出了《霸王别姬》，谢幕时，毛主席和大家一同起立鼓掌，这令他对新中国、新生活充满了希望和信心。9月21日，梅兰芳再次赴京，参加中国人民政治协商会议第一届全体会议，会上他做了发言，首次体认到"人民"的内涵，它包含工人、农民、小资产阶级、民族资产阶级、民主党派等，希望自己尽快融入到人民队伍中，向他们学习，推陈出新，力求进步，为建设人民的新中国而奋斗。① 会议闭幕后，梅兰芳当选为全国政协常务委员。10月1日，梅兰芳以全国政协常务委员身份登上天安门城楼，参加庆祝中华人民共和国中央人民政府成立大典。10月2日，中华全国戏曲改革委员会（后改称"文化部戏曲改进局"）成立，田汉任主任，杨绍萱、马彦祥任副主任，梅兰芳被任命为中华全国戏曲改革委员会所属的京剧研究院院长。诸多的新使命使梅兰芳从伶人的单一身份转变为兼任国家政府机关领导人的多重身份，在演戏的同时参与讨论国家大事，承担起建设新中国文化事业的责任。

全国政协会议结束后，应天津市文化局局长阿英邀请，梅兰芳率团赴天津做短期演出。在这期间，天津《进步日报》记者张颂甲就旧剧改革话题采访了梅兰芳，梅兰芳吐露了自己对旧剧改革的真实看法："旧剧改革又岂是一桩轻而易举的事……京剧的思想改革和技术改革最好不必混为一谈，后者在原则上应该让它保留下来，而前者也要经过充分的准备和慎重的考虑，再行修改，才不会发生错误。因为京剧是一种古典艺术，有它几千年的传统，因此我们修改起来也就更得慎重，改要改得天衣无缝，让大家看不出一点痕迹来，不然的话，

---

① 参见梅兰芳《在中国人民政治协商会议第一届会议上的发言》，载傅谨主编《梅兰芳全集》第一卷，第136~137页。

就一定会生硬、勉强，这样，它所得到的效果也就变小了。俗话：'移步换形'，今天的戏剧改革工作却要做到'移步'而不'换形'。"① 张颂甲就此访谈撰文《"移步"而不"换形"——梅兰芳谈旧剧改革》，刊发在 11 月 3 日的《进步日报》上。文章一发表，在文艺界响起一片批评声。批评的主要观点是，事物的发展总是内容决定形式，内容变了，形式必然要随着变化，"移步必须换形"②，甚至有人认为梅兰芳的观点是在宣传戏曲改良主义，阻碍京剧的全面改革。这给梅兰芳造成极大的思想压力。中央宣传部部长陆定一把有关材料转给天津市委，请市委领导妥善处理此事。为此，天津市戏剧曲艺工作者协会特意召开旧剧改革座谈会，出席会议的有阿英、梅兰芳、言慧珠、何迟、华粹深、许姬传等。在会上，梅兰芳修正了自己的观点："关于剧本的内容与形式的问题……我现在对这问题的理解，是形式与内容的不可分割，内容决定形式，'移步必然换形'。"③ "我们的改革运动，当在萌芽时期，必须脚踏实地，有计划有步骤地来推动这种改革运动，以收实事求是之效。"④

1950 年 7 月，文化部组建戏曲改进委员会，主要任务是：第一，审定戏曲改进局所提出的修改与改编的剧本。第二，对戏曲改进工作的计划、政策及有关事项向文化部提出建议。周扬任主任委员，委员有田汉、欧阳予倩、梅兰芳等 43 位，其中京剧界代表占 14 席，昆曲和地方代表占 4 席，体现出文化部以京剧为代表带动全国地方戏曲共同改革发展的思想。11 月 27 日至 12 月 10 日，全国戏曲工作会议在北京召开，梅兰芳任大会副主席，会议讨论戏改工作的方针政策，就戏曲剧本的创作、修改、审查、交流问题，旧的戏班、行会、师徒制

---

① 张颂甲《"移步"而不"换形"——梅兰芳谈旧剧改革》，载傅谨主编《梅兰芳全集》第三卷，第 299 页。

② 阿甲《阿甲戏剧论集》，中国戏剧出版社 2005 年版，第 25 页。

③ 转引自马少波《戏曲改革漫记之一·关于所谓梅兰芳提出"移步而不换形"的真相》，载马少波《马少波文集》第 8 卷，北京出版社 2008 年版，第 452~453 页。

④ 梅兰芳《改革旧剧的我见》，载傅谨主编《梅兰芳全集》第一卷，第 143 页。

度的改革和加强戏曲艺人的团结教育等做了研究，检讨各地戏曲改革工作情况，并提出今后工作的方针，为戏改工作有计划、有步骤地在全国各地展开做好理论上的准备。梅兰芳认为这次戏曲工作会议是戏曲界前所未有的创举。

一年来，梅兰芳频繁往返于京、津、沪三地，多次参加由中央人民政府、中央文化部主办的会议，对新中国的文化建设有了新认识，对自己肩负的责任有了新理解，改变了过去对政治漠不关心的态度，决心拿出力量，利用各种不同的形式，参加各种不同的活动来宣传抗美援朝，体现出身份的转变带来政治觉悟的提高。

1951 年 3 月，为了加强全国戏曲研究工作，带动全国戏曲研究的开展和其他艺术门类研究机构的兴起，文化部决定将原戏曲改进局一部分从事编审与研究工作的人员和新曲艺实验流动小组、戏曲实验学校与京剧研究院合并改编为中国戏曲研究院，任命梅兰芳为院长，程砚秋、罗合如、马少波为副院长。梅兰芳以院长的名义写信给毛主席、周总理和其他中央领导同志，附送从荣宝斋订购的宣纸请求题词。毛主席题词"百花齐放，推陈出新"，并题写院名。周恩来题词："重视与改造，团结与教育，二者均不可缺一。"毛主席和周总理的题词后来成为包括戏曲在内的所有文艺工作的指导方针。

4 月 3 日，中国戏曲研究院成立大会在大众剧场举行，所属单位一千余人参加。梅兰芳在会上致辞："中国戏曲研究院是遵循了毛主席'推陈出新'的指针，承继了延安平剧研究院和全国各地一切从事戏曲改革工作的戏曲团体和戏曲家的正确传统而成立的。显然的，任务是更加艰巨，责任也更加重大，我和全院同志都为担承这任务而感到无上光荣！"[①] 建院伊始，院部设研究、编辑、资料等部门，研究室主任阿甲，编辑室主任罗合如（兼），图书资料室主任黄芝冈，

---

① 梅兰芳《中国戏曲研究院成立典礼开会词》，载傅谨主编《梅兰芳全集》第一卷，第 168 页。

下辖戏曲实验学校、京剧实验工作团第一团、京剧实验工作团第二团、曲艺实验工作团、大众剧场等单位。办公地址设在东城区南河沿南夹道 63 号小红楼。中国戏曲研究院成立后，全国各地纷纷成立戏曲研究机构，如华东戏曲研究院、东北戏曲研究院、西北戏曲研究院等。

9 月 22 日，中国戏曲研究院实验学校举行秋季开学典礼，院长梅兰芳与校长王瑶卿以及教授姜妙香、郝寿臣等四百余人出席。在典礼上，梅兰芳做了讲话。当晚，为庆祝开学，梅兰芳、姜妙香、萧长华合演《贵妃醉酒》。在抗战胜利那年，梅兰芳曾对理想中的新中国有所设想，希望建立一所国家学院，一面培养训练人才，一面聘请专家实验研究，使传统京剧艺术去芜存菁，发扬光大。① 在梅兰芳担任中国戏曲研究院院长期间，圆满实现这种理想。

1951 年 7 月，梅兰芳全家从上海搬回北京护国寺街一号居住。

为工农兵演出　为世界和平歌唱

1952 年 10 月 6 日至 11 月 14 日，文化部在北京举行第一届全国戏曲观摩演出大会，检验三年来各地执行中央戏曲改革政策情况，参演的剧种有京剧、评剧、越剧、川剧、豫剧等 23 个剧种，共演出了82 个剧目。在闭幕式上，周总理发表重要讲话，对毛主席提出的"百花齐放，推陈出新"的戏曲改革工作方针，做了详尽的阐述。梅兰芳、周信芳、程砚秋、袁雪芬、常香玉、王瑶卿、盖叫天七人荣获大会荣誉奖。

12 月 12 日至 23 日，梅兰芳以新中国文艺工作者的身份赴维也纳参加世界人民和平大会，这让他感到责任重大，他希望今后更加努力

---

① 　参见梅兰芳《我理想中的新中国》，载傅谨主编《梅兰芳全集》第一卷，第 116 ~ 117 页。

运用戏曲艺术手段，加强对和平事业的宣传。① 第二年，他以身作则参加中国人民赴朝慰问团，以京剧艺术为武器，促进远东与世界和平的发展。

1954 年 9 月 15 日至 28 日，第一届全国人民代表大会第一次会议在北京中南海怀仁堂召开，梅兰芳作为北京市代表出席了会议。大会期间，他与姜妙香、萧长华合演《贵妃醉酒》。

遵照毛主席"文艺为工农兵服务"的指示，梅兰芳从 1952 年开始在日常工作和艺术实践中深入基层，为工农兵演出，为工农兵服务。（1）为工人演出。1952 年 7 月，在北京劳动人民文化宫演出三天，为当时门头沟、琉璃河、长辛店和北京市区的四千多名工人演出《霸王别姬》剑舞。1955 年 8 月 26 日至 29 日，在北京劳动剧场为一万多名工人演出四天《宇宙锋》。9 月 26 日，在长安大戏院为全国铁路劳动模范代表演出《奇双会》。1958 年 1 月 15 日，与田汉、阳翰笙、马彦祥等人赴北京郊区门头沟和城子矿参观访问，联欢会上，为矿工们清唱《贵妃醉酒》。在天津、上海、青岛、石家庄等地为工人演出，等等。（2）为农民演出。1953 年 2 月 20 日，赴昌平为当地农民、驻军部队演出《霸王别姬》。2 月 23 日，在解放军后勤礼堂为近郊农民演出《霸王别姬》。3 月中旬在石家庄专区礼堂演出，一位农民观众连续四天排队没有买到票，梅兰芳从朋友处匀了一张戏票送给这位农民戏迷，等等。（3）为解放军战士演出。1953 年 10 月、11 月，梅兰芳参加中国人民抗美援朝总会组织的中国人民第三届赴朝慰问团前往朝鲜，在不同的演出场地，以不同的方式，为志愿军指战员、战士和后勤工作人员演出。1954 年春天，到广州慰问中南军区第四野战军驻广州部队，在越秀体育场、中山纪念堂演出《贵妃醉酒》，近十万官兵观看了梅兰芳的演唱。② 为工农兵演出、为工农兵服

---

① 参见梅兰芳《从维也纳世界人民和平大会归来》，载傅谨主编《梅兰芳全集》第一卷，第 218 页。

② 参见谢思进、孙利华编著《梅兰芳艺术年谱》，第 271～333 页。

务的经历，使梅兰芳不仅在政治觉悟上得到提高，而且在表演方法上特别是在刻画人物性格、剖析阶级关系方面，也深受启发，有所收获。

1956 年初，日本朝日新闻社等团体邀请中国京剧代表团去日本访问演出，梅兰芳是代表团成员。梅兰芳曾蓄须抗日，故而对于此次访日，心有疙瘩，踌躇不决。周恩来总理约他谈话，提前做他的思想工作，指出："这是政治上一件大事，也是艺术交流的重大事件。访日代表团所负的责任是打开中日两国人民的友谊大门。文化和经济是两个翅膀，现在文化打先锋开路，这次一定要打胜仗，接着我们的经济团体也将前往"①，打消了梅兰芳的心中顾虑。5 月 26 日，访日京剧团绕道香港坐飞机赴日，梅兰芳任团长，欧阳予倩、马少波、刘佳、孙平化任副团长，同行的演员有李少春、姜妙香、袁世海、李和曾、梅葆玖、梅葆玥等，乐队成员有王少卿、白登云、姜凤山等。5 月 29 日，东京会馆举行盛大的鸡尾酒会欢迎中国京剧代表团的来访。5 月 30 日，访日团在东京歌舞伎座举行开幕式和首场演出，戏码是《将相和》《拾玉镯》《三岔口》和《贵妃醉酒》。6 月 1 日、2 日，和袁世海合演《霸王别姬》，市川猿之助携家人、日本裕仁天皇的弟弟三笠宫崇仁亲王和王妃观看了演出。6 月 4 日，日本国会举行招待茶会，这是日本国会有史以来第一次接待外国戏剧代表团，是日本政府最高规格的接待仪式。在东京期间，梅兰芳参观了歌舞伎座、早稻田大学演剧博物馆、水道桥能乐堂剧场，并观看了歌舞伎、能乐演出等。6 月 7 日抵达福冈，在福冈大博剧场进行了四天的演出。日本《每日新闻》评价："中国京剧团每一出的舞台形象都很完善，这是在固有的传统艺术上经过时刻不断的训练才创造出来的。日本应该在这一点上向中国学习，这样才能够体现中日文化交流的意义。"② 之后，代表团在八幡、名古屋、京都、大阪等城市巡回演出，受到日本

---

① 许姬传、许源来《忆艺术大师梅兰芳》，中国戏剧出版社 1986 年版，第 5 页。
② 转引自谢思进、孙利华编著《梅兰芳艺术年谱》，第 306～307 页。

观众的热情欢迎。① 尤其在东京举行了两场义演，将募得的款项捐赠给广岛原子弹受难者及战争孤儿，梅兰芳和京剧代表团的这一义举赢得了日本朋友由衷的敬意。梅兰芳率领京剧代表团访日演出，与32年前以伶人身份访日演出性质不同，这是一场破冰之旅，他和代表团肩负着国家的神圣使命，以新中国艺术家的身份，以京剧艺术为媒介，化解横亘在中日两国人民间的敌意、对抗和矛盾，在两国人民的心间架起友谊、和平的桥梁，对恢复战后两国经济交流、促进两国人民之间的友好往来发挥了重要作用。

1957 年，梅兰芳提交入党申请书。1958 年 3 月 23 日，中国戏曲研究院全体党员大会决议通过梅兰芳加入中国共产党。

开办讲习会、研究班　传授表演经验

1953 年 4 月，中国戏曲研究院艺术委员会成立，标志着国家戏曲研究系统工程的构建与实施。梅兰芳任主任委员，张庚任副主任委员，艺委会成员涵盖了实践、研究、教育等方面的名家，主要职责和任务是：参与商讨全院有关艺术研究工作、剧本整理与创作、剧团上演剧目审查、艺术教育工作等重要决定；有计划地研究和解决有关艺术工作的专门问题；系统进行政治文艺理论学习，推动高级艺术干部的进修和提高。

1954 年 12 月 30 日，梅兰芳院长在中国戏曲研究院大会上传达文化部调整机构的决议。为了加强戏曲研究工作，健全研究院工作制度，改进戏曲教育工作，使研究、演出和教育部门在戏曲改革中分工明确，按各自特点独立开展工作，中国戏曲研究院及所属单位调整为4 个独立单位：中国戏曲研究院、中国京剧院、中国评剧院、中国戏曲学校。中国戏曲研究院从此成为专门从事戏曲改革研究工作的学术机构，院长梅兰芳，副院长周信芳、程砚秋、张庚、罗合如、马少

---

①　参见谢思进、孙利华编著《梅兰芳艺术年谱》，第 302～312 页。

波。研究院下设研究室，主任由张庚兼任，副主任郭汉城、李刚。

1955 年 1 月 10 日，中国京剧院成立，梅兰芳任院长，马少波任院党委书记兼副院长，阿甲任总导演。"中国京剧院今后将作为京剧改革的示范性的剧院，其任务是组织京剧剧本的创作和整理，经常上演优秀的剧目；极其慎重地、有步骤地、有重点地进行京剧舞台艺术改革的实践；改造旧型剧团为新型剧院，建立正规化的剧院制度；继续提高演员的政治、文化和艺术水平，并重视培养青年演员的工作。"① 自此，梅兰芳兼任中国戏曲研究院和中国京剧院的院长，演出实践和理论研究一起抓，肩负着社会主义新戏曲建设的重任。

1955 年 4 月 11 日，由中央文化部、中国文联、中国戏剧家协会联合主办的梅兰芳、周信芳舞台生活五十年纪念会在北京天桥剧场举办，纪念会主席团由沈雁冰、周扬、夏衍、田汉、欧阳予倩、老舍、萧长华、程砚秋等 14 位组成，沈雁冰主持会议，并向梅兰芳、周信芳颁发荣誉奖状。欧阳予倩做了关于梅兰芳的题为《真正的演员——美的创造者》的报告，认为："梅先生是一个真正的演员，真正热爱祖国传统的艺术，并以毕生之力卫护着这一传统。"② 梅兰芳做了题为《为着人民，为着祖国美好的未来，贡献出我们的一切》的答词。4 月 12 日至 17 日，举行梅兰芳、周信芳舞台生活五十年纪念演出，梅兰芳演出《断桥》《洛神》《宇宙锋》《穆柯寨·穆天王》，与周信芳合演《二堂舍子》。4 月 16 日，中国戏剧家协会举办梅兰芳、周信芳表演艺术座谈会，与会专家对梅兰芳、周信芳在表演艺术上的成就加以推崇。4 月 21 日，北京市文化局举行梅兰芳、周信芳舞台生活五十周年纪念演出观摩座谈会，大家指出必须学习梅兰芳、周信芳两位先生的艺术和为人。这是梅兰芳从艺 50 年来举行的

---

① 梅兰芳《在中国京剧院成立大会上的发言》，载傅谨主编《梅兰芳全集》第一卷，第 299 页。

② 欧阳予倩《真正的演员——美的创造者》，载中国梅兰芳研究学会、梅兰芳纪念馆编《梅兰芳艺术评论集》，第 21 页。

规格最高、规模最大、仪式最为隆重的纪念活动，中央纪录电影制片厂为之拍摄了纪录片，对我国戏剧艺术的发展产生深远的影响。

1955 年，文化部委托中国戏曲研究院举办戏曲演员讲习会。从 1955 年至 1957 年，连续举办了三届戏曲演员讲习会，第一、第二届在北京举办，第三届分别在上海、广州举行。梅兰芳任主任，程砚秋、张庚、罗合如任副主任。第三届讲习会增加了周信芳为副主任。讲习会的目的是，希望戏曲艺人通过学习马列主义、毛泽东思想、党的戏曲改革政策，及戏曲文史知识、艺术理论知识，提高政治觉悟和戏曲理论水平，逐步解决戏曲艺术改革运动中存在的主要问题，使戏曲改革工作能密切配合社会主义建设事业，繁荣戏曲创作。课程内容包含时事政策学习、艺术研究和演员修养的讨论，艺术研究包括剧目讲解、表演艺术中存在的问题的分析、音乐改革问题的探究等。第一届讲习会学员有常香玉、王秀兰、苏育民等，以梆子戏剧种如豫剧、晋剧、蒲剧、秦腔等为主。第二届讲习会学员有阳友鹤、陈伯华、彭俐侬等，涉及川剧、湘剧、汉剧、赣剧等。第三届上海讲习班的学员有丁是娥、范瑞娟、王文娟、郑奕奏、严凤英等，涉及华东地区的苏剧、锡剧、黄梅戏、越剧、沪剧等；广州讲习班的学员有罗品超、姚璇秋、陈宝寿等，涉及华南地区的粤剧、潮剧、琼剧、正字戏等。因学员以演员为主，在实际教学中，加强了学员的观摩演出和表演艺术经验交流活动，让学员们在自己演戏、看别人演戏、上讲台谈戏中，革新思想观念，提升理论水平。

梅兰芳作为表演课主讲老师参与具体教学工作，除了讲解《贵妃醉酒》《霸王别姬》等剧目的表演经验，还就戏曲演出中的一些问题，如布景问题、观众提意见、表演时最怕重复动作等，和学员们分享个人见解。他主讲的课程与戏曲理论专家讲授的课程在内容和方式上有所不同，他主要从舞台实践出发，着重传授表演经验，但他的表演经验已经超越感性认知，是对京剧表演艺术的学理性总结。比如关于布景问题，他认为，活的布景在演员身上，不能让布景限制演员的

33

表演，演员在舞台上的艺术创造才是头等重要任务。① 梅兰芳的表演经验充满理性光辉，至今具有现实的指导意义。

1958年10月，中国戏曲学院成立，与中国戏曲研究院合署办公，并从中国戏曲学校调入部分业务干部和教员充实办学力量。张庚任中国戏曲学院院长，晏甬任副院长。1960年3月15日至6月17日，文化部委托中国戏曲学院举办戏曲表演艺术研究班，集中全国一部分著名的戏曲表演艺术家和优秀的戏曲演员，一起学习毛泽东文艺思想，总结、交流戏曲表演艺术经验。梅兰芳担任班主任，同时主讲旦行表演艺术，萧长华、荀慧生、俞振飞、马师曾、姜妙香等也参与课程教授工作，参加研究班的著名演员有袁雪芬、常香玉、陈伯华、王秀兰等，剧种涉及京剧、汉剧、豫剧、河北梆子、越剧、粤剧、评剧等。5月3日、5日、14日，梅兰芳在研究班上做"关于表演艺术"的讲话，指出戏曲是综合性的艺术，包含剧本、音乐、化妆、服装、道具、布景等因素，这些要通过演员的表演，才能成为一出完整的好戏。以《游园惊梦》《汾河湾》《闹学》《穆柯寨》《穆桂英挂帅》等剧目为对象，分析昆曲闺门旦，京剧青衣、花旦、刀马旦如何表演。讲述《游园惊梦》时，做了表情、身段、部位的示范。讲述《穆桂英挂帅》中的穆桂英形象塑造时，详细讲解人物装扮与传统旦行的不同，如何将青衣和刀马旦的表演手法融合为一体，等等。② 这是梅兰芳第一次系统地阐述旦行表演理论，在传授表演经验的同时，将自己对旦行艺术的理性思考与学员们分享。

---

① 参见梅兰芳《对京剧表演艺术的一点体会》，载傅谨主编《梅兰芳全集》第一卷，第288页。
② 参见梅兰芳《关于表演艺术的讲话》，载傅谨主编《梅兰芳全集》第二卷，第372～386页。

浙赣湘鄂巡演　与地方戏演员交流对话

作为中国戏曲研究院院长和中国京剧院院长，梅兰芳的日常工作忙碌而繁重。除了行政事务，他还带着梅剧团到全国各地巡回演出，一方面满足全国观众的观赏需求，为地方戏演员带去宝贵的表演经验，推动社会主义戏曲事业的整体发展；另一方面，他着手梳理和总结个人舞台表演经验，著书立说。

在梅兰芳演艺生涯中，巡演是常态。新中国成立前，他带着戏班到上海、天津、汉口、广州等地演出。新中国成立后，他带着梅剧团到华北、东北、中南各地区巡回演出。尤其是 1956 年下半年至 1957 年初浙、赣、湘、鄂四省的巡演活动，跨越区域最多，演出时间最长，影响也最大。每地巡演结束后举办座谈会，由梅兰芳主讲表演艺术。

（1）浙江巡演。1956 年 10 月 16 日至 21 日，在杭州人民大会堂演出《贵妃醉酒》《奇双会》《霸王别姬》。10 月 24 日上午，中国戏剧家协会浙江省分会为梅兰芳来浙巡演举行座谈会。会上，梅兰芳介绍自己的舞台演出经验，他指出："演员应当经常演戏，演得越多，经验就越丰富，艺术的创造也就越多。还要向老艺人学习，和其他剧种的演员相互学习。在学习中，要注意保持自己剧种、剧团原有的特色，达到百花齐放。"[①]

（2）江西巡演。1956 年 11 月 12 日至 12 月 3 日，在南昌剧场演出《贵妃醉酒》《凤还巢》。11 月 25 日，江西省文联、文化局在中苏友好馆为梅兰芳来赣巡演举行座谈会。会上，梅兰芳就继承和发展戏曲艺术传统，发扬现实主义的表演艺术方法等问题，发表了讲话。他

---

① 梅兰芳《谈不断提高艺术水平——在浙江戏剧家协会举行的座谈会上梅兰芳等介绍表演艺术经验》，载傅谨主编《梅兰芳全集》第一卷，第408页。

谈道："每一个剧种都有它独特的风格，我们所期望的是每一个剧种都从原基础上发扬光大，不要在吸取别人的东西的同时，丢掉了自己传统的风格。毛主席给我们指示，是要我们'百花齐放'，不要我们把一百种花开成一个样。"①

（3）湖南巡演。1956 年 12 月 10 日至 30 日，在湖南剧院演出《贵妃醉酒》《游园惊梦》。12 月 17 日，在湖南省新湖南报礼堂举行大型的座谈会。会上，梅兰芳就巡演期间观看的祁阳戏《借赵云》、邵阳花鼓戏《打鸟》和常德高腔《祭头巾》与大家交换艺术经验，对于重复表演的身段动作，他建议精简。演员上下场时，不能松懈，要保持全神贯注，等等。同时，他介绍了自己在《霸王别姬》《宇宙锋》里的细节表演。提到如何整理传统剧目，他传授经验道："喜欢一步一步地来改，不喜欢把一个流传很久而观众已经熟悉的老戏，一下子就大刀阔斧地改得面目全非，让观众看了，不像那出戏。"②

（4）湖北巡演。1957 年 1 月至 2 月，梅兰芳在武汉人民剧院和武钢工地演出《贵妃醉酒》，武汉文艺界为他举行座谈会，梅兰芳就各地盛演连台本戏谈了自己的看法，"应该以剧本主题、表演艺术为主，服装、布景、道具、装置等应该在烘托剧情而在不妨碍表演的原则下来进行设计。如果专从离奇怪诞、脱离实际的方法来号召观众，结果是站不住脚的"③。梅兰芳提醒青年演员要加强艺术的锻炼和进修，注意向传统学习，继承戏曲遗产，使它发扬光大，同时要有新的创造。

关于浙、赣、湘、鄂的巡回演出，梅兰芳专门撰写《赣湘鄂旅行演出手记》，从"观摩几个地方戏的优秀表演""传统剧目的发表和

① 梅兰芳《严肃地继承并发扬戏曲艺术传统——在省市文艺界座谈会上的讲话》，载傅谨主编《梅兰芳全集》第一卷，第 415 页。
② 梅兰芳《互相学习，不断学习——在湖南戏曲艺术座谈会上的发言》，载傅谨主编《梅兰芳全集》第一卷，第 421 页。
③ 梅兰芳《如何对待传统剧目——在武汉文艺界举行的临别座谈会上的发言》，载傅谨主编《梅兰芳全集》第一卷，第 438 页。

改编""我学戏改戏和表演的经验"三方面来总结这次大范围巡演的收获和观剧心得。① 此后，1957 年 8 月至 10 月，梅兰芳继续带团赴西北巡演；1958 年 3 月至 6 月，赴安徽、华北巡演。梅兰芳在西安易俗社，为西安戏曲界七百余人做了《谈表演艺术》的报告，分享秦腔观后感，传授个人表演经验。在梅兰芳、周信芳舞台生活五十年纪念会上，梅兰芳在答词中曾表示，要到没有到过的地方演出，向各兄弟剧种做交流经验的学习。到华东、华中、西北、华北等地巡演，正体现梅兰芳为了实现这个计划所付出的努力。

除了到全国各地巡演，梅兰芳还不时到外省讲学，提升地方戏曲演员的表演水平。他们有的拜梅兰芳为师，在梅兰芳的亲自传授和点拨下，成为著名的京剧表演艺术家、梅派的传人和地方戏地方剧团的领军人，京剧演员有杜近芳、言慧珠、李玉茹、杨荣环、沈小梅、张春秋、杨秋玲、关肃霜、胡芝风等，地方戏曲演员有陈伯华、新凤霞等。加上三期讲习会和戏曲表演艺术研究班上的学员，受他教益的演员数以千计。新凤霞提到她演《凤还巢》的程雪娥时，加了很多唱，对此，她向梅先生请教。梅先生认为："为了发挥各剧种的长处，是应当按着自己剧种的特点，运用多种手段。你们《洞房》一场加了大段的唱，给程雪娥就很合适。移植一出戏，进行艺术上的加工，增加新的唱段是可以的。我看加的几段唱都为了更好的表达程雪娥的内心情绪，加得好。"②

梅兰芳到各地巡回演出，到外省讲学，给地方剧种、地方演员带去了京剧经典剧目的创作范式和表演范式，为提升地方戏整理改编和表演水平，促进京剧和地方戏的交融发挥了积极的作用。同时，作为国家级研究机构和艺术院团的掌门人，梅兰芳将"双百"方针的精

① 参见梅兰芳《赣湘鄂旅行演出手记》，载傅谨主编《梅兰芳全集》第一卷，第444~465页。
② 新凤霞《怀念梅兰芳老师》，载中国梅兰芳研究学会、梅兰芳纪念馆编《梅兰芳艺术评论集》，第558页。

神带到地方，强调地方剧种、地方剧团要保持自己的特色，引领戏曲艺术发展方向，推进新中国戏曲事业的繁荣。

出版专著及拍摄电影

除了巡演，著书立说也是梅兰芳的重要工作。20 世纪 50 年代，梅兰芳著述出版有《舞台生活四十年》《梅兰芳演出剧本选集》《东游记》《梅兰芳戏剧散论》等。

《舞台生活四十年》，由梅兰芳口述、许姬传等记录，记述了梅兰芳四十年的舞台生涯，展现了梅兰芳对戏曲表演理论的思考和总结。第一、二集于 1950 年至 1951 年连载于《文汇报》。1952 年，第一集由上海平明出版社结集出版。1954 年，出版第二集。书出版时，与连载文章有差别。第一集共 11 章，包括"梅家旧事""幼年学艺的过程""一个历史最悠久的科班"等，第二集共 7 章，包括"时装新戏的初试""第二次到上海""十八个月中的工作概况"等。第三集里的部分文章曾于 1958 年至 1962 年在《戏剧报》连载，朱家溍参与本集的整理、记录，于 1981 年由中国戏剧出版社结集出版，共 7 章，包括"奇双会""从绘画谈到《天女散花》""我和余叔岩合作时期"等，中国戏剧出版社于 2016 年出版《梅兰芳全集》时，增加《穆桂英》一章。该书的第一集、第二集于 1963 年由苏联的 Iskusstvo 出版社出版。该书不仅是梅兰芳个人演艺生涯的回忆录，而且凝结着他对戏曲表演理论的思考，是他对戏曲表演理论的总结，具有重要的学术价值，至今惠泽学界。

《梅兰芳演出剧本选集》，是中国戏剧家协会为纪念梅兰芳舞台生活五十年而编选，于 1954 年 12 月由艺术出版社出版。选收《宇宙锋》《贵妃醉酒》《奇双会》《黛玉葬花》《天女散花》《霸王别姬》《洛神》《凤还巢》《抗金兵》《生死恨》等演出本，许源来、许姬传、何异旭协助整理，梅兰芳校订，田汉作序。该选集展现梅兰芳半个世纪的舞台演剧轨迹，映射他继承和革新京剧艺术的创作历程。

《东游记》，由梅兰芳述，许姬传记，记录 1956 年夏梅兰芳访日的印象和感想，《新观察》杂志于 1956 年 9 月至 12 月分为 6 期连载刊发，1957 年由中国戏剧出版社结集出版。冈崎俊夫曾译成日文出版。梅兰芳多次访日演出，唯独 1956 年的这次出访留有较为详细、完整的文字记录，在中国戏曲史乃至中国文化交流史上具有重要的价值。

《梅兰芳戏剧散论》，选收新中国成立以来梅兰芳论述党的文艺方针、戏剧表演理论及其参加国内外戏剧活动的观感文章共 48 篇，于 1959 年由中国戏剧出版社出版。《劳动人民使我的艺术创造有了新的生命》《谈谈京剧的艺术》《要善于辨别精、粗、美、恶》等文章阐述了文艺为工农兵服务的重要性、京剧艺术的特点，指出青年演员在实践中注意鉴别好坏，才能不断进步成为突出的优秀演员；《继承着瑶卿先生的精神前进》《哭砚秋》等文章记述梅兰芳与王瑶卿、程砚秋、萧长华等艺术家的交往与艺术交流，有助于读者对这些艺术家的全面了解；《为兵服务——从朝鲜到广州》《赣湘鄂旅行演出手记》等文章记录参加抗美援朝慰问团到朝鲜慰问英雄战士、到全国各地巡回演出的情况；《回忆苏联》《看日本歌舞伎剧团的演出》等文章记录访问苏联、日本等国的过程和感受。该论集是研究梅兰芳表演实践和理论思想的重要文献。

电影是梅兰芳认识戏曲特性的一个参照系。梅兰芳非常喜欢电影，他说："我看电影，受到电影表演艺术的影响，从而丰富了我的舞台艺术。"① 梅兰芳拍过无声黑白片《春香闹学》《天女散花》《上元夫人》，有声电影《刺虎》"贞娥敬酒"片段、《虹霓关》，彩色电影《生死恨》等，是较早参与电影拍摄的戏曲表演艺术家。《梅兰芳的舞台艺术》是一部纪录片，通过影片总结梅兰芳的表演经验，集

---

① 梅兰芳《我的电影生活》，中国电影出版社 1984 年版，第 3 页。

中概括梅兰芳一生的艺术成就。该片于 1954 年 10 月 15 日开始拍摄，1955 年 12 月 2 日完成。导演吴祖光，副导演岑范。为了获得理想的片子，梅兰芳做了大量的准备工作，拍片方案做过五次修订。电影分上下两集。上集包括《断桥》和《宇宙锋》两出戏，及《春香闹学》《虹霓关》《天女散花》《黛玉葬花》《木兰从军》《生死恨》《抗金兵》《雁门关》八出戏的片段表演。除了时装新戏没有选入，基本概括了梅兰芳各个时期的代表作，在片头还穿插了梅兰芳作画、练剑、放鸽子、会友，同周信芳先生五十年舞台生活纪念大会上的情况，以及赴朝慰问等镜头，较为全面地展现了梅兰芳舞台艺术和生活的方方面面。依照电影艺术特点，运用了特写镜头，使人物面部表情得到更为真切的表现，尤其是眼神运用，目的性更为明确集中，给人以深刻的印象。1959 年 11 月，拍摄昆曲电影片《游园惊梦》，导演许珂，艺术指导崔嵬，梅兰芳饰杜丽娘，俞振飞饰柳梦梅，言慧珠饰春香，华传浩饰杜母。随着纪录片和电影片在全国的上映，全国千百万观众都能观赏到梅兰芳的戏和他的表演，这让他感到非常幸福，也感到无上的光荣。

排演新戏 "我不挂帅谁挂帅"

梅兰芳到全国各地巡回演出，受到广大观众的热烈欢迎，同时在日本、美国、苏联及其他国家也拥有国际声誉。为了奖励梅兰芳杰出的艺术创造和演技，1957 年 6 月 7 日，国际舞蹈协会委托瑞典舞蹈促进协会主席海格尔在瑞典驻华大使馆授予梅兰芳荣誉奖章，周恩来总理参加了授奖仪式，梅兰芳是获得此项荣誉奖章的第 14 位艺术家，也是我国第一位获此殊荣的京剧表演艺术家，标志着梅兰芳成功跻身于世界级艺术家行列。

新中国成立后，梅兰芳一直在考虑创作新戏。直到 1959 年，他排演《穆桂英挂帅》，才完成这一心愿。5 月 25 日，《穆桂英挂帅》

在人民剧场首演，一连几场，场场爆满。该剧根据豫剧同名剧目改编，陆静岩、袁韵宜执笔改编，郑亦秋导演，李少春、袁世海、李和曾、李金泉、梅葆玥、梅葆玖、杨秋玲等参加演出。梅兰芳在《穆柯寨》《破洪州》等剧中饰演过青年穆桂英，但没有演过中年穆桂英。1953 年，马金凤主演的豫剧《穆桂英挂帅》到上海演出，梅兰芳去观看，先后看了四场，产生了要移植豫剧《穆桂英挂帅》的想法。"要根据京剧的特点和风格来加以变动和修改，决不能不经过自己的融化而生搬硬套的去模仿。我要尝试用京剧的程式和表演手法来表现穆桂英的这一段动人的故事。我虽然演了几十年的穆桂英，但这是30 年来第一次准备排练的新剧目，我已六十开外，要演好中年穆桂英的英姿，肯定会遇到不少的困难，但是我有信心要移植成功，虚心向豫剧学习。"① 北京文联特意为该剧召开座谈会，专家们一致认为梅兰芳饰演的穆桂英形象鲜明突出，唱腔、做功俱佳。京剧表演艺术家于连泉认为该剧很难演，既要有扮相、有嗓子，有基本功夫，还要有元帅的气度，起先要含蓄，之后要放开，而且不能离开青衣的范围，要演得既稳重又大气，才合乎中年穆桂英的身份。"梅先生的艺术已到炉火纯青的地步，六十多岁的人了，还是嗓子是嗓子，扮相是扮相，腰腿灵活，身上、脸上、一招一式，坦坦然然，水袖清清楚楚，跑起圆场来，脚底下轻、稳、快，叫人看了舒服松心，确实是难能可贵的。"② 该剧成为梅兰芳庆祝中华人民共和国成立 10 周年的献礼之作，具有历史性的意义。

1960 年 4 月，北京市人民委员会任命梅兰芳为梅剧团团长。8 月 5日，吉祥京剧院三团并入梅剧团。1961 年 5 月 31 日，梅兰芳率梅剧团到中关村中国科学院为科学家们演出《穆桂英挂帅》，谢幕时，和郭沫若院长合影留念。1961 年 1 月，中国戏曲研究院撤销建制，并入中国

---

① 梅葆琛《怀念父亲梅兰芳》，中国社会出版社 1994 年版，第 126 页。

② 于连泉《老当益壮：看〈穆桂英挂帅〉》，载中国梅兰芳研究学会、梅兰芳纪念馆编《梅兰芳艺术评论集》，第 415 页。

戏曲学院,梅兰芳任中国戏曲学院院长,张庚、晏甬、罗合如任副院长。1964年1月1日,中国戏曲学院停办,中国戏曲研究院恢复建制。

1961年8月8日凌晨5时,梅兰芳在北京病逝,享年67岁。《人民日报》在第一版刊登讣告和治丧委员会名单。治丧委员会由周恩来等64人组成,陈毅任主任委员。陈毅称梅兰芳是"一代完人"。

为了纪念梅兰芳的艺术成就,使梅派艺术得到更好的传承与发展,中国戏剧家协会编辑《梅兰芳文集》,于1962年由中国戏剧出版社出版。文集收录表演理论、报告、回忆录、观感等文章53篇。《戏曲大发展的十年》《关于表演艺术的讲话》《我怎样排演〈穆桂英挂帅〉》等文章体现梅兰芳对戏曲创作实践、戏曲表演理论的总结,《与西安戏曲界谈艺》《怎样保护嗓子》《重视舞台艺术生活的文字记录工作》等文章介绍表演艺术心得、分享舞台艺术经验,《谈昆剧〈十五贯〉的表演艺术》《运用传统技巧刻划现代人物》《看同州梆子》等文章是观剧感想。这些文章展现出梅兰芳探索戏曲表演体系的实践经历和心路历程,梅兰芳京剧表演艺术恪守传统,发展传统,达到传统与创新、美和善的统一。

结　语

作为20世纪中华民族传统文化的典型代表,梅兰芳品德高尚,艺术精湛,在文化界和人民群众中享有极高的声望。他的一生充满传奇色彩,从早期学艺到成名成派,从赴沪演出到访日、访美、访苏,从蓄须明志到为工农兵服务,从戏班班主到国家艺术研究机构的掌门人,每一人生阶段都达成不同的目标,每一阶段在中国戏曲史上都具有标志性的意义。梅兰芳是艺人,却不是一位普通的艺人。他出身于梨园世家,深厚的家学濡养、开阔的艺术视野、自觉的创新意识使他成长为一位京剧表演艺术家,其蜕变不是一个人的成功,而是凝聚着集体智慧的结晶,在他的周围聚集着一批文艺界、政界和工商界的知名人士，他们为梅兰芳出谋划策，助其赴沪、外访演出圆满成功。他在不同阶段的艺术创作中，在观众长期的检验和反馈中，完成了对戏曲艺术的创新。梅兰芳是京剧流派的代表人物。他从小学艺，在唱、做、念、舞方面受过严格的系统训练，在继承京剧优良传统的基础上，集青衣、花旦、刀马旦、武旦之大成，形成雍容华贵的表演风格，世称"梅派"，成为继王瑶卿之后京剧旦行艺术的代表。新中国成立后，他到全国各地巡演、讲学，将具有理论价值和示范意义的京剧表演经验扩展、辐射到地方剧种，提升地方剧种的艺术品质。梅兰芳更是一位文化使者。他将京剧艺术传播到日本、美国、苏联、欧洲等国家和地区，对西方现代戏剧理论的发展产生影响。作为中国文化的代言，梅兰芳京剧表演艺术超越戏剧界、超越国界，具有国际价值和世界意义。

（谢雍君　中国艺术研究院戏曲研究所研究员）

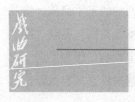

也论昆曲的形成
与梁辰鱼的贡献

顾聆森

《戏曲研究》第 117 辑刊登了薛若琳先生的昆曲史论《昆曲形成的时间与梁辰鱼的创新成就》，概其要点，诚如文章标题所示，一是论证昆曲形成的时间，二是论述梁辰鱼对昆曲声腔的创新贡献。[①] 2013 年我在上海《文学报》发表了《何来昆曲 600 年？——央视电视片〈昆曲 600 年〉的历史臆造》，论证了昆曲史不足 500 年，"昆曲 600 年"是个伪命题。[②] 多年来，虽也有学者有所呼应，但不足以

① 参见薛若琳《昆曲形成的时间与梁辰鱼的创新成就》，《戏曲研究》第 117 辑，文化艺术出版社 2021 年版，第 2～45 页。
② 参见拙文《何来昆曲 600 年？——央视电视片〈昆曲 600 年〉的历史臆造》，《文学报》2013 年 6 月 13 日第 6 版。

矫正论坛，人们仍然言必称"昆曲 600 年"！薛若琳先生以其史学大家之笔，用翔实而丰富的史料证实了昆曲历史确实距今"约五百年"，洋洋洒洒三万余言，读来令人心悦诚服。

薛先生的大作曾几易其稿，其中有三次，他把修改稿发给我，要我"横挑鼻子竖挑眼"，予以"把关指正"。我比薛先生虽然只小三岁，但我一直把他视为师辈，所谓"把关指正"愧不敢当，但他既然如此虚怀若谷，我自也一遍遍虔诚拜读，也向他提供了一些材料或建议。

为了给薛先生大作提些建议，我翻阅了一些资料，并做了若干思考，我把我之所思执笔成文，也想得到他的指导，不想他竟驾鹤仙逝了。需特别说明的是，本文并不是薛先生大作的延伸，而只是同一命题下的另外思考，也没有回避某些方面与薛作的分歧。他若健在，一定会有一次很有意思的如闻其声、如见其人的文字交流与切磋。惜乎已幽明两隔，留下的只有内心的遗憾了，聊借此文对逝者表达我深深的缅怀罢。

一 昆山腔不是昆曲

昆山腔不是昆曲。把昆山腔、昆曲混为一谈，不是近代学者的发明，而是古人犯浑在先。

较早提到"昆山腔"的，见明祝允明之《猥谈》：

> 自国初来，公私尚用优伶供事，数十年来，所谓南戏盛行……愚人蠢工，狗意更变，妄名余姚腔、海盐腔、弋阳腔、昆山腔之类。变易喉舌，趁逐抑扬，杜撰百端，真胡说耳。若以被之管弦，必至失笑而昧士倾喜之互为自谩尔。[①]

[①] 祝允明《猥谈》，载陶宗仪《说郛三种》（十），上海古籍出版社 1988 年版，第 2099 页。

祝允明诟病包括昆山腔在内的"四大声腔",其时昆曲新声尚未问世,故"昆山腔"的含义很单纯。稍晚于魏良辅的史家徐渭著《南词叙录》则说:

> 今唱家称"弋阳腔",则出于江西,两京、湖南、闽、广用之;称"余姚腔"者,出于会稽,常、润、池、太、扬、徐用之;称"海盐腔"者,嘉、湖、温、台用之。惟"昆山腔"止行于吴中,流丽悠远,出乎三腔之上,听之最足荡人。①

徐渭把"昆山腔"并列于"四大声腔",说的都是南戏声腔,与昆曲新声也没有什么关系。明隆庆之初,梁辰鱼用魏良辅创立的新声昆曲唱演了他的传奇《浣纱记》大获成功,昆曲因此声名鹊起,吴中声腔从此再不"止行于吴中",至万历年间已传遍大江南北,甚至进了皇宫。也就在这时,人们开始混称昆曲和昆山腔。其中清乾隆年间曲家焦循的《剧说》最有代表性,他说"世所谓'昆山腔',自良辅始"②,竟然把历史悠久的民间声腔昆山腔说成始于魏良辅,但明眼人知道,他说的昆山腔其实不是昆山腔,而是魏良辅始创的昆曲。

昆山腔,和其他南戏声腔一样,都用地方方言歌唱,且以"村坊小曲而为之",徐渭称之为"本无宫调,亦罕节奏,徒取其畸农、市女顺口可歌而已,谚所谓'随心令'者",徐渭用了祝允明同样的口气评论四大声腔:"多见其无知妄作也。"③

徐渭和祝允明之属讥讽南戏声腔,也未必就是薛作所说的"不厚道",因为当时社会的主流音乐是北曲,北曲有严格的音律,有成熟的乐理,而南戏只是"随心令",为知识界和上层社会所不屑,这大概也是风气使然罢。须知"随心令"没有创始人,由当地群众集

---

① 徐渭《南词叙录》,载中国戏曲研究院编《中国古典戏曲论著集成》(三),中国戏剧出版社 1959 年版,第 242 页。
② 焦循《剧说》,载中国戏曲研究院编《中国古典戏曲论著集成》(八),第 117 页。
③ 徐渭《南词叙录》,载中国戏曲研究院编《中国古典戏曲论著集成》(三),第 240 页。

体创造。而昆曲是一种按照创始人的审美意愿精心雕凿的新声腔，它的创始人即魏良辅。把昆山腔和昆曲混为一谈的一个最直接后果就是认为昆山腔是昆曲的母体。且不说没有任何古人说过"魏良辅改革了昆山腔"之类的话，而且任何古籍都没有过类似的记载或表述，所谓"魏良辅改革昆山腔而为昆曲"，不过是近现代学者想当然的臆说。

昆曲有母体吗？如果有，母体又在哪里？清初学者朱彝尊曾有过回答，他说："时邑人魏良辅能喉转声音，始变'弋阳''海盐'故调为昆腔。"[1] 朱彝尊指证了昆曲的母体是弋阳腔和海盐腔，流行于现代昆曲舞台的昆剧传统戏中保留了弋阳腔的曲牌乃至折子戏，我们从永嘉昆剧折子戏中尚能听到海盐腔的遗音，可见朱彝尊所言不虚。明末曲家沈宠绥说到魏良辅创立新声的动机时说，魏氏是因为"愤南曲之讹陋"[2]。清初曲家余怀则说："当是时，南曲率平直无意致，良辅转喉押调，度为新声。"[3] 他们都把南曲视作昆曲母体。弋阳腔、海盐腔都是南曲声腔，这与朱彝尊所说并不矛盾，只是南曲包罗的范围更大，声腔种类更多。魏良辅为创立南曲新声，必须尽可能多地熟悉和研究南曲声腔，这既合乎情理，也合乎逻辑。

昆曲还有一个重要的"母体"是北曲。元杂剧已经消亡，而北曲因为魏良辅把它引进了昆曲，而使它一息尚存流传至今，这是魏良辅的巨大贡献。魏良辅为什么要引进北曲？魏氏本是北曲家。据载他还曾和当时的北曲名家王友山赛过曲。要改变南曲的"讹陋"和"平直无意致"，魏良辅要借用北曲先进而成熟的乐理，这正是其精明之处。如果一定要追究昆曲的母体，那绝不是昆山腔。可以这样

---

[1] 朱彝尊《静志居诗话》，载周骏富辑《明代传记丛刊》（第9册），台湾明文书局1991年版，第400页。

[2] 沈宠绥《度曲须知》，载中国戏曲研究院编《中国古典戏曲论著集成》（五），第198页。

[3] 余怀《寄畅园闻歌记》，载张潮辑《虞初新志》（四），民国上海文瑞楼本，第2页。

说：昆曲是魏良辅及其曲家群落汲取了南曲诸多声腔以及北曲的音乐精华而创立的一种新声腔。[①] 这种崭新的南曲新声腔，它虽然汲取了南北曲诸多声腔的营养，但早已经脱胎换骨，发生了质的变化，故绝不能把任何一种南北曲声腔尤其是"止行于吴中"的昆山腔的发展史作为史前史嫁接给昆曲，它们是两个截然不同的概念。

二　昆曲，由魏良辅原创

昆曲由魏良辅原创。明末曲家沈宠绥《度曲须知》云，魏良辅"声场禀为曲圣，后世依为鼻祖"[②]，说得已经很明白了。但"昆曲600年"的谬论却轻而易举地剥夺了魏良辅"鼻祖"的地位，仅凭一句空话推出了600年前千灯的顾坚为昆曲创始人。薛作已用大量无法辩驳的史实予以驳斥，这里不再赘述。

时至清初，曲家余怀《寄畅园闻歌记》载，魏良辅为创立新声昆曲"不下小楼十年"[③]，复旦大学著名教授赵景深先生考证"小楼十年"是明嘉靖十年到二十年（1531—1541），距今480年。在魏良辅身后，关于昆曲音乐的文献典籍颇丰，当今昆曲舞台流传的几百出折子戏又都保存了完整的工尺谱，这些活的文物加上大量的文献典籍，要追踪昆曲音乐的原创其实并不困难。

魏良辅如何原创了昆曲？人们多语焉不详，我将其归纳为如下几个方面。

（一）舞台语音的选定

南曲声腔都以地方方言歌唱，其中海盐腔最早改用海盐官话，所以较快传到了外省。像昆山腔这样特别土俗的声腔多少年来就不得

---

① 参见顾聆森《昆曲音乐概论》"写在卷前"，山西教育出版社2020年版，第6页。
② 沈宠绥《度曲须知》，载中国戏曲研究院编《中国古典戏曲论著集成》（五），第198页。
③ 余怀《寄畅园闻歌记》，载张潮《虞初新志》（四），第2页。

不"止行于吴中"。魏良辅创立新声时吸取了南曲声腔流传狭隘的教训，他效学海盐腔的榜样，把昆曲的舞台语音选定为"中州音"。所谓的"中州音"其实并非中州方言，而是苏州人学说"中州官话"形成的一种特别的语音，即"苏州—中州音"，俗称"苏州官话"。详析"苏州—中州音"，大致有四种类型：一是声母、韵母相同，如"来""明"等，两地并无差别；二是由中州音的声母与苏州音的韵母合成，如"圆""也"等；三是苏州音的声母与中州音的韵母合成，如"需""秋"等；四是"苏州官话"保留了大量独立的入声字音。舞台语音改为"苏州官话"是一种战略选定，众所周知，音乐创作，旋律一定以语音为基础，戏曲声腔尤甚，如沪剧之用上海音，锡剧之用无锡话等。魏良辅虽然活动于太仓、昆山一带，但他拒绝了昆山方言，从而剥离了昆山腔的音乐"母体"身份。"苏州官话"的选定解除了方言中有音无字的困惑，使每个舞台字音都能够得到传统声韵学的观照，从而使魏良辅有可能把古代声韵学的研究成果引入昆曲的度曲领域，例如南曲从来没有韵学检索工具，"苏州—中州音"既纳入了官话系统，就使北曲的《中原音韵》可以被引入南曲检索。魏良辅本人曾在《南词引正》指出"中州韵"乃"诸词之纲领"①。他还把南曲传奇《琵琶记》奉为"曲祖"，就是因为它"词意高古，音韵精绝"②。"苏州—中州音"为昆曲打开了韵学理论的大门，从此以后，昆曲的韵学理论乃至昆曲的唱演理论均得到了迅速发展。

（二）歌唱方法的发明

声韵学说对于昆曲度曲领域而言，不是简单介入，而是打开了"字正腔圆"的通道。在此基础上魏良辅发明了"依字行腔"的歌唱方法。所谓"依字行腔"是要求歌唱者通过正确的口法，把字声和字韵通过"行腔"予以体现，并最终合成乐化的字音。魏良辅要求

---

① 魏良辅《南词引正》，载钱南扬《汉上宧文存》，上海文艺出版社1980年版，第99页。

② 魏良辅《曲律》，载中国戏曲研究院编《中国古典戏曲论著集成》（五），第6页。

习曲者始终把字声把握作为第一要务，他这样告诫习曲者：

> 五音以四声为主，四声不得其宜，则五音废矣。平上去
> 入，逐一考究，务得中正，如或苟且舛误，声调自乖，虽具
> 绕梁，终不足取。①

曲家沈宠绥在《度曲须知》中以"声则平上去入之婉协，字则头腹尾音之毕匀"②总结了昆曲"依字行腔"的歌唱特点。所谓"头、腹、尾"是指字头（声母）、字腹（介母）、字尾（韵母），昆曲中许多著名的腔格如啴腔、㕮腔、豁腔、断腔等，被称为"字声腔格"，就是专门用来规正字声中正的。昆曲人称"水磨腔"，正是"依字行腔"最贴切的赞誉。

（三）引进北曲

如前所说，魏良辅原是成名的北曲家，他为南曲创立新声，把北曲引进南曲正是他高瞻远瞩的明智之举。北曲的引进不是选择性的，而是一种整体植入。魏良辅在《曲律》中这样告诫曲唱者，"曲有两不杂，南曲不可杂北腔；北曲不可杂南字"③，可见北曲在昆曲中保持了一种独立的体系。但北曲的引进不是南曲与北曲的简单相加，魏良辅成功地解决了两大关键，一是"北曲南唱"，二是"以腔应字"。所谓"北曲南唱"是要求于北曲既保持声腔完整的曲牌套数体系，但又不阻止它被昆唱的有限同化，借以实现"以腔应字"。由于新声腔的舞台语音已不是北音而是"苏州官话"，魏良辅也成功地完成了曲唱时南北字声一定程度的相融，昆曲的"依字行腔"也成了北曲的度曲要领。在这相融的过程中，南曲也在北曲的影响下肃清了"随心令"的歌唱方法。"北曲南唱"，不仅相关于艺人的口法，也相关于乐器的相融。因而魏良辅在把北曲的乐器"弦索"一起引进南

---

① 魏良辅《曲律》，载中国戏曲研究院编《中国古典戏曲论著集成》（五），第5页。
② 沈宠绥《度曲须知》，载中国戏曲研究院编《中国古典戏曲论著集成》（五），第198页。
③ 魏良辅《曲律》，载中国戏曲研究院编《中国古典戏曲论著集成》（五），第7页。

曲的同时，就不能不解决"北曲南奏"中必然出现的相关问题，他还因此着手北曲弦索乐器的改良。魏良辅的女婿张野塘改制曲弦即是一个有文字可稽的事例。

> 野塘既得魏氏，并习南曲，更定弦索音节，使之南音相近；并改三弦式，身稍细而其鼓圆，以文木制之，名曰弦子。①

所谓"更定弦索音节"，是要求弦索的弹奏适应南曲的舒徐环回，使北曲的"三弦"成为南北两通的"弦子"，这是张野塘根据魏良辅的意图创造的一个杰作。

（四）音乐伴奏的改革

清唱的伴奏极简单，主要乐器是笛，不用鼓板，常以扇子柄击拍桌面节制节奏。顾起元《客座赘语》提到清唱：

> 万历以前，公侯与缙绅及富家凡有燕会、小集，多用散乐，或三四人，或多人，唱大套北曲；若大席，则用教坊打院本……后乃变而尽用南唱，歌者止用一小拍板，或以扇子代之，间有用鼓板者——今则吴人益以洞箫及月琴，益为凄惨，听者殆欲堕泪。②

昆曲清唱的功夫主要用在以口法、格律为基础的"依字行腔"上，而一定规模的器乐伴奏有利于厚化音乐内涵。唯魏良辅是北曲家，北曲经有元一代戏曲音乐家的打造，早已完善了它的伴奏系统，魏良辅汲取北曲的伴奏理念，应是顺理成章的事。然魏良辅自己"长于歌而劣于弹"，这正是他要把能弹会唱的北曲家张野塘招为女婿的初衷。宋直方《琐闻录》还记载了魏良辅招婿的一则佳话：

> 昆山魏良辅者，善南曲，为吴中国工。一日至太仓，闻

---

① 宋直方《琐闻录》，转引自吴新雷主编《昆曲艺术概论》，山西教育出版社 2011 年版，第 7 页。
② 转引自焦循《剧说》，载中国戏曲研究院编《中国古典戏曲论著集成》（八），第 90 页。

野塘歌，心异之，留听三日夜，遂与野塘定交。时良辅年五十余，有一女，亦善歌，诸贵人争求之，不许，至是竟以妻野塘。①

在魏良辅的主持下，笛王谢林泉、洞箫名手张梅谷等纷纷加盟，才有日后的"剧场大成"。

关于魏氏对昆曲伴奏改革，古代的文献典籍并不多见。而清代曲家李调元的《雨村曲话》，提供了一条极为珍贵的史料，他引用了沈宠绥的话，他这样说：

> 明时虽有南曲，只用弦索官腔；至嘉、隆间，昆山有魏良辅者，乃渐改旧习，始备众乐器而剧场大成，至今遵之。②

这条信息告诉我们，清唱的伴奏由魏良辅"渐改"。沈宠绥是明末曲家，说明时至明末，昆曲众乐器已经"剧场大成"了。到了清代昆剧的全盛时期，伴奏规模得到了更为长足的补充发展。

当代昆剧院团的乐队已非昔比。表1所列是当今昆剧的音乐伴奏阵容。

表1

管乐器 (吹奏)	弦乐器 (弹拨)	打击乐器 (击打)	
曲笛	曲弦	单皮鼓	小锣
笙	琵琶	檀板	大锣
箫 (洞箫)	提琴	怀鼓 (荸荠鼓)	(开道锣)

---

① 宋直方《琐闻录》，转引自吴新雷主编《昆曲艺术概论》，第7页。
② 李调元《雨村曲话》，载中国戏曲研究院编《中国古典戏曲论著集成》（八），第8页。

管乐器 （吹奏）	弦乐器 （弹拨）	打击乐器 （击打）	
唢呐 （海笛）	筝	堂鼓	柴锣
长尖 （招军、先锋）	阮	钹	云锣
号筒	双清	铙	汤锣（月锣）
	月琴	星子	兴旺

表 1 所列也仅仅是当代昆剧音乐伴奏的基本阵容，有条件的院团总设法引入更多的民族乐器。但昆剧音乐伴奏无论怎样变化发展，总未能超越魏良辅时期的伴奏体系，即由管乐器、弦乐器和打击乐器组成的"剧场大成"格局，此种格局"至今遵之"。

昆曲是一项伟大的声腔创造工程，魏良辅实实在在的声腔创造业绩，足以将仅凭一句空话就登上昆曲"鼻祖"神坛的顾坚之属拉下宝座。

三 梁辰鱼的创新贡献

明隆庆初年《浣纱记》问世，《浣纱记》的成功，让作者梁辰鱼声名鹊起，誉满曲坛。《浣纱记》原名《吴越春秋》，作于魏良辅昆曲创作收官之年，即嘉靖二十年（1541）左右，《吴越春秋》是南戏剧作，当时执文坛牛耳的王世贞有过"满而妥，间流冗长"①的评论，但未见有演唱记载。20 年后，梁辰鱼把它改写为《浣纱记》，这与魏良辅有关。

明曲家张大复《梅花草堂笔谈》有这样的记载：

> 魏良辅，别号尚泉，居太仓南关，能谐声律，转音若丝。

---

① 王世贞《曲藻》，载中国戏曲研究院编《中国古典戏曲论著集成》（四），第 37 页。

张小泉、季敬坡、戴梅川、包郎郎之属，争师事之惟肖。而良辅自谓勿如户侯过云适，每有得必往咨焉，过称善乃行；不，即反复数交勿厌。时吾乡有陆九畴者，亦善转音，顾与良辅角，既登坛，即愿出良辅下。梁伯龙闻，起而效之。①

梁伯龙"闻"的是什么？又"效"什么？从原文看，一是听说了魏良辅的求贤好学精神；二是听说魏良辅曲唱艺术高超，能使吴中名家陆九畴心悦诚服而"愿出其下"。须知，梁辰鱼也十分钟爱度曲，既闻魏良辅曲唱艺术之高超，又好学礼贤，便一心要效学魏良辅，自此，他追随魏良辅，成为魏的学生。薛文否定了梁辰鱼是魏良辅的学生，其主要依据是文献资料中没有见过梁对魏"执弟子礼"以及任何有关魏梁"师生关系"的记载。其实，魏良辅的众多弟子，就如张大复上文列举的张小泉、季敬坡、戴梅川、包郎郎之属，他们虽"争师事"于魏，也并没有"执弟子礼"的记载。倒是魏梁的"师生关系"并非揣测，而是有文献记载的。如《昆新两县续修合志》卷三十云：

> 梁辰鱼字伯龙……尤善度曲，得魏良辅之传。转喉发音，声出金石。②

清曲家焦循《剧说》则说：

> 世所谓昆山腔，自良辅始，而伯龙独得其传。著《浣纱》传奇，梨园子弟多歌之。③

恰恰是魏良辅所创昆曲新声的美轮美奂深深地吸引了梁辰鱼，他才决意把南戏传奇《吴越春秋》按照昆曲的韵律改写。终于，南戏《吴越春秋》雪藏20年后，被改成了昆剧《浣纱记》。焦循所说"伯

---

① 张大复《梅花草堂笔谈》，载《梅花草堂集》卷十二，民国上海进步书局版，第11页。
② 吴金澜等修，汪堃等纂《（光绪）昆新两县续修合志》卷三十，清光绪六年（1880）刊本。
③ 焦循《剧说》，载中国戏曲研究院编《中国古典戏曲论著集成》（八），第117～118页。

龙独得其传，著《浣纱》传奇，梨园子弟多歌之"，又向我们透露了几个重要信息，一是梁辰鱼"独得其传"以后才改写《吴越春秋》的，这可以和清初朱彝尊所说"魏良辅变'弋阳''海盐'故调为昆腔，伯龙填《浣纱记》付之"①，互为印证。二是《浣纱记》唱红，受到了梨园子弟的普遍欢迎。而所谓"独得其传"者并非是说魏良辅只传梁辰鱼一人，而是说，魏众多学生中唯有梁辰鱼得了魏良辅的音乐真谛。《浣纱记》的大获成功正好说明了这一点。

梁辰鱼在改写《吴越春秋》的过程中做了两件事，一是"考订元剧"，二是"自翻新调"。元剧是北曲，而昆曲本质上是南曲，梁辰鱼何以要考订北曲？依我之见，这是因为魏良辅已把北曲引进昆曲，而昆曲系统中的北曲，虽然保持了独立的品格，但在"水磨调"的格局中，在唱法上必然会表现某些新的特点。诚如清曲家徐大椿所云，"其偶唱北曲一二调，亦改为昆腔之北曲，非当时之北曲矣"②。梁辰鱼通过"考订"，无非为了谋取北曲不同的运用灵感。所谓"自翻新调"，应是指剧作音乐的革新，梁辰鱼虽然根据昆曲的音乐格律改写了剧作，但昆曲是清唱，不能"囫囵吞枣"地被他搬取，还必须根据人物性格、情节呈现的需要，以必不可少的变革为他所用，何况梁辰鱼是要把"随心令"变成有格律的新颖的曲唱呢。他在"自翻新调"的进程中，还不时与曲友们进行唱演实验。张大复《梅花草堂笔谈》说得很明白：

> （梁伯龙）考订元剧，自翻新调，作《江东白苎》《浣纱》诸曲，又与郑思笠精研音理，唐小虞、陈梅泉五七辈杂转之，金石铿然。③

梁辰鱼喜度曲，也有强烈的创新意识。进士张新偕同赵瞻云、雷

---

① 参见朱彝尊《静志居诗话》，载周骏富辑《明代传记丛刊》（第9册），第400页。

② 徐大椿《乐府传声》，载中国戏曲研究院编《中国古典戏曲论著集成》（七），第157页。

③ 张大复《梅花草堂笔谈》，载《梅花草堂集》卷十二，第11页。

敷民、张小泉曾往来唱和创立了"南马头曲"。梁辰鱼是否参与，不得而知，但"南马头曲""禀律于梁"①。可见"梁派"之曲应该已有影响，但张新他们取的是"魏良辅校本"，因而梁其实"禀律于魏"。

明嘉靖、万历年间欲标新立异创立新声腔者大有人在，如上海、太仓、无锡、吴郡都形成了曲派，不过，上海、太仓"俱丽于昆"，无锡"宗魏而艳新声"，吴郡则"稍折衷于魏，而汰之润之，一禀于中和"。可见以上三派都源于魏良辅，故明曲家潘之恒断言"三支共派"，魏良辅乃是"立昆之宗"者。② 表2即是明嘉靖、万历年间吴中曲家群落"三支共派"表。

梁辰鱼的创新意识应充分肯定。把《吴越春秋》改写为《浣纱记》正出于他的创新驱动。南戏原以本色见长，为了把典雅的昆曲音乐搬演于舞台表现故事，梁辰鱼不惜雅化了自己的剧作，《浣纱记》的对白不仅使用文言，唱词中也不拒绝使事用典，因而《浣纱记》也被认为开创了昆剧典雅化的先河，史称"典雅派"（也称"昆山派"）。《浣纱记》也因此为上流社会，特别是士大夫、贵族知识分子所推崇，成了贵族家班的宠儿。与此同时，职业戏班也纷纷唱演《浣纱记》，昆曲从而很快超越地域局限向外地流传。至明万历年间，昆曲已传入了皇宫，甚至传至海外。

《浣纱记》搬上戏剧舞台之际，曲坛有不少成熟的南戏如《红拂记》《玉簪记》《狮吼记》都曾跃跃欲试改唱昆曲，但只有《浣纱记》脱颖而出，盖因《浣纱记》的作者梁辰鱼乃魏良辅学生，并"独得其传"。《浣纱记》的成功，使其"谱传藩邸戚畹、金紫熠爔之家"，并导致"吴闾白面冶游儿，争唱梁郎雪艳词"③。

---

① 张大复《梅花草堂笔谈》，载《梅花草堂集》卷十二，第11页。
② 参见潘之恒《鸾啸小品》卷三"曲派"，载潘之恒著，汪效倚辑注《潘之恒曲话》，中国戏剧出版社1988年版，第17页。
③ 张大复《梅花草堂笔谈》，载《梅花草堂集》卷五，第2页。

表 2

吴中老曲家：陆九畴 陶九官 周仕驼 尤 仕 袁髯 过云适

梁派（辰鱼）"起而效之"：郑思笠–李季膺 唐小虞 陈梅泉

"南马头曲"：吴芍溪 任小泉–钮少雅 张怀仙 赵瞻云–顾茂仁–陈元瑜 雷敷民–顾靖甫–谢含之 张小泉 张新

昆山 魏良辅 "立昆之宗"：周梦山 陈梦萱 周似虞 潘荆南 张梅谷 潘少泾 谢林泉 张小泉 季敬坡 黄问琴 戴梅川 赵瞻云 包郎郎 张野塘 张五云

三支共派

无锡 "宗魏而艳新声"：潘荆南 顾渭滨 陈梦萱 吕起渭 潘少泾 安执吉

上海 "俱丽于昆"

苏州 滕全拙 "吴腔"：朱南川 张怀萱 周梦谷 高敬亭 冯三峰 黄问琴 王渭台 何近泉 顾小泉 朱美 朱子坚

57

《浣纱记》就其文学性、艺术性而言并非出类拔萃，这一点明清两代的曲家都有评述。然而《浣纱记》之所以能迅速得到传播，某种意义上得益于昆曲音乐的美轮美奂。另外，昆曲音乐也因为《浣纱记》唱红而得以广泛传播，诚如《续修四库全书总目提要（稿本）》所云："至今言歌词无不推昆腔，实伯龙作之始也。"① 薛文正确解释了"实伯龙之作"之"作"系指作品，古人称"传奇"即称为"作"，或称"撰"，或称"填"，或称"谱"，可见昆曲音乐之被推崇，与梁辰鱼的作品《浣纱记》密切相关。古来"魏梁"不分家，故有清初江左名士吴伟业总结说："里人度曲魏良辅，高士填词梁伯龙。"② "里人度曲魏良辅"指的是戏曲音乐，"高士填词梁伯龙"是说戏曲文学。

由于《浣纱记》是第一部运用昆曲唱演成功的南戏，因而是梁辰鱼在南戏系统中开创了一个全国性的大剧种——昆剧。同时创立了独一无二的"典雅"的戏曲文学流派，这是梁辰鱼对中国戏曲最卓越的贡献。

如果魏良辅是昆曲的"曲圣""鼻祖"，那么梁辰鱼则是昆剧剧种以及昆剧"典雅派"的创始人。

（顾聆森　中国昆曲博物馆研究员）

① 中国科学院图书馆整理《续修四库全书总目提要（稿本）》（二十五），齐鲁书社1996年版，第79页。
② 吴伟业撰，靳荣藩注《吴诗集览》卷四上，清乾隆四十年（1775）凌云亭刻本。

一部承前启后的剧本

——吐火罗文 A《弥勒会见记戏剧》的意义[*]

毛小雨

　　《弥勒会见记》是在我国新疆地区发现的古代文献，有多个语言的版本。回鹘文《弥勒会见记》（原题名作 *Maitrisimit*，又译作《弥勒三弥底经》）讲述了佛教未来佛弥勒的事迹。迄今共发现 7 个抄本，经研究甄别，其中 6 个抄本是以阿尔伯特·冯·勒柯克（A. von Le Coq）为首的德国考古队于 20 世纪 20 年代在吐鲁番木头沟和胜金口等地发现的残页，分藏于美因茨（Mainz）科学院和柏林科学院，通常称之为"吐鲁番本"；第 7 个抄本是 1959 年 4 月哈密县天山公社板房沟乡维吾尔牧民牙合亚热衣木在放牧时于一石堆内的毡包中发现的，较为完整，总共有 293 页（586 面），是国内收藏的篇幅最大的

---

[*]　本文在写作过程中，使用了就读于英国爱丁堡大学的毛沐霖提供的资料，特此致谢。

回鹘文写本，现存新疆维吾尔自治区博物馆，通常称之为"哈密本"。此外，还发现有三个焉耆语写本：第一个为德国考古队于焉耆舒尔楚克获得，现存德国；第二个于1965年出土于焉耆锡克沁千佛洞，现存新疆维吾尔自治区博物馆；第三个焉耆语写本是1974年在焉耆县七个星（锡克沁）佛寺遗址发现的《弥勒会见记》（吐火罗文A），是时间上距今最近的出土文献，其为唐代的遗物，共发现44页，两面书写焉耆语。① 出土时重叠在一起，左侧曾被火烧变得残缺而不完整，其全名是《弥勒会见记戏剧》（*Maitreyasamiti – Nāṭaka*），明确讲这是一个剧本。

这部吐火罗文A《弥勒会见记戏剧》从何而来，通过写本中的跋语可知。这个本子的回鹘文原名是 *Maitrisimit*，它先由焉耆著名的佛教大师圣月（Aryacandra）据印度文本改译为古代焉耆文（又称甲种吐火罗文或吐火罗文A），以后又由高昌国的回鹘学者智护大师根据焉耆文本再转译为回鹘文，最早的印度文本是梵文还是南亚地区的其他语言，写本没有明确说明。

一 《弥勒会见记》的发现与故事梗概

吐火罗文是一种误称，它是塔里木盆地居民吐火罗人所说的印欧语系的一个已灭绝的分支，人们从5世纪至8世纪的写本中得知，这些写本发现于塔里木盆地北缘的绿洲城镇和罗布泊。这一语系在20世纪初的发现使学者了解到，这些写本使用了两种密切相关的语言，称为吐火罗文A（也称东吐火罗文、阿格尼亚语或吐鲁番语）和吐火罗文B（西吐火罗文或库钦语）。文本的主题表明，吐火罗文A更为古老，并被用作佛教礼拜语言，而吐火罗文B在整个地区（从东部

---

① 参见李遇春、韩翔《新疆焉耆县发现吐火罗文A（焉耆语）本〈弥勒会见记剧本〉残卷》，《文物》1983年第1期，第39~41页。

的吐鲁番到西部的图木舒克）的使用更为活跃。在罗布泊盆地的俗语（Prakrit）文献中发现的大量借词和名称被称为吐火罗C。

吐火罗文B中现存最古老的手稿现在可以追溯到公元5世纪甚至4世纪晚期，使吐火罗文成为一种与哥特语、古典亚美尼亚语和原始爱尔兰语同时代的晚期古代语言。语言学家研究认为，吐火罗语族包含两种语言，焉耆语（也称"甲种吐火罗语"或"吐火罗A"）和龟兹语（也称"乙种吐火罗语"或"吐火罗B"），两支语言都曾在6世纪至8世纪在塔里木盆地使用。随着使用者逐渐被回鹘/维吾尔部落同化，此族语言最终灭亡。现存的吐火罗语文献存在于新疆发现的手稿残片中，大部分来自七八世纪，书写的材料有桦树皮、木板和纸，因为塔里木盆地的干燥气候得以保存下来。此族语言所使用的字母是印度北部的婆罗米文字母，也叫作"斜婆罗米文"。吐火罗语在公元840年左右灭亡，因为当时回鹘人被黠戛斯人逐出蒙古高原，迁移到塔里木盆地，并征服当地的吐火罗人。后世发现的从吐火罗文译成回鹘文的文献，为这一观点提供了依据。在回鹘人统治下，吐火罗人被外来的突厥语系民族——回鹘人所同化，其后代就是今日新疆维吾尔族居民的一部分。

1974年冬，吐火罗文《弥勒会见记》就在这一区域被发现，在新疆焉耆县千佛洞附近北大寺前的一个灰坑内，一些农场工人在此取土时发现，它成叠置放在离地表0.5米深的地方。该文本后被新疆维吾尔自治区博物馆收藏，因此被称为新博本。出土时，该残卷的形态是，"文书残卷大小共四十四页，每页两面都用工整的婆罗谜字母墨书写成，共八十八面。每面有字八行。字行之间隐约显出似用铅条划的乌丝栏隔线。有一页只有字七行，是被撕去一行的缘故。四十四页中有三十七页的左端约三分之一被火烧掉，残页高18.5厘米、长32厘米。还有七页已成碎片，约14厘米×21厘米或6厘米×8.5厘米大小。文书纸张质地较厚，呈赭黄色，两面都很光滑，有横排密布的条状纹饰，颇似帘纹，每页纸角都呈圆弧形。书写后似曾涂抹一层粘质液体（疑是蛋清）以保护字迹，因此至今字迹清晰，墨色如新"①。

《弥勒会见记》取材于小乘佛教经典，故事讲的是：生于高贵的婆罗门家的弥勒，自幼聪颖，随跋多利婆罗门修行。一天，师徒二人同在梦中受到天神启示，才知道释迦牟尼已成佛，正在摩揭陀国的孤绝山上讲经说法。跋多利打算前往，但因其已经 120 岁，年迈多病而无法成行，于是派遣弥勒前去拜见。弥勒告别老师，背井离乡，与 15 位同伴一起到佛祖那里出家学法，后来成了佛陀弟子。之后，佛祖释迦牟尼到波罗奈国说法。此前释迦牟尼的姨母憍昙弥夫人专为他做成金色袈裟一领，但释迦牟尼不愿接受，让她转施给其他僧众。在佛陀讲述了未来世弥勒的故事后，弥勒向佛陀请求愿做此未来世之弥勒，以解救众生脱离苦海。于是，弥勒降生于翅头末国一大臣家中，他从宝幢毁坏一事中得到启发，悟无常之理，遂出家寻道，终于在龙华菩提树下得成正觉，在鹿野苑转动法轮，普度众生，甚至入大小地狱以解救受苦的众生。整个文本语言优美，内容丰富，跌宕起伏，富有感染力。通过其塑造的佛陀、弥勒、憍昙弥夫人等人物形象和生动的故事情节，成功地运用舞台表演形式把枯燥的佛教理论转化为有血有肉、活灵活现的表演，通俗易懂，生动活泼，从而达到弘扬佛法的目的。

二 《弥勒会见记》的戏剧特征

尽管《弥勒会见记》各种版本出土颇多，但专家们对文本性质仍然有不同看法。大抵意见分为两种，一认为是佛教原始剧本，一认为是说唱文学。而季羡林先生译释的吐火罗文 A，题目上直接标明了这是一个剧本。同时，它还具有戏剧表演所需要的术语，如环境提示、幕与幕间插曲等，此外，需要演唱的地方还注明曲调的名称，这些都是歌

① 参见李遇春、韩翔《新疆焉耆县发现吐火罗文 A（焉耆语）本〈弥勒会见记剧本〉残卷》，《文物》1983 年第 1 期，第 39～40 页。

舞型戏剧必须具备的元素。在当今印度留存的传统表演形式库提亚坦、卡塔卡利、罗摩剧等戏剧形式当中，依然保持着这种特点。在季羡林之前，德国的梵文学者也有类似的看法，他们还根据梵语戏剧理论，从角色设置上来确定《弥勒会见记》的性质。埃米尔·西克（Emil Sieg）教授认为，推定《弥勒会见记》为戏剧的一个重要标志是丑角的出现，他就是那个诅咒跋多利的婆罗门，也是《弥勒会见记》故事的发端。总之，判断印度古代戏剧要有这三个指标：（1）有 nātaka 这个词；（2）有舞台术语；（3）有丑角。当为成熟的戏剧。①

季羡林先生也明确指出了这一点，吐火罗文《弥勒会见记》"是一个剧本。但是，认清这个事实却是经过了一番周折的。原因是，吐火罗文剧本，无论是在形式方面，还是在技巧方面，都与欧洲的传统剧本不同。带着欧洲的眼光来看吐火罗剧，必然格格不入"②。他进而说："为什么表面上象是叙事文学作品的《弥勒会见记》竟是一个剧本。我在这里再强调一下，我们习惯于我们已经看惯了的中国宋元明清戏剧，以及西方的从古代希腊戏剧起、经过莎士比亚和莫里哀等，一直到易卜生和布莱希特的戏剧。与此稍异者，则直觉地认为不是戏剧。这也可以说是一种偏见吧。殊不知，世界之大，国家民族之多，历史之悠久，疆域之辽阔，无论什么事情都不是只有一个可能，只有一种形式，不能定于一尊。多种多样，倒是必然的，很自然的，戏剧亦然。何况看图讲故事，看图表演这种形式，还不限于一个国家，一个地区，而是流行于全世界呢！吐火罗文本书名就标出是'戏剧'，这

---

① Emil Sieg, W. Siegling: Tocharische Sprachreste. 1 – 2. Die Texte. 12 + 258 p. 64 pl. B. 1921; Tocharische Sprachreste. Sprache B. 1. Die Udānālamkāra – Fragmente, Text, Übersetzung und Glossar. 80 + 196 p. Göttingen 1949; 2. Fragmente Nr. 71 – 633. Hrsg. von W. Thomas. 408 p. Göttingen 1953.

② 季羡林《吐火罗文和回鹘文本〈弥勒会见记〉性质浅议》，《北京大学学报》（哲学社会科学版）1991 年第 2 期，第 67 页。

是名副其实的。"① 支持这一观点的还有曲六乙等，曲六乙认为："吐火罗文本和回鹘文本《弥勒会见记》，完全不是古印度文本的简单、原样的翻译，而是经中国回鹘著名文学家的手笔大量渗入了突厥文化、回鹘文化的戏剧文本，增加了新的创意、新的创造，并由中国西域回鹘文书写的戏剧文学，吸纳、引进印度文古代剧本，使之变成属于中国西域回鹘文的戏剧文学。因之评价它是早于南戏戏本约四百年的我国最早的大型剧本的结论是符合历史实际的。"②

而德国学者葛玛丽（A. v. Gabain）却认为这是讲唱文学："《弥勒会见经》可以说是〔回鹘〕戏剧艺术的雏型。在民间节日，如正月十五日〔回鹘〕善男信女云集寺院，他们进行忏悔、布施，为死去的亲人举行超渡，晚上听劝喻性的故事，或者欣赏演唱，挂有连环画的有声有色的故事。讲唱人（可能由不同的人扮演不同的角色）向人们演唱诸如《弥勒会见经》之类的原始剧本，或者讲说某法师同其学生关于教义的对话。这种宗教讲唱文学，不是学院式的枯燥教条，而是由通晓经论（Śāstryas）的人用生动的语言写成，从而达到向群众宣传教理的目的。"③ 而梅维恒（Victor H. Mair）支持这一观点，认为"吐火罗文本《弥勒会见记》虽然有梵文字 nāṭaka（戏剧）这个名称，但看来更多地似乎是为了叙事的朗诵之用"，"据葛玛丽的说法，从该词的上下文意可以看出，它意为和朗诵式的叙述相配合的图解或哑剧表演"。④

虽然专家们众说纷纭，但是西克教授、季羡林教授根据印度传统

---

① 季羡林《吐火罗文和回鹘文本〈弥勒会见记〉性质浅议》，《北京大学学报》（哲学社会科学版）1991 年第 2 期，第 69 页。

② 曲六乙《〈弥勒会见记〉的发现与研究——中国戏剧史上最早的一个戏剧文本》，《剧本》2010 年第 8 期，第 77 页。

③ ［德］葛玛丽著，耿世民译《高昌回鹘王国（公元 850 年—1250 年）》，《新疆大学学报》（社会科学版）1980 年第 2 期，第 60 页。

④ ［美］梅维恒著，王邦维、荣新江、钱文忠译《绘画与表演——中国绘画叙事及其起源研究》，中西书局 2011 年版，第 62 页。

的戏剧理论，对吐火罗文 A《弥勒会见记》的基本判断是准确的。婆罗多在《舞论》中将戏剧分成十类，并称其为十色（Dasarūpaka）。胜财在其戏剧学著作《十色》中讲："戏剧是模仿各种情况。由于它的可见性，被称作'色'（rūpa）。由于它的展现性，被称作'有色的'（rūpaka）。"① 十色就是对梵语戏剧的总称。梵剧的十种类型分别是：传说剧（Nāṭaka）、创造剧（Prakaraṇa）、神魔剧（Samavakūra）、掠女剧（Ihāmṛga）、争斗剧（Dima）、纷争剧（Vyāyoga）、感伤剧（Utsṛṣṭikānka）、笑剧（Prahasaṇa）、独白剧（Bhāṇa）和街道剧（Vīthī）。这些戏剧分类是婆罗多通过四种戏剧风格划分出来的，这四种风格分别是崇高、雄辩、艳美和刚烈。在这十类戏剧中，"传说剧"一词的梵语原文是 Nāṭaka，胜财认为传说剧是一切戏剧的原型（或本源），因此 Nāṭaka 也用作梵语戏剧的通称。而吐火罗文 A《弥勒会见记》就是一部典型的传说剧。《舞论》中称："以著名的传说为情节，以著名的高尚人物为主角，描写受到神灵庇护的王仙家族的事迹，与种种威严、财富和欢乐等等有关，由幕和插曲组成，这样的作品叫做传说剧。国王的行为产生于幸福或痛苦，表现为各种味和情，这被称为传说剧。"② 以上等阶级的人物为主角，"描写受到神灵庇护的王仙家族的事迹"③，"表现为各种味和情"④，《弥勒会见记》在创作中基本上按照这一规则铺排剧情。故事内容是以佛教信众熟悉的故事为基础，其主角是弥勒和天中天佛。以弥勒修行成佛的行动为贯穿始终的主线，里边也涉及国王的事迹，王后憍昙弥夫人在其中出现所占比重还是很大的。

其次，印度古代梵语戏剧为分幕的演出形式。不同类型的戏剧，

① 黄宝生译《梵语诗学论著汇编》（上册），昆仑出版社 2008 年版，第 441 页。

② ［印度］婆罗多著，黄宝生译《〈舞论〉（选译)》，《戏剧艺术》2002 年第 5 期，第 18 页。

③ 黄宝生译《梵语诗学论著汇编》（上册），第 75 页。

④ 黄宝生译《梵语诗学论著汇编》（上册），第 75 页。

幕次也有所不同。纷争剧和街道剧等为短小的独幕剧，传说剧、创造剧和那底迦等是多幕剧，一般为五幕到十幕之间。《舞论》强调，"在传说剧和创造剧中，至少五幕，至多十幕。在一幕结束时，所有角色都下场。"① 现存最长的戏剧《小泥车》共有十幕。《弥勒会见记》残卷，现在留有四幕的内容，即一、二、三、五幕，可以看出至少五幕的架构是完整的。

当然，今人对这部剧本的翻译用"幕"完全是借代，和人们今天理解的西方话剧的幕没有任何关系，截至现在还没有一个合适的词来说明这一问题。从印度古代戏剧的实践来看，虽然还没有在印度本土发现《弥勒会见记》这个本子，吐火罗文 A 本的依据是印度文，也没有讲明是印度哪种文字，但根据梵语戏剧是古代印度主流戏剧这一事实，我们从梵剧的体例来看，尽管梵语戏剧是分幕体制，西方戏剧也是分幕体制，但这两种"幕"的性质是不一样的。印度戏剧学著作《舞论》的作者婆罗多对"幕"的定义是这样的，"幕是一个传统术语。它按照各种规则，表现种种情和味，促进剧情发展。由此，它成为幕"②，这里除了笼统地介绍了"幕"的作用，对"幕"本体的解释是模糊不清的。并且，梵文的幕（anka）原意是膝关节，跟幕布没有丝毫关系，大概是叙事演出单元相互关联的意思。婆罗多说"幕"是一个传统术语，既然是传统的，就不会是西方戏剧体制的照搬，而是另外一种形态，甚至连"幕"这个说法也可能是西方学者从梵文到英文翻译的过程中，直接用西方戏剧的术语套用的。所以要弄清梵语戏剧的体制，还是要从分析剧本入手。

梵语戏剧每一幕可以表现一个场景或事件，也可以通过语言或表演时空转换的特殊手法表现不同的场景、事件。这样一幕之内有多个场景，但《舞论》规定在一幕当中不能有太多的事件发生；前面一幕

---

① ［印度］婆罗多著，黄宝生译《〈舞论〉（选译）》，《戏剧艺术》2002 年第 5 期，第 19 页。

② 黄宝生译《梵语诗学论著汇编》（上册），第 75 页。

要促成后一幕主要情节的发展，而且这些都要由主角来完成。在《弥勒会见记》第二幕中，故事情节和场景是这样展现的，跋多利婆罗门由于年迈体衰不能前去面见佛陀，于是就让弥勒和15位弟子代替自己去朝圣，弥勒及这些弟子答应，与老师惜别，跋多利婆罗门向弥勒等弟子介绍佛陀的三十二吉相如何辨认，弥勒所到森林、城市都因他的到来变得祥和，弥勒受到信众的尊敬，最后终于见到天中天佛。

b. 1. （人们认为我是值得尊敬的……）///如果你现在离开我，出家到天中天佛那里去，的确会有很多

2. （确实产生：为什么）（当）这些年轻的婆罗门要离开跋多利，出家到天中天佛那里去？不当婆罗门而成为僧侣？

3. （他们得到了吗？）（当）你们来到天中天佛面前，众人围坐在他的周围。随即，你们去（试着）看他的身体。

4. 我在讲经时描述过的三十二吉相，如下：他的脚掌像镜面一样平坦；

5. 他的手掌和脚掌有（法轮的印记）；他的手指细长像油灯细细的火焰一样。

6. 他的足跟纤弱；他的手掌和脚掌像丝绸一样光滑柔软；指间的纹路像网一样；他的脚背又高又直；像那些野兽之王麝一样

7. （他的小腿；直着身子，他的双手能够碰到膝盖；阴部如神猴所骑大象的；（像一棵）榕树

8. 榕树一样，比例相等，他的身高和伸展的两臂一样长，并且反过来也一样；全身的毛发是直立的；一绺独特的①

这一幕故事情节集中，还有自由的时空转换，和元杂剧的"折"

---

① 笔者翻译自 *Fragments of the Tocharian A Maitreyasamiti – Nataka of the Xinjiang Museum, China, Transliterated*, translated and annotated by Ji Xianlin, Berlin/New York：Mouton de Gruyter, 1998, pp. 237–339. 吐火罗文 A《弥勒会见记》原本由于被火焚烧过，部分文字缺失，上下文难以连接。

非常近似。这部剧以时空自由转换的线性连场方式进行演出，运用写意的创作手法，不设置固定的舞台装置和道具来规定场景，可以随着剧情发展的需要，自由地进行时间、地点的转换。

在吐火罗文 A《弥勒会见记》本子中，共有 38 支曲子穿插其中，当任务需要抒发感情和叙事时，都会演唱，这种形式和中国戏曲有很多近似之处。并且还有"插曲结束"这样的舞台提示，种种迹象表明，文本是按照剧本应该有的规范撰写的。特别每幕结束，都有这样的话：

5. 在《弥勒会见记戏剧》中。由（圣月大师）编写的被（称为）"跋多利婆罗门完成布施大会

6. ……（第一）幕到这里就结束了。‖ 这个剧本……

7. ……要求（抄写）。卡萨尔·卡尔亚那·昙弥（？）……①

"《弥勒会见记戏剧》的名为《弥勒出家成道》的第二幕到此结束了。"这种给每一幕命名的习惯，是印度梵剧的特点。如迦梨陀娑的《沙恭达罗》即是如此。从《沙恭达罗》每幕的幕名也可以看出这种规范，如第五幕叫《沙恭达罗的被拒》，第六幕叫《沙恭达罗的遗弃》。可见《弥勒会见记》遵循了这一传统。专家们从形式方面对吐火罗文 A 和回鹘文本《弥勒会见记》争论不休。有的认为其为"叙事文学中的讲唱文学"②。研究回鹘文的耿世民教授从最初认为回鹘文《弥勒会见记》是剧本到最后自我怀疑、自我否定，也说明该剧的研究过程是曲折复杂的，结论也不是一下就能得出的。耿世民说："从'全体退场''幕间曲终''曲调名……'等用语来看，也表明是戏曲。但无回鹘文本的每场演出的地点。回鹘文每章前虽表明了演出地点，但又缺少吐语本中的戏剧用语。我现在改变我在 1981 年

---

① 笔者翻译自 Fragments of the Tocharian A Maitreyasamiti – Nataka of the Xinjiang Museum, China, Transliterated, translated and annotated by Ji Xianlin, Berlin/New York: Mouton de Gruyter, 1998, p. 219.

② 沈尧《〈弥勒会见记〉形态辨析》，《戏剧艺术》1990 年第 2 期，第 7 页。

《文史》第12辑曾发表了题做'古代维吾尔佛教原始剧本《弥勒会见记》研究'中说它是剧本的看法，比较倾向于说它是戏剧的雏形，或相当于敦煌发现的汉文变相、变文文体，或是'指图讲故事'。总之，这个问题尚有待于进一步的深入研究。"[①] 研究语言的专家之所以会出现起初和后来完全相反的结论，其实是和戏剧观念有关。近百年来，中国学者的戏剧观基本上是建立在两个基础之上的，一是以古希腊戏剧为源头的西方戏剧，一是以杂剧、南戏为代表的中国戏曲。这两种戏剧样式已经形成固定模式刻在人们的脑海里，然而，对东方戏剧形态的认知还没有形成完整的认识。而从现存印度梵剧遗存库提亚坦（Kuttiyatam）以及在文化上继承大量印度遗产的东南亚戏剧来看，它们用打击乐伴奏，以舞为主，佐以伴唱、念白的戏剧形式，和吐火罗文 A《弥勒会见记》是非常相像的。从泰国孔剧《罗摩衍那·筑路篇》这一剧本就可以看出一些端倪来：

（罗摩、罗什坐于榻上）

（披佩、猴官、猴兵各就各位）

– 唱 CHABII 曲 –

彼时，盖世无双罗摩王，

器宇轩昂一出场，猴兵侍卫伴两旁。

唱 KAEKMORN 曲

　　开启金口共商议，敌国远在孤岛上。

　　深海围绕无路通，固若金汤难破防。

– 唱 RAI 曲 –

各位谋士及猴王，有勇有谋霸万疆，

齐齐商议聚一堂，攻入楞伽如探囊。

69

① 耿世民《古代维吾尔语说唱文学〈弥勒会见记〉》，《中央民族大学学报》（哲学社会科学版）2004 年第 1 期，第 130 页。

- 对白 -

灿普瓦叻（灿普瓦叻上前叩拜）："陛下，如果您让士兵们自愿动手，也会如您所愿。但如此一来，将不利于您树立王威，不利于您扩大影响力。这次必须要筑路杀强敌，攻进楞伽城。请您指挥士兵们填海修筑一条通往夜叉国的道路。这条路将成为杀进楞伽城的阿凡达之路，永世流传。特此禀报，请您三思。"

罗摩（罗摩听取猴军将领的建议，略作思量后）道："能干的苏格里，吉金城有猴兵五十册，以骁勇善战而著称；春普武里西城的猴兵二十七册，你带上两城的猴兵，前去修筑堤道，以便部队挺进楞伽城。速速去办吧。"

苏格里：苏格里向罗摩辞别，带上哈奴曼和尼拉帕去完成国王交付的任务。

- 奏平曲 -

（罗摩、罗什、披佩、猴官、十八名猴将退场）

（苏格里、哈奴曼、尼拉帕起舞后退场）

- 奏起军曲 -

（苏格里、哈奴曼、尼拉帕带猴兵入场）①

孔剧的表演特点是，在台上的演员不用演唱，也不念白，只有单纯的表演，叙述故事、抒情、推进剧情全靠伴唱来进行，这和西方的戏剧以及中国的戏剧体制是不同的，如果生搬硬套，会在阅读文本时产生怀疑，往往会得出这不是戏的结论来。

三 《弥勒会见记》承前启后的意义

季羡林先生在《中国大百科全书·戏剧》卷中说："《弥勒会见

---

① 2019 年中国—东盟（南宁）戏剧周泰国艺术发展研究院演出用译本，未发表。

记》剧本流行于中国唐代，它比戏曲繁荣的宋、元要早得多。《弥勒会见记》剧本的发现对中国戏剧史的研究有重要的意义。"①

　　基于这一研究和判断，我们可以知道，吐火罗文 A《弥勒会见记》是从印度传来的剧本，虽然目前存于世的古代印度戏剧文本没有一部和弥勒有关，大概率是湮没或失传，但其体制和样貌是符合印度古代戏剧学著作《舞论》的描述的。并且，这部跟佛教有关的剧作随着佛教东传的步履来到中国的新疆地区，广泛传播开来，说明宗教传播的力量还是非常强大的。《弥勒会见记》不是孤例，梵剧《舍利弗传》于 20 世纪初在新疆库车的克孜尔千佛洞被德国新疆吐鲁番考察队的勒柯克发现大批写在贝叶上的梵文佛教写经里。随后，德国著名的梵文学家亨利希·吕德斯（Heinrich Lüders）教授对这批写经进行了研究，并于 1911 年校勘出版了《佛教戏剧残本》（*Bruchstücke Buddhistischer Dramen*）。② 吕德斯教授指出，这批梵文写经中有三部佛教戏剧剧本残卷，其抄写字体为贵霜体婆罗谜体。《舍利弗传》主要讲述佛世尊的大弟子舍利弗（Sāriputra）和目犍连（Maudgalyāyana）放弃婆罗门教而皈依佛教的故事。另外两个梵剧写卷虽然剧名残缺，但梵文学界多推断为马鸣的作品。吕德斯的这一发现改写了印度梵语戏剧的历史。单就《舍利弗传》而言，"这个剧本虽然有许多残缺，但是仍然显出完全是古典戏剧的形式，人物、语言、格式等都符合传统规定。这证明古典戏剧已达到完全成熟的阶段"③。由于传教的实际需要，佛教沿着古丝绸之路向中国传递，并在新疆地区广泛传播开来，这样才能解释为什么历尽千年风霜，人们发现的来自印度的戏剧残卷都和佛教有关。这也印证了以许地山为代表的学者认为中国戏剧

---

① 中国大百科全书总编辑委员会《戏剧》编辑委员会、中国大百科全书出版社编辑部编《中国大百科全书·戏剧》卷，中国大百科全书出版社 1989 年版，第 270 页。

② H. Lüders, *Bruchstücke Buddhistischer Dramen*, Kleinere Sanskrit – Texte Ⅰ, Berlin, 1911, idem, Das SPAW, 17, 1911, pp. 388 – 411.

③ 金克木《梵语文学史》（《梵竺庐集》甲卷），江西教育出版社 1999 年版，第 260 页。

与古代印度梵剧有瓜葛，他在《梵剧体例及其在汉剧上底点点滴滴》的论文中提出了自己的猜想。① 因此我们也不难理解，为什么中国戏曲在早年要演出与佛教有关的戏剧，《东京梦华录·中元节》载，"构肆乐人，自过七夕，便般目连经救母杂剧，直至十五日止，观者增倍"②。由此可见，戏曲在成熟之初，其演出内容从佛教故事中撷取而来，这不是一种随机行为，而是有所本的，从印度传出的戏剧随着佛教传播的脚步经过中亚到达中国新疆地区，再传向中原，具备这样的条件和社会基础，因此，佛教内容很自然地在演出的戏剧作品中反映出来。

然而，在戏剧传播过程中，剧本的翻译使文体发生了变异。耿世民教授等学者认为回鹘文本已不是戏剧，而是讲唱文学，这更证实了中国戏剧发生的一条途径。学界公认，北杂剧的母体之一是《西厢记》诸宫调。而诸宫调是中国宋、金、元时期的一种大型说唱艺术，继承了唐代变文韵散相间的体制。因集若干套不同宫调的曲子轮递歌唱而得名。有说有唱，以唱为主。又因为它用琵琶等乐器伴奏，故又称"弹词"或"弦索"。诸宫调由韵文和散文两部分组成，演唱时采取歌唱和说白相间的方式，基本上属叙事体，其中唱词有接近代言体的部分。诸宫调的出现，为后世戏曲音乐开辟了道路。回鹘文《弥勒会见记》清楚地说明，一方面，它译自吐火罗文，可能在转译过程中为了传播佛教的方便，同样产生了变异，文体既能像长篇叙事诗一样，使故事得到自由发展；另一方面，它的部分唱词又兼有代言体特征，能造成如见其人、如闻其声的效果。这也说明了促使中国戏剧产生的诸多讲唱艺术元素出自中国西部，且和佛教通俗宣讲的内容形式息息相关的原因。

由此可见，吐火罗文 A《弥勒会见记》上接续印度古典戏剧，下

① 参见许地山《梵剧体例及其在汉剧上底点点滴滴》，载李肖冰、黄天骥、袁鹤翔、夏写时编《中国戏剧起源》，知识出版社 1990 年版，第 86～118 页。

② 孟元老《东京梦华录》，商务印书馆 1936 年版，第 162 页。

放大说唱艺术的特质，是一个承前启后的剧本。通过探讨两个不同文本的本质特点，再看吐火罗文本与回鹘文本的先后顺序，来探寻二者的关系，同时研究吐火罗文本与梵剧、回鹘文本与唐代变文的关系，进而可以溯源梵剧同中国戏曲之间的关系。

（毛小雨　中国艺术研究院戏曲研究所研究员）

金"院本"名称考[*]

张福海

在金源内地时期的三十八年（1115—1153），戏剧已经成为一种上至达官贵人，下到士庶百姓共同欢迎的艺术种类。然而，它并非土生土长在本土的艺术品类，而是在掳掠来的宋杂剧的基础上，加以革新和创造，形成了代表金代审美最高的艺术样式——院本。

这里，首先涉及的是对"院本"这个名称的确认。院本之名起于何时，戏曲史上一直没有定论。明朱权解释"院本"之名为"行院之本也"^①。其由来的意思，指的应该就是出自娼伎一行的剧本。"行院"的"行"，是金人对娼伎这一社会职业、经营行当的分属、归属的称谓。不过，这个"行"也并非金人所造，而是来自北宋，

* 本文为2018年度国家社科基金艺术学重大项目"新中国成立70周年中国戏曲史（黑龙江卷）"（项目编号：18ZD10）阶段性成果。

① 朱权《太和正音谱·古之善歌者》，载中国戏曲研究院编《中国古典戏曲论著集成》（三），中国戏剧出版社1959年版，第53页。

起始于市场的买卖经营。金人沿袭了北宋关于"行"的称谓，而把娼伎的居所称为"行"，采用的是北宋划分类别的意思。这个叫法，应该是金人的创造。金人对娼伎这个行当，起初就叫"行院"吗？本文不认为起初就叫"行院"；"行院"这个名称，是后来的叫法，并经过了一个演变过程。现在，行文先回到和我们直接相关的"院本"这个问题上来："院本"是出自娼伎所居之所的"行院之本"吗？

一

为什么叫"院本"？院本之名是怎么出现的，最先出现在哪里？关于上述问题，王国维先生说得很清楚。他在解读"金院本名目"的时候，同样遇到了这个问题。经考察，他指出："两宋戏剧，均谓之杂剧，至金而始有院本之名。院本者，《太和正音谱》云：'行院之本也。'初不知'行院'为何语，后读元刊《张千替杀妻》杂剧云：'你是良人良人宅眷，不是小末小末行院。'则行院者，大抵金元人谓倡伎所居，其所演唱之本，即谓之院本云尔。……而院本之名，金元皆有之，故但就其名，颇难区别。以余考之，其为金人所作，殆无可疑者也。"① 后世研究院本的戏剧学者，大都遵循了这个看法。本文赞同并支持王国维先生的分析和论断。进一步说，院本这个叫法，应该是金人常用的一个名词，在某种意义上说，还是一个被创造性使用的名词。但是，这里有一个问题，或许王国维先生因对金源内地时期的忽略而没有进一步追问。这个问题就是，演出的剧本一定是出自"倡伎所居"之地，是"其所演唱之本"吗？为什么要叫"院本"？难道金代的院本都出自娼伎之所？

① 王国维《宋元戏曲考·金院本名目》，载《王国维戏曲论文集》，中国戏剧出版社1984年版，第48页。

　　首先要确定的问题是，金源内地时期是否存在妓院。20世纪90年代初的一次会议上，笔者曾就此请教过著名金史学家张博泉先生。他说，理论上说，金源内地时期是应存在妓院的。以张先生的话来考之宋人徐梦莘在《三朝北盟会编》中的记载，则可追踪到上京会宁府一地是否有妓女存在的问题。书中有这样一段记载："金人求索诸色人。金人来索御前祗候、方脉医人、教坊乐人、内侍官四十五人，露台、祗候妓女千人。蔡京、童贯、王黼、梁师成等家歌舞宫女数百人。先是权贵家舞伎、内人，自上即位后，皆散出民间，令开封府勒牙婆、媒人追寻之。"① 这是金人第二次向北宋东京开封府索要各类人员中出现的关于索要妓女的记载。这次索要上千名妓女输送到金国的京城，数量是很大的。它从另一个方面说明了上京会宁府有妓女无疑；不仅有妓女，还说清了妓女的来源。上京会宁府是一个有不少于30万人口的都城（有人另有统计，在会宁高度发达时期，城市人口已达到50余万），大批北来的女伎艺人作为金人享乐（艺术的和肉体的）的工具而置妓院——像东京开封那样，是不足为怪的；在史料中，金人在攻破汴京时，掳掠的人口中既然有众多的妓女在内，那么她们进入金国的首都会宁，操持的职业也不会是其他行当。这可以从《呻吟语》中得到印证："十九日，斡酋送还婉容、婕好、才人六人。闻贡女三千人，吏役工作三千家……点验后，半解上京，半充分赏，内侍、内人均归酋长。百工、诸色各自谋生。妇女多卖娼寮。"② 接着，书中又引《燕人麈》说：被金人从宋国掳掠的"妇女分入大家，不顾名节，犹有生理，分给谋克以下，十人九娼，名节既丧，身命亦亡。邻居铁工，以八金买娼妇……"③ 中国娼妓业历史，约有三

---

① 《靖康中帙》五十二，载徐梦莘《三朝北盟会编》卷七十七，上海古籍出版社2008年版，第583页。

② 《呻吟语笺证》，载碻庵、耐庵编，崔文印笺证《靖康稗史笺证》，中华书局2010年版，第199页。

③ 《呻吟语笺证》，载碻庵、耐庵编，崔文印笺证《靖康稗史笺证》，第199页。

千年之久。远自商周以降，便以各种不同形式而存在，进入宋代以后，随着商品经济的兴起，娼妓业较之从前更为发达和普遍。因此，作为人们社会生活中的内容之一的娼妓业，一直是被轻贱的；金人对掳掠来的不同身份的女性，是以侮辱和损害的方式逼迫她们沦为娼妓。金源内地时期上京会宁府的娼妓的重要来源和娼妓业的发展，就是在这个背景下成为这个新兴都市生活内容的重要组成部分。

金人还把从开封掳掠来的有一定身份的女子集中在一起，专门在会宁府设立了名为"洗衣院"的场所。这个洗衣院，虽然是为皇室宫廷成员洗衣服的地方，实际上却是为皇室或女真贵族提供性服务的机构。《呻吟语》中记载：天会六年（1128）被押解到会宁府的徽、钦二帝及其随行的人员1300余人，来至女真族的祖庙行"牵羊礼"。然后，"妇女千人赐禁近，犹肉袒。韦、邢二后以下三百人留洗衣院"①。同书又引《燕人麈》的一条资料说："宋宫眷属留洗衣院者，嫔嫱、公主、诸王夫人、宗女、宗妇、宫女、官家女凡二百六十八人，又内侍二十四人……"② 这些被掳掠到金国的皇室女性成员、宫廷或贵族阶层女子，以及有一定身份的女人，她们在洗衣院会随时被女真贵族召去提供性服务，但不具经营性质，实际上就是性奴。金人设立的洗衣院，不过是宋朝的储妓如营妓等形式的变化。其他方面，则大体沿承的是宋朝的形式，教坊自不待言。《燕人麈》中还记述说："留养元帅府、女乐院者四百余人。"③ 于此可知，在金的宫廷，还有女乐团的组织，同样是性奴。这些女性命运十分悲惨，专事经营性质的娼妓活动，应该是在城内的酒肆、歌馆、娼楼、妓寮或歌院等场所中，这样的娼妓场所，是对北宋开封府存在形式的沿承，成员应该主要是渤海人、契丹人、汉人；掳掠过来的汉人后来应居多数。也就是说，在肯定金源内地时期娼妓存在的前提下，以"行院"作为

---

① 《呻吟语笺证》，载碻庵、耐庵编，崔文印笺证《靖康稗史笺证》，第209页。
② 《呻吟语笺证》，载碻庵、耐庵编，崔文印笺证《靖康稗史笺证》，第212页。
③ 《呻吟语笺证》，载碻庵、耐庵编，崔文印笺证《靖康稗史笺证》，第212页。

称谓，就是这时女真人的叫法，一直沿用到元代。

我们还可以从金代著名文人、官至户部侍郎的王寂所著《拙轩集》《辽东行部志》中，领略他多次东北之行所记下的金代国都会宁一地的风光。王寂于海陵王天德三年（1151）赴上京会宁参加殿试，一举登第。殿试的皇帝就是汉文化修养程度极高的海陵王完颜亮，因此而有"金钗贳酒春无价，银烛呼卢夜不眠"[1] 的如潮激情。那时，金都会宁"城郭宫室，政教号令，一切不异于中国（即发达的中原地区）"，已经完全不是往昔那种"草居野处，往来无常，能使人不知所备，而兵无日不可出也"[2] 的状态。会宁作为都城，像北宋东京一样，是全国政治、文化中心，自然也是科举考试的中心。尽管为了便利考生就近参加科考，金国在全国设置了多个考点。在首都会宁，考生主要是来自上京、合懒、速频、胡里改、蒲与、东北招讨司（即吉林、黑龙江、俄罗斯远东等地）。我们知道，中国自隋代确立了科举制度，有一个令人注意的现象，就是士子考试的地方往往都建有秦楼楚馆。比如明代南京的秦淮河南岸，是江南贡院（今址夫子庙）所在地，可是它不远处的钞库街（亦名"沉香街"），就是青楼的所在。因此自古有云："旧院（即青楼）与贡院遥对，仅隔一河，原为才子佳人而设。"[3] 宋代官府有准许诸生狎娼的法令。那么，上京会宁府既是京城，又是重要的科考之地，像王寂那样不远千里前来求取功名的士子，往往一住数日至数月。参加科考的人数自然不在少数。各地士子们在应考的复习等待中，与酒肆、妓寮女子交际，则不足为奇。再加上京城会宁的地位，也吸引了全国各地的骚人墨客纷纭会聚于此。边塞独特的山川形胜、罕见的四季风光、未曾得见的生活习俗

---

① 王寂《拙轩集》卷二，中华书局 1985 年版，第 22 页。

② 脱脱等修《宋史》卷四三六"儒林六·陈亮"，上海古籍出版社、上海书店 1986 年版，第 1466 页。

③ 余怀著，刘如溪点评《板桥杂记·雅游·旧院与贡院》，青岛出版社 2002 年版，第 15 页。

等，成为他们观感、欣赏、品题的对象。而秦楼楚馆作为都城的一项生活内容，对金人而言，如果没有反而是不正常的。

同时还有大批中原、燕云和东北的士农工商各色人等纷至沓来。这是因为东北特有的山川物产，独一无二的自然资源，未曾知晓、了解的物种品类，为人们所留意、关注。而京城所需，亦仰给天下四方。于是，各类商贩、各种经营者，不避风涛险途，前来贩运、经营、推销，借以牟利。还有投状伸冤诉讼者、请托公门打通关节者，舟车络绎不绝。齐鲁晋豫，南腔北调，中原的物质财富源源不断输送到京城。会宁府于是成了一座经济发达、商品丰富的新型都会。在这样一个扰攘喧嚣的环境里，职业性的娼伎之所，即行院经营活动，一如女真人刻意模仿东京城那样，是免不了的。而作为审美代表的院本演出，也有了生存空间。

据《金史》记载，金建国之时就已经设置教坊了。《金史》介绍宫廷音乐时说，"金初用辽故物，其后杂用宋仪"[1]。许亢宗出使金国时看到的杂剧演出使用的器物，应该就是从辽国获得的战利品。而金国打败宋国，又从宋国获得更多的乐器。《金史》记载，"金初得宋，始有金石之乐"，又说："初太宗取汴，得宋之仪章，钟磬，乐虡，挈之以归。"[2] 这时候，金国的音乐还"未尽其美"，"散乐，元日，圣诞，称贺，曲宴外国使，则教坊奏之，其乐器名曲不传"[3]。从组织方面说，如"皇统二年，宰臣奏，自古并无伶人赴朝参之例。所有教坊人员，只宜听候宣唤，不合同百僚赴起居"[4]。可见，金廷建国初期还是善待教坊人员的，教坊伶人也是相对自由的。至于在会宁府或其他地区的民间，是否有勾栏瓦舍的形式及演出活动存在，现在还

---

[1]　脱脱等修《金史》卷三十九"乐志"，上海古籍出版社、上海书店1986年版，第94页。

[2]　脱脱等修《金史》卷三十九"乐志"，第93页、第94页。

[3]　脱脱等修《金史》卷三十九"乐志"，第94页。

[4]　脱脱等修《金史》卷三十九"乐志"，第94页。

不得而知。不过,《金史》中也有载:"天兴二年七月丁巳,太祖太宗及后妃御容至自汴京,奉安于乾元寺,左宣徽使温敦七十五奏:'当用乐。'上曰:'乐须太常,奈何?'七十五曰:'市有优乐可假用之。'权左右司员外郎王鹗奏曰:'世俗之乐,岂可施于帝王之前!'遂止。"① 由此可知民间有相当丰富的优人资源。同书载:"承安三年皇帝敕:'祭庙用教坊奏古乐,非礼也。其自今召百姓材美者,给以食直,教阅以待用。'泰和元年,命宫县乐工月给钱粟二贯石,遇正乐工阙,验色收补。四年,尚书省奏:'宫县乐工总用二百五十六人,而旧所设止百人,时或用之,即以贴部教坊阅习。自明昌间,以渤海教坊兼习,而又创设九十二人。且宫县之乐须行大礼乃始用之,若其数复阙,但前期遣汉人教坊及大兴府乐人习之,亦可备用。'"② 这则信息告诉我们,宫廷中因教坊的乐工数量不足,调派渤海教坊、汉人教坊,以及大兴府的乐人等。金人对教坊的重视程度由此可见一斑。在人员不够的情况下,它要么从其他地区征调,要么从民间选用或培养,民间乐人显然是充分的。那么渤海教坊、汉人教坊是以怎样的方式存在?是否参与民间的演出活动,和民间乐人的关系是怎样的?可以肯定,在金源内地时期,教坊的存在无异议,而渤海教坊和汉人教坊势力是很强大的,但在民间是否有活动,则尚待进一步的研究。

还有一点需要指出,金人建国后,在机构及官职的设置上,就有隶属于宣徽院的教坊,其官职有提点、使、副使、判官等。"教坊提点,正五品;使,从五品;副使,从六品;判官,从八品。掌殿廷音乐。"③ 教坊在金人眼中,是被看得很重的一个部门。无论是在金建国初期还是之后的国事活动中,它在宣徽院里都居于重要地位。本文强调这一点,是要说明教坊在金源内地时期进行的戏剧活动在宫廷是被推崇、重视的,在民间无疑也是受到民众普遍欢迎的。教坊本是民

---

① 脱脱等修《金史》卷三十九"乐志",第94页。
② 脱脱等修《金史》卷三十九"乐志",第94页。
③ 脱脱等修《金史》卷五十六"百官二",第133页。

间艺术活动在宫廷的表现，是民间艺术获得提高的宫廷表现；教坊是民间艺术的再生之地，而民间艺术活动则是教坊艺术的土壤和温床。本文至此可以判定，金源内地时期，民间的院本演出活动是充分存在的——这在下面所列举的事例中会感受得到。

二

现在，我们回到院本何以称作"院本"的问题。本文认为，金源内地时期，是处于唐宋换代中世与近世文化性质、政治形态的交替时期。其中金的官制就很有自己的特点："天会四年，建尚书省，遂有三省之制。至熙宗颁新官制……正隆元年，罢中书门下省，止置尚书省，自省而下，官司之别，曰院、曰台、曰府、曰司……各统其属，以修其职。"① 金的官制虽然借鉴了宋代的官制体系，但设院设台，则是自己的发挥和创造。在北宋，其中的院，分别有枢密院、宣徽院、翰林学士院三个院的称谓，此外再没有"院"的叫法。金把院扩展开来，作为一个地位很高的行政级别。如与本文相关的宣徽院，掌宣徽院的左右宣徽使都是正三品的品级，而它前面的是殿前都点检司，其掌殿前都点检的都指挥使和副都指挥使，一个是正三品，一个是从三品。显然，在金人眼里，宣徽院更被看重。宣徽院在北宋受到的重视程度不如金，其宣徽院的南院使和北院使，均由"枢密副使一人兼领二使"②，不是专人专职，而南渡之后，宣徽院就撤掉不置了。

唐宋之际是中世向近世的转型时期，最显著的现象是原先君主独裁的社会中，酝酿并生发出前所未有的商业革命，这也反映在文化转型上。我们不只看到张择端《清明上河图》中表现的汴京城街肆充

---

① 脱脱等修《金史》卷五十五"百官一"，第 129 页。
② 脱脱等修《宋史》卷一百六十二"职官二"，上海古籍出版社、上海书店 1986 年版，第 492 页。

溢、经济繁荣的景象——"夜市直至三更尽，才五更又复开张"①，还能想到冯梦龙《卖油郎独占花魁》中的个体经营者秦重挑着油担、走街串巷做小本生意的景象。

中国近世社会的出现，也充分体现在社会审美的方面。在首都东京城，艺术成为商品进入市民的生活之中，单京城提供市民休闲娱乐的去处——勾栏瓦舍就有五十多家。宋代孟元老的笔记《东京梦华录》中记述了瓦舍演出的二十几项艺术形式，杂剧是其中的一项。

北宋的杂剧艺术之所以为金人所看重，是由于金人在与北宋交往过程中而对之有所了解。金宋之间，在宋建国之初就有往来，到了金宋订立"海上之盟"（1120）后，两国间的往来更加频繁，由此给金人熟谙宋朝人文，学习和效仿宋朝的文明创造了更多的机会，直到1127 年金人南下攻宋至北宋灭亡，金宋的交往已长达十余年之久。至攻破汴京城时，金人对宋国中自己所钟爱的事物，早就了然于心。于是大批的教坊伶人便成为金人掳掠的对象，被分批输送到上京会宁府，编入金内廷的教坊机构中。而那些属于民间的露台弟子们于城破之际的命运如何，则不得而知。

金内廷的教坊在行政级别上是正五品，官职有提点、使、副使等。他们的职能是"掌殿廷音乐，总判院事"②。这里说的"总判院事"，指的是处理归属于"宣徽院"的事情。教坊组织机构的设置，隶属于宣徽院。殿廷音乐（戏剧在内）这样的教坊演出事宜，即属于宣徽院院事的具体工作内容。教坊伶人的演出，其中的杂剧是最受欢迎的演出样式。他们演出的剧目，大抵都是伶人编排的，但所演出的剧目，不再叫杂剧，而称之为"院本"。其中有两个很重要的原因：一个是金人重视本土的地域特点、风格特色。女真人是极具创造精神的民族，因此，教坊演出的剧目要符合金人的审美要求，故不适

---

① 孟元老《东京梦华录》卷之三"马行街铺席"，中国商业出版社 1982 年版，第 22 页。
② 脱脱等修《金史》卷五十六"百官一"，第 133 页。

于沿用宋人的杂剧称呼。另一个是归属宣徽院的教坊，在从属关系和地位身份上讲与宋不同。宋更多强调教坊的身份与地位，因为伶人出色的演出使教坊声誉隆重，教坊的地位因而尤其突出、显著。所以，孟元老便说"教坊减罢并温习"①，这不是刻意强调教坊，而是以很自然的口吻随口说出，让人感受到教坊与杂剧伶人的关系，从中道出教坊的分量，但也体现了教坊是因出色的伶人而声望显著。金的宣徽院行政级别高、地位高，被金人看重的教坊则由宣徽院直接统领，即它的一切活动都要听命于掌宣徽院的提点。这就是说，教坊不是"院"，是隶属于院，代表着院的一个相对独立的演出机构。因此，出自金教坊的演出，其剧目不叫"杂剧"，但也不叫"教坊本"，而称"院本"，是因归属于宣徽院这个具有显赫地位和身份的机构的缘故。它亦可称为宣徽院演出的"院本"，或出自宣徽院的"院本"。"院本"，由是成为一代戏剧形式之名进入历史。

在这个问题上，当代戏剧学者经常受制于专业意识的支配，忽视了那时是由于出身行政门头显赫的考虑、彰显的是行政级别的身价和地位而有此称谓。拥有"院本"这个称谓在当时几乎是顺其自然的事情，于后世却成了一个难解的问题。院本在金源内地一旦流行，这个来自宣徽院的官方名称便为民间的娼寮所接纳、使用、共有，而后又为百余年的金代戏剧所通用。

三

本文关于院本之名的论证，还可从另一角度获得佐证。20 世纪以来，在金故都会宁城址及金源内地时期的一些城镇遗址出土了很多铜镜，铜镜的边缘大都铸有"上京警巡院""左巡院""铜院"等以"院"为名的机构或部门的名称签押。如前所述，在宋以前，中国历朝政府机构设置甚少以"院"称之，通常是以省、台、监、寺等名

---

① 孟元老《东京梦华录》卷之五"京瓦技艺"，第 32 页。

之。宋代，开始使用"院"字，金人使用"院"字虽是袭用宋，却有极大的发挥。而这些文物更加坚实地证明了院本之"院"字的由来。

另外值得注意的是，多年来考古界在金都会宁故址出土了许多银锭。在银锭上发现，一般都铸造有"行人"的字样。"行人"即是指参加某种营业性组织的人。通过前文对《东京梦华录》中"行"的解析，我们已知晓了这个"行"的来历和意义。现在，结合金源内地的情况，我们对此再做进一步的分析。

根据 1980 年黑龙江省测绘局绘制的最新地图，测定会宁都城外周长为 11000 米，计为 22 华里。都城由南北二城组成：南城是宫殿和官署区；北城为工商业区，也是居民住宅区。整个城市的规划和布局，是以若干"坊"为单位划分的。这是《金史》评述设计者卢彦伦"为经画"城邑时，"民居、公宇皆有法"[①] 的具体体现。

在建设会宁府新城时期，金人还陆陆续续地在以上京为中心的"内地"地区，兴建了城池"上千处之多"[②]。可见女真人达到的文明程度及其文化创造的气魄。

金源内地的上京城，自建成都城之后，交通四通八达，商业店铺林立，酒楼客栈生意兴隆，呈现出歌舞升平的景象。流通的货币，除了从宋、辽那里掠夺过来的铜钱，还自己铸造了铜钱，并发行名叫"交钞"的纸币，而白银（银锭）在上京会宁府也特别流行。

从考古和史料中获知，为了满足都城民众生活的需要，会宁都城的商业街上，有"金银行""油行""布行"等各类专营买卖，以及铁作坊、铜作坊、金银作坊等，它们生产宫廷和平民所需的各种器物。由于商品经济的发达，还普遍出现了各种行会组织，如金银行、油行、布行等。行会组织是为促进行业的经营活动和保护同行的利益

---

① 脱脱等修《金史》卷七十五"卢彦伦"，第 180 页。
② 王禹浪《金代黑龙江述略》，哈尔滨出版社 1993 年版，第 60 页。

而组成的。各种"行"的组织者或领头人，称为"行头"。如在20世纪70年代以来出土的银锭上，就发现银锭上錾刻的"行人王林""行人张德温""行人唐公原"等字样。由此可以推断，他们都属于行会中的成员。这种以"行"来划分经营类别或种类的方法，是金人从宋人那里借鉴过来使用的。那么，金源内地会宁都城的娼妓们，是怎样的情况呢？是否有"行院"之名或"院本"之称呢？

四

我们不妨先了解一下北宋汴京娼妓们的状况，以作为金都会宁的参照。北宋妓女可大体分为教坊宫妓、地方官妓、市井私妓、家妓四类。她们因其服务的对象而身份有所不同：教坊宫妓是以服务皇室贵胄为主；地方官妓及市井私妓，则游走于社会各阶层，活动范围和服务对象较为宽泛，自主经营程度相对较高，尤其是私妓，是较为自由的；家妓是供家主享乐之用，不参加家庭之外的活动。了解了娼妓们的所属身份之后，我们再看看社会上娼妓们居住的场所和活动情况。

在《东京梦华录》里，有十余处记载妓女们的活动。如卷之二的"潘楼东街巷"条中，就记有"下桥，南斜街、北斜街，内有泰山庙，两街有妓馆"①。卷之五的"民俗"条中，记有"诸妓馆只就店呼酒而已……别有幽坊小巷，燕馆歌楼，举之万数，不欲繁碎"②。于此可知，北宋的妓女居所，是叫作"妓馆"的。燕馆歌楼，也是妓女经常出入的场所。这些妓馆或燕馆歌楼的妓女应该都是地方官妓和市井私妓，教坊宫妓和家妓不在此之列。据此，本文认为在北宋时期，虽然商品经济因类别不同而有"行"的归类划分，但是汴京城的妓女们（主要指的是官妓和私妓）还没有被分成"行"的类别的记载，而是属于妓馆和酒楼的范围。那时，或许妓女们的经营活动还

---

① 孟元老《东京梦华录》卷之二"潘楼东街巷"，第15页。
② 孟元老《东京梦华录》卷之二"民俗"，第31页。

没有实行课税。而教坊的艺人们，因为是宫妓，则不在民间系列，何况民间尚无关于青楼或妓女分为"行"的叫法，私妓就更不用说了。因为这个原因，"行院"之名便不存在，即便民间的妓女们有杂剧剧目的编演，如露台的杨揔惜、丁都赛、薛子大等的杂剧演出，也没有"院本"称谓的出现。鉴于此，可以断言，北宋时期，既无"行院"之名，亦无"院本"之称。

金都上京会宁府的妓女们，在类别上，大约也不出北宋时汴京城的四种类型：一类是金人掳掠过来的宋教坊艺人。这类艺人进入金源内地后便归属于金教坊，成为金教坊的伶人（在金教坊伶人中，应该还有辽教坊伶人，以及为同种族的渤海国伶人）。另一种是家妓。居于上京会宁的张总侍御在家中举行的酒宴上，弹琵琶演唱【江梅引】的侍婢应该就是张总侍御的家妓。作为一种类型，应该是具代表性的现象。至于官妓和市井私妓，因为是进入市场，属于商品经营性质的，因此也是本文考察、研究的对象。张博泉先生对金源史料问题，曾在《辽东行部志注释》一书的序中很感慨地说，"金源著述，存于今者稀若晨星"①。的确如此。本文在以上讨论院本的出处时，认为院本来自宣徽院的教坊演出，故称之为院本。现在说金人掳掠的北宋教坊艺人，他们一部分进入金教坊，以加强、壮大金教坊的阵容和力量。金教坊的伶人数量通常都是上百人乃至数百人之多。《许奉使行程录》中记述金的宫廷教坊时说："乐部二百人，乃（旧）契丹教坊四部也。"② 金人有自己的规定："有三事，令臣下不得谏：曰作乐，曰饭僧，曰围场。"③ "作乐"是排在首位的，足见其重视演出艺术的程度。因而，这部分艺人便属于宫妓或宫廷伶人，这是其中的一

① 王寂著，张博泉注释《辽东行部志注释》"序"，黑龙江人民出版社1984年版，第2页。

② 宇文懋昭撰，崔文印校证《大金国志校证》卷之四十"许奉使行程录"，中华书局2011年版，第570页。

③ 宇文懋昭撰，崔文印校证《大金国志校证》卷之三十六"田猎"，第520页。

部分。还有一些未进入宫廷教坊的北宋教坊艺人和被押解到金源内地的北宋其他各类人等，很多是被分配给贵族和有一定级别的女真人的，其中包括北宋宫廷的嫔妃，当然也不排除那些教坊艺人，成为他们的私产。徐梦莘记载金人索要的人员说："又取大内人、街坊女弟子、女童及权贵戚里家细人①，指名要童贯、蔡京家祗候，凡千余人，自选端丽者。府尹悉捕倡优、内夫人等，莫知其数，押赴教坊钤择。开封府尹，四壁官主之俟，采择里巷，为之一空。"② 这类人员被押送到上京会宁府后，或送洗衣院，或分配给达官贵人，充当不同身份的家奴。张总侍御家和金源内地其他一些官员家庭中的教坊艺妓，就属于分配给他们的。除此之外，那些被掳掠来的民间艺妓，也就是官妓和市井私妓，如《三朝北盟会编》中说的被金人索要的上千"露台、祗候妓女"，她们谋生只能凭借色艺，而新兴的京都会宁府的城市建设也需要这部分人员。于是，会宁的娼伎业随着城市人口的繁聚和需要便发展起来。本文认为，会宁府这座新兴的金国都城，作为政治、经济、文化的中心，汇集、接纳了天下四方各类人士来此集中，因此促成了城市各行各业繁荣、兴盛的发展。其中娼伎业这个古老的职业自然也会受到瞩目，并在人们的需要中，成为城市各门行业中的一种而成长和发展起来。

根据文献和出土文物资料，上京会宁城市的社会制度规范、有序，管理上谨严、有条理。《大金国志》中说，"金国之法极严"，"皇统新制"，条例"近千余条"。③ 如出土发现的银锭上，分别打印有"上京翟家""上京邢家""上京王二郎家"和"承安宝货"的戳记。这是设在上京城的金银店铺受官府委托把碎银铸成银锭后，有关人员验收合格、将之收缴国库时打下的戳记。银锭上的"库使""库

①　细人，指年轻的侍女或妾。
②　《靖康中帙》五十二，载徐梦莘《三朝北盟会编》卷七十七，第584页。
③　宇文懋昭撰，崔文印校证《大金国志校证》卷之三十六"科条"，第518页、第519页。

副""库子"等戳记，就是验收人员留下戳记的证据。① 这个例证说明，金源内地时期，大金国和都城会宁府作为新兴的国家和初建的城市，奉行的是严格有序的，并接受宋汴京官方对市场经营的商品予以分类的管理制度，经营买卖的人因商品的分类也被分类，所以会宁府也就有了"行"和"行人"的划分和名称。那时，汴京城的官妓和私妓的经营活动场所只有妓馆的名号，还没有被划分、归属为"行"的类别，所以金源内地的妓女们的经营活动及身份，也就还没有走到被划分为"行"的时期，当然也就没有被称为"院"的身份，自然也就没有"行院"的叫法。

还有一个很重要的历史原因，金建国之初，商品经济还不发达，这个时期的金源内地，还是"其市无钱，以物博物"②，到了天会三年（1125）许亢宗奉使到达金上京时，还"买卖不用钱，惟以物相贸易"③。直至金人攻破汴京之后，大批北宋人口进入金源内地，致使上京会宁府作为都城繁荣起来。这时的娼妓业，事实上是进入初建阶段，也没有分为"行"，当然也不会有"行院"之名，一应沿承北宋汴京的"妓馆"称谓，这是金人的心理活动，犹如会宁都城是参考并依照汴京的样式建造的。金朝的娼伎业就是后来兴盛起来了，甚至待迁都到中都（当时燕京的改称，今日的北京），也还要持续很久才能获得"行院"这个名称。保守一点说，"行院"是起于北方人的叫法，金人使用"院"这个很有官方色彩的词，似乎不是贸然行事的。金人不像元蒙人那样自由开放，他们受汉文化影响太深，甚至后来大有把院本这种演剧形式意识形态化的倾向。如《金史》中就有宫廷关于演戏的严格要求："章宗明昌二年十一月甲寅，禁伶人不得

---

① 参见张泰湘《黑龙江古代简志》，黑龙江人民出版社 1989 年版，第 115 页；景爱《金上京》，生活·读书·新知三联书店 1991 年版，第 162 页；鲍海春、王禹浪主编《金源文物图集》，哈尔滨出版社 2001 年版，第 168～170 页。
② 宇文懋昭撰，崔文印校证《大金国志校证》卷之三十九"初兴风土"，第 552 页。
③ 《宣和乙巳奉使行程录》，载徐梦莘《三朝北盟会编》卷第二十"政宣上帙二十"，第 141 页。

以历代帝王为戏及称万岁者，以不应为事重法科。"① 这是一个伶人不能触犯的律条，但是开了把演戏上升到意识形态层面的先声。由此可知，出自宣徽院的院本，不是妓馆能叫得了的，而妓馆在什么时候才称为"行院"的呢？金源内地时期没有，大约应该是在金院本的民间演出逐渐以超越教坊的优势而取代了教坊院本后。这时，有金一朝的盛景，开始呈现下滑之势（但院本的创造力旺盛），金院本转移到民间娼寮妓所，院本演出逐渐为娼寮妓所取代。取代的原因基于两个方面：一方面是意识形态化的压制造成教坊创作萎靡；另一方面则是民间演艺事业的发达和繁荣。我们看一看山西平阳地区出土的金院本演出各种场面的画像砖，就可以感受到金院本演出水平之高，繁荣程度之盛。这种现象证明了官妓和私妓演出业的发达和隆兴。在此背景下，娼寮妓所的娼伎们就不会再像之前那样还处于自由散漫状态，而是得到制度性的管理，即像划分商品经营那样被作为一个种类看待，于是由老板经营的"馆"或"楼"上升为奉行官府调控的"行"。这样，娼伎身份虽没有改变，但所居之所转换称"行"了。

出自宣徽院教坊的院本一经为娼寮伎所取而代之的"院事"，而娼寮妓所一经划分为"行"，由"行"取馆、楼而代之，行宣徽院教坊的"院事"，于是"行院"之名顺其自然地转变为娼寮妓所的称谓。金人是出自边地的民族，语言风格自然、直接，并不像汉语那样委婉曲折，而是直接表达现实，由此"院本"为娼寮妓所的"行院"进行演出，"行院"就此发生、成立。在这个过程中，院本作为一种戏剧形态，在娼寮妓所的"行院"的创造和推动下走向成熟。不过要指出的是，金晚期的院本成就与教坊的院本成就不是截然分开的，而是相互交叉、浑然一体的。因此，院本的名字便为行院与教坊所共有。

王国维先生"则行院者，大抵金元人谓倡伎所居，其所演唱之

---

① 脱脱等修《金史》卷三十九"乐志"，第 94 页。

本，即谓之院本云尔"[1] 的判断，虽然还不能完全适用于金源内地时期的"倡伎所居"，但符合金代后期的情况。"而院本之名，金元皆有之，故但就其名，颇难区别。以余考之，其为金人所作，殆无可疑者也。"[2] 这种情况，应该建立把"院本"与"行院"密切联系在一起的观念，再放在金的晚期，就可说得通。这就是前文所说相互交叉、浑然一体的原因，理由就是院本的名字已经为行院与教坊所共有。还要指出的是，为什么说"院本"是教坊与行院所共有？因为进入元代，院本所指与金代不同了，主要指出自行院即娼伎居所演出的剧目。那时，剧本创作是参与到行院与妓女们联合创作的知识分子们的杂剧创作（如关汉卿、白朴与朱帘秀的合作等）。行院指代娼寮妓所因在元代隆兴昌盛而真正流行起来，为人们所共识。

此外，作为对上述金院本的演变过程的补充，笔者需要指出，金人使院本在一定程度上意识形态化的后果，是出色的伶人们的个人声誉和知名度被遮蔽。我们到今天还没有发现像宋杂剧所造就的杨揔惜、丁都赛、薛子大、薛子小、凹敛儿等诸多支撑起宋杂剧剧种形态的声望的名伶，是因为金院本把支撑它的名伶都淹没在剧种的形式之中，这也使我们在研究院本的时候，感到留给我们的信息是那样缺乏。

（张福海　上海戏剧学院戏剧研究所教授）

---

[1] 王国维《宋元戏曲考·金院本名目》，载《王国维戏曲论文集》，第48页。
[2] 王国维《宋元戏曲考·金院本名目》，载《王国维戏曲论文集》，第48页。

乾隆《翼宿神祠碑记》与戏神信仰的正名[*]

刘　薇

中国的戏神十分驳杂，有老郎、二郎、唐明皇、孟昶、赵昱、雷海青、苏相公等不同的说法，流脉纷繁，殊难考究。近年来，许多学者围绕戏神信仰这一命题展开深入探索，尝试通过丰富的个案研究，还原不同声腔戏神间的渊源脉络，取得了丰硕的成果。但目前戏神研究依然存在推进空间，例如与其他中国古代民间信仰研究不同，戏曲学界很少将戏神信仰问题还原至当时的礼乐环境中来讨论。

众所周知，国家与阶级产生后，社会的状况会映射影响信仰领域。与其他民间信仰一样，戏神信仰也不可避免会裹挟到正祀与淫祀的争论中。所谓"正祀"即指符合国家礼法的祭祀，非法者被视为"淫祀"。中国古代民间信仰在发祥之初，无一例外皆为淫祀，都属

* 本文为 2019 年度国家社科基金青年项目"明清乐署格局变动与戏曲发展潮流研究"（项目编号：19CZW024）阶段性成果。

于官方意识形态严防死守的"洪水猛兽",都有雅化正名的需求,戏神信仰亦有历时弥久的正名传播历程。

关于戏神信仰正名这一论题,清乾隆四十八年(1783)苏州织造四德撰写的《翼宿神祠碑记》有重要意义。本文将在梳理戏神祭祀发展历程的基础上,着重分析此则碑文,以此说明戏神信仰正名的路径与成效,并试图探讨其背后宏观礼乐环境的衍变。

一 戏神信仰的早期生存状态

早期戏神信仰多依附其他势力蔚然的民间祭祀,这主要指梨园行"聘用"地方保护神为戏神,借由其他民间神祇来祭祀戏神。被梨园淘选的地方保护神往往具备信众广泛,官方较为认可,又关联曲乐游戏方便艺伶附会等特点。试以灌口神清源师、田公元帅为例稍做解释。

西川灌口神清源师(即二郎神)为戏神的文献记载初见于汤显祖明万历三十年(1602)所撰的《宜黄县戏神清源师庙记》中。该庙记指出此时戏神灌口神清源师"迄无祠"①,事实上,清源师二郎神在民间早已广泛建祠,《咸淳临安志》记载南宋临安二郎祠"在官巷,绍兴元年立",并引旧志说北宋时东京也有"清源真君"②。其实民众负土以献的二郎神,在宋元时期便已得到官方敕封③,明清以

① 汤显祖《宜黄县戏神清源师庙记》,载汤显祖著,徐朔方笺校《汤显祖诗文集》(下),上海古籍出版社1982年版,第1128页。
② 潜说友《咸淳临安志》卷七十三,载浙江省地方志编纂委员会编著《宋元浙江方志集成》第三册,杭州出版社2009年版,第1196页。
③ 《宋会要》礼二十"郎君神祠"记载,仁宗嘉祐八年(1063)八月,永康军广济王庙郎君神特封灵应侯,差官祭告。神即李冰次子,川人号护国灵应王。政和八年(1118)八月改封昭惠灵显真人。高宗绍兴元年(1131)十二月依旧封昭惠灵显王,改普德观为庙。参见徐松辑,刘琳等校点《宋会要辑稿》(第2册),上海古籍出版社2014年版,第1062页。《新元史》卷八十七记载,元至顺元年(1330)加封二郎神为英烈昭惠灵显仁裕王。参见柯劭忞《新元史》,吉林人民出版社2006年版,第1826页。

来，二郎庙几乎遍布全国各地，汤氏抱怨无祠，恰恰显示了作为行业神的戏神还未有专门的祭祠。成书于明代万历年间的《狯园》有一条"淫祀·二郎庙"的记录，因能证明二郎神的戏神身份而被学界广泛引用，但该文献的作用或不止于此。

> 传六月二十四日是神诞生之辰，先一夕，便往祝厘，行者昼夜不绝，妓女尤多。明日即酿钱为菏荡之游矣。吴城轻薄少年，相挈伴侣，宣言同往二郎庙里结亲。一进庙门，便阑入珠翠丛中，双拜双起，日以为常，神亦不为异。①

这则文献记录的是万历间吴中普通市民于二郎神诞辰前往祭祀的盛况。众多盛装打扮的妓女亦参与其中。这里的妓女很大程度上是指女乐，晚明乐籍松散，女乐以色侍人已是常态。这些艺人前往祠庙祭祀戏神，与民众祭祀地方保护神是合流的状态，祭祀的时间与仪式并无差别。在祭神的同时女艺人亦与轻薄少年相约嬉戏（或为揽客），几乎看不出对戏神的崇敬。

祭祀戏神田公元帅（雷海青）的模式亦相似。福建莆田荔城区拱辰村头亭有瑞云祖庙，被学界认为是莆田第一座主祀戏神田公元帅雷海青的宫庙。学界在谈论瑞云祖庙时，非常自然地把当地立祠祭祀戏神的时间上推到建庙的明初。暂不论戏庙遗迹时间的准确性有待考证，我们其实很难把在莆田、仙游两地百座之多田公元帅庙的建立，都归结为戏神庙祭。直到清乾隆年间，莆田戏班艺人还是以船为家，居无定所，戏船甚至还要时常为官方强行占用②，很难想象社会地位低下的艺人有能力建立如此多的专属戏神庙。其实田公元帅是东南福建地区具有普遍意义的地方保护神，既有农耕社会农业神的遗绪，又有衍变为雷海青爱国忠烈神的影响，对当地民生有保安作用。乾隆《仙游县志》指出田公元帅是司乐神雷海青的说法"其言颇幻"，还指出田公庙香火不断是因为"能显

---

① 钱希言《狯园》第六册，清乾隆刻本，第16页。
② 参见瑞云祖庙《志德碑》，载叶明生主编《福建戏曲行业神信仰研究》（内部资料），2002年5月，第263页。

威御寇，乡人感之"①。清代施鸿保记载泉州人祭祀雷海青的原因则是"凡婴孩疮疖，辄祷之"②。可见人们祭祀田公是出于自身御寇、防疫的需要，并非其乐神身份。而瑞云的戏班也只是"随班祭祀奉祀田公元帅"，所谓的瑞云祖庙并非艺人专立的戏神祠庙，根本性质还是地方社庙。

戏神寄生于神力强大且与戏乐相关联的地方保护神，首先是因为这些民间流行神祇于民有用，虽非正祀神，官方亦不反感，明太祖时便诏定"其不在祀典而尝有功德于民事迹昭著者，虽不致祭，其祠宇禁人撤毁"③，那么戏神因淫祀被灭的概率便降低，信仰更易存活。戏神对地方保护神的依附可能也与戏神与傩神交融的关系有关，因为傩本意便是驱鬼除疫的保护神，而驱疫除秽的傩神进入戏神行列后仍保留他们地方保护神的特质。近年发现的福建朱坂村戏神阔公信仰亦是一则例证。朱坂村世代相沿一个传说："宋代朝廷有个太监到此负责开采铁矿，带着从江西青州府请来的保护神阔公，从此阔公信仰便在村里流传。"④ 这基本上印证了阔公作为地方保护神身份的流传路径，也就是说，作为戏神的阔公其神性底色依然是地方保护神，林鹤宜也指出已具备戏神神格的阔公还需为村民禳灾祈福。⑤

早期的戏神祭仪也很简单，艺人们采取念"啰哩嗹"咒语的方式祭祀戏神。汤显祖曾言清源师庙兴建之前，宜黄子弟在开演前，敬酒祭拜戏神，合唱一曲"啰哩嗹"。⑥"啰哩嗹"起源较为复杂，虽存

---

① 胡启植、王椿、任本仁修，叶和侃纂（乾隆）《仙游县志》卷十"坛庙"，清乾隆三十六年（1771）刊本，第4页。

② 施鸿保撰，来新夏校点《闽杂记》卷五，载《闽小纪　闽杂记》，福建人民出版社1985年版，第78页。

③ 《明太祖实录》卷三十八，上海书店1982年版，第760页。

④ 罗金满《大田、永安宗族作场戏遗存探述》，载叶明生主编《福建杂剧作场戏研究及资料汇编》，福建省艺术研究院、永安市人民政府、大田县人民政府2018年编印，第158页。

⑤ 参见林鹤宜《行业神做为地方保护神：福建作场戏中所见"戏神群"探析》，《文化遗产》2018年第6期，第28～39页。

⑥ 参见汤显祖《宜黄县戏神清源师庙记》，载汤显祖著，徐朔方笺校《汤显祖诗文集》（下），第1128页。

争论，但与佛教梵音的紧密关系不易被推翻。据饶宗颐先生论证"啰哩嗹"本是和声，后来才变为咒文。① 其作为一项仪式用于祭祀戏神源自宋元南戏，康保成先生曾说："戏曲一经成熟，'啰哩嗹'就是其组成部分。"② "啰哩嗹"为艺人所用，成为祭祀戏神的咒语。用唱"啰哩嗹"的方式祭祀戏神，仪式上混杂不明，有时我们很难分清祭祀与表演的界限。"啰哩嗹"这种和声成为戏曲演唱的一部分后，不少剧种和剧目专用"啰哩嗹"三字颠来倒去反复演唱，有的则直接采用曲牌【莲花落】。戏曲和声中的"啰哩嗹"或是无意义的衬字以渲染气氛，或是表达某些包含逍遥快乐之旨的隐秘含义。其实就连被认为是祭祀戏神咒语的那部分"啰哩嗹"，亦同时是戏曲表演的一部分，"祭祀戏神的咒语，本来也有利用'啰哩嗹'的反复演唱，制造庄重、严肃气氛的作用"③。再者，采用念"啰哩嗹"咒语的方式祭祀戏神，原始祭祀的意味非常浓厚。有学者指出，"啰哩嗹"由"和声"到"戏神咒"功用的转变，与傩文化关系密切。④ 周育德先生亦指出，当时这种祭仪"主要模仿佛道两教，不过更多表现为民间巫教特有的神秘性与生动性"⑤。这样的祭祀模式显然不被主流阶级所接受，汤显祖对此亦发出"予每为恨"⑥ 的感叹。

---

① 参见饶宗颐《南戏戏神"啰哩嗹"之谜》，载饶宗颐《梵学集》，上海古籍出版社1993年版，第307页。

② 康保成《梵曲"啰哩嗹"与中国戏曲的传播》，《中山大学学报》（社会科学版）2000年第2期，第66页。

③ 康保成《梵曲"啰哩嗹"与中国戏曲的传播》，《中山大学学报》（社会科学版）2000年第2期，第63页。

④ 如康保成指出，梵曲"啰哩嗹"随佛教进入中国，与"沿门逐疫"的傩文化结合，形成"沿门教化"式的说唱佛经，然后进入南戏的副末开场。参见康保成《傩戏艺术源流》，广东高等教育出版社2011年版，第100页。

⑤ 周育德《中国戏剧文化的宗教基因》，载《海内外中国戏剧史家自选集·周育德卷》，大象出版社2017年版，第270页。

⑥ 参见汤显祖《宜黄县戏神清源师庙记》，载汤显祖著，徐朔方笺校《汤显祖诗文集》（下），第1128页。

二　戏神立祠与正名需求的外显

戏神建专祠发生于晚明，万历年间汤显祖倡导兴建的宜黄县戏神清源师庙可谓首创，在南方影响甚广的戏神田公元帅雷海青祠庙也不早于明末。① 晚明清初立祠更为广泛的是戏神老郎。桃渡学者所作传奇《磨尘鉴》有唐明皇赐黄幡绰、清音童子、执板郎君享祭老郎庙的情节，记："（生）传旨各省俱建庙宇塑他三人神像敕赐老郎庵，享受千万年不绝香火。"② 小说家亦非无稽之谈，可以说从晚明开始，戏神老郎即已立祠建庙，香火不绝。清初老郎庙于苏州、北京、西安、扬州、长沙、湘潭、广州、昆明等地先后建祠。

戏神建祠是戏神正名需求日渐显露的重要标志。祠堂是旧时祭祀祖先或先贤的庙堂，对戏曲始祖或梨园先贤展开纪念，已体现出梨园行自我封敕戏神以提高行业地位的迫切需求。例如《宜黄县戏神清源师庙记》中表述的戏神立祠的理想是使戏神比肩儒佛道的神仙圣贤。③ 专祠建立后衍生了专业祭祀组织——梨园公会，使得戏神祭祀活动日趋稳定规律，平日或演出中伶人以茶酒香火供奉随班携带的戏神，"（老郎神像）皆高仅尺许，作白皙小儿状貌，黄袍被体，祀之最虔。其拈香，必以丑脚"④。而隆重的祭祀仪式则于戏神庙举行，

---

① 参见陈志勇《民间演剧与戏神信仰研究》，中山大学出版社 2017 年版，第 91 页。叶明生亦指出，"考之福建东南地区的田公庙（或田公元帅庙），其祀神被称之为雷海青者均为清初以降、或更后期的事"。参见叶明生《福建傀儡戏史论》（上），中国戏剧出版社 2004 年版，第 491 页。

② 桃渡学者《新编磨尘鉴》，载《古本戏曲丛刊三集》（第 95 册），文学古籍刊行社 1957 年版，第 39 页。据郭英德先生考证，桃渡学者是明末人钮格，生于明嘉靖四十三年（1564），卒于清顺治九年（1652）以后。那么传奇所对应的明末清初已有老郎庙。参见郭英德《明清传奇综录》（上），河北教育出版社 1997 年版，第 218 页。

③ 参见汤显祖《宜黄县戏神清源师庙记》，载汤显祖著，徐朔方笺校《汤显祖诗文集》（下），第 1128 页。

④ 蕊珠旧史（杨懋建）《梦华琐簿》，载张次溪编纂《清代燕都梨园史料》（上），中国戏剧出版社 1988 年版，第 374 页。

康熙五十一年（1712）绍兴知府俞卿曾碰巧在稽山书院（此时为老郎庙）目睹群伶祭祀老郎神唐明皇的情景，"岁例千秋节，合郡伶工演剧称庆，优杂子女，沿山讴唱，如是数月"①，可见戏神建专祠后，戏神祭祀规制日隆，衍生出了复杂的祭仪，不复之前隐秘原始的祭祀形态。李渔的传奇《比目鱼》对当时戏神祭仪有记录，提到对戏神要行"三牲"（牛、羊、猪）祭礼，焚香烧纸，虔诚叩拜，默默祈求等②，说明清代戏神祭仪在程式化提高的同时，也更加符合儒家礼法规定。通过建立专祠，戏神信仰正名已迈出了成功的第一步。

还有一个现象可以验证戏神信仰的正名需求在建祠后越发明晰，那就是二郎神信仰逐步被老郎神取代。我们发现戏神普遍建祠后，二郎神的相关文献记载越来越少，广泛建立的戏神庙也多是老郎庙，老郎神成为全国性质的戏神。有学者认为这是因为清雍正五年（1727）获封后，二郎神不宜再作伶人师祖。③ 考虑到二郎神早已获封，那么这种说法则不太成立。笔者认为问题出在晚明以来精英士绅对二郎神信仰的排斥。明代神魔小说《封神演义》和《西游记》塑造的二郎神杨戬形象深入人心，民间对二郎神的崇祀也有杨戬的影子。杨戬又系北宋末年权宦，误国殃民，故而士绅精英对当时的二郎神祭祀难有好感。明弘治年间杨子器在常熟毁淫祠时，就曾经撤去二郎神庙，立地方乡贤"肖（夏原吉、周忱）二公遗像正位于中，扁曰'报功'"④。清初曹寅在《重修二郎神庙碑》一文中便指出二郎神祭祀"洋洋乎！非神之德之盛"，提议"克歆而替"⑤，咸丰四年（1854）

① 李亨特修，平恕等纂《（乾隆）绍兴府志》卷二十"书院"，清乾隆五十七年（1792）刻本，载《中国地方志集成·浙江府县志辑》第39册，上海书店出版社2011年版，第514～515页。
② 参见李渔《比目鱼》，载浙江古籍出版社编《李渔全集》第5卷，浙江古籍出版社1992年版，第126页。
③ 参见陈志勇《民间演剧与戏神信仰研究》（上），第31页。
④ 陈颖主编《常熟儒学碑刻集》，苏州大学出版社2017年版，第87页。
⑤ 曹寅著，胡绍棠笺注《楝亭集笺注》，北京图书馆出版社2007年版，第579页。

五月何绍基上《请旨更正灌县二郎神庙祀典折》，明确指出四川灌县李冰庙二郎神祭祀不合国家礼制。

> 今庙中前殿祀二郎，规模宏丽，塑像巍峨。后殿祀李冰，塑男女二像，呼为圣公圣母，固已颠倒失伦，不符礼制。且前殿二郎神像，塑作三目，旁列三叉两刃刀及梅山七怪之类，臣不胜疑诧，询之土人，始知为小说中所载杨二郎故事。荒诞不经，又混杨为李。[1]

何氏对二郎神信仰中移用小说杨戬的形象，直呼"荒诞不经"，故而请旨更正。晚清《兴义府志》谈到川主庙祀神为灌口二郎神时，亦提到"说尤不经"[2]。可见晚明清初戏曲行业神由二郎神向老郎神过渡，很有可能是因为当时的二郎神口碑已崩坏，雍正的敕封亦于事无补。民间二郎神信仰在"废淫祠"运动中自身难保，无力照拂日渐势盛的戏神信仰。梨园行主动脱钩筹建相对独立的老郎祠，很可能是为了正名自保。

在老郎立祠的实际操作中，戏神正名的态度也很明确。"老郎"一词本指声望隆、技艺高的艺人（初指说话艺人），其实老郎在一定程度上不用附会成具体人物，大可直接理解成戏神、戏祖、乐王等含义，老郎庙亦可约等于戏神庙，这一泛称性的祠庙称谓已凸显梨园行在信仰方面欲求自立正名之心。与之前寄生于其他民间神不同，立祠后的老郎神常直接依附国家中祀的关帝祭祀或群祀中的城隍祭祀。如北京喜神庙（亦名老郎庙）是建于祭祀岳飞的精忠庙内；《（民国）沈阳县志》记载老郎庙原是精忠庙，清初重修，合祀唐明皇，改名老郎庙。[3] 苏州老郎庙"在郡庙旁"，是指其依傍苏州城隍庙而建。梨园公会直接将戏神庙建于合法祠庙旁，正名之心非常明显。再者，梨

---

① 何绍基《请旨更正灌县二郎神庙祀典折》，载何绍基著，龙震球、何书置校点《何绍基诗文集》，岳麓书社 1992 年版，第 754 页。

② 参见张锳纂修，贵州省安龙县史志办公室校注《兴义府志》（上），贵州人民出版社2009 年版，第 503 页。

③ 参见赵恭寅修，曾有翼纂《（民国）沈阳县志》卷十三，载《中国地方志集成·辽宁府县志辑》第 1 册，凤凰出版社 2006 年版，第 214 页。

园行将老郎附会名人时，或选择唐玄宗、后唐庄宗等帝王为祖，或立忠义雷海青、焦德等人为贤，都有将戏曲上溯至"天"的雅化意图。

三 翼宿的准正祀神地位

戏神祭祀正名的重要转机是清乾隆四十八年（1783）苏州织造四德改苏州老郎庙为翼宿神祠。对于这次戏神身份的改变，四德立碑纪念，撰有《翼宿神祠碑记》。既有研究对这则碑记的关注大都聚焦于苏州织造加强控制苏州（江南）剧坛上，强调织造机构对昆曲的扶植与倾斜，论证过程也多为一笔带过。笔者认为这则文献对于戏曲史的意义还在于其基本还原了戏神信仰正名的历程。《翼宿神祠碑记》原文如下：

> 乐之原出于天。太虚之宇，谓之橐籥。蒙庄氏之言，倏忽谪诡，不可端倪。其论乐，以众窍为地籁，比竹为人籁，而必极之于天籁。所谓调刁喝于者，苟非天籁，则众窍不能为其声，比竹不能为其律。又曰，乐出虚。虚者，乐之所积也。金虚其郭而有声，革虚其匡而有声，琴瑟虚其腹而有声，竽笙虚其孔而有声。下逮近古，杂器莫不皆然。故知无形之区，即乐也，积气之地，即乐也。夫无形而积气者，岂非天乎。自古音降而为乐府，再降而为诗歌，又降而为词曲，于是乎矍弄降而搬演。宾白降而科诨，北宫降而南宫，今之所谓昆调者，乐之小而近者也。然不可谓非乐之流，沿其流而讨其源，则不推其原之出于天不止。苏之以伶为业者，旧有庙，以祀司乐之神。相沿曰老郎神。其名不知何所出，其塑象（像）服饰，亦不典。近适有重修之役，予为易其祀曰翼宿之神。星之精，各有所司，而翼天之乐府也。诸杂祀皆于其始作之人，以云报也。自吹竹定律以来，制乐者，好乐者，即一讴一歌，善于其业者，皆不乏人。然而托之圣贤则已贬，炫之名位则已诬，必指其人以实之，则已凿。钧天有乐，翼

实尺之。通之于精灵，推之于本始。兵家祭蚩尤，文章家祭
文昌，马祭天驷，车祭轼，蚕祭房，此物此志也。崇廊复宇
以官之，繁会乐康以迎之，缓节安歌以缳之，以福其人而昌
其业，于是乎在。抑又惟伶之为技，感人最深，明善恶，示
劝戒，亦有助焉。近奉厘正乐曲之命，凡害道伤义者有禁。
唐人云，金石谐婉，国有大庆，凡歌舞太平轩鼗康衢者，精
能以习其业，淳良以和其心，勤俭以食其力，亦执技以事上
者之一。而以是邀神觋，此则予持节善俗之意也夫，是为记。

　　钦命督理苏州织造部堂兼管浒墅关税务内务府员外郎加
三级四讳德　　立乾隆四十八年岁次癸卯十一月　　　　日谷旦①

　　在一段乐与曲沿革流转的理论铺垫后，四德首先通过碑文交代了
戏神修改的契机是重修老郎庙，因老郎塑像不典，转立翼宿为戏神。
其后的叙述则体现了四德的实质目的是将民间戏神"杂祀"官方化，
使其成为符合正祀要求的祭祀活动。

　　正祀要合乎礼制，便需体现官方意志，而翼宿之前的戏神祭祀皆
不合制。《翼宿神祠碑记》对此评价为"托之圣贤则已贬，炫之名位
则已诬，必指其人以实之，则已凿"，批判了民间祭祀戏神时比附圣
贤名人、帝王将相，将戏神人格化的常用套路，打击面近乎囊括既往
所有的戏神崇拜，改革之心昭然若揭。民间神灵想得到官方承认，升
格为正祀，合乎礼制是正名的唯一路径，这就要求戏神符合国家神道
设教的标准，"夫圣王之制祭祀也：法施于民，则祀之；以死勤事，
则祀之；以劳定国，则祀之；能御大灾，则祀之；能捍大患，则祀
之"②。《翼宿神祠碑记》则认为"伶之为技，感人最深，明善恶，示
劝戒，亦有助焉"，"歌舞太平轩鼗康衢者，精能以习其业，淳良以
和其心，勤俭以食其力，亦执技以事上者之一"，认为戏神不仅和普

①　《翼宿神祠碑记》，载江苏省博物馆编《江苏省明清以来碑刻资料选集》，生
　　活·读书·新知三联书店1959年版，第280～281页。
②　阮元校刻《十三经注疏》（下），中华书局1980年版，第90页。

通民间神祇一样能御灾患，更是明确指出梨园以法施民、以死勤事，有移风易俗之功用，肯定有关其行业神的祭祀符合官方意识形态。

民间信仰正名的主力军是精英士绅，他们倚恃权力、经济与声望，对民间信仰予以正名改造，这是获得官方封赐的关键。故而戏神信仰想要成为正祀，除了注入官方意识形态外，还要得到官绅的承认与推崇。苏州戏神身份的转变是由苏州织造官四德督办，四德作为皇家政治精英担负起这样的重要角色。现有研究常常把这一事件张冠李戴为全德，殊不知四德在乾隆四十七年（1782）三月初一便接任了全德苏州织造的工作①，且碑文最后落款也明确标为四德。四德出面改变戏神身份有他个人的因素，一来是他本人较为热衷移风易俗的工作，据查除了这次改戏神，他还在乾隆四十九年（1784）兴建了虎丘花神庙②，重修了浒墅关文昌阁。再者这些工作于乾隆四十八年（1783）前后集中展开也不排除与乾隆南巡有关。

诸般因素皆具备，戏神却依然未能升到正祀行列。因为自宋代以来，朝廷赐额或赐号是民间信仰正式纳入国家正祀体系的标志，清代亦然。翼宿神未获封号，未有赐额，可见戏神翼宿并未成为国家正祀，故而乾嘉时期的扬州昆曲艺人黄旛绰不清楚翼宿戏神的来历。③翼宿戏神未能成为正祀，这与其特殊行业神身份有关，清代国家正祀系统，无论大祀、中祀、群祀，几乎未有行业神的踪影④，皆为"度尽天下众生"的神，所以说戏神作为地位低下的梨园行行业神，原本便与正祀无缘。

虽未正式升等为正祀，但经过上层政治精英的直接推动，将戏神

① 参见《宫中档乾隆朝奏折》第五十一辑，台北故宫博物院1986年编印，第100页。
② 参见龚汕《苏州的花神信仰》，《中国道教》2014年第2期，第63页。
③ 参见黄旛绰《梨园原》，载傅谨主编《京剧历史文献汇编·清代卷》贰"专书"下，凤凰出版社2011年版，第741页。
④ 清代唯一入正祀的行业神是群祀中的三皇先医祭祀，但因为"医"这个行当救治众生，性质特殊，地位超然，并无普适意义。

信仰导入主流意识形态建设的礼法范畴，戏神的正名需求已基本满足。首先，苏州戏神身份的转变属于官方行为当无疑，清初江南三织造因为皇帝的重视与信任，地位迅速提高，成为控制时局的权力机构。苏州织造局更是介入江南曲坛，成为江南梨园的管理利器，翼宿神祠便由苏州织造直接掌管。苏州织造的机构特性让我们相信戏神的改变并非纯粹的个人意愿。在碑文中，四德也直指改立戏神是因为"近奉厘正乐曲之命，凡害道伤义者有禁"。虽然至乾隆四十八年（1783）时，扬州设局删改戏曲早已结束①，但苏州织造官四德可能还在做着奉令"留心查察"剧本的工作，有学者曾指出，"词曲局虽撤馆，但基本的查饬剧曲工作已转交苏州梨园公所'老郎庙'继续进行"②。同时乾隆初对苏州老郎庙的移建也相当留心。据《吴县志》著录："翼宿星君庙在镇抚司前，俗名老郎庙，梨园弟子祀之，相传神为唐明皇。向在郡庙旁，清乾隆初移建今所。"③ 将位于郡城隍庙旁的老郎庙移到了政府机构镇抚司旁，也说明官方对戏神依附其他祭祀的反感，扶植雅化的意图颇为明显。经乾隆四十八年修葺过后的翼宿神庙，回廊复宇皆备，环境优美，而祭祀翼宿神时必选吉日灵辰，"盼蠁苾芬，成礼兮会鼓，传芭兮代舞"④，俨然跻身礼乐祭祀系统。

再者，改立的戏神翼宿也确实得到了官方的默认。成书于乾隆五十三年（1788）的《宸垣识略》对此有记载：

> 景山内垣西北隅，有连房百余间，为苏州梨园供奉所居，俗称苏州巷。总门内有庙三楹，祀翼宿。⑤

---

① 参见《清实录·高宗实录》卷八，中华书局1986年版，第939页。

② 彭秋溪《清乾隆后期饬禁剧曲策略的调整及撤局问题——兼谈乾隆帝对戏曲的真实态度》，《中华戏曲》第55辑，文化艺术出版社2017年版，第65~66页。

③ 曹允源等纂修《吴县志》卷三十三，苏州文新公司1933年排印本，第23页。

④ 孙星衍《吴郡老郎神庙之记》，载江苏省博物馆编《江苏省明清以来碑刻资料选集》，第298页。

⑤ 吴太初《宸垣识略》卷十六"识余"，载续修四库全书编委会编《续修四库全书·史部》第730册，上海古籍出版社1997年版，第563页。

乾隆南巡从江南带回苏州伶人充溢宫廷，也带回戏神祭祀。苏伶聚居于景山，在景山总门内建有占屋三间的翼宿星君庙，庙前筑亭台为度曲之所，很有规模，这种于禁中祭祀戏神翼宿的行为显然是被官方允许的。此后苏州翼宿神祠也自觉充当起国家的喉舌。嘉庆三年（1798）三月与五月先后于苏州翼宿祠内立了两块钦奉谕旨给示碑，江苏、安庆巡抚，苏州织造，两淮盐政等地方政府机构借碑表示要奉谕旨提倡昆弋两腔，严禁乱弹。①

古代民间戏神祭祀松散随意，戏神祭祀的具体对象时有变化，但与以往戏神身份的变化不同，《翼宿神祠碑记》显示出官方对戏神祭祀秩序的干预，并默认了戏曲行业神的合法性，这也符合梨园提高社会地位的需求，反映了国家与民间在文化资源上的互动和共享。

四　官方接纳戏神翼宿的礼乐用意

承认戏神翼宿的身份，背后所体现的是清乾隆朝礼乐通达的态度及以俗乐治世的政策。乐自古以来就十分重要，可以和人神。但古乐难复是历朝历代的共同痛点，乾隆朝亦然。乾隆七年（1742）《律吕正义后编》的编纂标志着制乐工作的全面展开，但高宗时雅乐制作以实际功用甚弱的康熙十四律为基础，最终不得不流于表面，转而改革乐章。同时俗乐在明清两代已成为社会的主流音乐样态，官方对此也采取了包容接纳的态度，乐制改革的重点便指向了俗乐，或者说是雅俗乐的融合。官方对俗乐首肯的态度明显体现于乾隆十一年（1746）完成的官修乐谱《新定九宫大成南北词宫谱》中。皇子允禄在序言中讨论雅俗乐相互递转的道理，认为自古以来，雅歌（乐），都渐散佚，而新声俗乐便渐次升为雅乐，成为新的经典，故而允禄认

---

① 参见《翼宿神祠碑记》《苏州织造府禁止演唱淫靡戏曲碑》，载江苏省博物馆编《江苏省明清以来碑刻资料选集》，第 295～298 页。

为不必强分雅俗。① 周祥钰在序中则直接提到了雅俗乐相为表里的问题，为俗乐正名。但《新定九宫大成南北词宫谱》对俗乐进行了规范，认为俗乐的乐章、乐曲皆需以教化为先，要符合儒家礼乐规定。

乾隆朝以俗为用的礼乐方针，来自实际的用乐需求，当时官方的许多礼仪需要可操作性强的俗乐。明清时期俗乐已被吸收进清宫吉礼用乐之中，清代尤甚。清代在耕藉礼与先蚕礼中混用中和韶乐与俗曲，形成了清宫吉礼用乐雅俗并举的特点。而分布全国的群祀更是广泛采用俗乐，较为典型的有清宫群祀礼用俗曲《庆神欢乐》——地方的城隍祭祀用戏曲。

俗乐因官方的需求而日益重要，这时官方便需要树立俗乐新标准，昆曲便是这样的典范。昆腔由地方"腔"上升为官方"曲"，最终完成于乾隆年间。这主要有两个表现：首先，"昆曲"一词最早出现在康熙中叶，渐次使用于乾隆年间。② 这是人们在观念上逐渐将昆腔正位，甚至圣化。再者，前文提到的官修《九宫大成南北词宫谱》则将昆腔上升到庙堂雅乐的位置。《九宫大成南北词宫谱》载有大量昆腔音乐，其凡例中言明，这套御旨钦定的曲谱，按季节、月令来分，将曲牌人为分配至十二月令，并配入从《月令承应》《法宫雅奏》中优先选取的曲词，这些都是庙堂雅乐的做法。可以说，昆山腔在乾隆时不仅完成了艺术层面的雅俗更新，更成了符合官方意识形态的雅乐，《翼宿神祠碑记》标榜昆曲"乐之小而近"的身份，而嘉庆九年（1804）《吴郡老郎神庙之记》便更加直白地褒扬昆曲作为"今之乐"劝惩教化从而使人有所感的作用。③

所以说，翼宿神在乾隆朝被认可，实为礼乐通达背景下的顺势之

---

① 参见爱月居士（允禄）《新定九宫大成南北词宫谱序》，载吴毓华编《中国古代戏曲序跋集》，中国戏剧出版社 1990 年版，第 479～480 页。
② 参见许莉莉《论"昆曲"之称的晚出及其由来》，《戏曲艺术》2011 年第 1 期，第 17 页。
③ 参见中国戏曲志编辑委员会、《中国戏曲志·江苏卷》编辑委员会编《中国戏曲志·江苏卷》，中国 ISBN 中心 1992 年版，第 1001 页。

举，体现了官方对戏曲的干涉管理心态。干涉首先体现在对戏神谱系的勾勒，或者说戏曲起源脉络都可推至"天"的演绎。天即王权，天乐即是符合官方意识形态的乐曲。《翼宿神祠碑记》认为要穷究昆曲戏神之源头，必须上溯至"天"。其后的《吴郡老郎神庙之记》亦言："余往来京师，见有老郎庙之神，相传唐元宗时，耿令公之子名光者，雅善霓裳羽衣曲舞，赐姓李氏，恩养宫中，教其子弟。光性嗜梨，故遍植梨树，因名曰梨园，后代奉以为乐之祖师。盖霓裳羽衣本为天乐，天乐总司，即南宫朱鸟二十八宿之翼宫第二十二星，老郎神殆权舆于此欤。"① 也是将老郎神（唐玄宗）《霓裳羽衣曲》与天乐相接，因为相传道士叶法善尝引玄宗至月宫，聆听天乐，玄宗自晓音律，默记其音为《霓裳羽衣曲》，这便是来自天上的音乐。② 这种源头叙述显然不是唯物记录或考证，而是符合儒家政治哲学理论的演绎，在这种推演下，昆曲已然是天乐，身份超然。

苏州织造立翼宿为戏神，或许还有"以昆统乱"的深意。何昌林先生《乐王、戏祖、拳宗、医圣——翼宿星君与中国艺术神系》一文中认为翼宿星君是众乐王戏神的综脉，提出翼宿化生表③，指出

---

① 孙星衍《吴郡老郎神庙之记》，载江苏省博物馆编《江苏省明清以来碑刻资料选集》，第 298 页。

② 唐代有许多书籍如卢肇《逸史》、牛僧孺《玄怪录》、薛用弱《集异记》、柳宗元《龙城录》、李复言《续玄怪录》等都记录了这则故事。

③ 何昌林提出戏神系统"三位一体"格的说法（真身"离火雉"、报身"艮山狗"、分身"巽风鸡"）。主体是"昱（翼）窦（狗）田（鸡）""翼宝（狗宝）田（鸡）""田（翼）窦郭""田正山""三田都"。"真身演化"格（"离火雉"）："天倡"翼宿、苏（相公）、赵昱（翼）、田都元帅、后蜀孟昶、唐明皇李隆基、后唐庄宗李存勖等。"报身演化"格（艮山狗）：窦公系——狂狙、鲍老、黄客佬（乙）、窦清奇、狗宝元帅、田智彪、娄金狗、二舍、郑二妈、娄氏夫人、敲板玉犬、敲板郎君、铁板将军、狼牙将军、来富舍人、舞灿将军、火童、千里眼等。"分身演化"格（"巽风鸡"）：郭公系——触圹、鸡父赤郭（黄父鬼）、黄客佬（甲）、郭清巽、陈（田）宝鸡、金鸡神、雷圣王、田苟留、昴日鸡、陈（田、雷）海青、大舍、郑二伯、吹笛金鸡、吹箫童子、开音童子、清音童子、引调判官、风童、顺风耳等。参见何昌林《乐王、戏祖、拳宗、医圣——翼宿星君与中国艺术神系》，《中华戏曲》第 15 辑，山西古籍出版社 1998 年版，第 31～76 页。

各地的乐王戏神皆由道教星宿神"翼宿星君"演化而成，中国各地实际上形成了一个隐蔽而从未被人识破的"翼宿神系"。"翼宿神系"的说法并非标新立异之举，民间戏曲各声腔流动衍生间本就暗藏着千丝万缕的联系，故而不同声腔的戏神也并非独立存在，从何先生的推衍来看，大部分戏神确实可以和翼宿扯上关系。

假设承认"翼宿神系"是成立的，其实依然不清楚四德改立老郎时是否考虑到这条宗脉，且有计划地突出了昆曲戏神翼宿乃戏神宗主的地位。从实际效果看，翼宿确实成为了具有统摄性的全国戏神。昆曲班以翼宿为戏神自不用说[1]，考虑到苏州梨园公所下辖的是各地昆曲组织[2]，各大城市的主流戏班都有昆曲表演，此次戏神的改动也随着昆伶的广泛流动，推广到了全国大部分地方。例如清代各地的徽班，亦多在梨园公所设殿供神，徽号"九天翼宿星君"[3]。云南上兰清代吹吹腔戏班供奉戏神中亦有"唐朝翼宿"[4]。齐如山亦回忆京剧各剧场前后台、戏班及伶人家中所供的神牌上，通通都是写"明翼宿星君之神位"，并无别的字样。各庙中祖师殿，匾额都是写"翼宿星君"，也无他种字样。[5] 后世梨园自觉融入这个戏神谱系的书写中来，将各自的戏神与天上翼宿相连，最有代表性的是田公。一说田元

---

[1] 例如宁昆艺人的戏神即为翼宿星君，每个戏班都置有这样的塑像，且在农历六月十一日翼宿星君正生日、十一月十一日副生日时去老郎庙供奉庆寿，酬神演戏。参见中国戏曲志编辑委员会、《中国戏曲志·浙江卷》编辑委员会编《中国戏曲志·浙江卷》，中国 ISBN 中心 2000 年版，第 657 页。

[2] 据《梨园公所感恩碑记》记载，乾隆四十八年（1783）苏州梨园公所捐款或挂牌登记的外地昆局有：湖广局、湖广小班局、河南局、山东局、山西局、福建局、台湾局、京局、天津卫、上海局、济南局、胶州局、池州局、长兴局、六合局等。参见中国戏曲志编辑委员会、《中国戏曲志·江苏卷》编辑委员会编《中国戏曲志·江苏卷》，第 740 页。

[3] 中国戏曲志编辑委员会、《中国戏曲志·安徽卷》编辑委员会编《中国戏曲志·安徽卷》，中国 ISBN 中心 1993 年版，第 545 页。

[4] 参见伍国栋主编《白族音乐志》，文化艺术出版社 1992 年版，第 316 页。

[5] 参见齐如山《戏的祖师》，载齐如山著、梁燕主编《齐如山文集》第六卷，河北教育出版社 2010 年版，第 226 页。

帅为天上翼宿星君，"故其神头插双鸡羽，象翼之两羽，田姓象翼之腹，共字象两手两足，故其神擅技击"[1]。其实更多的是认为田公元帅源自翼宿，即所谓的"田元帅唐时人，母苏氏，偶至郊野，感天上翼宿入怀"[2]。据悉福建当地戏班祈请田公元帅时所念经文《田宗师启化经》亦有"炯元精于翼宿"[3] 的说法。这种源自翼宿的戏神谱系勾勒，即是已正名的翼宿神对地方戏神信仰统摄力的最佳说明。

总　论

晚明清初大规模的建祠活动中，戏神亦建专祠。戏神建祠改善了戏神信仰的生存环境，梨园艺人们可以去本行专属祠堂祭祀始祖先贤，戏神的祭仪也摆脱了松散隐蔽的原始状态，越发接近国家正统的祭祀程序。这都显露出了梨园行雅化戏神、正名信仰的急切需求。戏神祭祀正名的重要转机是乾隆四十八年（1783）苏州织造四德改苏州老郎庙为翼宿神祠。经过上层政治精英的直接推动，将戏神信仰导入主流意识形态建设的礼法范畴，戏神的正名需求已基本满足。官方接受戏神翼宿体现的是乾隆朝礼乐通达的态度及以俗乐治世的政策，这既来自清廷实际的用乐需求，要将昆曲纳入国家礼乐系统中来，又显露出了政府"以昆统乱"的戏曲管理政策。

（刘薇　东华大学人文学院讲师）

---

① 《福建通志·坛庙志》，载福建省戏曲研究所编《福建戏史录》，福建人民出版社1983 年版，第 8 页。
② 《三教搜神大全》，载《道教大辞典·三田都元帅》，浙江古籍出版社 1987 年版，第 24 页。
③ 参见叶明生、杨榕《福州元帅庙田公信仰与民俗仪式调查》（内部资料），转引自陈志勇《民间演剧与戏神信仰研究》，第 100 页。

水傀儡考论[*]

陈佳宁

　　水傀儡，是一种操控傀儡在水上表演的戏剧形式。自孙楷第先生《傀儡戏考原》问世后，水傀儡就得到学界不同程度的关注。但由于宋人对水傀儡的记载不够详尽，加之这一表演在中国销声匿迹，而在越南仍有上演，故而当前研究水傀儡的论著多以越南水傀儡为核心，企图借此推测宋代水傀儡的表演形态。这一路径对水傀儡研究确有帮助，但忽视宋人记载而依据越南的演出，未免有舍近求远之嫌。加之宋代距今已有上千年的历史，水傀儡的表演形态不可能一成不变，从对比中得出的结论恐怕也存在一定的问题。所以，还是应该回归宋代的原始文献考证水傀儡在当时的表演形态才最为可靠。

＊　本文为国家社科基金重大项目"中国早期戏剧史料辑录与研究"（项目编号：20&ZD271）阶段性成果。

一 水傀儡的艺术源流

目前已知最早记载水傀儡的文献是《东京梦华录》，说明水傀儡这种傀儡戏形式至晚在北宋就已出现了。不过水傀儡的形成并非一蹴而就，在宋代之前，就有木偶在水中表演的记载。

水傀儡最早的渊源，可以追溯至东汉王充的《论衡》："钓者以木为鱼，丹漆其身，近之水流而击之，起水动作，鱼以为真，并来聚会。"① 这条材料记载的是垂钓者钓鱼的一种方式，木鱼在水流的冲击下做出翻腾的动作，让鱼误以为真，前来相嬉。虽然这条史料并无任何戏剧表演的因素，也无娱乐性可言，但操控木鱼在水流中活动的行为，与早期水戏的表现方式已有些许相似之处了。

初具表演因素的水戏，在三国时期便出现了。

> 时有扶风马钧，巧思绝世……以大木雕构，使其形若轮，平地施之，潜以水发焉。设为女乐舞象，至令木人击鼓吹箫；作山岳，使木人跳丸掷剑，缘絙倒立，出入自在；百官行署，舂磨斗鸡，变巧百端。②

> 通引谷水过九龙殿前，为玉井绮栏，蟾蜍含受，神龙吐出。使博士马均作司南车，水转百戏。岁首建巨兽，鱼龙曼延，弄马倒骑，备如汉西京之制……③

魏国的马钧以擅长机巧闻名，他通过木轮转动使水产生动能来驱动各种木偶，做出"击鼓吹箫""跳丸掷剑""鱼龙曼延""弄马倒骑"等百戏动作，其中"备如汉西京之制"一句明确指出，马钧是有意在模仿东汉西京的百戏。这种种精彩的演出和马钧的刻意模仿，说明水转百戏是真正的水中百戏表演。由此可见，水转百戏在三国时

---

① 王充《论衡》，上海人民出版社 1974 年版，第 247 页。
② 陈寿《三国志》第三册，中华书局 1959 年版，第 807 页。
③ 陈寿《三国志》第一册，第 105 页。

期就成为宫廷的演出项目之一，可以时时搬演。在后来的南北朝，这一方法仍受时人喜爱，如《河朔访古记》就记载了水转百戏在后赵的演出场景。

> 密作堂，周围廿四架，以大船浮之，以水为激轮。堂为三层，下层刻木人七，弹筝、琵琶、笙篪、胡鼓、铜钹、拍板、弄盘等。衣以锦绣，进退俯仰，莫不中节。中层刻木僧七人，一僧置香奁，立东南角，一僧执香炉，立东北角，五僧左转行道，至香奁所，以手拈香，至香炉所，其僧授香炉于行道僧，僧以香置炉中，遂至佛前作礼。礼毕，整衣而行。周而复始，与人无异。上层作佛堂，旁列菩萨卫士，帐上作飞仙右转，又刻紫云左转，往来交错，终日不绝。皆黄门侍郎博陵崔士顺所制，奇巧机妙，自古罕有。①

石虎大兴土木修建了华林苑，其中有一处景观称作"密作堂"，建于大船之上。密作堂分为三层，下层是奏乐的木人，中层是添香礼佛的木僧，上层设立佛堂，木人作菩萨、卫士等形象。船上的木人栩栩如生，它们"进退俯仰，莫不中节""周而复始，与人无异"，这一奇观的原理和水转百戏是一样的，也是水在木轮的转动下产生动能，驱动木人运转。需要注意的是，这条史料是元人记述后赵之事，可信度有待商榷，但毕竟后赵之前还有水转百戏这一先例，我们虽不能对纳新之言深信不疑，但至少可以说明，在三国之后，以水能驱动木偶的表演仍在流传。

除马钧发明的木轮驱动法之外，魏晋南北朝还出现了一种更便于实施的方法，通过水在流动中由高至低产生的势能，给傀儡的运转提供动力源。这种方法不需要借助任何工具，凡是有流水之处，皆可实现。

> 魏陈思王有神思，为鸭头杓浮于九曲酒池。王意有所

---

① 纳新《河朔访古记》，中华书局1991年版，第26~27页。

劝，鸭头则回向之。又为鹊尾杓，柄长而直，王意有所到处，于樽上旋之，鹊则指之。①

北齐有沙门灵昭甚有巧思，武成帝令于山亭造流杯池。船每至帝前，引手取杯，船即自住。上有木小儿抚掌，遂与丝竹相应。饮讫放杯，便有木人刺还。上饮若不尽，船终不去。②

这两条史料虽未涉及戏剧表演，但曹植、灵昭二人运作鸭头杓和池船的原理对后世水戏影响很大。鸭头杓和池船相当于傀儡，它们在水流的驱动下可在池内沿水的方向前进，与此同时还受到机关的控制，在"王意有所到处""引手取杯"等时刻机关启动，便会掉头或停止，改变正常的运动轨迹。在曹植、灵昭的创意下，曲水流觞成为这一时期文人们饮酒娱乐常见的方式，如王羲之《兰亭集序》称："又有清流激湍，映带左右，引以为流觞曲水，列坐其次。"③ 又如《荆楚岁时记》载："三月三日，四民并出江渚池沼间，临清流，为流杯曲水之饮。"④ 后人将这种方法用到表演中，便有了著名的"水饰七十二势"。

以三月上巳日，会群臣于曲水，以观水饰。有神龟负八卦出河，进于伏牺；黄龙负图出河；玄龟衔符出洛；太鲈鱼衔篆图出翠妫之水，并授黄帝……若此等总七十二势，皆刻木为之。或乘舟，或乘山，或乘平洲，或乘盘石，或乘宫殿。木人长二尺许，衣以绮罗，装以金碧。及作杂禽兽鱼鸟，皆能运动如生，随曲水而行。又间以妓航，与水饰相次，亦作十二航。航长一丈阔六尺。木人奏音声，击磬撞钟，弹筝鼓瑟，皆得成曲。及为百戏，跳剑舞轮，升竿掷

---

① 李昉等编《太平广记》第二册，中华书局2020年版，第1457页。
② 李昉等编《太平广记》第二册，第1458~1459页。
③ 房玄龄等撰《晋书》第七册，中华书局1974年版，第2099页。
④ 宗懔撰，宋金龙校注《荆楚岁时记》，山西人民出版社1987年版，第38页。

绳，皆如生无异。其妓航水饰，亦雕装奇妙。周旋曲池，同以水机使之。奇幻之异，出于意表。①

"七十二势"出自《大业拾遗记》，此书又名《南部烟花录》，主要记录隋炀帝游江都时诸事，旧题颜师古作，收录于《太平广记》。此书语言俚俗，且有数处与史实相悖，与颜师古的学识和身份严重不符，故而从宋朝开始，就有学者怀疑此书乃宋人伪托。由此看来，《大业拾遗记》虽记述隋炀帝时事，但由于其伪书的身份，我们不能认定"七十二势"就出现于隋朝，它或许是在唐朝上演，甚至晚至宋朝都是有可能的。

"七十二势"的表演内容已比三国时期丰富了许多，木人可扮人类，也可扮禽兽鱼鸟，但它们的表演只有简单的动作，并无故事情节，包括后面的"妓航"也是木人奏乐和百戏表演，并未演故事。因此，"七十二势"和"妓航"在表演内容上虽比水转百戏和密作堂丰富了不少，但演出项目的本质仍是百戏，与真正的戏剧还有一定距离。再来看"七十二势"的动力来源，文中有两个关键点：一是"随曲水而行"，水在自然流动过程中产生的势能驱动了木偶的前行；二是"此并约岸水中安机""周旋曲池，同以水机使之"，说明匠人在池内安装了机关，可以在特殊情况下改变木人的运动轨迹。比如"酒船每到坐客之处即停住，擎酒木人于船头伸手，遇酒，客取酒饮讫，还杯，木人受杯"，这一过程就必须借助机关才能完成，这与前文北齐灵昭的驱动池船的方法完全一致。"七十二势"虽为百戏，与此前的饮酒活动无关，但它得以运转的原理与曹植、灵昭的创意是一致的。

由此可见，古人很早就利用水的动能创造了不少表演项目，尤以"七十二势"的表演内容最为丰富，主要是因为百戏由魏晋至唐宋又有了数百年的发展，表演形态更加多样，而模仿百戏的水戏的演出项

---

① 李昉等编《太平广记》第二册，第 1460～1461 页。

目也就随之增加了。不过"七十二势"的表演仅有人物装扮和简单伎艺，并无故事情节，其本质与三国时期的水转百戏是一样的。

二 宋代水傀儡表演形态考

偶人在水能驱动下表演百戏的传统已有数百年，发展至宋代，《东京梦华录》"驾幸临水殿观争标锡宴"条描述徽宗年间金明池争标的情景时，首次出现了"水傀儡"的名目。

> 又有一小船，上结小彩楼，下有三小门，如傀儡棚，正对水中。乐船上参军色进致语，乐作，彩棚中门开，出小木偶人，小船子上有一白衣人垂钓，后有小童举棹划船，辽绕数回，作语，乐作，钓出活小鱼一枚，又作乐，小船入棚。继有木偶筑球舞旋之类，亦各念致语，唱和，乐作而已，谓之"水傀儡"。又有两画船，上立秋千，船尾百戏人上竿，左右军院虞候监教鼓笛相和。又一人上蹴秋千，将平架，筋斗掷身入水，谓之"水秋千"。水戏呈毕，百戏乐船，并各鸣锣鼓，动乐舞旗，与水傀儡船分两壁退去。①

这是"水傀儡"以此名出现的首条史料，也是现有文献中描述水傀儡最为详细的一条，但当前的研究论著对这条史料的解读还不够充分，有必要进行更加深入的阐释。

在水傀儡表演过程中，多次出现了"致语""乐作"等仪式性行为，这说明金明池争标宴上的水傀儡演出有一定流程，而这种流程与宋代宫廷宴乐上的演出十分相近，不妨先对二者进行比较。"驾幸临水殿观争标锡宴"出自《东京梦华录》，优先选择同书的文献会更有说服力，"宰执亲王宗室百官入内上寿"条详细记载了北宋的一次宫廷宴乐，第五盏出现了多种表演。

---

① 孟元老等《东京梦华录（外四种）》，文化艺术出版社1998年版，第45页。

第五盏御酒，独弹琵琶。宰臣酒，独打方响。凡独奏乐，并乐人谢恩讫，上殿奏之。百官酒，乐部起三台舞，如前毕。参军色执竹竿子作语，勾小儿队舞。……小儿舞步进前，直叩殿陛。参军色作语，问小儿班首近前，进口号，杂剧人皆打和毕，乐作，群舞合唱，且舞且唱，又唱破子毕，小儿班首入进致语，勾杂剧入场，一场两段。是时教坊杂剧色鳖膨刘乔、侯伯朝、孟景初、王颜喜，而下皆使副也。内殿杂戏，为有使人预宴，不敢深作谐谑，惟用群队装其似像，市语谓之"拽串"。杂戏毕，参军色作语，放小儿队。又群舞《应天长》曲子出场。①

将第五盏的表演名目进行梳理，可呈现以下流程：参军色作语、勾小儿队舞—小儿出场—参军色作语、杂剧人打和、乐作—群舞合唱—小儿班首进致语、勾杂剧入场— 一场两段—参军色作语、放队。在这次表演中，除去致语、乐作等仪式外，共有三次重要的行动，第一是小儿队舞演员出场，第二是小儿队舞表演，第三是杂剧表演。在这三次活动之前均有致语，所有表演结束后，参军色致语放队。因此，致语可以看作是一次行动开始或结束的标志，以致语为标准去观照水傀儡，会呈现怎样的流程呢？

现将水傀儡的流程梳理如下：参军色致语、乐作—木偶人出、白衣人垂钓、小童划船—小童作语、乐作—钓出活小鱼、小船入棚、木偶筑球舞旋—致语、唱和、乐作。水傀儡的表演共有三次致语，根据致语出现的次序，可以将水傀儡表演划分为两段。参军色致语后，白衣人在小船上垂钓，当观众注意到他的存在时，童子开始举棹划船，成为全场焦点，等童子辽绕数回，致语乐作，第一段表演结束；第二段开始后，白衣人钓出活小鱼，划船入棚，木偶紧接着表演筑球舞旋等节目，随后参军色作语，水傀儡表演正式结束。水傀儡虽有两段，

---

① 孟元老等《东京梦华录（外四种）》，第60页。

但第一段的小童划船、白衣人垂钓较为平淡，既无故事情节，也无有趣的看点，可见它是演出的开场；而钓出活小鱼一枚、筑球舞旋等精彩的节目在第二段方才出现，说明第二段是水傀儡的精华所在。虽然此处木人表演的并不是戏剧，但凭借傀儡戏在宋代可以"敷演烟粉灵怪故事、铁骑公案之类"①，木人具备表演故事的条件，只是此次演出并未涉及罢了。《东京梦华录》对我们了解水傀儡的表演内容、表演流程很有帮助，但它并不能解决全部问题。所幸，对金明池争标一事的记录除《东京梦华录》以外，还有张择端的《金明池争标图》和王振鹏的《龙舟夺标图》，可以帮助我们进一步了解水傀儡的表演形态。

《金明池争标图》的作者张择端生活于宋徽宗时期，他极有可能目睹过金明池争标的场景，故而此画反映的内容可信度很高。《张择端〈金明池争标图〉探微》《北宋东京金明池探略》等论文一致认为图中仙桥的右下方绘有水傀儡、水秋千、乐船等水戏表演②，但具体哪艘船表演水傀儡尚无人提及，现将仙桥右下方的局部图（图1）③列于此处。图中左右两边各横列一艘船，中间竖列两小船，船尾立有两根红色竹竿，有一人正跃入水中，这和《东京梦华录》描述的"又有两画船，上立秋千，船尾百戏人上竿，左右军院虞候监教鼓笛相和。又一人上蹴秋千，将平架，筋斗掷身入水，谓之'水秋千'"④的记载完全吻合，可见两船中间的表演是水秋千。那么，左右两边的船有何用途呢？由于《金明池争标图》是小幅画作，长宽均不足30厘米，加之画中绘有上千人，画面的清晰程度十分有限，仅通过画面是难以得知哪艘是水傀儡船的，我们必须借助《东京梦华录》的记

---

① 孟元老等《东京梦华录（外四种）》，第86页。

② 参见肖红《张择端〈金明池争标图〉探微》，《河南大学学报》（哲学社会科学版）1990年第2期，第79～81页；刘晨曦《北宋东京金明池探略》，载中国古都学会编《中国古都研究》第28辑，三秦出版社2015年版，第28～37页。

③ 图片引自中国美术全集编辑委员会编《中国美术全集·绘画编·两宋绘画》，文物出版社1988年版，第175页。

④ 孟元老等《东京梦华录（外四种）》，第45页。

述进行图文互证，才能做出正确的判断。

图 1　张择端《金明池争标图》局部

第一，从水傀儡船的构造来看，孟元老称"又有一小船，上结小彩楼，下有三小门"①，左船船体是双层结构，右船船体中部建有一座小楼，二者都符合"楼"的条件，"下有三小门"是辨别傀儡船的关键证据。左船只能看到一楼船舱有六扇关闭的门，门外甲板上有数人站立。右船同样有六扇门，中间的两扇红门向内打开，这与《东京梦华录》所述的"彩棚中门开"完全一致，可见右船船门是左右两扇为一组，六扇便组成了《东京梦华录》所说的"下有三小门"。第二，从船上的人物来看，左船人物的大小与水秋千表演者相近，且演员之间保持一定距离，彼此之间不存在操控关系，左船上的演员恐是真人，并非傀儡。右船上的两人立于船体两侧，人物大小与左船接近，应同样是真人。不过，在右船红门外侧有一小物体浮于金明池上，虽然形状模糊无法辨别，但观其大小，极有可能是木人。第三，从《东京梦华录》对乐船的描述"百戏乐船，并各鸣锣鼓，动乐舞旗，与水傀儡船分两壁退去"② 来看，可知乐船上载有乐人和百戏艺人。右船共两人，左船多至十人，从人数判断，左船的十人无疑可以完成百戏和奏乐等任务，但对仅有两人的右船而言，恐怕较为困难。通过傀儡船的构造、船上人物的大小及人数分析，我们基本可以判定，右船是水傀儡船，船上两人为水傀儡艺人，左船是乐船，它们与

---

① 孟元老等《东京梦华录（外四种）》，第 45 页。
② 孟元老等《东京梦华录（外四种）》，第 45 页。

水秋千共同完成了金明池争标时的水戏表演。确定了水傀儡船的位置后，我们从这幅画中可以得到哪些信息呢？

首先，《金明池争标图》再现了水傀儡的表演场所是在金明池上，木人在水傀儡船周边活动，艺人在船上操控木人表演，这一点有王振鹏的《龙舟夺标图》可作为佐证。《龙舟夺标图》图中拱桥上方有几艘表演百戏的小船（图2）①，中间和右侧小船正在上演水秋千，左侧小船造型较为奇特，船头有一向外伸出的长形木棚，木棚外有两个小人相向而立，观其大小应为木偶，可见这里正在上演水傀儡（图3）。虽然此画的作者王振鹏生活在元代，并未目睹金明池争标的场景，但元代距宋代不远，此图还是可以作为补充材料的。王氏对木人在金明池上表演以及水傀儡船的描绘与《金明池争标图》较为接近，印证了张择端提供的信息是正确的。

图2　王振鹏《龙舟夺标图》局部（一）

图3　王振鹏《龙舟夺标图》局部（二）

---

① 图片引自傅东光主编《故宫书画馆》第五编，紫禁城出版社2009年版，第60页。

其次，据前文分析，水傀儡的主要内容有白衣人垂钓、小童划船和木偶筑球舞旋，木偶的身份无须质疑，白衣人和小童究竟是真人还是木人，孟元老并未说明，而在图中我们就能找到答案。《东京梦华录》有云，"后有小童举棹划船，辽绕数回"①，在图中乐船的左下角，绘有一身体圆润的小童，其大小当为真人，上身穿肚兜，右手举棹正在划小艇，这与孟元老所说的小童是可以对应的。小童举棹划船的举动说明，《金明池争标图》展现的是水傀儡的第一段表演，按照流程，白衣人垂钓也在同时进行，傀儡船红门外的木人可能正是白衣人，等他在金明池中钓出活小鱼一枚，便乘船回到傀儡棚。

在《东京梦华录》《金明池争标图》以及《龙舟夺标图》的图文互证下，水傀儡在宫廷的演出情况基本明晰了。水傀儡在宋代颇受欢迎，它不仅能在宫廷上演，在民间也有它的身影。比如《武林旧事》提到，"教水族飞禽、水傀儡、鬻水道术（宋刻无'水'字）、烟火、起轮、走线、流星、水爆、风筝，不可指数"②。又如《梦粱录》称："其水傀儡者，有姚遇仙、赛宝哥、王吉、金时好等，弄得百怜百悼。"③ 艺人在民间搬演水傀儡存在一个很大的问题，那就是场地。为帝王表演水傀儡可以利用金明池等大型水域，但艺人在市井演出显然没有这个条件，这要如何解决呢？

笔者在翻阅宋画时，偶然发现两幅婴戏图可能与民间水傀儡的表演有关。第一幅《戏婴图》④，现藏于台北故宫博物院，因本图无题跋，台北故宫博物院未给出详细年代，但从画风、题材、质地来看，很有可能出自宋代（图4）。图中绘有三名男孩，其中绿衣小儿左手牵丝，正在操控池中龙舟，龙舟造型精美，中有三层楼阁，船头有两

---

① 孟元老等《东京梦华录（外四种）》，第45页。
② 孟元老等《东京梦华录（外四种）》，第351页。
③ 孟元老等《东京梦华录（外四种）》，第304～305页。
④ 图片引自台北故宫博物院编辑委员会编《故宫书画图录》（第14册），台北故宫博物院1994年版，第417～418页。

面旗帜，龙舟前进方向的左侧有五个木人持桨划船。第二幅《子孙和合图》①，现藏于故宫博物院，旧题宋人所作。同样是三名男孩围绕在水池边，最靠近水池的小孩右手牵丝，正在操纵池中小船，船头有一老翁垂钓。另有红衣小童手持一艘木船，船头站一木人，小孩正准备将木船放入池中（图5）。

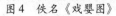

图4　佚名《戏婴图》　　　图5　佚名《子孙和合图》

水傀儡是艺人操纵木人在水中做戏剧或歌舞表演，最本质的特征是要有水，以及有人操纵傀儡。在这两幅图中，儿童操控的木船和木人均在水池里，我们能够清晰地看到木船上有木人或划桨、或垂钓的动作，这与水傀儡的基本特征是很吻合的，可见这两幅图是儿童模仿艺人做水傀儡表演。儿童的模仿对象多是现实生活中常见的事物，由此推及艺人在市井间的水傀儡演出，恐怕也是在这样的一方水池里操纵木人表演戏剧或歌舞。将演出场所由广阔的金明池转移至小水池，

---

① 图片引自蒋文光主编《中国历代名画鉴赏》（上册），金盾出版社2004年版，第855页。

纵然解决了"水"的问题，但场地的巨大变化意味着民间水傀儡的演出内容也会与宫廷表演大不相同。比如，小童划船受到场地限制无法进行，必然会被取消，而参军色致语等宫廷宴乐仪式在市井显得十分多余，估计也会被省略，最终，只有木偶的表演项目如"白衣人垂钓""木偶筑球舞旋之类"节目才会得到保留，这才是水傀儡表演最精彩的部分。另外，这两幅画作还直观地展现了水傀儡的控制方式——牵丝，这是《金明池争标图》和《东京梦华录》都没有提及的内容，由此推及宫廷水傀儡的表演，恐怕也是艺人在船上使用牵丝的方式操控木偶。

对上述史料的解读已经完毕，最后对水傀儡的表演形态进行总结。水傀儡可分为宫廷水傀儡和民间水傀儡两种，先论宫廷水傀儡。首先，从演出场所来看，宫廷水傀儡的场地广阔，可以在金明池、钱塘江等水域里演出[①]，表演过程中会有特制的水傀儡船，艺人在船中控制木人行动。其次，从演出内容观之，宫廷水傀儡受到宫廷宴乐表演的影响，遵循一定流程，有参军色致语、乐作等仪式，正式表演共有两段，第一段是小童划船和白衣人垂钓，第二段是木偶的歌舞戏剧表演。再次，从参演人员来看，水傀儡的大部分表演由假人傀儡完成，真人也会承担部分项目，小童划船是由真人演出，负责致语的参军色也是真人。据原文描述，"乐船上参军色进致语，乐作，彩棚中门开，出小木偶人"[②]，这句话说明了两点信息：其一，参军色致语是在乐船上，并未踏足水傀儡的舞台——金明池；其二，参军色致语后，所有木人傀儡才出场。可见，参军色的致语独立于水傀儡表演之外，他在此处的意义和在宴乐表演中一样，是为了勾队放队，既然他并非表演人员，又未踏足舞台，便不太可能由木偶担任这一角色。

---

① 水傀儡在钱塘江上演出的情形，《武林旧事》记为："市井弄水人，有如僧儿、留住等凡百余人，皆手持十幅彩旗，踏浪争锋，直至海门迎潮。又有踏混木、水傀儡、水百戏、撮弄等，各呈伎艺，并有支赐。"参见孟元老等《东京梦华录（外四种）》，第430页。

② 孟元老等《东京梦华录（外四种）》，第45页。

再来看民间水傀儡。首先，演出场所方面，由于艺人无权调用金明池等大型水域，只能在一方水池中施展伎艺，艺人在池中放入木人木船等道具，在池外操纵傀儡做戏剧歌舞表演。其次，民间水傀儡的表演内容不受仪式约束，整个过程中并无参军色致语、乐作等环节，而小童划船受到场地的限制，估计也会被取消，便只有木人垂钓和戏剧歌舞等最经典的内容了。表演内容的缩减直接影响到参演人员的调整，由于致语、划船等项目不在表演范围内，真人也就不会参与演出，故而民间水傀儡全由假人表演。最后，在操控手法上，是由艺人牵丝控制傀儡，同时或有机关的协助。

三　水傀儡的后世发展

宋代之后，水傀儡在元、明、清三朝仍然流传着。关于元代水傀儡的记载并不多，目前可见的仅有苏天爵《故嘉议大夫江西湖东道肃政廉访使董公行状》一文载："近侍请于禁中海子为傀儡之戏，拟筑水殿以备乘舆游观。"① "海子"是时人对湖泊的称呼，可见元代宫廷的水傀儡继承了宋代的传统，也是在湖泊等大型水域中上演。时至明代，水傀儡的表演形态发生了巨大的变化，虽然它的名称仍为"水傀儡"，但与宋代水傀儡已不可同日而语：

> 又木傀儡戏，其制用轻木雕成海外四夷蛮王及仙圣、将军、士卒之像，男女不一，约高二尺余，止有臀以上，无腿足，五色油漆彩画如生。每人之下，平底安一榫卯，用三寸长竹板承之。用长丈余、阔数尺、深二尺余方木池一个，锡镶不漏，添水七分满，下用凳支起，又用纱围屏隔之，经手动机之人，皆在围屏之内，自屏下游移动转。水内用活鱼、虾、蟹、螺、蛙、鳅、鳝、萍、藻之类浮水上。圣驾升殿，

---

① 苏天爵《滋溪文稿》，中华书局1997年版，第388页。

座向南，则钟鼓司官在围屏之南，将节次人物各以竹片托浮水上，游斗顽要，鼓乐喧哄。另有一人执锣在旁宣白题目，赞傀儡登答，道扬喝采。或英国公三败黎王故事，或孔明七擒七纵，或三宝太监下西洋，八仙过海，孙行者大闹龙宫之类，惟暑天白昼作之，如耍把戏耳。其人物器具，御用监也；水池鱼虾，内官监也；围屏帐帷，司设监也；大锣大鼓，兵仗局也。乍观之，似可喜。如频作之，亦觉烦费无余矣。①

上创造水傀儡戏，用方铜池纵横各三丈，贮水浮竹板，板承傀儡。池侧设帐障之。习为此者，钟鼓司官也。数人隐身帐内，引其机，辄应节转动。左右宣题目鸣锣鼓者、代傀儡问答者，又数人。所演有东方朔偷桃、三宝太监下西洋诸事。②

这两条史料提供了大量明代水傀儡的信息。第一，明代水傀儡的操控需借助机关，将木偶臀部的接触面安装在长条状的木板上，再置于水池中，池中的机关可带动木板运行。水池四周有纱帐围绕，帐内有太监操控傀儡的机关，帐外有太监鸣锣鼓代傀儡说唱，在里外的密切配合下，水傀儡方能顺利表演。第二，明代宫廷水傀儡的表演场所转移到水池中，君王传召即可在宫殿内搬演，如曹静照《宫词》称："口敕宣传幸玉熙，乐工先候九龙池。装成傀儡新番戏，尽日开帘看水嬉。"③演出场所发生转变后，宫廷水傀儡戏的上演变得随意了许多。第三，用于水傀儡的木偶是特制的，只需臀部以上的上半身，除木人以外，鱼、虾、蟹、螺、蛙、鳅、鳝、萍、藻之类的水生动植物也被用到水傀儡中，增加了演出的趣味性。第四，在表演内容上，明代水傀儡可以演故事，属于真正的戏剧，其表演题材有明确的倾向，擅长演郑和下西洋、八仙过海等与水相关的情节，可见它在涉及江河

---

① 刘若愚《酌中志》，北京古籍出版社 1994 年版，第 108 页。按，本段开头"木傀儡戏"当是"水傀儡戏"之误，现学界普遍认为这条史料是对明代水傀儡的反映。
② 朱权等《明宫词》，北京古籍出版社 1987 年版，第 28 页。
③ 徐世昌编，闻石点校《晚晴簃诗汇》，中华书局 2018 年版，第 9136 页。

湖海的故事演绎上有着与生俱来的优势。第五，这种水傀儡是由天启皇帝发明的，众所周知，明熹宗擅长斧锯髹漆之事，秦徵兰既有此说，明熹宗很有可能参与了水傀儡的研发，正是因为他的改革，明代水傀儡才呈现出与前朝截然不同的形态。

由于明人的记述相当详细，水傀儡在明代宫廷的表演形态还是十分明确的，将其与宋代水傀儡进行对比，差别甚大。比如，在演出场所上，宋代宫廷水傀儡是在江河湖泊等大型水域中进行，明代宫廷水傀儡是在室内的水池；在演出内容上，宋代水傀儡虽有演故事的可能，但百戏伎艺仍然是它主要的表演内容，而明代水傀儡基本以演故事为主。最为关键的差异是它们的操控方式，这是区别两种傀儡戏的本质因素。宋代水傀儡是当时社会流行的五种傀儡戏之一，这五种傀儡戏虽然形态各异，却都遵循着一个共同的原则——由艺人操控。水傀儡对艺人手法的要求极高，这在宋代笔记中屡有提及：

> 其水傀儡者，有姚遇仙、赛宝哥、王吉、金时好等，弄得百怜百悼。①
>
> 舞番乐，张遇喜。水傀儡，刘小仆射。②
>
> 李外宁水傀儡，其余莫知其数。③

这三条史料记述的都是南宋著名的水傀儡艺人，他们不仅擅长水傀儡，同时也精通其他伎艺，比如，第一条中的姚遇仙擅长撮弄，④ 金时好兼通杂手艺⑤，据白维国研究，撮弄和杂手艺是同一种伎艺，需要艺人的手法精巧而迅速⑥，姚遇仙和金时好皆擅此伎，可见其手法灵

---

① 孟元老等《东京梦华录（外四种）》，第 304～305 页。
② 孟元老等《东京梦华录（外四种）》，第 109 页。
③ 孟元老等《东京梦华录（外四种）》，第 50 页。
④ 《武林旧事》："撮弄杂艺……王小仙 姚遇仙 赵念五郎 赵世昌 赵世祥……"，参见孟元老等《东京梦华录（外四种）》，第 418 页。
⑤ 《梦粱录》："且杂手艺，即使艺也……淳祐以后，艺术高者有包喜、陆寿、施半仙、金宝、金时好……此艺施呈，委是奇特；藏去之术，则手法疾而已。"参见孟元老等《东京梦华录（外四种）》，第 304 页。
⑥ 白维国《也谈"撮弄"》，《文献》1984 年第 4 期，第 240～241 页。

巧。第二条中的刘小仆射兼任杖头傀儡的表演者，[①] 第三则的李外宁还擅长药发傀儡[②]。这些艺人除水傀儡以外，还精通杂手艺或其他傀儡戏，可见其伎艺水平之精湛。这说明，水傀儡的操纵有一定难度，对艺人的水平要求极高，精彩与否，全看他们有没有一双巧手。而明朝的水傀儡基本是由机关控制的，艺人的参与度很低，他只需要在帐内触发机关，机关便会带动水傀儡进行表演。所以，明代水傀儡的本质是一种机关傀儡，它与水转百戏、"七十二势"的性质更为接近，但也并非全然相同。水转百戏是以水能驱动机关运行，而明代水傀儡由人控制机关，对方向、力度的把握更加灵活，傀儡能完成的动作自然更加丰富。

宋明两代水傀儡的命名一致，但它们的表演形态却截然不同，彼此之间不存在承继关系。明代水傀儡是一种全新的宫廷杂戏，对机关设备、表演环境的要求较高，整体呈现出精致化、贵族化的特点。明朝灭亡后，水傀儡并未随之消失，在贵族富商家中仍有上演，如清初韩奕的别墅"闲时开设酒肆，常演窟儡子，高二尺，有臀无足，底平，下安卯枸，用竹板承之；设方水池，贮水令满，取鱼虾萍藻实其中，隔以纱障，运机之人在障内游移转动。《金鳌退食笔记》载水嬉，此其类也"[③]，这与明代宫廷水傀儡的表演形态显然是一致的，而作者将其与《金鳌退食笔记》所载水嬉的比较更是铁证，坐实了韩奕家中上演的"窟儡子"正是从明代水傀儡而来。[④] 包括如今在越

---

① 《梦粱录》："更有杖头傀儡，最是刘小仆射家数果奇，大抵弄此多虚少实，如巨灵神姬大仙等也。"参见孟元老等《东京梦华录（外四种）》，第304页。

② 《东京梦华录》："悬丝傀儡，张金线。李外宁，药发傀儡。"参见孟元老等《东京梦华录（外四种）》，第32页。

③ 李斗著，许建中注评《扬州画舫录》，凤凰出版社2013年版，第318页。

④ 《金鳌退食笔记》："'水嬉'之制，用轻木雕成海外诸国及先贤文武男女之像，约高二尺，彩画如生，有臀无足而底平，下安卯榫，用竹板承之。设方木池，贮水令满，取鱼虾萍藻实其中，隔以纱幛，运机之人，皆在幛内游移转动。一人鸣金宣白题目，代为问答。惟暑天白昼作之，以销长夏。"高士奇对"水嬉"的记载显然承袭了《酌中志》的说法。参见高士奇《金鳌退食笔记》，北京古籍出版社1982年版，第145～146页。

南上演的水傀儡，也是明代水傀儡的遗存。叶明生曾观看过越南富多水木偶剧团的水傀儡表演，"偶身之下有一平衡木偶的座，此之'偶座'亦是浮标，又是安装木偶机关的地方，座下安装绳和钩，或有一长竿（二米余）安于座下，利用水力，拉动绳子和操纵竿子，使木偶进出、轮转自如"①。木偶安装在偶座上，拉动绳子即可操纵偶座，这不与明代水傀儡的形态如出一辙吗？因此，越南水傀儡其实与明代水傀儡的情况更为相似，与宋代水傀儡关系不大，试图借此推测宋代水傀儡的表演形态，是一条不可行的路径。

结　语

　　早在王充的《论衡》中就有时人操控木鱼在水中活动的记载，但偶人真正在水中表演始于三国时马钧创造的水转百戏，在水能的驱动下做出种种百戏动作，包括后来的"密作堂""七十二势"都是这类水戏的典型代表。时至北宋，出现了以"水傀儡"命名的傀儡戏形式，与此前不同的是，宋代水傀儡是在艺人操控下表演戏剧或伎艺。宋代水傀儡分为宫廷和民间两种，宫廷水傀儡是在大型水域中表演，共有两段组成，第一段是小童划船和白衣人垂钓，第二段是木偶上演歌舞或戏剧，表演中遵循一定流程；民间水傀儡只能在水池等固定容器中施展身手，演出内容以木人垂钓和戏剧歌舞为主，借助牵丝控制。明代虽也有水傀儡戏，但它是一种全新的宫廷杂戏，对机关设备、表演环境的要求较高，整体呈现出精致化、贵族化的特点。与宋代水傀儡的表演形态截然不同，二者之间不存在承继关系。

（陈佳宁　中山大学中文系博士研究生）

---

① 　叶明生《古代水傀儡艺术形态考探》，《戏剧艺术》2000 年第 1 期，第 115 页。

激荡·整合·创新：

"戏改"政策下"十七年"湖北戏曲的发展*

孙向锋

"十七年"时期①，被不少研究者视作地方戏发展的第一个"黄金时代"。伴随着轰轰烈烈的社会主义改造和建设大潮，各种文艺样式都发生了翻天覆地的变化，而戏曲作为其中颇具代表性的一员，也面临着前所未有的机遇与考验。考察这一时期地方戏的发展变化情况，对观察中华人民共和国成立之初政治与文艺、官方与民间、意识形态与传统观念的激荡、碰撞、整合过程，正确认识新中国戏曲改革

---

* 本文为国家社科基金艺术学重大项目"新中国成立 70 周年中国戏曲史（湖北卷）"（项目编号：19ZD07）阶段性成果。

① "十七年"指 1949 年中华人民共和国成立后至 1966 年"文化大革命"开始前。

实践，理解现代戏发展的独特历程，都具有很高的价值。

湖北戏曲在这一时期发生的变化，甚至用"脱胎换骨"来形容也毫不为过。从"三改"到"三并举"政策的施行，在国家层面极大地推动了戏曲改革的进程；从全国到省市、地县的戏曲观摩会演进一步激发了地方戏曲编、导、演的热情；国营院团和研究机构的出现，促进京、汉、楚等大剧种逐渐形成人才汇聚、流派纷呈、创研两旺的良好局面。尽管国家戏剧政策仍处在不断探索、调整和修正的时期，湖北的戏曲事业仍在曲折中得到了很大的发展。

一 1949—1950：中华人民共和国成立初期
湖北戏曲创编的尝试与探索

1949 年以前，戏曲界已有编演与时事紧密相关的新剧的传统。如抗日战争期间，田汉、洪深、龚啸岚、朱双云等纷纷编写"抗敌剧"剧本，武汉的 12 家剧院、游艺场也经常上演《新天河配》《文天祥》《平倭传》《岳飞》等宣扬爱国精神和民族气节的新编剧目。1949 年后，当社会发生翻天覆地的变化时，人们的政治热情又被激发出来，为配合宣传工作而创编的新戏成为引人关注的亮点。

1949 年 5 月 16 日武汉解放后，大批随解放军南下的文艺干部迅速接管各级文化管理机构，组建文艺工作团体，指导文艺创作演出。6 月 16 日，武汉市军事管制委员会（简称"军管会"）文教接管部文艺处召集戏曲界知名人士，召开"旧剧改革座谈会"[1]，为湖北戏曲的建设和改革拉开了序幕。随后，军管会接管武汉各大剧场，各剧种也积极响应号召，努力排演新戏。如汉剧编导刘小中回忆："7 月，军管会干部丁兆一进驻共和舞台，要我们演解放区的现代剧《七夕

① 湖北省地方志编纂委员会编纂《湖北省志·文艺》（上），湖北人民出版社 1997 年版，第 183 页。

泪》。在丁干部的大力支持下，不到半月戏就排好了。"① 各剧种剧团也都兴起了创编、移植新戏的热潮。如武汉的楚剧团体中，青年楚剧团和光明楚剧团一起排演了移植戏《白毛女》，问艺楚剧团和青光楚剧团合演了移植戏《九件衣》。② 为了检阅和总结工作成绩，武汉市于1949年11月3日举办了第一届戏曲观摩会演。这次会演规模宏大，共有京剧、汉剧、楚剧、评剧等4个剧种12个剧团共800多人参加，展演了京剧《逼上梁山》《大泽乡》、汉剧《七夕泪》《红娘子》《九件衣》《新窦娥冤》、楚剧《白毛女》《九件衣》（与汉剧同名）、评剧《王秀鸾》《神神怕打》等十台新戏。③ 与此同时，省内各地各剧种也纷纷排演新戏或举办现代戏会演活动，如：1949年，襄阳成立业余京剧社，排演《闯王进京》等剧目④；黄梅县人民剧团采茶队用采茶戏唱腔排演了《逼上梁山》《血泪仇》《穷人恨》等新剧目，在全县巡回演出。⑤ 1950年5月1日，沙市戏曲改进互助会举办戏曲观摩公演，京剧演出《江汉渔歌》，汉剧演出《闯王进京》等新戏。⑥ 这一时期，编演新戏活动如雨后春笋一般在湖北各地蓬勃发展。这些改编和移植的新戏，固然或多或少存在剧目雷同、编排仓促、题材单一等问题，但已经为新时代湖北的戏曲改造活动拉开了序幕。

这一时期还出现了不少为配合特定政治任务而专门排演的新戏。如在1950年前后，全国开展了减租减息、清匪反霸运动。湖北各地各类文艺表演团体为配合清匪反霸斗争，积极改编、创作短小精悍的

---

① 刘小中《我的汉剧生涯》，载《湖北文史资料·汉剧史料专辑》，《湖北文史资料》编辑部1998年版，第387页。

② 参见余文祥《楚剧进城一百年》，中国档案出版社2001年版，第65页。

③ 参见中国戏曲志编辑委员会、《中国戏曲志·湖北卷》编辑委员会编《中国戏曲志·湖北卷》，文化艺术出版社1993年版，第39页。

④ 参见阎俊杰、董治平主编《襄樊市戏曲资料汇编》，襄樊市文化局戏工室1986年内部资料，第262页。

⑤ 参见黄梅县文化局编《黄梅采茶戏志》，中国戏剧出版社1991年版，第14页。

⑥ 参见中国戏曲志编辑委员会、《中国戏曲志·湖北卷》编辑委员会编《中国戏曲志·湖北卷》，第39页。

"小戏曲"或"地方新歌剧"。湖北省汉剧团编创演出的镇压反革命题材汉剧《血债血还》连续演出四百余场,受到观众一致好评。剧团在黄石演出时,"激发了矿工对矿霸陈雨林的造反行动。矿霸陈雨林强占矿工妻子数十人,打死打伤工人无数。长期以来,工人在他的淫威下,忍气吞声。看了《血债血还》后,提高了阶级觉悟,当场揭发了陈雨林的滔天罪行"①,对"镇反"运动起到了积极的推动作用。武汉群众河南梆子剧团排演了《王贵与李香香》,武汉广播电台将全剧录音,送到北京广播电台播放。黄梅县人民剧团采茶队排演了现代采茶小戏《羊入虎口》,剧本于 1950 年 11 月在《湖北文艺》上发表,同年 12 月由湖北文联出版社发行单行本。宣恩县南剧队将歌剧《白毛女》移植为南剧,深受群众欢迎。这类新戏通常更为强调宣传的效果,而在艺术性上有所欠缺。事实上,能否处理好这两者之间的关系,也成为此后的新编戏能否立于舞台的重要标准。

此外,1950 年 5 月《中华人民共和国婚姻法》颁布实施后,为了宣传、贯彻《婚姻法》,不少剧团排演了《小女婿》《小二黑结婚》等现代剧,湖北省汉剧团还改编了《宝莲灯》《陈世美》《白蛇传》《张羽煮海》等婚姻爱情题材剧目,每剧都连续演出三四十场。

在这一时期,配合政治"中心"开展宣传甚至成为不少剧团的日常工作。如曾任宜昌市京剧团团长的靳万春回忆:"配合'中心'既是上级的要求,也是剧团锻炼队伍、增加收入的机会。'土改''民改'时,我们赶排了《九件衣》《滚出中国去》《还我台湾》《白毛女》《闯王进京》等剧目;'镇反'时,赶排了《欢天喜地》;宣传婚姻法时,赶排了《小女婿》;'肃反'时,排演了《中秋之夜》;抗美援朝时,排演了《唇亡齿寒》;戒烟戒毒时,排演了《鸦片恨》等等新戏,既为当时的政治服务了,各单位包场看戏,收入也有保障。"②虽然一味地

---

① 刘小中《建国后湖北的汉剧》,载《湖北文史资料·汉剧史料专辑》,第 257 页。

② 靳万春《我与宜昌市京剧团》,载中国人民政治协商会议湖北省委员会文史资料委员会编《湖北文史集萃·文化 艺术》,湖北人民出版社 1999 年版,第 336~337 页。

排演政治宣传作品，对于大剧种大剧团可能并非好事，但对于创建不久的新剧团或急需稳定观众和收入的小剧团，反倒觉得受益匪浅。

汉剧编剧刘小中在回忆这一时期自己编演新戏的感觉时写道："《七夕泪》的演出成功，使旧艺人深深体会到了共产党的关怀，极大地提高了对党和政府的信任感。"① 虽然中华人民共和国成立初期的新编剧或移植剧或多或少地存在着生搬硬套、剧目雷同的缺陷，但是却生动反映了人民群众翻身迎解放的政治热情，记录了这一历史时期戏曲创作和表演者独特的心路历程。

二 1951—1959："三改"政策下湖北戏曲的改革与创新

湖北戏曲对传统剧目的改造开始得比较早。中华人民共和国成立初期，武汉新成立的剧团主动开展改编旧戏的工作。1950 年12 月 1 日，田汉在全国戏曲工作会议上的报告中指出：一年来，中南"编改剧本一百十九种"②，数量相当可观。1951 年 5 月 5 日，中央人民政府政务院发布《关于戏曲改革工作的指示》，在提出改戏、改人、改制内容的同时，还强调了审定旧有剧目，"对其中的不良内容和不良表演方法进行必要的和适当的修改"③。遵照中央指示，湖北省戏曲界有计划、有步骤地全面展开了"三改"工作。在"改戏"方面，按照"先易后难""流行易改"的方针，除禁演《全部钟馗》和停演《杀子报》等共 14 出剧目外，还对常演的传统剧目进行整理和改编。通过删除反动迷信的内容和恐怖的舞台形象，修改庸俗低级的语言和表演，推出了一批优秀的传统戏，如《宇宙锋》《二度梅》《哭祖庙》《打花鼓》《打

---

① 刘小中《建国后湖北的汉剧》，载《湖北文史资料·汉剧史料专辑》，第 256 页。
② 中国戏曲志编辑委员会、《中国戏曲志·北京卷》编辑委员会编《中国戏曲志·北京卷（下）》，中国 ISBN 中心 1999 年版，第 1319 页。
③ 《中央人民政府政务院关于戏曲改革工作的指示》，《人民日报》1951 年 5 月 7 日第 1 版。

渔杀家》《演火棍》等，成为舞台上常演不衰的"骨子老戏"。

"改戏"最重要的是主题思想的改造，这种改造一般通过对情节内容的修改来完成。如中南京剧团将《伐子都》中颍考叔鬼魂"活捉"子都的一场戏，改成子都暗害颍考叔之后，因内疚和恐惧，导致精神崩溃而死。又如《问樵闹府》书房里出现的煞神，被改成行刺范仲禹的家丁；连台本《水浒传》被整理重排，改编成为新的连台本戏，突出其中农民起义的积极思想内容，侧重再现水浒老戏的精彩表演艺术。[①] 又如武汉汉剧院对传统折子戏《打花鼓》的主题做了改造，"加强卖艺人夫妻在城隍庙'说理''赔罪'情节的悲凉气氛，表现了艺人走江湖卖艺的凄苦生活，控诉社会不平，更加突出主题的积极意义"[②]。

其次是对表演形式的改造，这一点离不开演员的参与。演员在表演中修改完善语言、动作、身段，达到去粗取精的目的。如汉剧名角陈伯华就说："演戏是演给人看的，总要让人看得舒服，给人美好的印象，这就要求角色从内心到外形都雅、美，要求舞台纯净，不要被低级趣味所污染。"[③] 传统汉剧《贵妃醉酒》有杨贵妃与高力士、裴力士调笑的情节，陈伯华认为这不符合贵妃身份，于是改造了这部分内容，重点突出杨贵妃调笑的目的是找皇帝评理。这样既保留了原剧中精彩的舞蹈动作，同时又净化了舞台，使得全剧前后人物形象更加一致。

编演新戏也是"改戏"的重要组成部分，各剧团在新编或移植剧上大胆改革。1955 年，湖北省汉剧团移植越剧《屈原》，导演曹藻想在舞台艺术上进行改革。他认为打击乐器有噪声，冲淡了《屈原》的诗情画意，想用弦乐代替汉剧传统的打击乐；另外

---

① 参见石受成《武汉京剧史话》，蒋锡武主编《艺坛》（第三卷），第 342 页。

② 邓家琪主编《汉剧志》，第 39 页。

③ 黄靖编《陈伯华表演艺术文集》，中国戏剧出版社 2001 年版，第 470 页。

想改革唱腔，只用二黄不用西皮，并吸收一些民歌小调。但这些尝试并不顺利，排练了半年，田汉、李紫贵、郭汉城等专家审看后未予通过。专家们认为该剧把打击乐器抽掉，好像抽掉了戏曲的筋；只用二黄不用西皮，也缺少了汉剧传统的味道。好在剧组编导们并不气馁，"不怕失败，总结经验，使唱腔接近了汉剧，导演时加强了戏曲手法的艺术表演，终于取得了基本成功"①。他们对改革的坚持，使该剧获得了很大的成功，成为全省"改戏"的范本。此后该团的《春香传》《光绪与珍妃》《金沙江畔》等都按照《屈原》的改革经验进行，成为保留剧目"四大名剧"，演出达三百余场。

经过几年的努力，湖北的戏曲改革工作取得了显著成效，在剧目创作上结出了硕果。这些成果，在随后几年的全国、大区以及省市各级戏曲观摩演出大会上得到了集中展示。

1952 年 9 月，中南军政委员会文化部在武汉举办中南区第一届戏曲观摩会演，检阅戏改工作成绩。河南、湖北、湖南、江西、广东、广西以及武汉市、广州市等六省二市的戏曲代表团演出了17 个剧种的 63 个剧目。汉剧《宇宙锋》《打渔杀家》、楚剧《葛麻》《百日缘》获优秀剧目奖，楚剧《夺佃》获新戏奖。同年 10 月举行的全国戏曲观摩会演中，《葛麻》获大会剧本奖，《宇宙锋》《葛麻》获表演二等奖。② 1953 年 3 月，在武昌举行的湖北省民间艺术会演中，湖北越调、梁山调、远安花鼓戏、二棚子、天沔花鼓戏、襄阳花鼓戏均有剧目参演，大会还选拔天沔花鼓戏《打连厢》、二棚子的琴子戏《葛麻》（片段）参加中南民间艺术会演。③ 1955 年 4 月，武汉市举办全市第三届戏曲观摩会演，省

① 刘小中《建国后湖北的汉剧》，载《湖北文史资料·汉剧史料专辑》，第 260 页。

② 参见武汉地方志编纂委员会主编《武汉市志·文化志》，武汉大学出版社 1998 年版，第 293 页。

③ 参见中国戏曲志编辑委员会、《中国戏曲志·湖北卷》编辑委员会编《中国戏曲志·湖北卷》，第 42 页。

内各专区、县戏曲剧团均派出代表观摩。湖北省汉剧团演出《屈原》《拦马》，武汉市汉剧团演出《海上渔歌》《秋江》《打金枝》《秦香莲》，① 楚剧则有《两兄弟》《海上渔歌》《庵堂认母》等20个剧目参加会演。② 1956年11月，湖北省第一届戏曲观摩演出大会开幕。参加大会的有27个剧种的119个剧目，共演出39场。1958年11月，湖北省举办第二届戏剧（现代戏）会演，演出7场。1959年7月，为检阅十年戏曲发展成就，向国庆十周年献礼，湖北省举办第三届戏剧优秀剧目会演。参加会演的有7个代表团，囊括汉剧、楚剧、京剧、天沔花鼓戏、远安花鼓戏、南剧、湖北高腔、巴陵汉剧、曲剧、评剧、豫剧等14个剧种，演出21场37个剧目（现代戏10个，整理改编传统戏27个）。③

　　这一时期，湖北一些有影响的剧目获得了参加上级调演、外出巡演或为党和国家领导人、外国领导人演出的机会，还有的剧目被录制成戏曲电影，从另一个侧面彰显了湖北戏曲的成就和影响。如1952年12月，中南区代表团参加全国戏曲观摩会演获奖剧目在京、津、沪巡回演出。④ 1956年4月，武汉市汉剧团在武汉歌舞剧院小礼堂为毛泽东主席演出《断桥》《双下山》，陈伯华、李罗克等演出人员受到毛主席的亲切接见。7月，毛主席观看沈云陔演出的楚剧《庵堂认母》，并赞扬他"演得好"。1957年3月，陈伯华率领武汉市汉剧团离汉，赴上海、南京、济南、天津、北京等地巡回演出改编的传统剧目《二度梅》。同年10月，武汉市汉剧团在汉口德明饭店先后为越南劳动党主席胡志明、联

---

① 参见邓家琪主编《汉剧志》，第25页。
② 参见李志高主编《楚剧志》，湖北科学技术出版社2015年版，第31页。
③ 参见湖北省地方志编纂委员会编纂《湖北省志·文艺》（上），第221~222页。
④ 参见中国戏曲志编辑委员会、《中国戏曲志·湖北卷》编辑委员会编《中国戏曲志·湖北卷》，第41页。

合国秘书长哈马舍尔德演出《宇宙锋》。① 1958 年 5 月，黄梅县黄梅戏剧团在武汉洪山宾馆为毛泽东、周恩来、朱德等党和国家领导人演出黄梅采茶戏《过界岭》②；11 月，武汉市汉剧团在武昌为朝鲜领导人金日成演出《贵妃醉酒》③；12 月，孝感县楚剧团在驻孝感中国人民解放军礼堂为毛主席演出《赶会》《拦马》。④ 这一时期还有多部湖北戏曲作品被拍摄成电影，如汉剧有《宇宙锋》《二度梅》《审陶大》，楚剧有《葛麻》《刘介梅》等。"百花齐放，推陈出新"的方针在这一时期湖北戏曲中得到了很好的体现。

三 1960—1966："三并举"方针指导下 湖北戏曲的震荡与整合

在"大跃进"高潮中，某些地方出现随意"禁戏"的情况，甚至导致艺人生活困难、群众无戏可看的局面；同时，少数作者在修改或改编剧本时，盲目"图解政治"，在剧本中强行塞入政治口号，导致作品公式化、概念化的倾向严重。针对这些状况，中央的戏曲政策从"以现代剧目为纲"慢慢转变为现代剧和历史剧"两条腿走路"。1960 年 5 月 3 日，时任文化部副部长齐燕铭在现代题材戏曲汇报演出大会上，提出"现代剧、传统剧、新编历史剧三者并举"⑤ 的主张。5 月 15 日，《人民日报》发表社论，进一步阐发这一新政策，使"三并举"方针得到了确立。

1. 传统剧目的短暂复兴

1961 年武汉市文化局采取"积极挖掘，慎重处理，先内后

---

① 参见邓家琪主编《汉剧志》，第 25~26 页。

② 参见黄梅县文化局编《黄梅采茶戏志》，中国戏剧出版社 1991 年版，第 16 页。

③ 参见邓家琪主编《汉剧志》，第 26 页。

④ 参见李志高主编《楚剧志》，第 33 页。

⑤ 齐燕铭《现代题材戏曲的大跃进——祝现代题材戏曲剧目观摩演出胜利》，《北京日报》1960 年 5 月 17 日第 4 版。

外"的原则，组织传统剧目内部观摩，演出《恶虎村》《胭脂虎》《一捧雪》《拿活虎》等二十多个剧目。随后，湖北省文化局、湖北省文联组织内部观摩传统剧目，演出《梅龙镇》《乌盆记》《十八扯》《诳舅子》等27个剧目。11月，湖北省文化局、武汉市文化局再次组织内部观摩，演出汉剧《挑帘裁衣》《盗旗马》等十多出传统戏。11月2日，湖北省文化局发出《关于文化工作的初步意见》，提出要注意群众爱好的千差万别，不强求一律，有的剧种形式不宜于反映现代生活的，可以不创作或少创作现代戏。①1962年3月，湖北省汉剧团在湖北剧场举办汉剧优秀传统剧目月，邀请部分地、县名老艺人参加演出，共演出二百多出传统戏。4月至7月，湖北省文化局在罗田举办汉剧演员进修班，传授十多出传统剧目，结业后到黄石市、武汉市演出。② 5月，湖北省文化局拨款大悟县、通山县、崇阳县，用以挖掘北路子花鼓、采茶戏、提琴戏传统艺术。③ 9月至11月，孝感地区分三片（蒲圻点、大悟点、孝感点）举行楚剧优秀青年演员和学员会演，演出的剧目有《断桥》《王大娘补缸》《白扇记》《白蛇传》《小姑贤》等。④

　　1962年9月，八届十中全会召开，阶级斗争又被提到重要位置。1963年3月，文化部党组向党中央提出《关于停演"鬼戏"的请示报告》，认为演出"鬼戏"有助长迷信的副作用，与当前加强群众社会主义教育的任务相抵触，报告被党中央批准。1963年4月4日，湖北省文化局分党组向省委提出《关于建议禁演和劝告停演剧目的报告》，建议禁演汉剧和其他皮黄剧种的《活捉

---

① 参见中国戏曲志编辑委员会、《中国戏曲志·湖北卷》编辑委员会编《中国戏曲志·湖北卷》，第49页。
② 参见邓家琪主编《汉剧志》，第28页。
③ 参见中国戏曲志编辑委员会、《中国戏曲志·湖北卷》编辑委员会编《中国戏曲志·湖北卷》，第50页。
④ 参见李志高主编《楚剧志》，第35页。

三郎》、《杀子报》、《大劈棺》、《审双钉》、《大香山》、《度白简》、《四郎探母》全本、《薛仁贵征东》连台戏、《怪侠欧阳德》连台戏，楚剧和其他花鼓戏剧种的《朱氏割肝》《秦雪梅游地府》《晒罗裙》《大杀蔡鸣凤》《抠黄鳝》等 14 部。劝告停演汉剧和其他皮黄剧种的《十道本》《斩经堂》《阴五雷》，楚剧和其他花鼓戏剧种的《双官诰》、《瓦车蓬》连台戏、《九美图》连台戏等 6部。① 至此，演出传统剧目的热潮又暂时消歇。

2. 现代戏全面占领舞台

1964 年 5 月 5 日至 7 月 31 日，文化部举行全国京剧现代戏观摩演出大会，传统剧目和新编历史剧悄然退出舞台，成为传统戏曲转向"现代"的重要标志。这时的戏曲舞台"革命人民开始破天荒地成为京剧艺术的主人"，"充满革命激情的一片色彩缤纷的繁荣景象"。② 湖北省于当年 5 月 25 日至 6 月 16 日，也举办了第五届戏曲现代戏会演。参加会演的有省直、市和专区 9 个代表团，剧种有汉剧、楚剧、应山花鼓戏、随县花鼓戏、天沔花鼓戏、南剧等，演出 17 场 27 个现代戏剧目。③ 临近岁末，省领导多次观看现代戏并接见演员。如 11 月 1 日，副省长孟夫唐观看枣阳县曲剧团演出的现代戏《三世仇》；11 月 29 日，省委书记王任重观看武汉汉剧院演出的现代戏《赵玉霜》；12 月 8 日、11 日，副省长孟夫唐观看黄石市汉剧团演出的现代戏《杜鹃山》、沙市京剧团演出的现代戏《八一风暴》。这些省领导参加戏曲演出活动，再次明确了官方希望现代戏全面占领舞台的态度。1965 年湖北省文化局《文化工作简讯》称：自 1964 年 10 月起，黄冈

---

① 参见湖北省文化局分党组《湖北省文化局关于建议禁演和劝告停演剧目的报告》，载中国戏曲志编辑委员会、《中国戏曲志·湖北卷》编辑委员会编《中国戏曲志·湖北卷》，第 624～626 页。
② 冯牧《京剧舞台上的革命光彩》，《文艺报》1964 年第 7 期，第 8 页。
③ 参见湖北省地方志编纂委员会编纂《湖北省志·文艺》（上），第 222 页。

专区全部停演了传统戏，扭转了舞台上帝王将相、才子佳人占统治地位的现象。① 7月，中南区现代戏会演在广州举行。湖北省参加会演的剧目有汉剧《太阳出山》《借牛》，楚剧《海英》《双教子》，京剧《豹子湾战斗》。② 9月，湖北省文化局委托省戏曲工作室移植并向全省推广演出《补锅》《打铜锣》《游乡》等剧。9月20日至10月20日，湖北省文化局举办全省农村文艺宣传队集训，重点学演现代戏《补锅》《打铜锣》《游乡》《双教子》《借牛》等。③ 片面强调政治性，造成了剧目的单一贫乏和演出质量的下降，直至促成了"样板戏"一花独放的局面。

这一时期湖北的现代戏创作，虽然偏重于为政治服务，为现实服务，但创编出一定数量的优秀作品，如汉剧《借牛》、京剧《豹子湾战斗》、楚剧《海英》《双教子》等，有些剧作至今仍被公认为该剧种舞台艺术的经典。《借牛》原为荆州花鼓戏剧本，1968年经李罗克、尹汉涛等整理加工成汉剧，由武汉市汉剧团首演。故事写春耕季节，春花回娘家向父亲、生产队饲养员刘大伯借牛，想乘夜耕种自留地，刘大伯不允。刘大妈自作主张把生产队的耕牛借给春花，刘大伯发觉后急忙追回耕牛，春花空手而归。饰演刘大伯的汉剧丑角艺术家李罗克在演"追牛"一场时，化用传统戏《广平府》的表演，将刘大伯热爱集体的精神表现得酣畅淋漓。观众称赞他把刘大伯演活了，连头发丝都有戏。此剧在改造、融合传统表演程式动作用于刻画现代人物方面积累了宝贵经验。1965年，该剧赴北京参加国庆调演，后又赴上海、杭州、南京等地巡回演出，深受欢迎。同年12月，由珠江电影制片厂摄制

---

① 参见中国戏曲志编辑委员会、《中国戏曲志·湖北卷》编辑委员会编《中国戏曲志·湖北卷》，第52页。
② 参见武汉地方志编纂委员会主编《武汉市志·文化志》，第294页。
③ 参见中国戏曲志编辑委员会、《中国戏曲志·湖北卷》编辑委员会编《中国戏曲志·湖北卷》，第52页。

成彩色戏曲艺术片。剧本由中国戏剧出版社出版单行本。京剧《豹子湾战斗》根据马吉星同名话剧改编，1965年由武汉市京剧团首演。故事写抗日战争时期，为打破国民党的经济封锁，陕甘宁边区八路军某部红一连被编为专业生产连，进驻陕北豹子湾开荒生产。连长丁勇和不少战士对自力更生的战略意义认识不足，在新来的连指导员杨红和团首长冯辉的耐心帮助和当地群众朱老爷爷的协助下，提高了认识，克服重重困难，终于胜利完成开荒任务。剧作着重表现人物思想矛盾冲突，唱腔设计既保留了京剧特点，又有新的韵味。为演好这部戏，演员演出前还曾下连队当兵体验生活。1965年7月，该剧参加在广州举行的中南区革命现代戏观摩演出大会，获得好评。楚剧《双教子》是一部现代小戏，故事写杏姑、桃生放学后都拾了生产队的小麦。杏姑母春梅叮嘱女儿将拾来的小麦送还生产队，桃生母四妈却叫儿子把小麦拿回家。在四妈的影响下，桃生由拾麦到偷生产队的麦种。后经春梅帮助，桃生母子思想转变。该剧原为孝感县楚剧团吴月南、杨东升、黄斌臣、宋虎编剧，1964年参加湖北省第五届（现代戏）会演，被推荐向中共湖北省委做汇报演出。1965年湖北省戏曲学校组织力量进行改编，到广州参加中南区革命现代戏观摩演出大会，后赴京汇报演出，并由珠江电影制片厂拍摄舞台艺术片。这些剧作之所以能取得成功，与主题和艺术的协调统一分不开。在主题上，以小见大，通过小人物、小事件、小场景反映广阔的社会生活；在艺术上，在保持传统唱腔、身段、表演的基础上有所创新，发展出适合新题材内容的新程式、新唱腔、新表演。至此，湖北戏曲在现代戏的创编上积累了一定的经验并取得了显著成果。

四 "十七年"时期湖北戏曲发展的得失与启示

"十七年"时期湖北的戏曲改革，是在中国共产党戏曲政策指导下地方戏曲改革的一个缩影。政治因素使这一改革进程呈现出复杂的发展态势，也不可避免地暴露出一些问题，如上演的传统剧目从主题思想、情节内容、表演艺术到音乐、舞美都或多或少进行了改编，有的剧作还因改编力度过大而造成了审美性、娱乐性的缺失；移植戏、新编戏多偏重于政治宣传，难免有简单化、"图解政治"的诟病，削弱了它们反映现实的力度与深度。

从另一方面来看，湖北戏曲也得到了很大的发展。在剧种发展上，形成了京、汉、楚三强鼎立，其他剧种补充的良好局面。在院团建设上，省、市、专区大小剧团林立。据统计，1965年末，全省计有87个剧团，其中汉剧20个，楚剧18个，京剧12个，其他剧种至少有一个专业剧团。① 在人才培养上，呈现出名家荟萃，人才济济的格局。如汉剧有陈伯华、吴天保领衔，十大行还有李春森、李罗克、胡桂林、周天栋等名角坐镇；京剧主要骨干有麒派传人高百岁、陈鹤峰，杨派武生高盛麟等；楚剧除一代宗师沈云陔之外，还有王若愚、章炳炎、高月楼、熊剑啸等名家。在剧目创作上，各剧种既有常演不衰的"骨子老戏"，也有脍炙人口的新编或移植剧目。如汉剧传统戏有《宇宙锋》《二度梅》《柜中缘》《哭祖庙》等，新编或移植的现代戏有《血债血偿》《太阳出山》《借牛》等；京剧传统戏有《追韩信》《徐策跑城》《关羽走麦城》等，移植或新编的剧目有《三打祝家庄》《红军远征》《茶山七仙女》《柯山红日》《豹子湾战斗》等；楚剧传统戏有《葛麻》《百日缘》《庵堂认母》《吕蒙正泼粥》《张羽煮海》《宝莲灯》等，新编和移植的剧目有《刘介梅》《双教子》《海英》等。除上述三个剧种，其他剧种也不乏优秀和独具特色的剧目。

作为中华民族的艺术瑰宝，戏曲艺术在悠久的历史传统中一

---

① 参见中国戏曲志编辑委员会、《中国戏曲志·湖北卷》编辑委员会编《中国戏曲志·湖北卷》，第435页。

直承载着社会教化功能。但是，这一功能必须与其内在的艺术性相统一，否则就会影响其发挥作用。从"十七年"湖北戏曲的发展历程可以看出：客观认识政策对戏曲发展的指导作用，认真总结戏曲编演的经验教训，准确把握继承与创新的辩证关系，才能在新时代更好地发挥文艺在价值引领上的独特作用。

（孙向锋　湖北第二师范学院文学院讲师）

新时期湖北戏曲理论研究述评（1977—2000）*

陈建华

本文所言的新时期，特指 1977 年至 2000 年这一时间段。"文化大革命"结束后，湖北戏曲界开始清理此前创作方面所强调的"三突出""高、大、全"等偏颇理论，主管部门将戏曲理论建设作为战略任务提上议事日程，戏曲研究重回正轨，在地方戏曲资料的搜集与整理、剧种研究、综合研究、平台建设方面均能有序推进。

一 文献整理：发挥地域优势，取得丰富成果

文献整理处于学术研究的最基础地位。整理文献需团队协作，且需成员具备扎实的学术功底、敏锐的学术眼光、超乎寻常的耐心和细

* 本文为国家社科基金艺术学重大项目"新中国成立 70 周年中国戏曲史（湖北卷）"（项目编号：19ZD07）阶段性成果。

心。此时期主要成就集中在志书编纂与资料整理汇编两方面。

志书编纂方面主要有《中国戏曲志·湖北卷》①《中国戏曲音乐集成·湖北卷》②两部重量级成果。

前者 1978 年启动，1993 年出版，历经 15 年。共调动 200 多名戏曲工作者参与，对湖北地方剧种的历史与现状，包括剧种沿革、声腔源流、戏曲剧目、戏曲机构、戏曲人物、戏曲表导演、戏曲剧场等诸方面，进行了全面、系统、深入的调查。此书堪称湖北地方戏曲的百科全书，能集中反映湖北戏曲的历史变迁与现实面貌。作为志书的衍生成果，各地还编撰了《汉剧志》《楚剧志》《荆州花鼓戏志》《随州花鼓戏志》《黄梅采茶戏志》以及恩施、孝感、襄樊、沙市、咸宁、十堰、武穴、远安等市县的地方戏曲资料汇编。这些资料，搜罗广泛，考证细密，体现了严谨扎实的科学精神。

其学术价值，主要体现在如下方面：首先，资料收集之全面远超过往，充分显示了集体合作的优势。任何一项学术研究都是以整理资料为开端，地方戏曲也不例外，汉剧与楚剧的早期研究者扬铎、陶古鹏、王若愚也是从有意识地保存史料开始的。相比使命感召下的个人兴趣，由文化主管部门主导的戏曲史料整理，其覆盖之广泛、搜求之全面则远过之。甚至可以说，《中国戏曲志·湖北卷》这样的重量级成果估计任何个人都难以完成。志书全面摸清了湖北戏曲的家底，保留了珍贵的第一手资料，对于界定湖北戏曲版图、相关剧种之渊源、流变与相互影响，均有重要参考意义，对于不同剧种史的书写，也提供了主要的参考资料。其次，志书所带动的各剧种普查，涉及了本省所有戏曲剧种，这在 20 世纪 90 年代戏曲危机冲击波逐渐扩散、许多剧团沦为"天下第一团"而濒临绝境甚至灭绝的情况下，保留了珍

---

① 参见中国戏曲志编辑委员会、《中国戏曲志·湖北卷》编辑委员会编《中国戏曲志·湖北卷》，文化艺术出版社 1993 年版。

② 参见《中国戏曲音乐集成》全国编辑委员会、《中国戏曲音乐集成·湖北卷》编辑委员会编《中国戏曲音乐集成·湖北卷》，中国 ISBN 中心 1998 年版。

贵的戏曲资料，对于21世纪"非遗"保护工作的开展，提供了宝贵的文献基础。以荆河戏为例，荆河戏作为湖北地方戏曲的"活化石"，在历史上风光无限。它与汉剧关系紧密，两剧在演出交流中互相学习，取长补短。荆河戏还与武陵戏、川剧胡琴戏、荆州辰河戏、恩施南剧等交互影响，具备语言学、民俗学、戏曲音乐史等方面的学术研究价值。但1984年，在石首县的多次请示下，有关部门撤销了该县荆河戏剧团。自此在湖北境内，荆河戏处于民间的、业余的、自生自灭的生存状态。很难想象，如果不是《中国戏曲志·湖北卷》所做的基础资料工作，从1984年到2006年荆河戏被列入第一批国家级非物质文化遗产名录之间长达22年的时间里，仅靠民间出于市场压力、掺入诸多流行歌舞元素的舞台实际，还有多少人能还原其整体性历史面貌？2006年之后，荆河戏的传承进入多方参与的活跃期，研究呈现出井喷状态，其资料基础与这部志书有莫大关系。再次，除公开出版物外，与志书相关的衍生资料也具有较大史料价值。如《楚剧志》的前期成果——武汉市楚剧团艺术研究室内部刊印的全套四本《楚剧志资料汇编》，保留了大量的民间艺人的口述资料，弥补了诸多不为人知的历史细节，等待学者们审慎考辨与合理使用。

另一部重要成果《中国戏曲音乐集成·湖北卷》对湖北省内23个剧种的声腔进行了全面整理，全书按综述、图表、剧种音乐、人物介绍的体例，在广泛深入普查收集资料的基础上，精心选录大量音乐资料，结合综述、剧种概述、条目释文和图表等，全面、系统地介绍了湖北地方剧种音乐源流沿革、音乐形态与特色、音乐革新发展等，符合志书编撰时所提出的"全""精""准""明"[1]的质量标准，对于全面梳理与保存音乐财富及此后的戏曲音乐研究与改革具有参考意义。另外，1982年由湖北省文化厅科教处牵头编纂的《文艺志》也

---

[1] 《中国戏曲音乐集成》全国编辑委员会、《中国戏曲音乐集成·湖北卷》编辑委员会编《中国戏曲音乐集成·湖北卷》，第9页。

收集了有关戏曲政令、官箴、家训、清规、学训、乡约、会章等内容，具有较大史料价值。

资料整理方面的主要成果为《湖北地方戏曲丛刊》的继续编印与《戏剧研究资料》的整理。

前者本为1956年湖北省文化局根据当年全国戏曲剧目工作会议精神，对全省各剧种上演剧目所开展挖掘收集工作，到1962年7月，共编印37集。新时期继续对省内各剧种上演剧目进行挖掘、收集与整理，又推出69集，形成共106集、总计2300万字的大型丛刊。其主要价值在于：一是突出了代表剧种、保留剧目且标明唱腔行当，为湖北戏曲文学史的研究提供了较完整的剧目资料；二是收录了一些有研究价值但不宜公开出版的传统剧本，付印时，编者仅改动了一些过于鄙俗的字句，基本忠实于过去的舞台本，具有较高的历史价值与学术价值。

《戏剧研究资料》为湖北省艺术研究所主持的项目，从1982年至1990年，共编印了18册。主要刊登原始资料、调查手记、艺术家回忆录、艺术创造经验以及艺术史志等资料，将散见的戏曲人物传记、史料研究、剧种声腔、观摩笔录、回忆文札、题跋序咏、书信报刊、戏曲孤本等搜集成辑，为戏曲理论研究做了基础性工作，保存了很多绝版的资料。

湖北省还参加了《中国大百科全书·戏曲曲艺》卷、《中国戏曲剧种大辞典》《中国戏曲曲艺词典》等工具书的相关条目撰写。

总体而言，此期资料整理主要彰显了本地戏曲学人的两大传统。一是坚持田野调查，做实基础工作。1958年《中国地方戏曲集成·湖北卷》以田野调查为重要学术手段，20世纪90年代推出的《中国戏曲志·湖北卷》《中国戏曲音乐集成·湖北卷》也体现了不凌空蹈虚、实事求是的科学精神。二是学术接力传统。《湖北地方戏曲丛刊》这种大型丛书的编纂跨越了几十年，经由几代学人不懈努力，才有今日的规模与成就。

二　剧种研究：聚焦京、汉、楚，兼及其他剧种

湖北省存有的 23 个剧种中，京剧、汉剧、楚剧、黄梅戏、荆州花鼓戏为省内五大剧种，又以京、汉、楚影响最大。汉剧是具有全国性影响的大剧种，与京剧具有血缘关系，民国时期又有京汉同台的历史，且产生过名闻海内的名伶，自然不可等闲视之。1949 年后武汉为京剧麒派重要阵地，一时名角如云，加之 20 世纪 80 年代鄂派京剧强势崛起，改变了全国京剧版图，京剧受关注也在情理之中。楚剧在"楚汉争霸"后一直深受民间喜爱，其平民趣味与乡土风格影响较大，对省内其他剧种具有示范与辐射作用。此三剧种，受学界关注最多。此时期，对三者的研究亦取得较为丰富的成果。

京剧研究：汉剧与京剧的血缘关系素为学界所关注，湖北戏曲理论史家王俊、方光诚、周笑先、刘正维、余洁清等都有专文论述楚伶对京剧形成的历史贡献。20 世纪 80 年代，鄂派京剧大放异彩，理论界也积极回应与阐释以余笑予为代表的创作群体使京剧呈现出的新风格与新气派。此期发表研究关于余笑予导演艺术、余笑予现象的论文 14 篇，其中，陈先祥《论余笑予的导演艺术》发表在权威期刊《文艺研究》上①，这无疑是对余及鄂派京剧重要地位的认定。1989 年召开的湖北省京剧团十年艺术道路暨余笑予导演艺术研讨会，全面地总结了余笑予导演的艺术成就，对其确立导演主体地位、拓展舞台自由时空、融合现代表演语汇给予较高评价。

汉剧研究：剧史方面，《汉剧史研究》（刘小中、郭贤栋著，武汉市艺术研究所编印，1987 年）将汉剧缘起、发展阶段、四大河派形成、科班情况、流播区域、进行了较详尽的考述。《汉剧小戏考》（黄靖、夏明光编选，上海文艺出版社 1991 年版）收录 90 个汉剧传

---

① 　陈先祥《论余笑予的导演艺术》，《文艺研究》1990 年第 4 期，第 68～73 页。

统剧目、现代戏、新编历史剧等唱段的唱词，并为每个剧目撰写了剧情提要。汉剧音乐方面，《汉剧音乐漫谈》（李金钊编著，上海音乐出版社1987年版）一书对汉剧行当声腔分类、汉剧的腔调、汉剧的四声及运用、汉剧的板眼规律、汉剧各类板腔的落音、著名演员代表唱腔等专题做了深入的研究和总结；刘正维先后就西皮、二黄的源流和汉剧中的一些特殊声腔展开深入研究，发表了系列论文①；1984年，湖北汉剧研究室汇集汉剧音乐改革的成果《汉剧艺术研究——音乐改革论文集》（内部资料），收录一批汉剧音乐工作者和研究者的论文，集中展现了20世纪80年代汉剧音乐改革的成果；《陈伯华唱腔艺术》（彩麟著，中国戏剧出版社1982年版）集中研究陈伯华的唱腔特点及其对唱腔的改革和创新。舞台表演方面，1981年，武汉市文联戏剧部、武汉汉剧院艺术室联合汇编内部资料《汉剧表演艺术》，收录关于陈伯华、李春森、李罗克等人表演艺术的研究文章；《戏剧研究资料》（第14辑）编发22篇汉剧艺人谈艺文章，涵盖汉剧十个行当的表演，是汉剧舞台表演艺术的一次集中展示；另有《陈伯华舞台艺术》（陈伯华口述，邓家琪、黄靖整理，上海文艺出版社1988年版）、《美丑之间七十年》（李罗克口述，刘小中整理，武汉艺术研究所等编辑，1993年）等，多层次、多视角地展现了汉剧艺术研究的成果。

楚剧研究：剧史方面，1947年王若愚曾撰《楚剧奋斗史》（手抄本，1949年9月开始在《武汉新报》长期连载，1982年收录于湖北省戏剧工作室编印《戏剧研究资料》第4辑），后鲜有人着力于此。1981年赵斐撰《楚剧简介（1830—1981）》［载《文艺志·资料选

---

① 参见刘正维《梁山调腔系论证》，《音乐研究》1983年第1期，第51~76页；刘正维《戏曲声腔分类新论》，《黄钟》1988年第1期，第11~17页；刘正维《二黄腔源于鄂东北辩》，《中国音乐学》1990年第4期，第51~69页；刘正维《戏曲式及其板块分布论》，《中国音乐学》1993年第4期，第35~44页；刘正维《汉调面世与皮黄腔的个性》，《交响》1998年第2期，第59~64页。

辑》（二），湖北省志《文艺志》编辑室编印，1983 年内部出版]，从流布情况、剧目概况、表演艺术、音乐曲调等角度，以史学体例记录了楚剧的流变。楚剧音乐研究方面，《楚剧音乐概论》（朱彬编著，长江文艺出版社 1993 年版）对楚剧声腔的板式变化规律和文武场音乐的伴奏手法进行了系统研究；《楚剧音乐》（周淑莲著，中国戏剧出版社 1994 年版）重点分析了楚剧各板腔、小调的变化特征和演唱方法，其中对高腔曲牌的归类、声腔艺术的创作、作曲技法的论述，尤为精妙。剧人研究方面，著名演员的介绍与生平大量出版，《湖北文史资料》《武汉文史资料》《戏剧之家》《剧坛春秋》等杂志曾刊登楚剧艺人的个人回忆或他人回忆楚剧艺人的文章。基础研究方面，一批研究者就舞台美学、事业传承、发展状态和创作规律等方面进行探讨，特别是 20 世纪 80 年代中期以来，楚剧陷入低谷，包括郭汉城先生在内的学者们聚焦关系到楚剧生存的全局性、关键性问题，包括楚剧现状、楚剧本体、楚剧观众与市场、楚剧前景等问题发表见解，最终汇集成《楚剧发展战略研究》（梅少山、杨有珂主编，湖北省艺术研究所编印，1991 年）。

黄梅戏研究："黄梅戏回娘家"是湖北省 20 世纪 80 年代的重要文艺政策，也是戏曲建设的大手笔。在黄梅戏被"请"回湖北的前后，理论界也有程度不一的研究，与安徽的黄梅戏研究形成互补甚至竞争的关系。鄂派黄梅戏声誉日隆，1991 年，湖北适时举办黄梅戏理论研讨会，就湖北黄梅戏发展方向、剧本创作、导演、声腔、演唱、人才培养、剧种源流等方面进行探讨，显现出演出与理论两翼齐飞的良好态势。

荆州花鼓戏的声腔音乐、新创编剧目、美学意蕴也得到研究者的重视。

其他剧种亦有零星成果问世，然而尚不成气候。20 世纪 80 年代学术界兴起"傩戏热"，观念的更新与视角的转换促使学者从民俗学与文化人类学的视角关注原始的宗教仪式性戏剧。1992 年省戏剧家协会组织专班深入鄂西，对恩施傩戏实地田野考察，最终辑成近 10 万字的傩戏剧本资料，为湖北傩戏研究打下了基础。

此时期研究成果与剧种地位呈正态分布，大体符合湖北戏曲版图"中心—边缘"格局，就数量与质量而言，明显呈现三个层级：第一层是京、汉、楚三大剧种；第二层则为黄梅戏、荆州花鼓戏等民间基础较好、生命力较蓬勃的剧种；第三层为其他仅限于本地流传的小剧种。此时期研究还体现了学术的积累性与阶梯性。以剧史研究为例，1976 年以前，省内专攻戏剧史论者仅有扬铎等数人，楚剧演员王若愚、陶古鹏的史稿还只具备史料性质。新时期以来，却诞生了王俊、刘小中、郭贤栋、赵斐等以剧史研究知名的专家。再如戏曲音乐研究，20 世纪 60 年代初，易佑庄曾著有《楚剧曲调简编》（湖北人民出版社 1962 年版），刘正维有《楚剧音乐简介》（湖北群众艺术馆编印，1960 年），介绍楚剧传统音乐的基本特征和创作方法。90 年代，朱彬《楚剧音乐概论》（长江文艺出版社 1993 年版）与周淑莲的《楚剧音乐》（中国戏剧出版社 1994 年版），立足于全面系统的研究，后书还被戏曲音乐理论家何为评价为"全面深入的研究，在楚剧说来还是开创性的"[1]。相关成果还为后续研究取得突破奠定了良好基础，仅以最具标志性的国家社科基金为例，21 世纪以来，以汉剧、荆州花鼓戏、黄梅戏为选题的申报均获得立项，如果没有新时期理论研究做铺垫，恐怕取得这些突破还是有一定难度。

三 综合研究：发出湖北声音，成就中略带缺憾

此时期研究还能超越单一剧种或创作、音乐与舞台等具体技术层面，以更宏阔的时空视野进行综合研究，广度与深度都有进一步拓

---

[1] 湖北省文学艺术界联合会编著《湖北文艺 50 年（1949—1999）》，长江文艺出版社 1999 年版，第 190 页。

展。此时期也是湖北戏曲理论界思想空前活跃，学者们认真思考、勇于争鸣的黄金时期。学者们既谨守学术研究的法度，又锐意创新，取得不俗成绩。

戏曲音乐向来被学界视为畏途，但这又是关涉不同声腔剧种的界定及戏曲传播、流变乃至交互影响的重要证据，其重要性自不待言。王俊、方光诚所著《湖北戏曲声腔剧种研究》致力于弄清湖北众多剧种之间的渊源流变与声腔相互影响，对于京剧史上的皮黄合流这一重要问题，作者历经 16 年田野调查，走访 20 多个省份后得出结论："西皮、二簧两支声腔不是各自分别形成之后才同台合奏的。它是在湖北地方乱弹的母体中孕育成长，经历了兼唱湖广调与平板，兼唱西皮、二流、平板，到兼唱西皮、二簧、平板的不同阶段而发育完成，始终是有'皮'就有'簧'，有'簧'就有'皮'相伴随而发展。"①此观点也素为学界所重视。

刘正维在早期楚剧音乐研究的基础上，将学术视野拓展到长江中上游小戏声腔，实现了自我的超越，取得更大的突破。专著《戏曲新题——长江中上游小戏声腔系统》②及《戏曲声腔分类新论》③等系列论文，在声腔分类、曲调考证、戏曲音乐形态研究，以及民族音乐（戏曲）形态学等方面，有较大突破。他在"四大声腔"之外，提出（汉族）戏曲音乐可分为十二支声腔系统。除对梁山调、打锣腔和调子腔三支声腔系统进行了具体论证外，还建立起一套腔系研究的范式——从现象入手，辅以各类社会历史资料进行论证，依次论及该腔系剧种的记载与传说、声腔源头及形成原因、声腔的传播、腔系共同的音乐特征等。共同音乐特征是论证的重点，也是一支声腔能否成立的关键。作者征引了各腔系数十个剧种的纵向对照谱表，从音阶调式、唱腔旋律、结构、腔式等层面进行比较分析，所得结论较有说服

① 王俊、方光诚《湖北戏曲声腔剧种研究》，中国戏剧出版社 1996 年版，第 235 页。

② 参见刘正维《戏曲新题——长江中上游小戏声腔系统》，长江文艺出版社 1985 年版。

③ 参见刘正维《戏曲声腔分类新论》，《黄钟》1988 年第 1 期，第 7～13 页。

力。这一分析思路对于其他地方戏曲声腔的研究也具有参考意义。①

随着学术领域的不断开拓，一向被认为舞台表演胜过文学创作的京剧也被纳入学术视野。蒋锡武的《京剧精神》是中国第一部京剧美学专著。② 该著以国剧为切口深入，看似单一剧种研究，实则上升到中国戏曲体系的高度。作者通过比较中西戏剧文化审美观念和表现手法上的异同，充分阐述了京剧艺术所体现的中国古典文化价值，回答了京剧界所提出的种种问题，对解开京剧所面临的诸多困惑提出了有益的见解。蒋著难能可贵之处，即哲学家叶秀山所云，将京剧这门"具体的艺术部类"，"提高到哲学、美学的层次来讨论"，"将高度抽象的哲学理论和相当具体的艺术问题结合起来，有许多的中间环节需要打通"，"锡武正在做这样的沟通工作，他的《京剧精神》是这项工作的一个可喜的开端"。③ 此书不因循、有生发，是一部具有开创性的京剧学著作。该著还从戏曲文化品格与文化定位出发，回答了在审美观念巨变、流行文化占主导的文化市场里，戏曲何为、是否需要与时俱进等一系列重大问题。作者提出京剧不仅是中国古典戏曲的"最高形式"，更是"最终形式"。并认为，当下形成京剧的社会条件和"精神气候"已经丧失，所以京剧只能作为古典艺术加以保存。虽然只能聊备一说，但有理有据，有逻辑与思辨做支撑，显出不人云亦云的独立品格。

郑传寅先后出版《传统文化与古典戏曲》（湖北教育出版社 1990年版）、《中国戏曲文化概论》（武汉大学出版社 1993 年版）从文化学与美学视角研究戏曲。前书分别从民俗、儒学和宗教三个层面切入，发掘戏曲的文化蕴涵，重估戏曲的艺术价值、学术价值、历史价

---

① 参见袁环《论刘正维对中国戏曲音乐研究的贡献》，《中国音乐》2015 年第 2 期，第 59～63 页。

② 参见蒋锡武《京剧精神》，湖北教育出版社 1997 年版。此评价参见谷曙光《一本刊和一部书的怀念——寂寞学者蒋锡武》，《文汇报》2020 年 2 月 19 日"笔会"版。

③ 叶秀山《京剧的学术意识——读蒋锡武〈京剧精神〉有感》，载叶秀山《古中国的歌——叶秀山论京剧》，中国人民大学出版社 2007 年版，第 468～473 页。

值，对一系列重要问题进行思考。如作为"邪宗"的戏曲为何具有巨大传播力、传统戏曲为何偏爱大团圆结局、戏曲程式化的原因及历史命运等，作者将这些问题放在民俗、儒家、宗教等更为根本、更具全局性的文化层面上寻求解释，做到了"独创规矱，力破陈言"①。《中国戏曲文化概论》同样关注戏曲的起源、戏曲何以晚出、古典戏曲的审美形态、戏曲的叛逆精神、民族思维方式和时空意识等重要学术论题，整体上贯穿了中西戏剧比较的主线，将民族艺术放在更宏通的视野考察，力避就事论事、自门其高的弊端，从而多维度多层次揭示古典戏曲的规律和特点，令学界耳目一新。

邹元江对于戏曲丑角身上积淀的历史文化的基因如讽刺传统、乐天精神、个体意志和丑角意识等的阐发，引起理论界的关注。② 在基础理论研究方面，本时期还有众多专著问世。其中影响较大的有龚啸岚《舞台行脚》（中国戏剧出版社 1996 年版）、陈先祥《戏曲表导演浅谈》（上海文艺出版社 1982 年版）、《戏曲舞蹈艺术》（长江文艺出版社 1988 年版）等。

20 世纪 80 年代初，戏曲的命运经历了过山车般的翻转，在短暂的繁荣之后迅速陷入整体危机。全国兴起了数次戏曲命运大讨论，湖北省理论界也围绕着戏剧观念的更新、解决戏剧危机的对策、观众审美变化这些人们最关注、意见最具分歧的问题展开讨论，认为"克服创作上的假、旧、浅和增强表演上的真、细、深，是缓解戏曲不景气现状的关键"，必须坚持"戏曲虚实相生的美学原则、变形取神的

---

① 吴毓华《独创规矱，力破陈言——评〈传统文化与古典戏曲〉》，《武汉大学学报》（社会科学版）1992 年第 3 期，第 123～125 页。

② 参见邹元江《个体意志和丑角意识——中国戏曲丑角美学特征的文化基因》，《东方丛刊》1993 年第 2、3 辑；邹元江《讽谏传统和乐天精神——戏曲丑角美学特征的文化基因》，《戏曲研究》第 47 辑，文化艺术出版社 1993 年版；邹元江《论戏曲丑角的美学特征》，《文艺研究》1996 年第 6 期；邹元江《忧乐圆融·中庸·丑角意识》，台湾《哲学与文化》1996 年第 10 期；邹元江《关于与戏曲丑角美学特征生成相关的几个问题》，《戏剧艺术》1996 年第 4 期。

创作方法和以歌舞演故事的表达方式，任何以中断性的固定分幕来取代由演员自由指点的流动分场和以倾侧性的靠拢写实来淡化由歌舞演绎故事的结构方法，都是戏曲艺术不可取的"。① 这都显现出理论界的敏锐以及对现实舞台的有力回应。

20 世纪 90 年代，学科体制逐渐完备，学术研究更看重团队建设与平台建设，看重优势学科的方向凝练、梯队搭建、平台构建与成果产出，也更重视学科疆域的划分和学术资源的竞争。可喜的是，高校这一支研究队伍很快将研究优势化为学科优势，找准了自身在全国戏曲理论研究界的位置。武汉大学作为湖北地区戏曲研究排头兵，以郑传寅教授为带头人的戏曲研究团队于 2000 年开始招收博士生，是湖北戏剧戏曲学学科建设的标志性成果，研究团队中，邹元江教授关于丑角意识与丑角美学、汤显祖戏剧美学、梅兰芳表演美学，以及程芸教授关于汤显祖与晚明文化研究为学界所推重，保证了良好的学术传承。武汉音乐学院的地方戏曲音乐研究、湖北大学的汉剧研究均独具特色，能代表相关领域的一流水平。与此相应的是，文化系统研究力量的相对萎缩，由于"以学科建设为龙头"后，仅靠个别杰出学人努力而改变学术格局的情况几乎不可能再发生，而个人兴趣式的科研基本被摒除在体制之外，加之考评体系与高校不尽相同，因此湖北文化系统再也没有出现蒋锡武式的研究人员。大胆设想一下，蒋先生若不在文化系统而在高校，以其京剧研究的领先水平，再汇聚一支研究队伍，培养一批学生，也许，今天京剧学研究格局会是另一种状况。

四　学术阵地：全面恢复建设、缺乏有效整合

与理论活跃相适应，此时期研究机构能与时俱进，顺势而为，理论阵地能有效传播学者声音，相关学术会议能回应舞台实际，彰显湖

① 湖北省文学艺术联合会编著《湖北文艺 50 年（1949—1999）》，第 192~193 页。

北戏曲特色。

（1）研究机构与学会。文化系统内主要有：湖北省戏剧研究所，前身为湖北省戏曲研究所，1978年10月恢复建制，1985年更名湖北省戏剧研究所；武汉市艺术研究所，1984年8月成立，1999年更名为武汉市艺术创作研究中心。高校系统内，主要有武汉大学、武汉音乐学院等。此外有湖北省剧协、武汉市剧协等机构，各大剧种如楚剧、汉剧、荆州花鼓戏、黄梅戏等也纷纷建立研究会，对于研究剧种历史、艺术遗产和实践经验，推动剧种发展，起到了良好的促进作用。

（2）理论阵地。主要有：《武汉剧坛》，1980年创刊；《长江戏剧》双月刊（1959年创刊，几度停刊几度复刊，1981年6月复刊）；《楚天剧论》，1985年创刊；《舞台美》，1985年创刊；《戏剧之家》，1991年创刊；等等。此时期还编辑出版戏曲理论文集《艺海》丛刊2辑，约30万字；定期出版戏曲内部刊物《武汉剧坛》（2000年改为公开出版物《艺坛》）4期，40余万字，截至2000年底，共出版103期，1030余万字，其内容囊括整个戏曲界的重大活动、理论研究和演出成果。

（3）学术会议。综合性会议有：1985年至1986年，湖北省艺术研究所先后两次召开全省戏剧理论座谈会。第一次会议围绕"戏曲危机"这一中心议题进行了广泛探讨，从不同角度对戏曲改革、戏曲危机做了深入分析，并提出了相应对策，后结集编印成《戏剧理论专辑》（内部资料）。第二次会议就戏曲存在的本体断裂，在人类文化发展的广阔背景下考察了戏曲的运动状态和内部结构，通过对戏曲的清仓盘底和横向比较，围绕戏曲应该继承什么、改革什么、突破什么、拓宽什么、发展创新什么等重要问题展开讨论。武汉市还召开武汉戏剧50年研讨会、演出市场研讨会等。专题性学术会议有：陈伯华、龚啸岚、管纵、余笑予、李金钊、罗慕磊、易佑庄、李雅樵、袁璧玉等专题研讨会及汉剧、楚剧、荆州花鼓戏、黄梅戏等剧种研讨会。

在全面建设学术阵地的同时，也留下些略有遗憾之处：

（1）如果专业期刊建设能及时提档加速，湖北戏曲理论研究成绩也许还会更大。

湖北戏剧理论类刊物先后有《长江戏剧》、《武汉剧坛》（后改为《艺坛》）、《楚天剧论》（后改为《楚天艺术》）、《舞台美》、《戏剧之家》等，在不同的历史阶段，这些刊物发表过一批颇有影响的论文。其中《舞台美》曾填补国内学术理论刊物的一项空白，《艺坛》还得到过上海学界领袖王元化的特别关注与帮助，应该说，办刊起点、发展态势与社会声誉均相当不错。

此时期的学术研究整体上处于比较"洒脱自在"的状态，只要有真知灼见，作者们并不在乎发表在什么刊物上，一些不知名的小刊物刊发的文章也能迅速引起学界关注，形成一时热点。《艺坛》还是内刊时，作者中也不乏吴小如、张中行、叶秀山、朱家溍、刘曾复等学术大家。与此同时，一个影响刊物生存、学人评价、学术生涯甚至科研体制的措施正在悄然成形。1997 年，南京大学提出研制开发电子版《中文社会科学引文索引》（CSSCI）的设想。1998 年，开发电子版《中文社会科学引文索引》作为重大项目在南京大学正式立项。1999 年，教育部将《中文社会科学引文索引》列为教育部重大项目。2000 年，中国社会科学研究评价中心成立。这一套以量化为标志的举措影响了未来二十多年的中国学术格局与学术版图，也使经济学所言的"马太效应"在学术期刊中很快得到印证。世纪之交，杜海波曾总结湖北文艺类评论刊物时说："为数不多，办刊经费困难，对文艺传播的批评引导工作显得力不从心。如我省的《当代文学评论》《楚天艺术》《楚天剧论》《通俗文学评论》《艺坛》等，多数还属内部刊物，随时有被取消的可能，少数能办下去的刊物，也显得步履艰难。"① 这一席话已道出了当时面临的窘境。果不其然，就连一向口碑甚好的《艺坛》，经由王元化的鼎力襄助，由内刊变为公开出版物后，也仅出了 6 辑，随着王先生的离世，这份以书代刊、在上海出版的刊物随后彻底停止了运作。而省剧协主办的戏剧综合期刊《戏剧之家》在 1999 年将"在全国期刊重新登记中顺利通过审核获准登记"② 视为重大成绩，似乎显得有些守成、缺乏更上层楼的豪气。随着 2000 年 C 刊作为重要指标被全面纳入科研考评体系，普通期刊因为稿源的问题，有越来越被主流科研话语边缘化的趋势。

（2）如果能更有效整合两支研究队伍，也许会做出更有分量的成果。

和全国的情况类似，湖北戏曲研究也主要是文化艺术系统研究人员与高校学者两支研究队伍。文化系统的学者优势在于熟悉舞台，掌握第一手材料，且在行政系统的指挥下，能高效协作，进行文献整理、志书编撰，劣势在于研究人员单一，视野偏窄，难以从全局着眼，加之与演艺人员关系密切，有时难做到客观评判。高校学者虽然对演出与舞台的熟悉程度不如前者，但优势在于理论研究更为科学化、体系化，批评更为客观、中立。

戏曲是一门综合性极强的艺术，其研究体系大致包括戏曲表演体系、戏曲理论体系与戏曲美学体系，任何单一的研究力量都不可能建设好这一庞大的系统工程。推动戏曲研究上台阶，需要打破门户之见，实现优势互补，而不能各自为阵、画地为牢。湖北此时期有较好的合作先例，如编撰《中国戏曲音乐集成·湖北卷》就有效整合了两支队伍。这样的例子再多些就更好了，前提是要找到最大的公约

---

① 杜海波《湖北文艺传播现状探析》，载王重农、周祖元主编《跨世纪的湖北文艺》，长江文艺出版社 1998 年版，第 223 页。

② 中国戏剧年鉴社编《中国戏剧年鉴 1999—2000》，中国戏剧年鉴社 2002 年版，第 76 页。

数，文化系统研究机构也许应该更开放，将有关资料、档案公开与共享，高校学者则应当尽量熟悉舞台，毕竟古今有成就的戏曲理论家都能打通"案头"与"场上"，这也恰是研究戏曲的难度大于研究其他以文本为载体的文艺样式之处。

结　语

新时期湖北戏曲创作令全国瞩目，理论研究也可圈可点。理论界既关注戏曲作为文化遗产的一面，收集整理资料，研究代表性剧种，阐发文化品格与美学意蕴；也努力回答尖锐的时代命题，曾经一家独大的戏曲在娱乐形式多样化的时代如何定位自身、化解危机、求得生存与发展，表现出强烈的现实关怀。在强调传统文化创造性转化、创新性发展的新语境下，更需要不同知识结构的学人进行跨学科合作，将研究不断引向深入。

（陈建华　湖北经济学院新闻传播学院教授）

新时期湖北戏曲艺术形态的新变*

黄蓓

中华人民共和国成立初期开展的"戏曲改革"是"以内容为主"的①，对艺术形态的探索革新并非这一阶段戏曲工作的重心——戏曲艺术形态的改变多因配合内容改革而发生，例如在清理被认为恐怖、色情、封建迷信、丑化劳动人民、反对爱国主义的文本内容的同时，与之相关的表演技巧和程式也就在舞台上消失了，被删改或曰"净化"后的传统剧目从文本到舞台都呈现出精致、规整、去俗趋雅的面貌。这一精神在湖北文化部门的内部文件中也得到了强调。中华人

* 本文为国家社科基金艺术学重大项目"新中国成立 70 周年中国戏曲史（湖北卷）"（项目编号：19ZD07）、国家社科基金艺术学一般项目"20 世纪戏曲艺术形态演进史"（项目编号：20BB029）阶段性成果。

① 参见马少波《正确执行"推陈出新"的方针》，载《戏曲改革论集》，新文艺出版社 1953 年版，第 5 页。

民共和国成立初期湖北戏曲创作的成果主要集中在京剧、汉剧、楚剧等剧种传统剧目的整理改编上①，舞台艺术形态虽有变化，但总体上以延续传统为主。新时期以来，湖北戏曲的文本、舞台、审美等艺术形态均发生了较为显著的变化，这与这一时期编剧、导演的探索实践与理论革新有着密切关联。

文本形态新变

戏曲"文本"有广义与狭义之分，广义的戏曲文本包括不同类型的剧本、曲谱、锣鼓经、戏单、广告、舞台呈现等与戏曲相关的符号形式，狭义的戏曲文本则专指戏曲剧本，本文取后一义项。

文学作品文本形态的新变通常是作家对文体本质的认识发生变化的结果，但这种变化不能仅借由个别作品的出现予以印证，而需在观照相对完整的作品系统基础上展开。新时期以来，湖北戏曲文本形态在整体上发生了深刻变化，这些变化表征着戏曲文学由古典走向现代的轨迹。

第一，由"曲本位"向"剧本位"转变，由"抒情体"向"叙事体"转变，戏剧情节的复杂性、整一性增强，人物行动及主导行动的主体意志成为剧作家关注的重点。

中国古代戏曲采用分折分出的文本结构方式，这一形式虽然是音乐铺陈与情节叙事相结合的结果，但曲牌联缀的音乐结构是组织文本的基础，文学与音乐密不可分。如明代曲学家王骥德曾在其《曲律》中说："套数之曲……须先定下间架，立下主意，排下曲调，然后遣句，然后成章。"② 安排曲调位于文本创作之先。音乐虽然有叙事功能，但其抒情性强于念白，叙事性则弱于后者，因此抒情性强于叙事性就成为以音乐为结构基础的古代戏曲文本的共同特点——"不顾

① 参见武汉市档案馆档案《武汉市文化局一九五〇年戏剧改革工作总结》，全宗号六九，目录号一，案卷号三五。
② 王骥德著，陈多、叶长海注释《王骥德曲律》，湖南人民出版社 1983 年版，第 138 页。

情节之规定、关目之要求，忽略人物形象塑造的行为、言语描摹，有意使用以抒情介入叙事的行文策略等。清代中期后，抒情之凸起与叙事之孱弱已然演变为戏曲叙事的一种特殊形态"①。近代以来大部分剧种使用板腔体或曲牌、板腔混杂的音乐体制，增强了戏曲的叙事能力，戏曲创作一般也不再从音乐出发，先"排曲调"，后"选章句"，而是先编写剧本，后依词谱曲。这一变化使得戏曲文学从音乐框架中剥离出来，向强调戏剧性内容的"剧本位"转型。

近代戏曲从"曲本位"向"剧本位"的转变——由"'曲中之戏'向'戏中之曲'转变"，"总趋势是戏剧化"。② 当代戏曲——尤其是新时期以来的戏曲创作，仍然呈现出追求"戏剧性"的特征，但与近代戏曲的"戏剧化"有所不同。近代戏曲的"戏剧化"与近代市民文化的兴盛及改良旧俗的社会思潮相关，"戏剧化"呈现的结果主要是更贴近市民阶层的欣赏期待，故事节奏更紧凑，情节更集中、跌宕，更有利于展现"角儿"的表演技艺，更能获得市场效果和商业利益。当代戏曲创作的"戏剧化"则更鲜明地体现在对于反思复杂人性、力求思想深度的追求，以及对于不仅描写人的行动，而且力图探求人的行动背后的主体意志与理性自觉的强烈欲望。质言之，在追求"故事好看"的同时，当代戏曲更强调通过事件与冲突探求"人"的精神世界。

新时期湖北戏曲创作充分体现了这一变化。例如，京剧《法门众生相》改编自传统剧目《法门寺》，原剧情节复杂，行动性强，具有鲜明的"情节剧"特点，但剧中人物形象均不十分突出，余笑予导演、朱世慧主演的《法门众生相》则将丑角小人物贾桂作为核心人物，重点展现了这个被扭曲人性的奴才茬弱、猥琐却又痛楚、悲凉的内心世界。又如京剧《徐九经升官记》《膏药章》、汉剧《弹吉它

159

① 杜桂萍《古典戏曲的"叙事"与"抒情"》，《视界观》2018年第2期，第65页。
② 康保成《中国近代戏剧形式论》，漓江出版社1991年版，第132页。

的姑娘》、楚剧《狱卒平冤》、黄梅戏《双下山》、荆州花鼓戏《原野情仇》等剧中，对具有主体意志并以主体意志推动情节发展的人物形象的塑造均成为剧作最成功的部分。

第二，由"半代言体""述演体"向"完全代言体"转变。中国古代戏曲文本具有"述演"① 特征，即古代戏曲并非完全的"代言体"，而是兼具"叙事"与"代言"的带有说唱文学痕迹的"半代言体"文本形态，对此已有不少学者进行过讨论。② "述演体"与西方话剧的"完全代言体"相比，强调人物处于剧情交流语境之外的视角，更加凸显"第三者"旁述的叙事实质，即便使用的是第一人称，人物也往往并非真正处于戏剧规定情境中，而是以后设式、非交流性语言推动剧情，呈现出强烈的叙述性特征，这表现在古代戏曲文本中的引子、定场诗、定场白及某些曲词、念白中。

近代地方戏曲传统剧目仍普遍具有"述演"的特征，作为自我介绍，有时"自曝其短"的上场诗、上场白仍是近代地方戏中的常见形式，例如汉剧传统剧目《广平府》开场：

> 小禁子：我乃禁子管牢囚，十人见了九人愁，有钱的是朋友，无钱的是对头。我乃邢台县禁子。兹因刘三太爷送来一个小贼，来到我的监中，已有月余，灯油藁铺钱分文俱无。今天不免把他叫了出来，不管是银子或是钱，要几个，

---

① 也有学者称为"演述"，参见陈建森《元杂剧演述形态探究》，南方出版社 1999 年版；袁国兴《非文本中心叙事——京剧的"述演"研究》，广东省出版集团、广东人民出版社 2013 年版；刘晓明《戏剧文体与演剧的互动——中国传统戏曲的分析进路》，广东高等教育出版社 2020 年版；等等。

② 如冯沅君曾注意到"为什么元剧竟有这样奇特的体制——剧中的某一个脚色会自视如剧外人，肩负起宣告剧终，提出剧名的责任"，参见冯沅君《孤本元明杂剧钞本题记》，载《古剧说汇》，作家出版社 1956 年版，第 366 页。范丽敏也认为北曲杂剧具有"深层同时也是最具本质意义的文体结构——'假代言以为叙述'"，参见范丽敏《互通·因袭·衍化——宋元小说、讲唱与戏曲关系研究》，齐鲁书社 2009 年版，第 9 页。

我也好使用。①

近代戏曲中人物上场多有类似的"自我表白"和"前情介绍"，因此与西方话剧人物上场即进入戏剧情境，实现完全代言不同，近代戏曲剧目中许多人物是以"半叙述半代言"的身份进入戏剧情境的。

对剧中人物行动的表现，近代剧目也常借第一人称视角，而行叙述体之实。如黄梅戏传统剧目《白扇记》第七场中，胡志先赴任途中遇匪劫财，先行打斗不敌，自杀身亡。

〔双方开打介。先行力尽不支。

先行：且慢！强贼杀法厉害，抵之不住。不免就此自尽而亡。

〔先行自尽介。②

"不免就此自尽而亡"并非针对对方所说的交流性语言，而是向观众交代人物内心活动的叙述性语言，此时人物已跳出交流语境，假第一人称视角，向处于戏剧情境之外的观众讲述故事发展走向。近代戏曲中类似"不免就此""说话间来到""某某（自称）打坐在"等带有叙述体痕迹的语言非常普遍，这些语言指向旁观、陈述的"第三者"视角，使得戏曲文本带有了"间离"的形式特征。

当代戏曲文本创作已基本不再采用此类"半代言体"的"述演"形式，而使用"完全代言体"来完成叙事。这种转变仅从外在形态上看似乎并不明显，但其意义却是重大的。我们比较以下汉剧传统折子戏《昭君出塞》和新编汉剧《王昭君》中两个相似情境的片段，或可得到较为清晰的结论。

汉剧传统折子戏《昭君出塞》：

昭君：（唱吹腔）……昔日里我主让尧舜，今日昭君和

① 冯小红述录汉剧《广平府》第一场，载湖北地方戏曲丛刊编辑委员会编辑《湖北地方戏曲丛刊》第一集，湖北人民出版社 1959 年版，第 34 页。
② 张敦友、余海仙述录黄梅采茶戏《白扇记》第七场，载《湖北地方戏曲丛刊》内刊第五十九集，湖北省戏剧工作室 1983 年编印，第 216 页。

番理何存？王昭君去和番，怀抱琵琶马上弹。千年恨煞毛延寿，毁奴容颜去和番。①

新编汉剧《王昭君》：

　　王昭君：（唱）自请和亲苦自咽，不尤人来不怨天！义无反顾出塞去，（拜别关门）关门呀，今后你当许梦魂返故园！②

传统折子戏《昭君出塞》的唱词追古论今、纵横千载，带有评说历史的第三者旁述视角，而新时期新编剧作《王昭君》的唱词则完全是"此时此地"戏剧情境之内的主人公视角。可以看出剧作者已自觉转换了叙事思维，以"完全代言体"替代了古代和近代戏曲的"述演体"。这一文本形态的转变使得戏曲成为更加"纯粹"的戏剧样式，戏曲舞台呈现出向写实主义靠拢的倾向，也与当代增强戏曲情节整一性的要求遥相呼应。

第三，前述两点戏曲形态的变化给新时期戏曲文本创作带来了结构、语体、舞台说明等方面的诸多形式变化。

文本结构上，传统戏曲多采用点线式结构，而新时期以来，多元结构的戏曲文本模式频频出现。例如新时期湖北新编戏曲中的京剧《一包蜜》《药王庙传奇》《洪荒大裂变》《膏药章》《射雕英雄传》《阿Q正传》《襄阳米颠》、楚剧《虎将军》、汉剧《美人涅槃记》均采用无场次结构，汉剧《弹吉它的姑娘》使用的是四条线索并列推进的平行式结构，黄梅戏《未了情》则采用锁闭式与辐射式相结合的结构形式，等等。戏曲文本结构的这些变化大多带有西方戏剧编剧法影响的痕迹，有些则体现出导演调度对文本形态的要求。

文本语体上，传统曲牌体长短句和板腔体齐言句仍然存在，但韵

---

① 武汉汉剧院藏本汉剧《昭君出塞》，载《湖北地方戏曲丛刊》内刊第四十四集，湖北省戏剧工作室 1981 年编印，第 171 页。

② 郑怀兴编汉剧《王昭君》第五场，载《郑怀兴戏剧全集》（1），文化艺术出版社 2016 年版，第 239 页。

散结合的形式更为自由，唱词散文化的趋势明显。许多新编作品唱词既非曲牌体长短句式，也非板腔体齐言句式，而是与现代口语合一，遣词"明白如话"的散文句式，且在脱离了音乐规范的约束后，只需大体押韵即可，并能频繁换韵。此种语体变化一方面以明白晓畅的风格迎合了当代观众的语言习惯，另一方面也弱化了戏曲原有的诗性特征、音乐美感和地域属性。

当代戏曲文本还常含有详细的舞台说明。如汉剧《闯王旗》、神话题材京剧《洪荒大裂变》开头即以数百字篇幅对舞台布景、道具及时间、地点、历史背景、客观环境、出场人物等进行了详尽描述和规定。① 传统戏曲的舞台说明极其简略，一般仅提示角色上下场及科诨动作，并不涉及时间、地点，更没有如前详尽的写实主义的环境描述。这是由于传统戏曲的时空高度虚拟，仅有一个空舞台，舞台表演过程中"景随人迁""境由心造"，并无提示具体环境的必要。详细具体地交代舞台场景，依循的正是遵守"三一律"、固定时空观的西方写实主义戏剧传统，而且交代越具体，环境的固化程度越高，时空虚拟程度越低。戏曲文本舞台说明的细微变化，揭示了西方戏剧对当代戏曲某些深有意味的影响。

舞台形态新变

傅谨认为："一个多世纪来，戏曲在艺术形态上发生的最重要的变化，就是它从广场和厅堂艺术转换为剧场艺术，由此促进了戏曲剧目的整体性倾向和精致化追求。"② 如果说室内剧场和镜框式舞台代替传统广场、戏园这一客观环境的变化使得观众的欣赏焦点更为集中，从而促进了戏曲舞台整一性的提升，那么由导演掌握排练场上的话语

163

① 参见程云编汉剧《闯王旗》第一场"南原突围"，载《新时期武汉文艺精品丛书·戏剧卷》（上），1980 年内部发行，第 45 页；习志淦（执笔）、欧阳明编京剧《洪荒大裂变》，载《习志淦剧作选》，中国戏剧出版社 2013 年版，第 98 页。

② 傅谨《"现代戏曲"与戏曲的现代演变》，《戏剧》2021 年第 1 期，第 74 页。

主导权，以导演个人的意志与才能决定戏曲舞台作品的主题表达、风格基调及最终呈现，则令新时期以来的戏曲创作在整体性和精致性得到强化的同时，变得更加主观化和风格化。又由于新时期戏曲创作往往不以票房为目标，不刻意迎合观众口味，这种创作活动也就显得更加"纯艺术化"。"观演分离"成为新的剧场契约，传统戏曲舞台创作活动的主要参与者——演员和观众，均为导演权威所统摄，导演艺术成为独立的实践活动和理论课题，导演对戏曲舞台艺术形态产生的影响越来越不可忽视，以至于有人认为"导演的权威性越高，戏的成功率就越大"①。可以说研究当代戏曲舞台艺术形态，主要关注对象是当代戏曲导演艺术的成就与缺失。

　　新时期湖北戏曲导演群体具有较强的创新精神，以余笑予、欧阳明、丁素华等为代表的本地导演及曹其敬、陈薪伊、张曼君等外请导演对湖北戏曲舞台形态的变革进行了多方位探索。曾被评为"新时期戏曲怪杰"的著名导演余笑予曾表示："创作、导演汉剧《弹吉他的姑娘》时，我们提出了'全面出新'的战略口号……从剧本结构，舞台样式，舞美设计以及表演、声腔等诸方面……努力找到恰当的艺术形式。"② 寻找"恰当的艺术形式"，首先是通过舞美的革新和相应的导演调度，重回时空高度灵活自由的写意戏曲传统。对假定性的承认是中外戏剧的共同特点，但在时空观念上中国戏曲相较于"带有很强的客观性"的西方戏剧，显示出"带有很强的主观性"③的特点。20世纪50年代以来，受西方写实主义戏剧影响，戏曲舞台上自由时空被固定时空取代的例子并不少见。余笑予等导演在当代湖北戏曲创作中坚持传统戏曲时空观，借助舞台科技的发展构筑具有现代品格的舞美空间，通过寻找"有意味的形式"，探索戏曲表达新的时代

---

① 陈先祥《新时期戏曲导演艺术发展论》，《戏曲研究》第38辑，文化艺术出版社1991年版，第37页。

② 余笑予《戏曲导演技法谈》，中国戏剧出版社1993年版，第179页。

③ 郑传寅《中国戏曲文化概论》，武汉大学出版社1993年版，第415页。

内容的多重可能性，取得了比较突出的成就。

首先，通过移动景片、台上台、灯光、帮腔、歌队、叙述者、观演互动等调度手段实现舞台形态的现代转换。对移动景片的灵活使用已经成为"余笑予风格"的标志之一。楚剧《娘娘千岁》、黄梅戏《未了情》、汉剧《美人涅槃记》、京剧《樊姬夫人》等剧中，移动景片不仅起到切割空间、衔接场次的作用，而且参与叙事——如《未了情》中的数次"闪回"就是由移动景片完成的。楚剧《万里茶道》则借鉴和发展了移动景片，使用 12 名演员手执水旗完成舞美构成和场景转换，成为传统"一桌二椅"在当代戏曲舞台上的新变体。各式活动或固定平台在楚剧《虎将军》、汉剧《弹吉它的姑娘》《求骗记》《霓裳长歌》《黎明》、京剧《洪荒大裂变》《膏药章》《水上灯》《美丽人生》、黄梅戏《双下山》《李四光》《传灯》等剧中被广泛使用，台上台构筑了多层次舞台空间，开辟了"第二表演区"，并与灯光配合，实现闪回、梦境、意识流等特殊的舞台时空处理。如楚剧《虎将军》中老年和青年周芳同台对话，黄梅戏《双下山》中的僧尼梦会，楚剧《大别山人》中桂英与腊妹穿越生死的对唱，京剧《樊姬夫人》中楚庄王与樊姬阴阳相隔的心灵对话均属此类。汉剧《弹吉它的姑娘》将几个时空中先后发生的事并置于同一时空集中表现，则使得舞台场景具有了蒙太奇式的电影镜头感。汉剧《美人涅槃记》中，幕后帮腔成为故事发展的旁观者和评论者。汉剧《弹吉它的姑娘》中记者高洁兼任剧中人和叙述者的角色。京剧《美丽人生》、荆州花鼓戏《河西村的故事》中的歌队时而叙述剧情，发表评论，时而作为角色参与剧情，时而化身为环境布景，跳进跳出的"间离"效果十分突出。京剧《建安轶事》末场，剧中人物曹操与卞夫人转换为历史的讲述者，以第三者视角交代了故事结局。而打破观演界限，让表演在观众区发生，或演员与观众直接对话的尝试，在汉剧《美人涅槃记》、黄梅戏《未了情》中也取得了不错的效果。

孙红侠在梳理"现代戏曲"概念源流时，对戏曲舞台艺术形态嬗变的概括是："70 年来最具现代意义的舞台形态改变发生在舞美领域，灯光等技术手段的介入和应用全面改变了一桌二椅时代的舞台空间和观演节奏的掌控……舞台审美的变革是表演形态建构最重要的表现，也是其最重要的动因。"① 当代戏曲舞美的因革不是孤立存在的，它与当代戏曲导演艺术的发展新变相始终，发挥着将导演的美学追求形式化为舞台视觉景观的功能性作用，是导演们进行艺术思考与创作实践最显著的载体。

其次，音乐声腔的形式革新引人注目。与传统剧目程式化音乐常能"一腔多用"不同，当代戏曲音乐创作多由作曲家谱曲，"一剧一腔"，中西乐器并用，多方借鉴综合，以期与其他部门二度创作达到艺术风格上的和谐统一，共同服务于整部作品的个性化艺术呈现。这种创作模式一方面丰富了戏曲音乐的表现对象，增强了戏曲音乐的表现能力——尤其是表现现代生活的能力；另一方面，由于演员不再是声腔音乐的主要创作者，戏曲音乐旋律也多不具有可重复性，作曲者常兼及多个剧种，戏曲音乐创作有时还受到文本水平、外来异质因素介入等方面影响，因此新编剧作中唱段传唱度不高，新的声腔流派很难创生，戏曲剧种地域特色弱化等成为比较突出的问题。

当代湖北一些较成功的新编剧目将保持剧种特色和增强地域文化色彩作为创新的出发点和主要目标，在戏曲音乐探索创新方面积累了经验。例如荆州花鼓戏《原野情仇》将剧种激越粗犷的音乐特色与话剧原作苍茫的"原野"意象结合；黄梅戏《妹娃要过河》将脍炙人口的湖北民歌与鄂西少数民族歌舞结合，丰富了剧种表现力。又如楚剧《虎将军》《大别山人》中湖北民歌、京剧《粗粗汉靓靓女》中花鼓戏曲调、京剧《生活秀》中汉味歌舞、黄梅戏《未了情》与京剧《光之谷》中流行歌舞的运用，京剧《射雕英雄传》以人们耳熟

---

① 孙红侠《"现代戏曲"：概念的源流与再辨》，《戏曲研究》第 112 辑，文化艺术出版社 2019 年版，第 287~288 页。

能详的电视剧主题曲为主旋律等，都在剧种的固有风格之上做出新尝试，增强了戏曲音乐针对不同对象的表现能力。此外，作曲家们对剧种原有的声腔组织形态和演唱方式也多有探索，例如京剧《建安轶事》第六场蔡文姬长达十四句的五字句【吟板】，不仅突破一般【吟板】的常规篇幅，而且尝试将【散板】与【原板】相接，把蔡文姬回望坎坷半生时"未言泪先淌，哀哀诉衷肠"的叹惋表现得极具感染力，获得了强烈的剧场效果。① 京剧《膏药章》作曲李连璧为了塑造亦庄亦谐、亦丑亦生的小人物"膏药章"的音乐形象，从北方叫卖、吆喝、曲艺及梆子、徽调高拨子等音乐形式中提取可用元素，创造了"京梆调"曲式，为丰富京剧丑行的声腔艺术积累了经验。② 音乐形态的变化在一定程度上表征着戏曲整体艺术形态的发展，从当前戏曲创作实际看，曲牌体和板式变化体仍然是戏曲音乐的主要存在形态，但"一剧一腔"的编演模式和个性化的导、表演追求，使得越来越多的外来因素进入这个体制，从而令其"花杂不纯"甚至发生质性的变化。因而戏曲舞台出现越来越多音乐上打破固有形态的"混杂体"或"自由体"剧目是可以预见的趋势。戏曲舞台艺术形态发展如何在传统与现代之间找准平衡点，做到既不丢失剧种的基本风格特征，又在此基础上有所创新发展，音乐形态的准确定位至关重要。

再次，由于当代戏曲表现题材的扩展，原有的行当体制在面对新题材时面临着诸多问题，例如武侠、现实题材剧作中的人物可能难以划归任何一个现有的行当类型，这就要求创作者在保留行当基本特征的前提下，多方吸纳、借鉴，赋予行当新的艺术表现力，甚至创造新的行当。当代湖北戏曲在行当形态创新上成就最为突出的是朱世慧、

---

① 参见朱绍玉、刘洋《〈建安轶事〉音乐创作漫谈》，《中国京剧》2011 年第 11 期，第 12～13 页。

② 参见李连璧《别辟蹊径谱新曲——杂谈〈膏药章〉的作曲体会》，载曲润海、李勇、吕学炎主编《历久弥精——湖北省京剧院〈膏药章〉学术论集》，中国戏剧出版社 2007 年版，第 69～70 页。

余笑予等表、导演艺术家创造的"丑生"行当。朱世慧是京剧丑行表演艺术家，但其以京剧老生开蒙，这使得他的丑行表演形成了"生中有丑，丑中有生"，兼具丑、生行当特色的独特风格。他在《一包蜜》《药王庙传奇》《徐九经升官记》《膏药章》《曾侯乙》等剧中的表演很难归于传统意义上的丑行。因此《中国京剧史》在"新行当与新流派的孕育"一节中认为："随着朱世慧主演的一批剧目的出现，也慢慢形成'丑生'这一新的行当。"① 这是当代湖北戏曲在艺术形态上对中国戏曲做出的贡献。其他如荆州花鼓戏《原野情仇》、京剧《三寸金莲》、京剧《射雕英雄传》、京剧《建安轶事》等剧都在打破传统行当界限，丰富行当艺术形态上有所创新。

最后，对传统程式的活用与创新。程式是传统戏曲舞台形态的重要表征之一，"程式化"也常被认为是戏曲的本体特征。在戏曲舞台艺术形态的嬗变过程中，如何合理、辩证地对待传统程式是学界素有争议的话题。余笑予导演认为："决不让程式拖新内容的后腿。对于旧的程式，能为新内容服务的，就化用，决不从概念出发，而盲目看待'程式'问题。"②这可以看作是新时期湖北戏曲创作者的基本共识，戏曲编创者们在程式问题上多主张"拿来主义"，灵活化用，并不执着于程式的存废。而在理论界，学者们似乎更乐于探讨旧程式是否应当被打破，新程式是否已经出现，乃至以何种标准来衡量新程式等问题。例如汉剧《弹吉它的姑娘》中的"电话舞"被一些学者视

---

① 北京市艺术研究所、上海艺术研究所组织编著《中国京剧史》（下卷·第二分册上），中国戏剧出版社 1999 年版，第 2160 页。

② 余笑予《我对"当代戏曲"的追求》，载《新剧作》编辑部编《戏曲现代戏导演表演艺术论文集——中国戏曲现代戏研究会 1984 年年会论文选辑》，上海艺术研究所 1985 年版，第 54 页。

为创造了新程式的典范①，又如荆州花鼓戏《家庭公案》中的"羽毛球舞"、豫剧《风流女人》中的"自行车舞"、京剧《药王庙传奇》中的"轮椅舞"、京剧《粗粗汉靓靓女》中的"电脑舞"、京剧《水上灯》中的"洋车舞"等也常在戏曲现代化与程式创新的相关讨论中被提及。检索这些讨论，创作者和学者们常将某些新的表演方式——例如特定场景中的身段组合表演②，或前述各类精心设计的"舞"视为新程式。笔者认为，由于新时期神话、武侠、小说话剧改编、跨文化题材、当代现实生活题材等多种题材进入戏曲创作者的视野，"一戏一格"成为新编剧目的常态，传统戏曲在文学、音乐、服装化妆、表演、时空观念上的既有程式难以一一对应部分新的表现对象，戏曲题材范围的扩展必然导致舞台语汇的新变。如果"程式"指的是一定范围内通用的准则与规范，那么仅适用于某一部剧作，而未能在同类场景中反复应用并形成一整套行之有效的表演规范的形式就不必一定冠以"程式"之名。事实上，前文所列举的各种"舞"均是创作者们寻找到的"有意味的形式"，都是戏曲美的体现，只要

---

① 如王蕴明《余笑予导演艺术在中国戏曲发展史上的位置》一文认为"《药王庙传奇》《弹吉它的姑娘》遵循戏曲的表演规律，注意形式美的溶铸，创造了象（像）'轮椅舞''电话舞'等现代程式"。参见中国艺术研究院戏曲研究所、中国戏曲学会、中国戏剧家协会湖北分会、湖北省艺术研究所合编《走向新的综合》，中国戏剧出版社1990年版，第8页。戴义德《新时期的湖北戏曲硕果累累》一文认为"湖北的导演、表演艺术家们知难而上，从现实生活表象中概括提炼出了一批神形兼备，情趣盎然的表演程式。例如，《弹吉它的姑娘》中的电话舞……"，参见杜建国主编《湖北戏曲概览》，中国戏剧出版社2007年版，第20页。

② 如余笑予导演认为其在京剧《徐九经升官记》中为徐九经设计的"大步圆场急出，至台口时突然一个撩袍提袖的夸张亮相"出场模式"打破了传统戏整冠抖袖的出场程式，创造了一种新型的出场程式"。参见余笑予《"徐九经"今昔谈》，《中国京剧》2009年第9期，第4~5页。

它们仍然以有节奏、有规则的歌舞化表演①讲述故事，便仍然是"戏曲化"的呈现，是戏曲舞台艺术形态的新发展，它们未必需要人们用"程式"这道"护身符"为其正名。余笑予曾提出"程式感"概念，认为"导演应紧紧把握戏曲'程式感'，即戏曲的舞台结构、舞台节奏及其韵律"②，强调遵循戏曲内在规律的"程式感"而非具体"程式"才是当代戏曲舞台应追求的本体特征，所言与本文相类。行文至此，笔者想到，被反复应用并在当今戏曲舞台上多有继承、演化的"移动景片""转台"等导演手法，是否有资格被命名为新的程式类型——"导演程式"呢？

审美形态新变

中国传统戏曲具有亦悲亦喜、悲喜混杂的审美中和化特点，但在结局处理上又大多钟情"始于悲者终于欢，始于离者终于合，始于困者终于亨"③ 的"团圆之趣"，不论是否符合现实逻辑，在故事结尾多要安排一个真实或虚幻的"光明的尾巴"——"大团圆"或"小团圆"结局，不如此便不能满足读者与观者的审美期待。"悲欢沓见、苦乐相错"的"混合式"审美趣味及对"团圆之趣"的迷恋，与西方亚里士多德式古典戏剧悲喜壁垒森严、不相混杂的美学原则及青睐毁灭性结局的悲剧创作旨趣迥然有别。

戏曲学者郑传寅在论及近代戏曲时，认为"对悲剧美的有限接

---

① 关于"有规则的歌舞化表演"，参见吴乾浩《有规则的自由行动——戏曲美学特征探微》，《戏剧艺术》1988 年第 2 期，第 56 ~ 67 页。本文主张新编剧目淡化"程式化"概念是基于当下的创作实际，而非提倡取消戏曲歌舞表演中的"规则"，因为戏曲表演必然仍会在相当长的时间内从旧有程式规则中整合、化用有益的成分，而非随心所欲自由歌舞，只是不再以复刻旧程式和创造新程式为目标。某些整合、化用的结果可能是大化无形，不易察觉的。

② 余笑予《对戏曲演出样式的觅求与思考》，载徽班进京 200 周年纪念委员会办公室学术评论组编《争取京剧艺术的新繁荣——纪念徽班进京二百周年振兴京剧学术讨论会文集》，中国戏剧出版社 1992 年版，第 381 页。

③ 王国维《〈红楼梦〉评论》，浙江古籍出版社 2012 年版，第 12 页。

纳"是近代传奇杂剧和花部戏曲新创剧目的共同特征，指出"有意识地避免大团圆结局、彰显悲剧美"的剧作有所增多，但仍是有限度的，尤其花部戏曲"以大团圆结尾的剧目仍然是大多数"。① 新时期以来湖北戏曲新编剧目中也不乏沿袭"大团圆"模式的作品，如黄梅戏《妹娃要过河》中阿朵与阿龙殉情后的虚拟"团圆"即是如此。总体而言，着意回避"大团圆"模式，为故事安排悲剧性、荒诞性或开放式结局以彰显"现代意识"成为更多新编戏曲作品的选择。

在当代湖北戏曲舞台上，拆解传统"大团圆"模式分为两种实际可操作的路径：一类是毁灭性的或含有悲剧意蕴的结局模式，近于西方具有"卡塔西斯"效应的正统悲剧；另一类则以形式荒诞的喜剧结局替代"大团圆"，力图在戏剧的哲理深度上有所开掘。前者如楚剧《娘娘千岁》中梦想进入皇宫登上"娘娘"宝座的青春少女最终被送进陵墓成为殉葬品的毁灭性结局，前后剧情反差强烈，悲剧意味彰显。黄梅戏《未了情》以品格高洁的女教师陆云罴患绝症死亡为结局，即便女主人公与恋人、学生、兄长间有难以割舍的"未了情"，编导者也未在结尾做任何或实或虚的"团圆"安排，摒除"团圆"、反思人性的创作意图明确而坚定。又如京剧《膏药章》以小寡妇惨死，膏药章被时代抛弃的大悲结局落幕，虽然小寡妇之死看似偶然，细细品味之下却是被时代大潮裹挟下中国底层民众的真实命运写照，是"偶然中的必然"，这样的结局当比现实中也可能出现的"大团圆"结局更具震撼人心的力量。京剧《三寸金莲》以女主人公戈香莲与吞噬她的旧时代一道被埋葬，以"纸幡素缟送金莲"结束。跨文化改编的汉剧《曾根崎殉情》更是"没有用中国人的习惯思维方式来处理初娘与德兵卫的殉情，而是尊重日本民族的心理习惯，浓

① 参见郑传寅《论近代戏曲的发展历程与主要特点》，《湖北大学学报》（哲学社会科学版）2016年第1期，第72页。

墨重彩而又含蓄节制地渲染了'殉情'场面"①。以惨烈的死亡、善与美的毁灭作为结局，这类剧作与传统戏曲哀而不伤、先悲后喜的"团圆之趣"显然有距离。还有一些剧作虽不以直接的流血死亡作结，但人物的命运发生了重大逆转，这种逆转蕴含某种内在悲剧性，发人深省。如京剧《徐九经升官记》中的徐九经虽凭借聪明才智解决了棘手的案件，成全了有情人，满足了观众的心理期待，结局看似欢喜"团圆"，但徐九经在断案过程中所感受到的官场险恶令他对官僚体制彻底绝望，一个"自幼读书为做官"的封建文人最终选择放弃追逐了一生的官场功名，其悲剧蕴涵已相当深刻。又如楚剧《狱卒平冤》中富有正义感的"无名小卒"吴明克服种种阻碍访查惊天命案，而当真相大白，冤案昭雪，立下大功的吴明自身却"意外"陷入了新的冤狱之中，狱卒平冤的"胜利"实质上仍是失败，官场黑暗丝毫没有改变，这一情节上悲剧性的"突转"也彰显了创作者着意避免传统戏曲"光明尾巴"、赋予作品更深广社会内容的意图。

另一类以悲喜相错、喜剧风格为主的新编戏曲如京剧《法门众生相》、汉剧《求骗记》《美人涅槃记》中，出人意料或带有神异品格的喜剧性结局映照出现实社会中人性的扭曲，世情的荒诞，这些剧目不欲通过"团圆之趣""乐天精神"抚慰人心，而是以夸张、变形的喜剧形式臧否时弊，烛照人性，以嬉笑怒骂传达苍凉深永的悲剧意蕴，以喜见悲，寓悲于喜，是内蕴悲剧意味的世态讽刺剧。

重视悲喜剧的创作是当代湖北戏曲，尤其是 20 世纪八九十年代以余笑予导演系列剧目为代表的湖北戏曲新编剧目的突出特点。有的剧目虽以大悲剧作结，但总体风格却是悲喜交错的。例如前文述及的《膏药章》一剧："我们在评论《膏药章》的艺术风格时，都把它称作'悲喜剧'，可刘厚生先生却把它称作喜悲剧。若是悲喜剧，膏药

---

① 方月仿《戏剧没有国界——中日〈曾根崎殉情〉谈》，《戏曲研究》第 44 辑，文化艺术出版社 1993 年版，第 198 页。

章与小寡妇最后可以落一个有情人皆成眷属的团圆结局，但作者们却让'革命了'的县太爷一颗子弹把小寡妇打死了，最终喜剧变成为悲剧。但全剧的表演，却不折不扣是喜剧的。这是这个戏的风格，也是湖北省京剧院的风格，更是朱世慧的风格。"① 诙谐、机趣、热闹、奇巧，充满传奇性、平民性、哲理性，始于滑稽调笑，而终于荒诞、悲凉正是"鄂派京剧"的特色，这与"鄂派京剧"核心人物余笑予的导演美学观念有关，也与团队另一核心人物朱世慧本工丑行相联系，故而这一时期的湖北戏曲舞台呈现出"那种亦悲亦喜、悲喜交错的风格，幽然风趣之中挟裹的忧患意识，常常使人笑中带泪，在捧腹开怀之时又品尝到生活的艰涩。观赏性与思辨性、形象性与哲理性，在他们的剧作和演出中较好地融汇在一起，已初步显示出一种与众不同的'鄂派'京剧特色"②。

以上两类剧目审美形态上的新变主要缘于戏曲创作者对戏曲现代性认识的深化与悲剧观念的嬗变，也包蕴着以强化民族戏曲悲剧意识回应长久以来知识界关于戏曲缺乏反思精神与思想价值等责难的意图。

中华人民共和国成立以来，尤其是新时期以来，湖北戏曲艺术形态在文本、舞台、审美等方面发生了一系列深刻变化，这些变化与编剧观念的革新、导演艺术在戏曲剧场中的崛起有关。以余笑予、谢鲁、习志淦、郭大宇、朱世慧等导演、编剧、表演艺术家为代表的创作群体卓有成效的创新实践，湖北戏曲成为全国戏曲界关注、学习、研究的对象，湖北戏曲创作中的成功经验为中国当代戏曲发展，尤其是当代戏曲如何保持"戏曲化"和走向"现代化"提供了思路，这是湖北戏曲为中国戏曲整体发展做出的贡献。

（黄蓓　武汉大学艺术学院副教授）

---

① 曲润海《反复小改大变样——湖北省京剧院〈膏药章〉学术论集序》，载曲润海、李勇、吕学炎主编《历久弥精——湖北省京剧院〈膏药章〉学术论集》，第6页。
② 陈培仲《新时期以来京剧新剧目创作刍论（上）》，《戏曲艺术》1992年第1期，第41页。

新世纪文化政策对湖北戏曲的影响*

丁　芳

20世纪80年代，随着"戏曲危机"的凸显，文化主管部门一直努力通过文化政策的调整来寻求戏曲繁荣之道。在改革开放的时代背景下，体制对院团艺术创作能力的束缚常被视为戏曲观众流失、市场萎缩的重要原因，文化体制改革亦被寄予激活院团活力的厚望。进入新世后，市场经济下文化体制改革的持续推进，国际化背景下的非遗保护工作的开展及"文化多样性"理念渐趋深入人心，十八大后文化体制改革的方向问题、社会效益等被强调，种种思想更迭下，相应文化政策的制定、调整，皆对戏曲产生了深远影响，湖北戏曲在文化政策的引领下，也做了诸多探索。

* 本文为国家社科基金艺术学重大项目"新中国成立70周年中国戏曲史（湖北卷）"（项目编号：19ZD07）的阶段性成果。

一 转企改制政策下戏曲院团的市场化探索与困境

约从 2003 年开始，转企改制成为文化体制改革的核心内容，戏曲被纳入文化产业的框架之中，院团转企改制以试点的方式展开。2009 年院团转企改制进程提速，7 月，中宣部、原文化部下发《关于深化国有文艺演出院团体制改革的若干意见》，12 月底又下发了《关于规范国有文艺演出院团转企改制工作的通知》，转企将在面上推开，并将市、县基层剧团纳入改制范围。2011 年 5 月中宣部、原文化部发布《关于加快国有文艺院团体制改革的通知》（文政法发〔2011〕22 号），为院团转企划定了明确的最后时限，"今年下半年，中宣部、文化部将联合开展对地方国有文艺院团体制改革工作的督查。2012 年上半年，将对各地国有文艺院团体制改革工作进行验收"①。除少数院团可保留事业单位性质，其他国有文艺院团（不含新疆、西藏地区）都要转制为企业，且今后各地原则上不得新设或恢复事业单位性质的文艺院团。为保证文件被严格落实，同年 11 月 15 日，原文化部追加《关于做好国有文艺院团体制改革近期重点工作的通知》，要求确保在 2012 年上半年完成改制任务。2012 年以后，戏曲院团转企改制基本完成，但相关探索仍在继续，尤其是转企院团的生存及政策配套问题、转企院团与保留事业单位性质院团的"企事差"问题等，这集中反映在 2021 年中共中央办公厅、国务院办公厅印发的《关于深化国有文艺院团改革的意见》里。

2003 年转企改制开始试点时，湖北省没有被列入试点，但还是参照相关文件精神，在省直属艺术院团进行聘用制改革。之后到 2009 年，是湖北院团通向转企改制的一段平缓的过渡期，改革基本

---

① 《关于加快国有文艺院团体制改革的通知》，《中国文化报》2011 年 5 月 12 日第 1 版。

停留在院团内部、以激活院团市场艺术创作活力为目的，多数院团未被触及。这与湖北在新世纪初承办了第八届全国艺术节（简称"八艺节"）有直接关系。2001 年湖北省申办"八艺节"成功，直至 2007 年"八艺节"成功举办，湖北一直将戏曲剧目生产及围绕"八艺节"的场馆建设等纳入政府常规工作，投入了大量精力。湖北戏曲管理者在"八艺节"工作推进与实地调研中，也直面了基层戏曲院团的生存困境。2004 年襄阳区豫剧团《山野秀才》首演，取得不错的反响，然而剧团在创排该剧时已处于破产边缘，团长宋艳秋不得不个人垫资数万。这并不是个例，同一年湖北筹办第三届楚剧艺术节，有四五家院团因经费拮据，在完成选题和剧本后无力投排，只能将创作剧目评奖演出改为精品剧目展演。2006 年湖北省政协教科文卫体委员会指出，湖北省戏曲"剧团锐减、剧目老化，专业艺术人才缺乏、青黄不接。剧团经济状况不佳，许多优秀地方戏传统剧目和精湛的表演艺术面临失传的危险"，并提出一系列策略，希望湖北"从支持公益事业发展的角度看待地方戏曲的振兴"。① 2007 年，湖北省政协常委沈虹光女士在描述湖北戏曲的成绩与困境后，提出了数条具有可操作性的保护措施，如设立湖北地方戏曲保护与发展专项资金、定期举办湖北省地方戏曲艺术节、加强对地方戏曲的宣传和推广工作，打造和培植湖北地方戏曲品牌等。② 这些后来基本被湖北省采纳并付诸行动。

在这些前期工作的基础上，2008 年湖北省人民政府办公厅发布了《关于保护与发展湖北地方戏曲的通知》，拟设立地方戏曲保护与发展专项资金，要求各级地方政府"保障地方戏院团各项事业发展经费，确保地方戏院团演职员工资全额发放"，强调戏曲院团要完成"指令性公益演出"，做好戏曲推广，各地方政府要"支持地方戏曲

---

① 参见湖北省政协教科文卫体委员会《振兴湖北地方戏曲》，《世纪行》2006 年第 11 期，第 21 页。

② 参见沈虹光《保护发展湖北地方戏曲》，《世纪行》2007 年第 11 期，第 6 页。

进校园、进社区、进企业，支持地方戏院团送戏下乡"。① 这份以省政府名义发出、对戏曲保护各方面作了规定的文件，确定了"保护为主，抢救第一，合理利用，继承发展"的指导方针，"是全国首个省级层面的保护发展地方戏曲的政策性文件"②。

湖北原本以戏曲保护为主的思路，随着院团转企政策的日渐明确，在 2009 年迅速做了调整。《2009 年湖北省文化体制改革工作要点》要求原文化厅提出全省文艺院团改革的方案。2011 年 5 月文政法发〔2011〕22 号文件出台后，理论上除湖北省京剧院外，湖北其他院团都应转企。湖北省委宣传部、原文化厅随即发布《关于加快全省国有文艺院团体制改革的指导意见》，要求院团转企改制于 2011 年 12 月底全部完成。文件发布后，湖北省 45 个地方戏曲院团中转企的有 26 个，且多是在最后期限扎堆转企。尤其是市、县的地方院团，态度比较消极，并没有做到政策最初设想的全部转企，如黄冈八家院团中只有浠水、蕲春中的两家转企。

在转企政策推动下，地方院团也做了一些开拓市场的努力。在剧目创作上，努力打造大众喜闻乐见的剧目，如黄梅戏《和氏璧》《奴才大青天》《风花雪月》、京剧《贵妇还乡》《三寸金莲》《吉庆街生活秀》《樊姬夫人》、楚剧《娘娘千岁》《你是一条河》《人在福中》《三月茶香》、花鼓戏《十二月等郎》，等等。这些剧目选材较为自由，主题时出新意，着力于挖掘人性、人情之美，往往兼具教育性、艺术性及观赏性。此外，管理者及部分院团也尝试融入市场，挖掘剧目的经济效益。2007 年 3 月，湖北省原文化厅举行了"八艺节"湖北省部分重点剧目演出经营权拍卖会，对省直属院团创作的《大别山人》等 3 个剧目在"八艺节"重点剧目演出季中的 40 场演出经营

① 参见《湖北省人民政府办公厅关于保护与发展湖北地方戏曲的通知》，《湖北省人民政府公报》2008 年第 11 期，第 43~44 页。

② 严荣利《湖北地方戏曲保护发展现状及其对策研究》，《戏剧之家》2014 年第 8 期，第 8 页。

权进行公开拍卖，拍得资金近两百万元。此前湖北地方戏曲艺术剧院购买《风雨情缘》版权，将其修改为《大别山人》，正是因为看中了该剧较好的演出效果。

不过总体而言，院团的市场化生存仍在探索之中，改企院团的生存依然艰难，这也是全国多数转企院团的普遍情况，"当前我国演艺市场发育程度还比较低，大部分转企改制国有文艺院团（以下简称转制院团）底子薄、包袱重、经费自给率低、赢利能力弱，转制后面临巨大的生存发展压力"①。因此，2013 年 6 月，原文化部等九部门联合印发《关于支持转企改制国有文艺院团改革发展的指导意见》，希望缓解转企院团的生存困难。但宏观政策的落地实施，不是一蹴而就的事情。湖北省在深化文化体制改革之初，"相关部门制定了系列扶持转企改制后的院团的政策和措施，比如说土地使用政策、财税扶持、养老保险政策、人员安置政策以及院团排练演出等硬件设施建设，等等，这些政策措施都没有很好地落实到位，致使转企改制后地方戏曲院团的发展更加困难"②。即便如此，转企院团与保留事业单位性质的院团在经济状况上还是产生了明显差距。以湖北省地方戏曲艺术剧院为例，该院在 2009 年曾"实现了财政全额拨款"，2012 年转企后在职人员工资部分不再增加拨款，因此在职人员对转企改制的最大感受是"演出任务更多了，收入反而更少了"，"目前最大的呼声就是要求重新改回国办团体性质"。更为严重的问题是，该院将无法负担新员工的工资，后续发展堪忧。③ 湖北省地方戏曲艺术剧院改企后尚且如此，市、县改企戏曲院团的生存状态也就可想而知了。转企改制的目的是打破体制束缚，解决戏曲危机，尤其是观众流失、院

---

① 《关于支持转企改制国有文艺院团改革发展的指导意见》，《中国文化报》2013 年 6 月 14 日第 1 版。

② 严荣利《湖北地方戏曲保护发展现状及其对策研究》，《戏剧之家》2014 年第 8 期，第 8 页。

③ 参见全国地方戏曲剧种普查工作办公室编《全国戏曲剧种普查报告》，东方出版社 2020 年版，第 380 页。

团生存困难的基本问题。但进入 21 世纪以来，戏曲院团与体制的关系，已从"体制束缚"转变为"体制依赖"，如果戏曲一直没有观众，院团的体制依赖只会越来越严重。在稳定的戏曲观众群体被培育起来前，戏曲院团的市场化探索可能要面临一段艰难的历程，而非遗保护政策则充当了转企改制的有益补充。

二 非遗保护政策对湖北戏曲的影响

在院团转企改制过程中，戏曲的非物质文化遗产保护工作也越来越常态化。但非遗保护强调戏曲的濒危状态，与转企改制的政策一开始便存在一定的矛盾之处。2011 年 5 月中共中央宣传部、原文化部出台《关于加快国有文艺院团体制改革的通知》，推动绝大部分国有院团转企的态度十分坚决，但文件同时又提出演出剧种"属濒危稀有且具有重要文化遗产价值的"院团，"经批准可不再保留文艺院团建制，允许其转为公益性的保护传承机构"①。这明显兼顾了戏曲的非遗保护工作，但在这份文件的预设中，能够借公益属性保留事业单位的院团仍将是极少数，非遗保护只是转企改制政策的有益补充。"大多数一般国有文艺院团，按照'创新体制、转换机制、面向市场、增强活力'的方针实行转企改制。"② 然而至 2011 年，经过几轮非遗名录发布，大部分戏曲院团都已成为濒危剧种的传承主体，同年 6 月《中华人民共和国非物质文化遗产法》颁布，更是明确要求"县级以上人民政府应当将非物质文化遗产保护、保存工作纳入本级国民经济和社会发展规划，并将保护、保存经费列入本级财政预算"③。

2006 年 5 月 20 日，湖北汉剧、楚剧、荆州花鼓戏、黄梅戏入选国务院首批非物质文化遗产保护名录。2007 年 6 月 6 日，湖北省公布

---

① 《关于加快国有文艺院团体制改革的通知》，《中国文化报》2011 年 5 月 12 日第 1 版。
② 蔡武《推进文艺院团改革的五个"坚持"》，《人民日报》2012 年 6 月 5 日第 24 版。
③ 《中华人民共和国非物质文化遗产法》，《人民日报》2011 年 8 月 5 日第 8 版。

第一批省级非遗名录，其中包括"传统戏剧"类项目15项。经过数轮国家级、省级非遗名录发布，湖北大部分剧种都明确了自己的"濒危"状态。这全面影响了湖北戏曲：

首先，非遗重新定位了戏曲属性和功能，为政府向以公益一类或二类单位形式存在的戏曲院团继续提供财政支持提供了理论依据。因此，转企改制后保留公益属性的院团不是政策制定者最初预设的"极少数"，而是几乎占了总院团数的一半之多。

以财政供养戏曲，是1949年后相当一段时间内的主导性做法。戏曲的市场生存能力，是院团被纳入体制的基础："十七年"时期，一些院团被纳入体制的基础，是它们自给自足的生存能力。新时期启动的院团改革，恰也与院团市场生存能力日渐衰微有直接关系。21世纪以来，一部分院团工作人员因生存艰难向政府呼吁时，政府虽未置之不理，但继续财政供养戏曲院团的合法性在哪里？非物质文化遗产保护恰回答了这一问题。因此，进入非遗名录，尤其是国家级名录，对戏曲剧种和所在院团极为重要。汉调二簧（又称山二黄）被列入国家级非遗代表作名录后，竹溪县成立了山二黄剧种保护传承展演中心，剧目创作和人才培养情况逐渐好转。文曲戏被列入省级非物质文化遗产代表作名录后，武穴随之成立了湖北省文曲戏研究院。拥有非物质文化遗产保护项目的院团被整体划转为传承中心或研究院，成为公益性单位，就可能回避走市场的风险。2011年转企的最后节点，湖北部分戏曲院团通过"一个单位、两块牌子"的方式，即同一个院团既挂非遗保护中心的牌子，又挂某某演艺集团或公司的牌子，从而既完成转企改制，又实现了非遗保护。如孝感市楚剧团成立了楚剧演艺有限公司和传承保护中心，但一些演员还是赶在改革前退休，使楚剧团演出实力大打折扣；黄梅县黄梅戏剧院改制后成立了"黄梅戏艺术研究院"和黄梅戏演出公司。可见，转企改制之初大部分院团转企、小部分院团保留事业单位属性的政策设计，在实践检验下，显示出调整的必要：湖北保留公益属性的地方戏曲院团约占院团总数的 40%。

其次，国家的非遗保护政策还影响了 21 世纪湖北戏曲的格局。这突出表现为地方政府的思路有所调整，不再将注意力集中在影响力大的剧种，开始关注、挖掘一些生存极为困难的地方特色剧种。如黄冈早年为推动"黄梅戏回娘家"，让汉剧、文曲戏等剧种的院团改唱黄梅戏，后来则配合非遗保护工作开始宣传"四戏同源""六个剧种"①。2016 年老河口市湖北越调剧团、谷城县湖北越调剧团先后揭牌，也是为了传承濒危剧种越调。其中老河口市湖北越调剧团还上演了自新中国成立以来湖北越调第一个大戏《曾真的故事》。不过，这不代表政府会为每一个濒危剧种重新组建剧团，更常见的做法是让一个剧团同时传承演出两三个剧种。地方政府不断挖掘剧种申报各级非物质文化遗产，有政绩观在起作用，也有为剧团开辟经费来源的考量。

最后，非遗保护并不足以让戏曲院团高枕无忧，即使是转为公益性事业单位的传承中心、研究所，也须不断强化自己与政府的联系。在非遗保护有限的资金投入下，院团如果没有地方市、县政府投入财政"养人"，是不可能生存的。因此，当地方剧种资源被挖掘完以后，剧种的长期保护与发展才是最考验地方政府文化建设耐心的。

2003 年转企改制刚刚开始实施时，多数地方政府维持了院团的事业单位属性，但也有个别地方如京山县便将京山县荆州花鼓剧团由事业单位改为企业，可见湖北省内各市县戏曲院团的发展并不均衡。这固然与各地的经济水平有关，但也与地方政府的重视程度密切相关。为获得地方政府的重视，院团必须通过各种方式强化与地方决策者的关系，于是排演地域性题材的剧目，成为非常流行的选择。21

181

---

① 《一县一戏 四戏同源 六个剧种》，《黄冈日报》2019 年 9 月 28 日第 4 版。文中，"四戏同源"指黄冈是黄梅戏、京剧、汉剧、楚剧四个剧种的发源地。"六个剧种"指主要剧种黄梅戏以外，黄冈还有楚剧、汉剧、罗田东腔戏、麻城东路花鼓戏、武穴文曲戏、英山采茶戏六个地方剧种。

世纪第一个十年后期，随着非遗保护政策落实、转企改制加速，市、县地方剧团在这一方面表现得尤为突出。黄梅戏《李四光》《布衣毕昇》《余三胜轶事》、楚剧《少年吴光浩》《云梦黄香》、南剧《女儿寨》《西兰卡普》、花鼓戏《茶缘》等剧目，多是地方剧团搬演地方文化名人。其中不乏《李四光》这样的优秀之作，但这类剧作往往肩负歌颂、推广地方文化的意图，甚至很直白地在剧中插入对地方特产、名胜等的宣传，因此容易出现立意不深、冲突不够、情节平淡等通病。这些剧目涌现的背后，是地方政府对戏曲院团的影响日趋深刻和直接而造成的，无论转企与否，地方政府直接参与选题、剧本创作、投排的情况，也并不少见。

三　新时代政策调整下湖北戏曲的本土探索

2012 年，院团转企改制基本完成的情况下，戏曲政策的相关调整也随即开始。2013 年，原文化部印发《地方戏曲剧种保护与扶持计划实施方案》，实施地方戏曲剧种保护与扶持计划，确立 40 个左右全国地方戏创作演出重点院团，这种以点带面的做法，惠及的地方戏曲剧种比较有限。2014 年，曾强调戏曲院团要成为"合格的市场主体"的文化行业管理部门调整了对转企改制的评价，提出要推动戏曲改革向"纵深"发展，"朝着什么方向改革，是一个根本性的大问题。十八届三中全会做出深化文化体制改革的重要决策，要求我们以更大的决心和智慧，进一步增强改革的使命感、责任感、主动性，推动改革向纵深推进"[①]。关于戏曲发展问题，已打破"计划经济体制—艺术生产力落后"的二元对立式认知，将非物质文化遗产保护、民族文化等纳入戏曲属性的探讨，进而强调"把建设社会主义核心价值体系作为首要任务，确保无论改什么、怎么改，导向不能改，阵

---

① 蔡武《推进文艺院团改革的五个"坚持"》，《人民日报》2012 年 6 月 5 日第 24 版。

地不能丢"①，也对之前戏曲院团的转企改制有相当程度的弥补意义，这预示着戏曲政策将发生重大调整。

2015 年 7 月 11 日国务院办公厅颁布《关于支持戏曲传承发展的若干政策》，这份业内称为"52 号文件"的公文，强调对戏曲应"保护、传承与发展并重"，将在两年时间里开展地方戏曲剧种普查工作，重新评估戏曲生存状态；对戏曲剧本创作、戏曲演出、戏曲艺术表演团体、戏曲人才培养、戏曲普及与宣传都做了要言不烦的规定，对地方戏、基层院团的扶持政策尤为引人注意。8 月 15 日，《北京日报》在发表有关 52 号文件的专家讨论时，便直接冠以"中国戏曲，到了培土育林的时候"。正如傅谨教授所言，52 号文件"把扶持戏曲传承发展，上升到国家新的重大文化决策的高度"②。可见保护、传承、扶持，重新成为戏曲政策的关键词，这与非物质文化遗产保护的路径更为接近。

之所以发生这样的调整，一方面与戏曲院团的生存状态有直接关系。前文已经论述过，转企戏曲院团的市场化生存能力依然很弱，换言之，一个相对繁荣的戏曲市场可能是转企改制的前提而不是结果。在这一市场出现之前，如果操之过急，看似繁多实则脆弱的戏曲剧种很可能会发生不可逆的消亡。因此，"52 号文件"强调的戏曲保护、扶持，戏曲接受环境的培养，是一个无法省略的过程，这并不是回到转企改制之前，而是吸收转企改制效果的一次合理的政策调整。另一方面，2015 年 9 月，中共中央办公厅和国务院办公厅联合下发《关于推动国有文化企业把社会效益放在首位、实现社会效益和经济效益相统一的指导意见》，戏曲与一般的商品毕竟不一样，它在转企改制中被反复强调的经济效益，在文件中被明确放在了社会效益之后。顶层政策设计对戏曲性质与功能的定位，

① 蔡武《吹响深化文化体制改革新号角》，《求是》2014 年第 2 期，第 39 页。
② 《中国戏曲，到了培土育林的时候——〈关于支持戏曲传承发展的若干政策〉的专家讨论》，《北京日报》2015 年 8 月 13 日第 18 版。

也是政策调整的原因之一。

2015 年 5 月，湖北省文化部门便对戏曲院团做过调研，"此次活动是湖北省 1995 年戏曲普查以来，又一次对全省艺术院团和地方戏曲的全面调研"。"52 号文件"发布数日后，湖北省文化部门发表了此次戏曲调研的结果，"表演地方戏曲的文艺院团有 50 多个，大部分院团特别是戏曲院团面临巨大的生存发展压力"①。这一调查结果与"52 号文件"的思想是一致的，多数戏曲院团没有因为转企改制走出困境，国家级非物质文化遗产名录上的剧种需要更多保护。

2016 年 5 月，湖北省发布《省人民政府办公厅关于支持湖北戏曲传承发展的实施意见》，对"52 号文件"进行落实，从院团发展、精品剧目创作、优秀人才培养、普及宣传、领导保障等角度，全面培育戏曲发展，在此基础上，湖北也积极探索戏曲传承发展的省域经验：

首先，着力于构建多层次的剧种生态，尤其重视"省京剧院在京、津、沪、汉国家重点京剧院团第一方阵的地位"。这一选择承继了 20 世纪鄂派京剧的艺术积淀，打破了"汉剧是京剧母体"之类论断可能带来的保守主义，更符合武汉这一现代都市的文化定位。

其次，这份文件明确提出要将湖北省建成全国戏曲强省的目标。这集中体现在武汉"戏码头"的建设上。湖北省、武汉市相继发布了关于武汉"戏码头"建设的意见、通知、实施方案，制定了涉及创作、演出、推广、人才培养等各方面清晰明确的计划，尤其是借助武汉的区位优势组织大型戏曲节、艺术节，吸引各类戏曲名家及经典剧目频繁现身武汉，大大强化了武汉作为戏曲交流、演出中心的地位。

最后，湖北省强调思想层面的"以人民为中心""中国梦"等，

---

① 王永娟、邢君成《实地调研 60 余个艺术院团和民间戏曲班社 湖北谋划地方戏曲发展之策》，《中国文化报》2015 年 7 月 17 日第 1 版。

提倡现实题材剧目创作，但也强调坚持传统戏、现代戏、新编历史剧"三并举"，以"反映时代精神、人民群众喜闻乐见"作为衡量剧目的标准。湖北出现了汉剧《程婴夫人》《优孟衣冠》《霓裳长歌》、南剧《唐崖土司夫人》、东路花鼓戏《麻乡约》、楚剧《万里茶道》《悬鱼太守》等新编历史剧，它们多以地方文化名人或历史事件为题材；同时也出现了京剧《美丽人生》《在路上》、荆州花鼓戏《河西村的故事》、黄梅戏《槐花谣》《大别山母亲》、楚剧《乡里乡亲》《棚改春潮》《向警予》、阳新采茶戏《龙港秋夜》等现代戏，这些现代戏多能够紧跟时事大政、弘扬主旋律。无论是新编历史剧还是现代戏，多将家国情怀贯注于人物、情节之中，立意较高，在发挥戏曲的社会效益上积攒了诸多经验。当然，近几年湖北新创剧目也并非毫无遗憾，选题立意撞车、情节人物雷同的现象仍在一定程度上存在，部分剧目艺术风格趋于雅正，在发挥社会效益方面并不令人足够满意。

结　语

　　21 世纪前 20 年里，戏曲发展与文化政策的变迁紧密相关。转企改制与非遗保护是关于戏曲的平行政策，它们看似矛盾，实则是院团生存问题的一体两面，从不同方向探索了戏曲的生存发展，从而为后续以"52 号文件"为代表的政策调整积累了经验。而政策制定与调整背后，是管理者对戏曲属性与功能的认知、界定。转企改制强调的是戏曲的商品属性，希望戏曲院团成为市场主体，剧目作为文化产品获得经济收益；非遗保护强调的是戏曲的公益属性，希望戏曲承载文化的多样性；"52 号文件"则对前期探索进行综合，但更强调戏曲的社会效益。可见，戏曲的属性、功能，与经济、文化环境息息相关，并可能因时代变化而发生变化。因此，曾被认为可以有效缓解戏曲困境的政策，很可能在今天需要被重新讨论。

不过，无论如何界定戏曲的属性与功能，"观众"都是戏曲的命脉，懂戏爱戏、愿意掏钱买票的观众同样需要培育。从系列政策在湖北落实的效果看，尊重戏曲生存现状的政策更能获得院团的配合，全面扶持戏曲又不放弃转企经验的"52号文件"发布后，湖北已经做了一些具有省域特征的有益探索，这说明戏曲社会效益与经济效益的同步实现可能需要一个很漫长的过程，但前景是值得期待的。

（丁芳　九江学院文学与传媒学院副教授）

融汇、重构、创新：
论海派滑稽与海派艺术*

楼培琪

滑稽艺术自 20 世纪 20 年代中期在上海诞生以来，逐渐成为江浙沪地区百姓喜闻乐见的艺术样式之一。脱胎于文明戏的滑稽艺术，始终存在着曲艺形式的独脚戏与戏曲形式的滑稽戏相互移植、相互借鉴、相互促进的艺术共生现象。独脚戏采用"跳进跳出"的表演方法，这种即发性、瞬时性、变化性的一人多角切换人物的表演方式，不但为滑稽演员在滑稽戏中塑造人物的喜剧性格奠定了表演基础，还能使剧情产生喜剧化的间离效果。随着故事情节的繁复和人物设置的需要，舞台上出现了代言体和角色分饰的现象，终于在 20 世纪 40 年代初发展演变为一个新兴剧种，即滑稽戏，并从戏剧理念、艺术手

* 本文为上海市艺术学重点项目"海派滑稽研究"（项目编号：18SY02）和国家社科基金艺术学重大项目"新中国成立 70 周年中国戏曲史（上海卷）"（项目编号：19ZD04）阶段性成果。

段、表现方式、唱腔曲调等方面逐渐形成了鲜明的剧种特征。不过与有的源于曲艺而彻底告别其母体艺术的剧种有所不同，滑稽演员大多为戏曲和曲艺两栖演员，既能在滑稽戏中饰演个性化人物，又能在独脚戏中一人饰演多个角色。在滑稽艺术百年发展历程中，这种艺术共生关系使得独脚戏和滑稽戏始终共生共荣，一起活跃在滑稽舞台上。2008年6月独脚戏被列入第二批国家级非物质文化遗产代表性项目名录、2011年5月滑稽戏被列入第三批国家级非物质文化遗产代表性项目名录。滑稽界将流行于江浙沪一带的滑稽艺术按照地域特征和表演特色分成海派滑稽、苏式滑稽和杭帮滑稽，海派滑稽以"拿来主义"的艺术观，在学习借鉴其他表演艺术的基础上，以喜剧化的"说"、喜剧化的"唱"和喜剧化的"做"展现戏剧的主题思想、引发剧情的矛盾冲突、塑造人物的喜剧形象、抒发人物的喜剧情感。海派滑稽较为完整地承载了近代上海的都市习俗和文化传统，为上海的城市文化注入了自我审视、自我批判和自我解嘲的喜剧精神，在戏谑嘲讽和嬉笑怒骂之间蕴涵着极其鲜明的海派艺术特征。

"海派"一词肇始于近代上海的中国画坛。晚清时期，大批画家为避战乱，纷纷携艺来上海谋生发展。许多画家受到新风气的影响，不愿再陷入窠臼，他们勇敢地向守旧派和复古派挑战，在中国画的传统基础上吸纳民间绘画艺术和西洋画技法，形成融古今土洋为一体的海上画派，又称海派，主要代表有赵之谦、任伯年、吴昌硕等。当时海上画派因破格创新、个性鲜明，往往被坚持"正统"的士绅阶层斥为浅薄、混乱。[1]"海派"的另一重要起源是晚清时期上海的戏曲舞台。近代上海是一个典型的移民社会，为了吸引更多的观众，舞台上开始出现传统戏曲与西洋话剧同台竞技的情形。革命党人王钟声为提倡传统戏剧改良，不仅于1907年创办了专门培养戏剧人才的通鉴学校，还带领京剧票友成立了春阳社，积极上演当时被称为"文明

---

① 参见李伦新、陈东主编《海派文化精选集》，上海大学出版社2017年版，第16页。

戏"的新剧。潘月樵和夏月珊、夏月润昆仲在沪上商界翘楚的大力支持下，于1908年在上海的十六铺创办了新舞台，成为近代上海戏曲改良的标志。"海派"一词作为一种艺术观念，很快从书画界、戏曲界迅速扩展至上海的文学、戏剧、电影等领域，直至影响到近代上海的社会风尚、生活方式和审美习俗等方面。

当时上海社会被西方称为"冒险家的乐园"，中国传统思想与西方现代意识共同对海派艺术产生影响，既有注重艺术观念方面的融合，又有讲求表演形式方面的创新，以江南文化为底蕴的中国传统文化与西方现代文化在华洋杂处、五方杂居的近代上海慢慢地进行着海纳百川式的融合与革故鼎新式的创造。而当时攻讦海派所谓的"浅薄"与"混乱"，正是海派在坚持不懈地对旧糟粕的摈弃和对新事物的吸纳之中所树立起的一种创新思想与革新意识。作为传承海派风格和创新海派艺术的海派滑稽，其形成与发展则与近代上海城市的政治、经济、社会和文化有着千丝万缕、盘根错节的联系。"海派文化"的历史成因主要在于近代上海作为商业都会、移民城市和租界社会的特殊角色。① 近代上海于1843年11月17日正式开埠后，在西方现代商业文化的影响和催化之下，演员和观众之间迅速完成了以商品价值为导向的供求联系，即演员以市场化为目的的创作观念和观众以娱乐性为目的的欣赏需求。海派滑稽的表现题材大多为近代上海商业社会的世态百相、世俗奇观和人物百态，其表现形式也充分体现出近代上海都市社会以江南移民为主的群体特征，在语言表演方面汇集了五湖四海的地域方言，在演唱表演方面融合了南腔北调的戏曲样式，在技艺表演方面荟萃了东西南北的杂耍技艺，并且还将一部分现代都市文化语境中的价值理念映射为滑稽舞台的艺术表象。其世俗众庶的艺术观念、追金逐利的商业目的和多元纷杂的艺术表现等艺术特

① 参见孙逊《"海派文化"：近代中国都市文化的先行者》，《江西社会科学》2010年第10期，第11~12页。

征，深深地影响着近代上海的都市文化进程。本文主要围绕在近代上海形成和发展的海派艺术类型，如受西方现代话剧影响的文明戏、受近代上海都市文化影响的海派京剧、江南地方戏曲和江南民间曲艺等具有代表性的海派艺术对海派滑稽形成与发展的影响，并就海派滑稽艺术与近代上海都市思想中中西交融的现代意识、海派滑稽艺术与近代上海都市社会移民群体的大众意识、海派滑稽艺术与近代上海都市文化杂糅并蓄的多元意识以及海派滑稽艺术与近代上海都市艺术良性竞争的商业意识等之间的关系展开研究和讨论，从而体现出海派艺术对海派滑稽在艺术观念上产生的海纳百川式的融汇作用、在艺术结构上起到的革故鼎新式的重构作用、在艺术表现上形成的标新立异式的创新作用。

一 文明戏与海派滑稽

海派滑稽可以认为是与当时被称为新剧的文明戏一同成长起来的一种崭新的艺术形式。文明戏对于海派滑稽的影响主要体现在艺术观念、表演方式和演出制度三个方面：第一个方面是海派文化中重商逐利、迎合观众的艺术观念，因为海派滑稽从形成初期到鼎盛时期，一直以游乐场、堂会、电台等商业娱乐场所为主进行表演，所以取悦观众以获取商演利润是其始终秉持的艺术观念；第二个方面是表演理念，其主要特征是采用南腔北调的方言对白和"九腔十八调"的戏曲演唱，制造戏谑搞笑的滑稽情节；第三个方面是文明戏幕表制的演出制度和即兴表演的方式，对海派滑稽的诞生和发展产生了重大的影响。在海派滑稽的艺术萌芽时期，由于缺乏喜剧性的表演剧本和创作人才，文明戏趣剧表演中喜剧性的情节场景被滑稽戏大量地套用。19世纪末，资产阶级启蒙主义者、改良主义者和革命派为了唤起民众的觉悟，比起对中国传统戏曲进行改良，更为直接的手段是从西方引进了一种没有演唱和舞蹈的、纯粹以说白为主的新型戏剧，因区别于中国传统戏曲，被当时的民众称作新剧或文明戏。① 滑稽前辈张冶儿在《舞台沧桑四十年》的口述中回忆：在 1905 年前后，开始有一种着时装且纯粹以说白为表演形式的戏剧，它和着古装、靠唱、念为表演形式的传统戏不同。当时大家叫它"新戏"，也叫"改良戏"或者"文明戏"。② 随着辛亥革命的夭折，为宣传资产阶级民主革命而繁衍的文明戏无所依附，面对窘境，有些职业化的文明戏艺人为了迎合城市小市民的低级趣味，编演了一些描写神怪乱象、家庭矛盾，甚至色情堕落的剧目上演，并暂时获得了商业意义上的成功，但是这种表演内容和表演方式却极大地偏离了文明戏原先宣传革命、改良社会和启发民智的初衷，很快遭到社会各界的唾弃和抵制。剧院老板见文明戏无利可图，便很快将其拒之门外。为了继续生存，原先在文明戏中表演滑稽短剧或者滑稽穿插的丑角演员，率先谋划将喜剧色彩较浓，又比较受观众欢迎的滑稽短剧——趣剧，或者将文明戏中穿插表演的戏中戏和幕外戏独立出来，以滑稽丑角擅长的富有喜剧性的方言说表、"九腔十八调"的戏曲演唱，以及夸张变形的肢体动作和幽默滑稽的表情语言进行表演。这种包含南腔北调的方言说表、"九腔十八调"的戏曲演唱、夸张变形的表演动作等表演形式的新型艺术，从表演题材和表演样式上为海派滑稽的形成奠定了艺术雏形。

1922 年初，董别声组成"礼拜团"在永安公司天韵楼游乐场专门上演趣剧，1923 年剧团搬至大世界后改名"星期团"继续演出；1925 年初，吴一笑成立"笑社男子趣剧团"在上海小世界游乐场演

---

① 在新剧倡始时期，社会上有一部分人把新剧称为"文明戏"。他们以为，没有吹打的结婚称文明结婚，那么，这没有吹打的戏剧当然应该称文明戏。因为在辛亥革命当时，凡社会上一切新事物，往往都冠以"文明"或"改良"二字，如手杖，称为文明棍。妇女梳的朝前髻，称为文明头。还有一种专门送礼用的镜架，装些花花绿绿亮晶晶的东西在内，叫作文明镜。那时"文明"二字非常流行，都出自一般人之口。参见郑逸梅、徐卓呆编著《上海旧话》，上海文化出版社 1986 年版，第 104 页。

② 参见高福民、钱璎主编《滑稽戏老艺人回忆录》，苏州市文化广播电视管理局 2001年版，第 1 页。

出趣剧；1926 年 10 月，由张冶儿和易方朔共同组织的"龙马精神团"在新新屋顶花园专演趣剧。除了这三大剧社以外，还有郑正秋领导的新中华剧社、赵长松组织的新心社等专演趣剧的剧社。这些趣剧社团的成立，不仅为海派滑稽的诞生提供了经济保障和组织保证，还为海派滑稽贡献了大量的极富喜剧色彩的剧目，更为海派滑稽培养了一大批优秀的演员。由于越来越多的观众喜欢上了滑稽幽默的趣剧，原文明戏班中一批擅长搞笑、演技精湛的丑角演员和主要创作者，很快自立门户，并相继打出了"滑稽新剧""滑稽喜剧""滑稽剧""滑稽戏"等旗号。从此以后，趣剧被冠以"滑稽"之名独立于海上戏曲舞台。滑稽前辈徐卓呆回忆起当时文明戏趣剧中的滑稽表演时认为，滑稽表演受观众欢迎的程度已经和吸满鸭子油水的八宝饭一样了，而作为正戏的文明戏趣剧已经如同被八宝饭吸走油水的鸭子一样，干巴巴的遭人嫌弃了。"台上的滑稽角色，真是天之骄子，一出戏中，没有杂耍唱歌，便不足以号召，有号召力的戏，活像馆子里一只八宝鸭子，吃客们都喜欢吃鸭子肚中的八宝饭，而对于本身的鸭子，油水已被吸收入八宝饭中，倒可吃可不吃了。喧宾夺主，戏已不成戏，杂耍歌唱，变成主体了。"① 短小精悍的趣剧戏剧故事完整，情节滑稽搞笑，演员一人一角的化装表演不但形象可笑，而且表演幽默，舞台布景和道具也都具备，形成一种有说、有唱、有舞蹈动作和音乐伴奏的新颖别致的喜剧表演。从戏剧发展的角度观察，趣剧是介于文明戏和海派滑稽之间一座艺术发展的"桥梁"②。对于海派滑稽中以曲艺形式表现的独脚戏，顾聆森在《论独脚戏》一文中认为：独脚戏虽然起源于民间说唱艺术，但它作为一种独立而完整的艺术表

---

① 上海文化出版社编《滑稽论丛》，上海文化出版社 1958 年版，第 42 页。
② 上海滑稽戏在自己的发展史上，除了主要受到卖梨膏糖演唱的影响外，也曾受到文明戏的一定影响。"龙马精神"的滑稽小戏，从舞台戏剧角度讲，是文明戏和以后年代产生的大型滑稽戏之间的桥梁。参见朱大路《上海笑星传奇》，上海翻译出版公司 1991 年版，第 51 页。

演形态，是受到了趣剧的哺育，在独脚戏形成之初，它的许多节目内容直接来源于趣剧。① 此外，文明戏还为海派滑稽贡献了大量的以幕表制形式存在的可供改编和套用的演出剧目，如徐半梅创作的趣剧《半夜敲门》《调查户口》后来被改编成独脚戏《调查户口》、趣剧《吃大菜》被改编成独脚戏《黄鱼调带鱼》、趣剧《谁先死》被改编成独脚戏《关店大拍卖》等，后这些趣剧又作为"滑稽套子"不断出现在《糊涂爷娘》《样样管》《小山东到上海》《七十二家房客》等滑稽戏中。

文明戏除了在艺术观念和表演理念上对海派滑稽产生重大影响之外，还为海派滑稽培养和输送了大批具有舞台实践经验的优秀演员，如王无能最早是在文明戏班"民兴新剧社"专演滑稽丑行角色，1927年5月10日王无能首次在《申报》上刊登了承接堂会的广告，从而成为海派滑稽的鼻祖。随着文明戏的没落，独脚戏和滑稽戏开始兴盛起来，不断有文明戏艺人改行表演独脚戏或者滑稽戏，可以说，第一代海派滑稽表演艺术大家几乎都从表演文明戏开始逐步过渡到表演滑稽戏，或者直接、或者间接从事过与文明戏表演有关的工作，文明戏可以被认为是真正催生海派滑稽的母体艺术。

二 海派京剧与海派滑稽

海派京剧历来推崇艺术市场的商业营销和舞台表演的标新立异，其在唱、念、做、打表演中掺入的喜剧戏谑和技巧杂糅，对海派滑稽注重商业推销和表演创新，以及运用南腔北调的方言喜剧化地演唱传统京剧形成较大的艺术影响。第一代滑稽大家鲍乐乐认为，"在叙述滑稽戏的历史时，我们也说到文明戏中有许多滑稽短戏，此外还有一

---

① 参见顾聆森《论独脚戏》，《戏文》2001年第3期，第36~39页。

些滑稽京戏，这种滑稽京戏在今天的舞台上还有痕迹"①。此外，海派京剧的幕表制和"活口"表演也间接影响着海派滑稽的舞台表演。1907 年，革命党人王钟声为了改良中国传统戏剧，在上海开办了通鉴学校，并创立了专演新剧的春阳社。1908 年，潘月樵和夏月珊、夏月润昆仲在上海十六铺创办了中国第一座近代化的新式剧场——新舞台，成为上海戏曲改良的标志。当时上海的京剧界摸准上海以市民为主的"观众"注重"看戏"，区别于北京以官绅为主的"听众"讲究"听戏"的特点，不仅要求剧情精彩、曲折，还要求舞台美观、热闹。②为招徕观众，他们模仿西方现代话剧的演出形式，以机关布景和演出长篇连台本戏为号召，唱腔优美、服饰豪华、布景新颖、道具繁复、机关奇特、场面热闹的京剧连台本戏成为海派艺术的代表，被称为海派京剧或者南派京剧。为了追求巨大的商业利润，上海各家戏院争相上演这类连台本戏，代表剧目有《西游记》《宏碧缘》《太平天国》《火烧红莲寺》《狸猫换太子》等。以周信芳为代表的海派京剧尤为注重舞台表演的场景感和观赏性，认为有声有色、活灵活现的"表演"才是海派京剧的灵魂所在，所以海派京剧除了在"唱、念、打"三个方面精打细磨之外，尤其在"做"字上面做足文章，每一招每一式都要讲究剧情需要和人物感情，将表演者的艺术思想和舞台观念融化在塑造人物外在形象、演绎人物内心情感、描摹人物心理变化、展现人物肢体语言的系列化的表演细节之中，根据上海移民群体特有的审美特点和文化习俗，努力在上演剧目和表演形式上迎合观众的观赏趣味。海派京剧在艺术市场方面获得的成功，使得商业嗅觉异常灵敏、市场反应异常迅速的海派滑稽界也积极投入到对这种"改良艺术"的模仿之中，所有海派京剧获得商业成功的表演方式几乎都理所当然地变化成海派滑稽艺人表演模仿的地方版、简化版和喜

---

① 上海文化出版社编《滑稽论丛》，第 73 页。
② 参见中国人民政治协商会议上海市委员会文史资料委员会编《戏曲菁英》（上），上海人民出版社 1989 年版，第 215 页。

剧版。当然，他们比海派京剧界更加知道如何逢迎观者所好、如何讨好听者所喜，在借鉴京剧传统剧目和经典唱腔的基础上，海派滑稽别出心裁地运用各地方言替代普通官话演唱京剧，或者以各地戏曲和京剧之间进行串唱表演，还用各地方言替代京剧念白中的京白和韵白，并辅以滑稽荒诞的唱词和夸张变形的动作。这种表演形式新颖、喜剧色彩强烈的演出迅速引起了市民阶层的观赏兴趣和追捧热情。刘春山在表演《滑稽京剧·黛玉葬花》中，故意穿着一套不中不西、不伦不类的"仕女"装束，用一根拖把代替花锄，以一只铅桶当作花篮，唱到一半时从铅桶里倒出来的不是鲜花，而是一只只纸做的小乌龟。又如滑稽戏国家级非物质文化遗产代表性传承人钱程在表演独脚戏《滑稽京戏·追韩信》时以高度虚拟化的动作表演将无形的声音具象为有形的物体，将"声音"在两个表演者之间丢来丢去，这种怪异的搞笑和荒诞的变形，对于当时大多数市民观众的视觉和听觉来说是一种极其强烈的喜剧性刺激。

海派滑稽的第一代名家之中有很多都是京剧票友出身，王无能、刘春山、盛呆呆、程笑亭等从小喜欢京剧，并参加业余京剧票友的演出。20世纪30年代初，天津有几个很有京剧功底的艺人，如张蛤蟆、王麻子、房人迷等到上海先施乐园表演相声、天津时调、京韵大鼓等，并成立了第一个滑稽京戏班社"雅韵社"，当很多滑稽演员相继加入"雅韵社"后，逐渐将传统京剧唱段的唱词进行了喜剧化的改编，在表演方面进行怪诞化的变形，在服装道具方面也进行夸张化的处理，最终发展成为海派滑稽中以独脚戏表演样式演出的"戏派滑稽"。由于观众对这一新颖表演形式的观赏热情日益高涨，从房笑吾、米一粟、廖知方等组织的专门表演滑稽京戏的班社"新声社"开始，杨菊侠组织的"菊社"、筱兰芳和王笑能等的"兰友社"、徐汉民的"大娃娃滑稽京戏班"和徐玉昆、王亚铎、赵祥云、文彬彬的"四友社"等专演滑稽京戏的艺术团体相继成立。根据笔者对当时蓓开、百代、高亭、胜利等唱片公司出品的滑稽唱片所作的不完全统计，海派滑稽从 20 世纪 20 年代萌芽时期开始，一直到 20 世纪 40 年代繁盛时期为止，其所积累的由京剧改编的独脚戏段子有三四十出之多，其中最具代表性的有王无能的《滑稽空城计》《扬州朱买臣》《常州朱砂痣》《常熟珠帘寨》、江笑笑的《刀劈三关》《宁波打严嵩》《滑稽斩黄袍》《滑稽马前泼水》、刘春山的《滑稽三本铁公鸡》《滑稽天女散花》和程笑亭、管无灵的《印度牧虎关》《老枪投军别窑》等唱片。

由此可见，20 世纪三四十年代海派京剧追求新奇、追求时尚和追求热闹的表演理念，对海派滑稽的表演形式和表演风格，尤其是"唱派滑稽"和"做派滑稽"产生了极为重要的影响，海派京剧重视商业娱乐、舞台观赏和表演创新的艺术观念不断启发着海派滑稽以更趋喜剧结果、更强的娱乐性、更加简单快捷的方式实现着符合自身艺术发展规律的表演创新和舞台创造。

三　江南戏曲与海派滑稽

近代上海社会称滑稽艺人为"唱滑稽咯"，指称滑稽表演活动为"唱滑稽"。开始只是滑稽艺人为了引起各地移民观众的注意，在说表对话的过程中逐步插入模仿性较强的民间小调和地方戏曲，受到较为热烈的艺术反响，而后又进行喜剧化的变形和夸张，最终被称为"九腔十八调"，这是海派滑稽在演唱方面区别于其他地方戏曲最为显著的艺术特征。海派滑稽运用方言演唱地方戏曲，不但吸引着南来北往以移民为主的观众群体，而且极大地丰富了海派滑稽的音乐曲调，影响着海派滑稽中以演唱地方戏曲为主的表演流派——"唱派滑稽"的艺术表现风格。同时，根据剧情需要和表演要求选择演唱不同的地方戏曲也为塑造人物形象、表达叙事节奏、抒发心理情感、增强表演气氛等方面提供了欣赏依据和审美认同。

近代上海是一个典型的五方杂处的移民都市，各地移民来上海谋生发展的同时也带来了他们家乡的戏曲艺术。在 19 世纪末至 20 世纪上半叶，上海对中国戏剧的贡献主要为引进了话剧、培育了沪剧、重构了越剧、分化了京剧、改良了淮剧、催生了滑稽戏，这些剧种，都成为海派戏剧阵营的成员。① 扬州、泰州、盐城一带的苏北移民带来了淮剧和扬剧，苏州、无锡一带的苏南移民带来了评弹、苏州滩簧和无锡滩簧；浙江移民群体则带来了绍剧、越剧、甬剧、杭州滩簧和湖州滩簧；由于上海开埠的第一批移民来自广东、福建，所以粤剧和南音曾经在上海风靡一时；随着安徽、山东、湖南、湖北等邻近省份移民的不断增多，安徽的黄梅戏、山东的琴书和湖北的花鼓戏也频频出现在上海的各大游乐场。各地移民带来的戏曲样式，在海派商业文化的影响下，不断地与其他地方戏曲艺术互相影响、互相启发、互相演进，如上海开埠以后第一批移民的广东人，不但为上海贡献了新雅粤菜馆、新亚大酒店，以及杏花楼月饼、冠生园陈皮梅、马宝山饼干等美食，还带来了悠扬清丽的广东粤剧。② 20 世纪初，由于淮河连年泛滥，失去土地依靠的苏北难民用筷子击打着锅碗盆碟，唱着"淮蹦子"和"香火调"来上海讨生活。由于苏北移民数量众多，且文化程度不高，多从事码头工人、黄包车夫等苦累职业，海派滑稽因为极具市民性、大众性、通俗性的特点从而很快受到苏北籍移民的青睐，如程笑亭和管无灵运用苏北小调演唱的《滑稽活捉张三郎》成为当时大世界游乐场苏北籍观众每天必点的热门段子。滩簧戏曾经在上海红极一时，开始是由两个人或几个人演唱的曲艺形式，后来逐渐发展成为综合性的舞台艺术。用苏州方言演唱的称"苏滩"，中华人民共

---

① 参见胡晓军、苏毅谨《戏出海上——海派戏剧的前世今生》，文汇出版社 2007 年版，第 21 页。

② 由于广东对外贸易开展比较早，外商洋行中的中国买办，广东籍的不少。随着上海开埠，外商洋行在上海设立分行，大量广东籍的买办和经营进出口业务的商人纷纷到了上海，因此从上海开埠起，广东籍贯的人口就是比较多的，尤其是在虹口区的北四川路一带，广东人特别多。参见邹依仁《旧上海人口变迁的研究》，上海人民出版社 1980 年版，第 42 页。

和国成立后发展成为苏剧；用无锡方言演唱的称"锡滩"，20世纪50年代逐步发展成为锡剧；甬剧也是由宁波滩簧发展而成的一个新剧种。上海本地滩簧，原先称作"本滩"，后又改叫"申曲"，中华人民共和国成立后发展成为一个独立的剧种——沪剧。朱恒夫认为，作为曲艺表演形式的滩簧在向戏曲表演形式演变的初期，在增演多部剧目的同时，更急需大量的音乐曲调，艺人便采取"拿来主义"的态度，对于兄弟姐妹艺术的曲调，只要能为我所用，一概吸纳，这其中也包括滩簧裔系内的其他剧种。[1] 各地滩簧剧种"拿来主义"的表演理念被海派滑稽所吸收和运用，成为双重意义上的"拿来主义"。苏滩艺人林步青根据社会新闻即兴创作的"新赋说唱"被刘春山拿来成为即兴演唱当天报刊新闻的"潮流滑稽"，并对后来的"唱派滑稽"产生了启示性的影响。林步青所唱的《卖橄榄》曲调被滑稽艺人频繁引用，后来干脆成为海派滑稽的固定曲调之一。除了京剧之外，最受上海人欢迎的还是越剧和沪剧，素以悲情、苦情剧目为主，唱腔抒情柔婉、哀伤凄切的越剧，最能打动那些生活在高压竞争之下的底层市民。尤其是都市群体中那些最弱势无助的女性观众，她们一边擦着眼泪，一边将舞台上男女主人公的传奇故事对照着现实生活中自己的不幸经历，在对剧中人物表示伤感的同时，也舔舐着自己血迹斑斑的那一道道伤痕。为了吸引当时在上海人数较多的江浙观众和家庭妇女，以唱功见长的程笑飞、小刘春山、张醉地和女滑稽艺人田丽丽不失时机地排演了以模仿越剧为特色的独脚戏《越剧小姐》《戏迷嫂嫂》《各派越剧》《开无线电》《白相大世界》《社会怪现象》等节目，成为海派戏曲双重"拿来主义"的典型代表。

近代上海，来自各地的戏曲艺术不仅为海派滑稽的形成和发展提供了可资借鉴的艺术模仿，还提供了空前繁荣的商演市场和理性竞争的艺术理念，更为海派滑稽提供了数量众多的移民群体作为基本观

---

① 参见朱恒夫《滩簧考论》，上海古籍出版社2008年版，第317页。

众。来自五湖四海、四面八方的各地移民，因为社会习俗的不同、对话方言的不同、审美趣味的不同，所以呈现在戏曲欣赏方面的喜好也各不相同，但是海派滑稽兼容并蓄、包罗万象，"什锦拼盆"式的表演方式，正好可以满足当时占城市总人口80%以上移民群体因为地域文化和社会习俗的分歧所形成的差异性的欣赏需求。海派滑稽在这座独特的城市里迅速形成表演规模并发展壮大，成为近代上海一个特殊的文化符号。

四　江南曲艺与海派滑稽

文明戏趣剧时期，各种类型的江南曲艺在滑稽穿插中以"外插花"的形式进行表演，以说为主的有弹词、评话、说因果、隔壁戏、相声、双簧、三簧、市井叫卖、口技等，以唱为主的有小热昏、滩簧、宣卷、道情、莲花落、大鼓、民歌、小调等，甚至还包括杂技、古彩戏法和西洋魔术艺术形式穿插其间，所以当时这种几乎包含了江南地区所有曲艺类型的滑稽穿插节目，为海派滑稽艺术中归属于曲艺形式的独脚戏的形成和发展，奠定了成熟的艺术观念和完整的表演样式。在海派滑稽形成的初期阶段，特别是以曲艺形式表演的独脚戏时期，上海本地土生土长的曲艺浦东说书对其产生过较大的影响，"滑稽三大家"之一的刘春山曾经拜浦东说书艺人郭少梅为师，在浦东的小茶馆里表演浦东说书，还参加了说书艺人的行会组织"润裕社"。此外，"幽默滑稽"朱翔飞、"本帮滑稽"张樵侬和"快嘴滑稽"袁一灵都曾将浦东说书《颠倒古人》等搬上海派滑稽的舞台，人们熟悉的古人被张冠李戴搞错了关系，因为人物之间的关系错置而形成滑稽搞笑的喜剧效果，原汁原味的浦东说书《颠倒古人》也成为海派独脚戏的经典唱段之一。虽然浦东说书、苏州评弹、隔壁戏等多种江南曲艺都对海派滑稽的形成产生过较大的艺术影响，但最具影响力的曲艺形式还是小热昏和苏滩两种曲艺形式。海派滑稽的艺术起源是与王无能、江笑笑、刘春山"滑稽三大家"的表演活动紧密联系在一起的，他们被滑稽界公认是海派滑稽的开拓者和奠基人。"老牌滑稽"王无能原是文明戏演员，曾经学过很多卖梨膏糖的段子，他常把卖梨膏糖中引人发笑的段子用在文明戏的演出中，形成戏中串戏的表演形式，因而受到观众的追捧。"滑稽三大家"中的江笑笑则与小热昏有着更加密切的关系，杨华生认为"江笑笑的段子多半来自卖梨膏糖的杜宝林，另外他还从民间故事和《笑林广记》中采用了一些材料编成新'段子'；他更擅长把各种社会现象编成唱段，反映当时社会上古古怪怪的人和事，因此，称为'社会滑稽'"①。"潮流滑稽"刘春山曾在上海城隍庙的梨膏糖店当过学徒，唱小热昏卖梨膏糖，还曾经说过一段时间的浦东说书，他的学生笑嘻嘻曾于20世纪80年代到上海城隍庙卖梨膏糖的商店体验生活，商店里一位退休老师傅张才庚告诉他，刘春山曾拜张才庚父亲为师，唱小热昏卖梨膏糖，张才庚和刘春山是师兄弟。② 小热昏对于海派滑稽的影响主要体现在以曲艺形式表演的独脚戏上，以市民大众的视角关注社会热点，以市民大众的观点参与社会批评，海派滑稽继承了小热昏说唱中以批判现实主义思想表达艺术观念的评述性和介入性。艺人表演时跳进跳出、一人多角的写意化表演，夹叙夹议、说唱结合的民间化演技，与观众垂直性、即时性、在场性的互动沟通艺术等都为海派滑稽以曲艺形式表演的独脚戏奠定了表演范式。小热昏最早由民间说唱形式的"说朝报"发展而来，以滑稽搞笑、连说带唱的形式演唱，以讲述社会新闻为主，所以又称为"说新闻"或"唱新闻"。由于说唱涉及的内容往往针砭社会时弊或揭露世道不公，常常受到反动当局的迫害和打压，不得不以"发高热、说昏话"为由，对黑暗的旧社会和丑恶的反动派进行辛辣的讽刺和无情的鞭笞。1949年中华人民共

---

① 杨华生《杨华生滑稽生涯60年》，学林出版社1992年版，第232页。
② 参见阚殿辉、王汝刚编著《幸福人生笑嘻嘻》，上海远东出版社2007年版，第106页。

和国成立以后，海派滑稽中以演唱为主的"唱派"独脚戏最终发展成为一种新颖的曲艺形式——上海说唱①，其最主要的伴奏乐器、打击伴奏的"三巧板"也取自于小热昏表演时的道具。

苏滩在表演曲目的借鉴、音乐曲调的移植和喜剧化逗趣发噱的说表方式等方面对海派滑稽产生了较为深远的影响。苏滩说唱过程中类似于相声滑稽搞笑式的表演形式，以及反映现实生活题材的时事新赋，与文明戏幕间表演滑稽穿插的丑角演员一拍即合，很快被海派滑稽的开拓者所吸收。② 苏滩在说唱题材方面的丰富性和表演形式方面的灵活性，表现在能博采众长地吸收和借鉴各种说唱音乐上面，并且善于创新、勇于发展。"苏滩在发展衍化的过程中，借用寺院念佛和宣卷的调子演唱，模仿道士做道场的腔调，宣说一连串瞎七搭八引人发笑的语料，这些都为前期的滑稽戏所吸收。"③ 进入上海以后，苏滩在表现内容上发生了根本的革新，演唱内容不再以古代戏曲唱本和农村民间生活为主，而是面向上海的都市社会和市民生活，将上海都市社会日常生活中的新鲜事、热门事、风趣事、滑稽事及时地改编成说唱题材。海派滑稽在形成初期的独脚戏阶段，大量借鉴了苏滩在都市融入阶段的艺术演进过程中创造的各种海派文化元素和滑稽搞笑段子，并逐步形成了为市民大众最喜闻乐见的说唱表演形式。

钱乃荣认为，滑稽戏从杭州小热昏、苏滩文明宣卷开始，就博采荟萃流行在江南江北的民谣山歌和现代戏曲，在各种流派中选取特色唱腔曲调，甚至可以把各种流派唱腔学得惟妙逼真。④ 虽然在海派滑

201

① 参见上海艺术研究所、中国戏剧家协会上海分会编《中国戏曲曲艺词典》，上海辞书出版社1981年版，第692页。
② 苏滩演出的曲目、噱头笑料被评弹、独脚戏等曲艺所借鉴，如《剃头》《关亡》《金陵塔》《莲花落》等，其声腔更被本滩、锡滩大量吸收，滑稽戏和独脚戏的基本曲调之一《苏赋调》就是从苏滩的基本曲调中套搬过来的。参见上海市文化广播影视管理局编著《滑稽戏》，上海人民出版社2014年版，第31页。
③ 参见钱乃荣《从苏滩到滑稽》，《上海戏剧》2011年第3期，第17～19页。
④ 参见钱乃荣《海派文化的十大经典流变》，上海书店出版社2007年版，第93页。

稽艺术（特别是独脚戏）形成和发展的过程中，对其产生较大艺术影响的江南曲艺形式有很多种，但是其中显现出最大影响力的曲艺形式还是小热昏和滩簧两种。而以苏滩为代表的滩簧艺术在表演曲目、音乐曲调和喜剧化逗趣发噱的说表方式等方面对海派滑稽产生了较为深远的影响。

结　论

上海在 1843 年开埠以后，迅速从渔村的农业社会发展成为远东第一大商业贸易都市，追逐生计和利益的大量中外移民蜂拥而至，这座新兴都市赖以兴盛和发展的重商逐利思想，彻底改变了整个社会的文化心态和审美情趣。五方杂处、华洋杂居的社会状况，中西交融、古今交汇的文化结构，使得海派艺术呈现出以多元性为满足、以商业性为目的、以通俗性为追求的形态特征。极具海派风格的艺术环境使海派滑稽将西方现代文化与中国传统文化在海派滑稽舞台上进行着海纳百川式的融汇、革故鼎新式的重构与标新立异式的创新，将现代都市文化语境中的价值理念、社会观念和艺术概念映射为滑稽舞台喜剧化的艺术表象。

（楼培琪　上海师范大学影视传媒学院兼职副教授）

老戏新演，新中有根

——访青年昆曲编剧王悦阳

王悦阳　殷　娇

　　2016 年，由王悦阳整理改编的四折小全本昆剧《望乡》被搬上舞台并引发了热烈的反响。六年后的今天，《望乡》依然活跃在舞台上，被不断复排、演出，可以说经受住了时间的考验。在《望乡》之后，王悦阳创作改编了《幽闺记》《义侠记》《墙头马上》《桃花人面》《玉簪记》《金雀记》等一系列昆剧。从时间上纵向来看，这些作品几乎都与《望乡》一样，在首演后依然被反复演出，显示出了活跃持久的生命力；从横向看来，这些作品的演出单位包括了北方昆曲剧院、上海昆剧团、江苏省演艺集团昆剧院、江苏省苏州昆剧院、湖南省昆剧团等国内知名昆剧院团，证明了业内对王悦阳改编创作的认可与肯定。其剧作中显示出的专一而精的态度、老戏新演的理念、尊重昆曲本体的原则等都值得我们关注与探究。除此之外，王悦阳还一直致力于昆曲的普及与推广，尤其在昆曲进校园方面做出了诸多努力与实践。2022 年是昆曲进入人类非物质文化遗产代表作名录的第 21 个年头，可以说，昆曲的发展进入了新的阶段。笔者对王悦阳进行专访，探讨总结其创作经验与传播实践经验，以期对当下昆曲整理改编与推广普及工作有所启发。

殷娇（以下简称"殷"）：王老师您好！您和我们之前的访谈对象不太一样，您不是职业编剧，但是到目前为止，您在昆曲创作和整理改编方面取得了相当不俗的成绩。能否谈谈您是如何走上昆曲创作之路的？

王悦阳（以下简称"王"）：我是由看戏到写戏的。这其中有一个机缘，我从小跟两位国画大师学画，一位是程十发先生，一位是戴敦邦先生。他们喜欢昆曲，常常组织举办曲会，邀请蔡正仁、梁谷音、计镇华、岳美缇、张洵澎、张静娴这样的大艺术家来参会。而我每个周末来到老师家，正好有了听他们唱曲的机会，听着听着就入迷了。老先生们还会给我讲解曲子的意思、故事的背景及昆曲的精妙之处……所以在我不到 10 岁的时候就开始在这个环境里熏陶，一直听到现在、看到现在。在这过程中，我对昆曲的了解和认知也逐渐深入，这是其一。其二，在这个环境中，从蔡正仁老师那批到年轻一代的谷好好、张军等，都与我成了朋友；到再年轻一代的单雯、施夏明、邵天帅等，也都因戏成友，我几乎是见证了他们的成长。所以我之于他们，不仅仅是编剧，也是老朋友、老戏迷。我们在一起聊天常常会聊到"你可以排什么样的戏？什么戏更对你的路子"等话题，聊着聊着就把戏聊出来了。因而我一般都是接到演员或者院团的邀约，为他们量身做戏。其三，我是同济大学中文系出身，专业就是明清戏曲研究，对于昆曲的戏剧结构、曲牌格律、规范都比较熟悉。所以，我开始进行昆剧剧本整理创作，就是基于从小看戏的环境熏陶、研究明清戏曲的求学之路以及对老中青几代昆剧演员戏路、风格、特长熟悉这三点。因而我的戏也有一个特点，就是完成度较高，几乎是写一部演一部，因为都是"量身定做"的剧本。

殷：您最早进入大众视野并引发热烈反响的作品应该是昆曲《望乡》，它是 2016 年创作的，到现在依然不断被搬上舞台。能否谈谈《望乡》的创作过程？

王：《望乡》是我第一部作品。创作的初衷是苏武牧羊的故事家喻户晓，同时李陵这个人物很打动我。我们都知道传统的《望乡》是岳美缇和顾兆琳老师的代表作，它是一个完整的折子戏，非常精彩。我和后来苏武的扮演者袁国良是好朋友，我们想把这个戏做出来，然后为这个想法讨论和准备了好多年。首先我们有几个问题要解决。第一，苏武跟李陵同在漠北，为什么十几年不见面？第二，苏武和李陵的区别在哪里？他们曾经是那么好的兄弟，一下子因为家国情仇走向决裂，但是彼此心中又装着对方，我们怎么把这个复杂的情感脉络理顺？第三，苏武作为坚守节义的代表，他在匈奴的 19 年有怎样的心理活动？最后也是最重要的问题，前后补充完善的折目，能否与作为折子戏经典的《望乡》相匹配？

其次，我认为可以从老本子里去挖精彩的东西。我们找到南戏《牧羊记》，其中有很多精彩的戏，比如《大逼》《小逼》《告雁》《望乡》等。我在剧本里还发现了《还朝》，原本《还朝》的情节很简单，但是我觉得这里的戏剧张力很大，所以把这折戏放大写了，也通过这一折的整理改编，解决我之前提到的一系列情感问题与心理过程，达到合情合理、以情动人的要求。李陵最终在 19 年后送别了荣归的英雄，但送别的同时也是他心心相印、胜似手足的兄弟。对苏武来说，李陵是汉朝的叛徒，但他又是为了自己而含冤受屈的，尽管为了民族大义苏武不得不和他划清界限，却始终幻想着两人能"同归南朝"……这都是一些微妙、细腻却又直击心灵的情感冲突。把这些逻辑和情理理顺之后，我确定了改编的形式，即所有的文本都来自原著，只删不改，略作丰富。我可以丰富剧本情节、加强戏剧冲突或是添加念白，但是曲牌、曲词我尽量不动，戏中唱的所有曲牌都是原著里的，或者是老前辈演过的。这是我的一个原则，我改的所有戏基本都遵循这个原则。所以在《还朝》一折里，我参考了历史上传说是李陵所写的《答苏武书》和《苏武李陵赠答诗》的一些内容，化入剧本中成为人物的念白，加强两者之间的情感冲突与矛盾，丰富了原剧本的内容，也起到较好的演出效果。

最后，我对演出进行了构想，为演员"量体裁衣"。比如第一场《出兵》，交代李陵为了苏武而出兵，以及两人之间的兄弟之情。这是李陵的第一次亮相，因此我给他设计的是一个扎靠的武生的形象。我为扮演李陵的翁佳慧设计了大量的细节、动作与发挥武功的空间，令她打破以往手持折扇、身穿褶子的巾生形象，一出场视觉观感就不一样了。再如袁国良饰演的苏武，随着剧情推动，髯口由花白变全白，衣服补丁不断增多，手中旄节的毛不断脱落，最终变成一个非常老迈的形象，胡地的风霜从最初的"风刀霜剑"逼人不已到19年后的麻木与凛然，形象有了巨大的改变，精神气节却越发坚定……这些人物设想，我在写剧本的时候已经为演员设计好了，想象出了要呈现出的舞台画面，这样一来，对导演的二度创作会有所帮助，对演员来讲在塑造人物时也会有一种刺激和启发。这就是我作为"老戏迷"，用笔写出了我作为观众想看的戏剧样式。

殷：那么您在坚持"来自原著，只删不改，略作丰富"的原则时如何加入自己的改编？或者说，如何处理"新"与"旧"的关系？

王：我以观其复版《墙头马上》为例，它是老戏新演，新中有旧。为什么这么说？这个戏的主演是北方昆曲剧院的邵天帅，她跟张静娴老师学习传承了上海昆剧团经典的"俞言版"《墙头马上》。这个戏整体的风貌偏京剧，行当齐全，丰富好看，但由于种种原因，几乎都是苏雪安先生新写的。我要写一个和经典版不一样的版本，第一，找白朴的杂剧《墙头马上》原本来挖掘。第二，邵天帅是一个塑造力很强的、唱演俱佳的青年演员，那么我在唱腔和表演上就要考虑给她发挥的空间更丰富一些，因此这部戏我以女主角李千金的视角和情感脉络来写，原本剧名定为《李千金》，但由于《墙头马上》名气太大了，还是恢复了原著的名字。第三，我的构思是在剧本上遵循元杂剧传统，但在情感表达上要引起观众的时代共鸣。继而联想到两个方面，第一即现实生活中很多夫妻之间的情感需要孩子作为纽带来维系，李千金离开裴家之后就面临着这样的问题，裴家父子对其回归父家"有恃无恐"的态度，也正基于李千金对一双儿女的难以割舍与血肉之情。第二，我借女主角之口提出了疑问："如果我李千金不是李尚书的女儿，你裴少俊还会来接我回家吗？"这两点是在白朴原著里没有表达的，这是我在梳理人物情感逻辑时产生的思考。因而我没有像原著一样安排皆大欢喜的结局，也没有把错误推给裴少俊的父亲，我把矛头指向了裴少俊。在我的版本里，裴氏父子皆有过，李千金是有自觉、有自我的，她点出"如果我不是李千金你还会来找我吗？"这就引起了很多现代观众的，特别是女性观众的共鸣。也就使老戏、老本演出新的味道来了。与此同时我们还把这部戏的"源本"——白居易的《井底引银瓶》找了出来做全剧的主题曲……首演过后，我在网上看到很多评价与共鸣，几乎都是女性观众的深刻思考与切身触动，这对我来说是一种肯定与鼓励。

除此之外，老戏新演还有一种新形式，如《桃花人面》。其原剧本是明代孟称舜的杂剧，但几乎没在舞台上演过，要靠我们主创人员排演打磨。首先从结构上看，如果按照原本死去活来的大团圆结局的话，它太像《牡丹亭》，没有了本身的审美意义，所以我把它进行了调整，把男女主角团圆的剧情放入了第二折的《相思梦圆》里面去。我把这个逻辑顺序理清楚后，需要解决的另一个问题是为什么崔护那么喜欢这个小姑娘，但是他一年以后才去找她？我给他设计了双重行动轨迹，第一是外部轨迹，即朝廷任命，让他不得不离开洛阳去公干一年，岁月蹉跎，身不由己。第二是心理轨迹，当一个男孩喜欢一个女孩，如果对方没有给出明确的回复，那么男孩是会有一种怅惘和迷茫的，会产生一种犹豫、徘徊、矛盾的心理，甚至自我否定，这是我们都经历过的"少年初识愁滋味",这种美好却单纯的感情,能引起观众的共鸣。有这两条轨迹线索,我安排了直到一年以后崔护回到长安,思念之际做了一个梦,梦中小姑娘对他表达了爱意,给了男主角一种心理暗示和行为动力。那么第三折《城南题诗》的戏剧高潮就来了,他带着一腔热情和期盼去找心中所爱的人,满心以为能够有情人终成眷属,但没想到一旦错过就是永恒的遗憾,此时此刻早已物是人非,最后在情感的压抑和爆发之中,才会题下千古名句——"人面不知何处去,桃花依旧笑春风"。

改编此剧时,遇到的另一个大问题是孟称舜的文本太美了,但是戏剧冲突太少了。对此,作为艺术指导的岳美缇老师给了我很好的建议,即情节不丰富,就要用细节去丰富。所以我们在《花下相逢》这一折里设计了原本里面没有的临别赠花、赠扇子的情节,让男女主人公之间有了一个相互传递情感的工具。还设计了女主角两次开门、两次递水、两次接茶杯的细节表现与心理变化,丰富了很多情节,力图把这个戏做得有情有趣、好看细腻的同时,打磨出原汁原味的昆曲的味道。总的来说,老戏新演是我的"昆曲观"——从传统文本里挖掘一些既符合现代情感与审美的题材,又拥有浓重昆曲艺术神韵与味道的老戏,进行属于今天的加工、打磨,就好比曾经蒙尘的珠玉,通过我们这代人的努力,逐渐拂去上面的灰尘,展现出历史珍宝应有的光华。虽然具体到每一部戏,使用的方法和表现手段是不同的,但其目的是一致的,即希望众多的古典戏剧艺术精华能焕发新的时代光彩。

殷: 您的这种老戏新演可否看作是整理改编后对现代价值观的传递?或者说现代价值观是您作品中必须体现的吗?

王: 我觉得不能一概而论。要具体问题具体分析,如果对待历史存留的老戏,完全用现代价值观去衡量,恐怕会失之偏颇。曾经我觉得老戏新演就必须推陈出新,要找到老戏在今天的时代性与符合现代价值观的逻辑性。但后来有一次听仲呈祥老师的课,使我深受启发。

他以《赵氏孤儿》为例，说明了如果用现代的价值观，或者说用西方的人性论的观点去分析这部戏，并不可取。因为按照现代社会的人性论来看，程婴之子的生命和赵氏孤儿的生命是平等的，凭什么要替换他？但我们中国人是讲忠孝节义、舍生取义的，这是我们的民族精神的一部分，如果我们武断地用人性论来看待这个戏的话，就是在用西方的、现代的人性论去颠覆我们传统民族精神与价值观。这个观点对我的触动很大，因而我改变了自己的想法。所以对于老戏新演，我有了些辩证的思考，我感觉，有些老戏需要挖掘它的时代性，使之更贴近当代观众的审美与思想共鸣，我称之为"时代性追求"，在我之前提到的几部作品中我已有阐述。但另有一些老戏则不必大动大改甚至颠覆、翻案、重写，而应该使其原原本本回归到它的传统语境中，我称之为"艺术性保留"，通俗地说，这类戏看的是舞台上的"玩意儿"，看古人的精神思想与生活方式，如果能做得好，同样是非常打动人的（但封建糟粕不在此列）。所以我是在两步走、两条腿走路：有些剧目，可以延伸到现代性的，我尽量把它做到更加的合情合理，更贴近当代观众审美与思想；但有些戏我还是会选择尊重历史，尊重传统，不去把它颠覆、重写或者来翻案，对于老戏的传承发展，守正与创新二者不可偏废，齐头并进，是我的创作追求。

殷：您能坚持对原著的尊重与保留是很了不起的。但在改编的过程中，您是否会遇到一些在我们今天看来具有"封建局限性"的内容？您会如何处理？

王：没错，会有。比如说《金雀记》，它的主题永远逃不掉一个"大小老婆调和论"。在我的创作里，我接受潘岳、井文鸾与巫彩凤一夫二妻的结局。我梳理了井文鸾这个人物的心理，认为她的情感逻辑是：潘岳是一个才子，也是一个美男子，与其让他在外面招蜂引蝶，不如我们妻妾和谐相处，后宅安定，让他能平心静气好好做官，造福一方。这样的想法放在我们传统的观念里是很正常的，展示的也是当时的时代背景下的女性心理、两性关系。到二度创作的时候，张鹏导演和我有一些分歧,他用现代人的思路来观照井文鸾这个人物,对我的剧本做了很大的改动。他认为井文鸾的"乔醋"实际上是"真醋",因为任何一个妻子都不太可能和另外的女人分享自己的丈夫。我认为场上的表演以舞台为重,所以接受了张鹏导演的改法。但在我的概念中,既然历史上存在这样一种现象,那我们就可以在舞台上把它还原出来。不是说提倡,而是回归到它的语境当中来展现一个古代中国妇女善良、宽容、贤惠的品格。我们只是想给观众看到当时是这个样子。

殷:可能正是因为对历史语境的回归,使得您的作品具有一种古典和诗意的审美风格。您曾经也在文章中谈到过要做"不要人夸好颜色,只留清气满乾坤"的作品。所以这种审美风格是您的创作目标吗?您用什么样的方法来实现这种创作目标?

王:我觉得有一点很重要,就是坚持昆曲本体艺术性。一个剧种一定有一个剧种的特色,昆曲的这个特色主要体现在以下几个方面:第一,昆曲一定是曲牌体的,我们尽量不要破坏它的套数。前辈笔下那么精湛、文雅、隽永的文词,我们应该尽可能地保留,这也是我前面提到过的创作原则。第二,剧种特色还应当体现在它的戏剧节奏上。昆曲的节奏很重要,它的起承转合,开端、发展、高潮、结局有一个固定的格局,因此,我们今天写戏、演戏,节奏、情感的走向要昆曲化。一般来说我在写剧本的时候就已经在设计演员的演出节奏,这样对戏的把握会较为精准。这种艺术感觉或者说体会是我从小看戏养成的,具体到舞台上,似乎能得到主创的认可。第三,坚持昆曲艺术精致细腻、唯美写意、注重程式美、讲究虚拟性的舞台表达,绝不做简单的"话剧加唱"改良,在传承的基础上,可以接受、鼓励吸收外来内容和创新发展,但一定要在尊重艺术规律与昆曲本体审美原则的基础上,做到兼容并蓄,推陈出新。我想,一个人一辈子做好一件事情是不容易的。我为昆曲服务,我就一定要坚持、尊重和最大程度表现、发挥昆曲的本体艺术之美。

殷：我们知道文学性强是昆曲剧本的一大特点，关于文学性和舞台性孰轻孰重也是由古至今昆曲创作中争论不休的一个问题。您在创作过程中如何处理这一问题？

王：因为我是中文系出身，我对文本当然很喜欢，同时我又是从小看很多戏长大的，知道要从舞台出发，那么这两者如何兼顾？我认为文本要服务于舞台。我的昆曲观有一个很重要的原则就是——我们编剧、导演、作曲等所有的主创人员，都要拧成一股绳，坚持为演员服务。实际上我不太认同导演中心制，诚然，好的导演能画龙点睛、点石成金，是剧组的灵魂人物，但是最终在场上生动、鲜活地展现给观众看的是演员。戏曲是表演的艺术，因此我们要以演员为中心。作为编剧，我的文本写得再华丽，构想得再美好，如果演员演不好，一切都体现不出来。导演的设计再精彩，戏剧冲突再强烈，戏剧张力再浓烈，如果在舞台上的表现出了问题，戏一定不好看。所以我是很坚持这一点的，戏曲是角儿的艺术。

殷：您的剧作往往采用折子戏串本的形式，小而精，比如《望乡》的四折小全本、《幽闺记》的五折一楔子、《金雀记》共四折，《桃花人面》几易其稿，最后由四折删减为三折。在戏曲大制作流行的背景下，您为何选择这样的剧作形式？

王：我认为这还是跟我的看戏经验有关。我本科毕业论文写的就是"青春版《牡丹亭》"，在论文中我提出了一个问题——昆曲今后的走向是讲故事还是演艺术？我的观点是既要讲故事，更要演艺术。在我从小看戏的经验里面，有张继青老师的《牡丹亭》、岳美缇老师的《玉簪记》、梁谷音、计镇华老师的《烂柯山》、蔡正仁老师的《长生殿》等，我认为都是不可逾越的经典，对我内心的影响极大。这些作品有一个共同的特点，也是岳老师所说的，叫"求精不求全"。张老师演《牡丹亭》只演到《离魂》，岳老师的《玉簪记》只演到《秋江》，蔡老师的《长生殿》也是从《定情》到《埋玉》，较之原著都并不全，但这并不妨碍他们精湛的艺术、高超的演绎对观众的触动和影响。所以"求精不求全"成了我的艺术观，因而我认为就昆曲艺术而言，无论体量大小，演艺术第一，讲故事第二，精致比全面更重要。

所以，我写的每一个戏都是在故事基本完整的基础上给演员以充足的戏份，而不需要去把它排演成一个恢弘的大制作，或是有复杂线索、众多人物的故事。当然你可以在其他剧种看到精彩的大制作，但昆曲 600 年历史，本身就是由一部戏几十出的体量到后来以折子戏为单位来保留其精华的。可见"精"是昆曲艺术的一个最重要的核心观念。那么我坚持求精不求全，也是出于这个想法和思考。

殷：我注意到您的剧作还有一个特点，就是得到了许多戏曲界大家的指导，比如白先勇担任制作的《义侠记》，蔡正仁、张继青担任艺术指导的《幽闺记》，蔡正仁、张洵澎指导的《玉簪记》，岳美缇担任艺术指导的《望乡》《桃花人面》，张静娴、周志刚担任艺术总监的《墙头马上》等。名家的加入为您的剧作带来了什么？或者说您从中获得了怎样的心得与体悟？

王：我经常和主创们说"家有一老如有一宝"，老艺术家给你的指导能让你少走很多弯路，这是我由衷的感想。张继青老师刚刚去世，但她对我们《幽闺记》的指导让我永远也忘不了。我记得很清楚，我们是在 2018 年冬天首演的，张继青老师还曾经得过脑梗，那么冷的天气到剧场里和蔡正仁老师亲自指导，手把手地教授，当时他们两位已经八十多岁了，让我非常感动。又如岳美缇老师在我排《桃花人面》的时候和我沟通了好多次，她找出了京剧《人面桃花》、碗碗腔《金碗钗》中"借水"的剧本手抄给我参考。前面提到过，针对原本的问题，她提出了情节不丰富细节丰富的改编原则，帮助我解决了一直在思考的难题。她虽然不上台演出，但是指导学生唱念的过程中，好像自己也在演这个角色，把自己的情感和艺术实践都投射到舞台上，投射到学生身上，给我们很大的启发和帮助。再比如湖南省昆剧团的《玉簪记》是由蔡正仁老师和张洵澎老师指导的。我们最早做的工作是读剧本。我的剧本一共改了五稿，每一稿都是先由两位老师读剧本，等于两位老师自己在演潘必正和陈妙常，在读的过程中发现需要增补或是删减的地方便一处处地与我不断讨论修改。比如《玉簪记》中"秋江"这一折，我写的版本是从【小桃红】【下山虎】【醉归迟】【五般宜】唱全的，现在很少有院团是唱全的，我觉得这个曲子那么美那么好听，我舍不得拿掉。但是蔡、张老师告诉我，从演员的角度来看，演到这个地方体力上已经很累了，同时观众看得也会疲累，所以我就认同他们的建议，拿掉了【醉归迟】。这些都是老师们的经验之谈，可谓金玉良言，我非常感激和尊重老艺术家的帮助，等于让我站在巨人的肩膀上完成了剧本。

再比如《义侠记》，是白先勇老师在美国远程指导的。他先让潘金莲的扮演者吕佳向上昆梁谷音老师学了全本的《潘金莲》，这是一个 20 世纪 80 年代的本子，有当时艺术的烙印和痕迹。有两场重要的戏现在看来似有不足，于是白老师确定后请我整理修改剧本，使之完善。当时人在美国的白先勇老师和我不断通过电子邮件交流、讨论、修改本子。比如原本中潘金莲给武大郎投毒前是一大段身段繁复的唱，一气呵成，梁谷音老师教科书式的表演非常精彩。但今天由她的学生来演似乎就不够了，我们在逻辑和情感上要去丰富人物内心，给剧中的潘金莲下毒这件事，层层递进了三个心理活动和外部刺激的原因，使得投毒这个行动有一个更为完善的心理过程。潘金莲先是想求武大郎成全自己，王婆冷笑，武大郎若肯，又何必来捉奸？打碎了她最初的美好想法。紧接着，王婆提出了武松归来之后得知真相会产生的反应，让之前受过武松奚落的潘金莲心理防线更跌破一层，最后，王婆单刀直入，今日如果不毒死武大郎，西门庆与你的恩情就此断绝。这对于刚刚体会到男女情爱的潘金莲来说是万万舍不得的，情感欲望最终战胜了理智与道德……王婆就像伊甸园里的那条蛇一样，层层加码，一点一点诱惑、逼迫潘金莲就范、杀夫。我没有给潘金莲翻案，但却讲清楚了她犯罪的全部内心过程，因此整场《投毒》在人物和情节上就丰富化了，吕佳的舞台表达也生动了。再如最后一场武松杀嫂，原本里邻居们都在场上，但他们之间互相没有交流，更像是冷漠的看客。白老师和我都认为这样的表达不准确，所以在改编时我加强了左邻右舍跟武松、潘金莲和王婆的互动、交流和反应，他们是见证者，也有属于自己的态度，而不是冷漠的道具人……就这样，我和白老师通过邮件讨论的方式来来回回半年的时间把这个剧本定了，这样一来，既将梁老师的表演、唱腔原汁原味地继承了下来，同时又考虑到了整本大戏的逻辑和情感的层次，来个小改大变样。后来该剧在北京大学百年讲堂首演，北大的学生们在演后访谈时就表示感觉比以前的版本更好看、丰富、合情合理了。

殷：我在看完您的作品之后，又阅读了一些相关剧评，其中顾聆森研究员对《幽闺记》的评论给我留下了很深的印象。他说"继承与发展是昆曲乃至整个戏曲界的一个永恒话题。当我坐在《幽闺记》演出现场，听到观众笑声不断，我就感到，名著改编是一条捷径"，他认为只满足于传承折子戏，路会越走越窄。但昆曲创新也不容易，鲜少看到新编戏流传，那么名著改编这条路相对更容易成功。您赞成这种看法吗？您是否也将昆曲的整理改编看作是一种更容易成功的传播途径？

王：我非常赞同顾老师的观点。因为这就是剧种特点。昆曲不同于其他剧种，600年的历史里积累了数百部精彩的剧目，我们挖都挖不过来，可以做的事情很多。昆曲以折子戏为保留单位的这样一种传承形式，让我们又可以在折子戏的基础上扩充成大戏。当然，扩充改编的前提一定是扎扎实实地把传统折子戏学下来。比如《踏伞》，因为单雯和张争耀演得特别精彩，观众就会好奇王瑞兰和蒋世隆这对夫妻后来怎么样了？因为观众很想看，那么我们才会创作出《幽闺记》。再比如《望乡》，李陵和苏武的情感冲突那么打动人，观众很想知道他们这对兄弟后来怎么样，我们就有了后面的故事，对吧？这就是情感需求，是在艺术需求的基础上，有了艺术享受的需求之后才会有一种情感需求。那么我就有了一种动力去把它完善出来。原本留下的折子戏往往是最好看的"肉头戏"，在这基础上，我要尽我所能把这个戏前后贯穿，尽量能够把它挖掘整理得精、细，不能说够到经典的高度，但至少能与原本的折子戏匹配成同一种美学风格，呈现出风貌、情节、感情相对完整的一部戏。这也是我整理改编传统昆剧的一个方向。

殷：您在大学时期担任了同济昆曲社的社长，现在又是同济昆曲社指导老师、选修课"京昆艺术"的老师，还为学生版《长生殿》担任整理改编及监制工作。可以说，您一直致力于向年轻人传播昆曲。能否谈谈当代年轻人尤其是高校学生对昆曲的接受？或者能否就您的个人实践经验谈谈"昆曲进校园"？

王：我做了很多年的"昆曲进校园"工作，当初就提出了一个概念，即"昆曲大文化"，我们不要把昆曲局限成一种精致唯美的戏曲艺术，它应当是集大成的民族传统文化精华。喜欢文学的人，可以在昆曲里看到优美的文本，这个文本是承接唐诗、宋词、元曲一路下来，甚至连接到《红楼梦》；而喜欢书画的人，可以在昆曲里发现与中国书画艺术共通的写意的、传神的、线条化、符号化的一种高审美表达。再比如昆曲的服装、头面、首饰，你看现在汉服很流行，其实大家对昆曲的戏服也很有兴趣，旦角妆面、头面珠翠、刺绣花纹，喜欢服饰的年轻人，又可以在昆曲里体验到中国古代的服饰之美，那么喜欢中国古代文化礼仪的，也可以在戏里面找到相关的内容……真可谓包罗万象，博大精深。所以我说，昆曲可以是一种精致美好的生活方式。

第二，昆曲是门青春的艺术，现在的从业者大多都是我们的同龄人、同辈人，他们在生活中的喜怒哀乐跟我们是共通的。所以我几乎每个学期都会请谷好好、张军、吴双、单雯、罗晨雪、胡维露等中青年艺术家们过来跟同学们聊聊天，相互交流。他们放下了名家的身段，变成了大家的朋友，有时候兴之所至，教大家一些表演、身段的体验。在这个过程中同学们的兴趣被培养起来了，自然他们就会走进昆曲。入门之后走得更深入了，自然会分辨什么是好的，什么是高级的，哪一位是表演艺术家。我不能把自己的门槛设得高高的，自认为昆曲是高不可攀的。但凡你喜欢美的、古典的、传统的文化，你就能够来欣赏昆曲艺术，我们要把大门打开，拥抱时代，拥抱青年，这点很重要。

第三，情感共鸣。比如我把《牡丹亭》《玉簪记》里面小生小旦之间的情感交流相关的文本内容和表演细节分析给大家，会引起热烈反响。十部传奇九相思，每个年轻人都有青春期，都有过恋爱，会因情感而产生爱的喜怒哀乐……这一点上昆曲跟我们现在看青春偶像剧、爱情片等没区别，很能引起年轻人的认同与喜爱。再如《望乡》《夜奔》的这种家国情怀、英雄主义，也会引起很多热血男儿的共鸣。只要你走进剧场，在昆曲营造的感情世界里，同学们可以"各取所需"。我认为传统戏剧是表达情感的，这个情感是与时代、与人性永远共通的，尤其是爱情、亲情、友情、兄弟情、家国情都是情，所以我说，昆曲在今天，最重要的就是情与美的青春表达。

殷：我知道在 2005 年您曾以唯一的学生代表身份参加过"中国非物质文化遗产保护·苏州论坛暨第二届中国昆曲国际学术论坛"。到今天昆曲被列入人类非物质文化遗产代表作已经 21 年，您认为昆曲的生态环境发生变化了吗？这种变化会使您对昆曲的认知、创作理念随之改变吗？

王：21 年来昆曲的生态环境大为改观。我小时候看戏剧场里的观众都是白头发的老人，有时候台底下的还没台上的人多。到今天一部《牡丹亭》谁演谁火，演出情况非常火爆。这绝对是一个很大的进步。那么这背后有国家给予好政策的扶持、有多年来昆曲进校园潜移默化的影响，也有包括像白先勇老师等这些"昆曲义工"的呼吁推动……现在北京大学设有昆曲传承与研究中心，在我们同济大学也设有国家级的京昆艺术教育基地，提倡、普及、教育和"全面复兴传统文化"的大环境真是越来越好。但同时我还有一点强烈的感触，老先生们的逐渐老去，让我感到艺术的传承是件时不我待的事情。2022 年年初张继青老师突然走了，她身上所有的拿手好戏，比如拿手的"张三梦"是传下来的，但还有很多好戏没好好传承，比如《认子》《芦林》《描容》……而健在的老先生们年岁也逐渐变大，做很多事情会力不从心。尽管我为老师们做过纪录片、写过书，但还远远不够，因为文本或者录像的东西，到底不及口传心授，所谓"戏以人传"，传承就是得靠"人"。我觉得我们今天传承老戏的步伐和力度还不够，在老戏传承保护上我们还需再下大的功夫。这是我的一个迫切的呼吁。

殷：您还从事了不少与戏曲传承、传播相关的工作。比如您著有蔡正仁的表演艺术总结，梁谷音、王文娟的评传；担任大型文化纪录片《昆曲百种 大师说戏》的主编；在大型戏曲文化类节目《戏码头》中担任策划及导演组成员；整理出版了一系列昆曲戏画……可以说您是一位致力于戏曲传承与传播的多面手。您如何定义自己的身份？把作品奉献给我们的同时，您认为为自己有什么收获吗？

王：我觉得最大的幸福就是做自己喜欢的事情。我的本职是一个记者，但是我分写的条线是戏剧戏曲、美术以及艺术评论。写作本身就是我作为文字工作者所擅长的。在这个基础之上，我有机缘接触到这么多的大师名家，了解他们的艺术经验与人生智慧，我有这个责任也具备这个能力做一个传统文化的传播者和传承者。总体来讲，我跟白先勇老师的想法一样，我是一个昆曲的大义工。为传承、传播昆曲做一些力所能及的事情，为老师们的艺术传承做一些整理普及工作，又同许多中青年艺术家们共同成长，一起志同道合地做一些好看、精彩又能立得住、传得下的好戏……这些或大或小的事情既满足了我的精神生活，也服务了昆曲界，让我非常愉快充实且满足。在大家互相信任且彼此欣赏的艺术理念与精诚团结的合作精神之下，做一些和戏曲有关的工作，对我来讲是非常愉快和幸福的。我受昆曲的恩惠很多，我很高兴我能用实际行动反哺昆曲对我那么多年的滋养。

殷：能谈谈您的下一步计划吗？

王：我目前最大的构想和心愿是能够整理改编创作《千忠戮》。这部戏里，方孝孺和程济对保护建文帝的那种使命感、责任感，一种坚持正义的操守，不忘初心的精神，非常打动我。我非常希望能遇到一位好的昆曲老生演员跟我合作，能够按照我的构思，一人前后分别饰演方、程二角，演出《惨睹》《草诏》《搜山打车》等一系列好戏，把这么经典的剧目，用折子戏串本的形式排演出来，传承下去。同时如果有老师需要做一些艺术传承的记录、整理工作，我也十分愿意参与。我很幸运，身处传统文化全面复兴的一个大好时代，党和国家如此提倡重视传统文化、民族精神，我们有责任用古老且精致的昆曲艺术来讲好中国故事，在这样的时代背景之下，我觉得能够发挥的空间越来越大，也越来越有信心。对于昆曲更美好的未来，我万分期待！

（王悦阳　《新民周刊》记者

殷娇　中国艺术研究院戏曲研究所助理研究员）

论乾隆朝金川之战的
影子腔演述*

朱恒夫

　　乾隆年间征讨大小金川之战，在清朝历史上，其规模之大、耗资之巨、战斗之激烈、死伤人员之众多，都是十分罕见的。更重要的是，它对于之后民族政策的制定和边疆地区的政治、军事、经济、宗教等体制的变革都产生了深远的影响。当时和后来的许多文人曾经用诗、词、文的体裁书写过这场战争，如魏源的《圣武记》、方略馆编纂的《平定金川方略》、李心衡的《金川琐记》、严学淦的《四川松潘镇总兵马良柱传》、袁枚的《威信公岳大将军传》《赠杨将军》、赵翼的《平定两金川述略》、赵慎畛的《一平金川》《再平金川》、王昶

＊　本文为国家社科基金艺术学重大项目"中国戏曲历史题材创作研究"（项目编号：20ZD23）、上海高水平大学建设上海师范大学中国语言文学创新团队（编号：21SJ08）阶段性成果。

的《蜀徼纪闻》等，其中，亲身参加征讨金川战争并负责大军粮饷的刘秉恬所写的诗歌影响较大。① 然而，擅长演述战争的戏曲却对这场战争关注较少，只有影子腔与秦腔有这一题材的剧目，名曰《征金川》。

笔者之前听说过，却从未见过演出，更没有看到过剧本。得知甘肃文化艺术研究所所长周琪研究员等专家正在整理出版《西北稀见戏曲抄本丛刊》，便请教他有没有见到这些剧本，不料周先生慷慨馈赠影子腔剧本的扫描件，让我得以了解到该剧种的金川之战的演述内容。

该剧本为清代咸丰年间杨鼎抄本，原为甘肃省陇南市西和县杨双才、马富魁收藏，今藏于西和县档案馆。线装，一册，29 页，半页 7 行，行 16 字，全本计约 12000 字。首题"征金川"，末页记署"咸丰四年　海山　卷三十三"。

一　历史上的金川之战

大小金川位于四川西北部嘉绒藏族地区。清初，在该地区有十四土司，即促浸（俗称大金川土司，在今金川县境内）、僧拉（俗称小金川土司，在今小金县境内）、绰斯甲布（在今阿坝州金川县境内）、鄂克什（也叫沃日土司，在今小金县境内）、木（穆）坪（在今雅安地区宝兴县境内）、革布什咱（也称丹东，在今甘孜州丹巴县附近）、巴旺、巴底（均在今丹巴县境内）、党坝（也称丹坝）、松岗、卓克基、棱磨（这四个土司均在今阿坝州马尔康县境内，常合称为"四

---

① 参见刘秉恬《日尔拉》云："此山无人越，不知几千年。为兹促浸役（促浸系金川番名），集工开其巅。只因事之急，遂忘石之坚。工完鸟道见，山峰插云天。西人僧拉役（僧拉即小金川），东即梭木边（梭木，土司名）。山跨两番界，转饷此称便。峰高雪片大，人从雪里穿。伐木作阶梯，雪后迹泯然。遍山浑似玉，日出色愈斓。雪照目易眩，辗转夜无眠……"刘秉恬《竹轩诗稿·督饷集》，乾隆五十一年（1786）刻本。

土")、瓦寺（在今阿坝州汶川县境内）、杂谷（在今阿坝州理县境内）等。

该地区在元明时就设有土司制度，朝廷分土封地给土司，令其各守疆界，管理百姓。只要他们"岁输贡赋，示以羁縻"即可，基本上持放任自流的态度。"未尝设立文武为之钤辖，听其自相雄长。虽受天朝爵号，实自王其地。"① 然而，随着一些土司在扩张战争中吞并了广阔的土地、掳掠了众多的人口后，"无异古之封建，但古制公侯不过百里，今土司之大者，延袤数百里，部落数万余，劫寨抢村，挟仇构衅，恃强黠悍，欺压平民，地方官置若罔闻，莫之敢指，如遇投诚归化之生番，动辄议归管辖，一则曰以土治土，再则曰素所畏服，不知日积月累，渐成尾大不掉之势"②。大土司俨然独霸一方的土皇帝，以致所辖的百姓只知土司而不知皇帝。欲望不断膨胀的他们，有时竟敢蔑视朝廷，对皇帝的诰命置若罔闻，率意侵略邻地。如乾隆十二年（1747）二三月间，大金川土司色勒奔细发兵攻打革布什咱土司所辖的正地寨，又发兵攻占了明正土司所辖的鲁密、章谷等地，距离打箭炉仅四日路程，迫近进入内地的南大门，致使清军把总李进廷不能抵御，退保吕里。朝廷令其停止侵占，他们不听；朝廷派兵弹压，他们竟伏击对抗。

嘉绒地区的动荡不安直接影响着整个西北与西南地区的局势，因为这是一个战略要地。它西连甘孜，与康藏相通；东连成都平原，是进入川西汉族地区的要道之一；南接雅安，直通内地；北与青海、甘肃相通，为连接内地与西藏、青海、甘肃等藏族地区的纽带。因此，它远扼西藏、青海、甘肃等藏族地区，近控川边，说它是咽喉之地，也毫不夸张。在康熙五十八年（1719）朝廷平定准噶尔部之乱，进军西藏就利用了这一通道。朝廷军队从打箭炉、里塘、巴塘、察木多

---

① 张廷玉等撰《明史》卷三一一，中华书局1974年版，第8001页。
② 《闰三月二十日黄焜奏折》，载中国第一历史档案馆编《雍正朝汉文朱批奏折汇编》"五年二月初一日至五年六月十五日"，江苏古籍出版社1991年版，第473页。

（今西藏昌都）这一路进军西藏，并在沿途设立粮台、塘讯以保证粮饷供应和交通安全，对于战争的胜利起到了重要的作用。但土司在叛乱之后，他们或亲自率众、或怂恿"夹坝"① 抢掠内地与西藏来往的商人、使者以及朝廷官兵，以致后来连驻藏大臣傅清上任，都需要派重兵护送。

朝廷认识到，如果对这种尾大不掉的割据势力听之任之，将带来政治上的严重后果：一是大小金川所辖的政治、宗教势力会乘机插手，甚至要求嘉绒地区听命于他们；二是嘉绒地区的弱小土司不再相信朝廷有能力保护他们，于是对像大小金川这样的强大土司只会俯首帖耳，而不敢有丝毫的反抗。那么，该地区政治力量相互牵制的均衡局面就可能完全被打破，这无疑对大一统的政权造成了严重的威胁。

尽管如此，乾隆皇帝开始也并不想用大兵镇压的方式来收服飞扬跋扈的土司，而是用了"以番制番"的方式，让被大金川欺凌的土司们联合起来，孤立、围攻前者，但屡试无效。而地方部队进剿弹压，又都以失败告终。在此情况下，乾隆十二年（1747）朝廷决定发兵征讨。为了取得胜利，朝廷委任富有处理少数民族问题经验的云贵总督张广泗为川陕总督，并任前线总指挥。张广泗为拔除勒乌围和刮耳崖两个重要据点，分兵两路进攻，率军的将领有松潘镇总兵宋宗璋、参将郎建业、威茂协副将马良柱、参将买国良、游击高得禄等，士兵合计有三万五千多名。从张广泗到一般士兵，开始都踌躇满志，估计至多用三五个月的时间就能拔寨破巢，擒拿敌酋，从而建功立业。张广泗在战前向乾隆皇帝的报告中说："征剿大金川，现已悉心筹画，分路进兵，捣其巢穴，附近诸酋输诚纳款，则诸事业有就绪，酋首不日可以殄灭。"② 然而，战事极不顺利，用兵两年多，调集兵员四万有余，耗银千万两，却几无进展。大金川土司不但没有被戮

---

① 夹坝，当地对抢劫财物、牲畜之土匪的称呼。
② 《高宗纯皇帝实录》卷二九三，载《清实录》（第 12 册），中华书局 1985 年版，第 835~836 页。

戮，反而于乾隆十三年（1748）发起反攻，夺回碉卡，重创官兵，打得张广泗节节败退。乾隆皇帝在进攻大金川的计划执行困难的情况下，为增强前线领导力量，又命军机大臣讷亲为经略，和张广泗共同指挥，然局面依然没有任何改观。

　　大金川面积不过几百平方公里，老少人口仅万余，何以能够长时间抵挡住朝廷军队的强大进攻？主要原因有三个方面：一是大金川地势险要，易守难攻，加之土人所居住的碉楼，几乎成了坚不可破的堡垒。张广泗在向乾隆皇帝的奏陈中称："臣自入番境，经由各地，所见尺寸皆山，陡峻无比，隘口处所，则设有碉楼，累石如小城，中峙一最高者，状如浮图，或八九丈，十余丈，甚至有十五六丈者。四周高下，皆有小孔以资瞭望，以施枪炮。险要尤甚之处，设碉倍加坚固，名曰战碉。此凡属番境皆然，而金川地势尤险，碉楼更多。至攻碉之法，或穴地道以轰地雷，或挖墙孔以施火炮，或围绝水道以坐困之。种种设法，本皆易于防范，可一用而不可再施。且上年进攻瞻对，已尽为番夷所悉，逆酋皆早为预备，或于碉外掘壕，或于碉内积水，或附碉加筑护墙。地势本居至险，防御又极周密。营中向有子母、劈山等炮，仅可御敌，不足攻碉。抚臣纪山制有九节劈山大炮二十余位，每位重三百余斤，马骡不能驮载，雇觅长夫抬运，以之攻碉，若击中碉墙腰腹，仍屹立不动，惟击中碉顶，则可去石数块，或竟有击穿者，贼虽颇怀震惧，然即甃补如故。"[1] 二是朝廷开始拒绝土司投降，决意斩草除根，致使他们誓死抵抗。乾隆皇帝明确指示："逆蛮反覆狡狯，即使面缚归诚，尚难保其日后不复肆横，况此番官兵云集，正当犁庭扫穴，痛绝根株，一劳永逸，断无以纳款受降，草率了局之理。"[2] 三是民众听命于土司，战斗顽强。或因宗教信仰诚笃，唯活佛之言是听；或因畏惧土司，不得不执行其命令；或因好勇

---

[1]　方略馆纂《平定金川方略》，全国图书馆文献缩微复制中心1992年版，第67页。

[2]　《高宗纯皇帝实录》卷三〇一，载《清实录》（第12册），第939页。

斗狠的民风使然，"夷俗尚武，咸工击刺之术，虽妇女亦解谈兵，闻有征调，殊踊跃向往，临阵奋不顾身"①。

战争的双方长时间处于胶着状态时，师劳费糜，不仅加重了财政的负担，还使朝廷人望下降、民间怨气升腾。然而，乾隆皇帝考虑到如果在不胜的情况下就将军队主动撤回，无异于宣告：庞大的国家军队，也对付不了蕞尔叛贼，那将会造成巨大的政治灾难。因此，他不顾一切要将这场战争打下去，而且必须取得胜利。于是，他杀了张广泗、讷亲，以震军威，并命国舅、协办大学士傅恒任川陕总督，驻金川军营，会同班第、傅尔丹、岳钟琪办理一切事务，"务期犁庭扫穴，迅奏肤功"②。为了确保战争的胜利，他降谕从户部库银和各省调拨四百万银两以供军需，调动陕甘、云南、湖北、湖南、四川及京师、东北满汉官兵三万五千名，加上原有的汉、土兵丁共计六万人供其驱使；除了在金川本地加造铜炮多门外，还从京师运去很有威力的冲天炮、九节炮、威远炮等；又让傅恒携带花翎二十、蓝翎五十，授权其奖赏那些在战斗中英勇非常之官兵；为了能够攻克碉楼，特地令经过香山训练而身手矫捷的五百名云梯兵随其征战。傅恒果然不负皇帝的殷切期望，改变战术，连战连捷，最后以大金川土司色勒奔细至统帅大营前纳款投降而结束了这场旷日持久的战争。这是第一次"征金川"。

乾隆三十六年（1771），小金川土司僧格桑挑衅朝廷权威，迫使乾隆皇帝发动了第二次平定金川的战争，但影子腔《征金川》演述的只是第一次战争。

---

① 李心衡纂《金川琐记》，中华书局 1985 年版，第 45 页。
② 《高宗纯皇帝实录》卷三三五，载《清实录》（第 13 册），中华书局 1986 年版，第 374 页。

二 《征金川》演述战争的手法

影子腔，又称"灯调"或"梅花腔"，流传于陇南的西和、礼县一带，大约肇始于清朝康熙年间，距今有 300 多年的历史。原为借灯显影，配声以演故事的皮影戏。20 世纪 50 年代末，它在原腔调的基础上，吸收了当地的俚歌小调、鼓乐和秦腔、川剧的一些乐曲，借鉴秦腔、京剧的表演艺术，而成了由人演出的戏曲剧种，并名为"陇南影子腔"。《征金川》剧本至迟创作于咸丰年间，那么，演出的形式是皮影戏，则是毫无疑问的。

对于这一场规模宏大的战争，影子腔是如何表现的呢？概括起来，它的表现手法主要有两个：

一是真实地呈现这场战争中的主要人物、人物在战争中的命运和战争的主要过程。戏中的历史人物有乾隆皇帝、讷亲、张广泗、马良柱等，他们都与这场战争有着密切的关系。乾隆皇帝无疑是这场战争的总指挥，所以，第一个出场的就是他，道："朕，辽东沈阳人氏。君父驾崩，文武扶持登基，改国号'乾隆'。自朕登基，风调雨顺，国泰民安。"当他得知金川叛乱的消息后，高度重视，立即要御驾亲征，虽经大臣劝阻，但仍然亲自指挥，他下令"挑（调）张广泗为帅，再挑（调）陕西尹积（继）善、四川塞檽、狮子头马良助（柱）起兵五十万，马踏金川。""再挑（调）凤翔府总兵任举（晟）、镇抬（台）孟陈卓、松盘（潘）镇贾国良后边助阵。"在征讨屡遭失败后，又是他亲自令国舅傅恒带领五百云梯兵去金川做生死决战。

对于人物在战争中的命运，也是按照历史真实的状况来叙写的。这场战争中有两位大臣被斩，即张广泗和讷亲。

张广泗，汉军镶红旗人。以监生入赀授知府。先后任贵州按察使、湖广总督、云贵总督等职，大金川土司作乱后，调任川陕总督。开始，乾隆皇帝对他十分信任，寄予厚望，说"张广泗熟悉苗情，善于抚驭。大抵番蛮与苗性相近，今莅川省，即以治苗之法治蛮，自能詟服其心，消弭其衅"①。并对前方将士和周边抚督大臣宣布："此番进剿，一应机宜，专听张广泗调度，申明军律，指授方略，筹画粮饷，迅速进兵。务令逆酋授首，铲绝根株，以期永靖边陲。"② 战争之初，张广泗也取得了几场小的胜利，然而进入敌方深处后，却连连受挫，损兵折将。如上所述，他向乾隆报告了进展受阻的原因是土人据守的碉楼几无攻克之可能。乾隆皇帝不断接到失败的消息后，对张广泗的信心开始动摇，甚至怀疑他贪生怕死，便派遣军机大臣讷亲来前线任经略，想通过讷亲了解前线真实的情况。

讷亲，满洲镶黄旗人，曾祖父为清朝开国元勋弘毅公额亦都，祖父为康熙初年四大辅臣之一的遏必隆，乾隆十一年（1746）任首席军机大臣。因其敏捷、清介、严毅、持重，而为乾隆帝赏识。然而，讷亲来到前线后，没能与张广泗同心协力、共同谋划克敌制胜的方法，而是独断专行。"讷自恃其才，蔑视广泗，甫至军，限三日克刮耳崖，将士有谏者，动以军法从事，三军震惧"③，结果，不但没有攻克大金川土司老巢刮耳崖，还导致参将买国良、署总兵任举先后阵亡，副将唐开中身负重伤。之后，讷亲"不敢自出一令，每临战时，避于帐房中，遥为指示"④。为了开脱责任，他向乾隆皇帝状告张广泗偏袒贵州籍将领，其"好恶每多不公，人心不能悦服"，且"兵虽四万有奇，分路太多，在在势微力弱。……臣与督臣势难共事"⑤。乾隆对此恼怒不已，为了向国人交代长时间不能取胜的原因，也为了重振军威，便让这两个人做了替死鬼。乾隆十三年（1748）九月二

① 《高宗纯皇帝实录》卷286，载《清实录》（第12册），第734页。
② 《高宗纯皇帝实录》卷287，载《清实录》（第12册），第741页。
③ 汲修主人《啸亭杂录》卷一，光绪六年（1880）上海文瑞楼、鸿章书局石印本，第7页。
④ 汲修主人《啸亭杂录》卷一，第7页。
⑤ 方略馆纂《平定金川方略》，第189~190页。

十九日，皇帝以“玩兵养寇，贻误军机”① 的罪名将张广泗革职，拿交刑部审理，令侍卫富成押解至京。十二月七日，亲鞠张广泗，五天后，斩之。同月，又“著舒赫德将讷亲带往军前，会同经略大学士傅恒，一面讯明，一面即将伊祖遏必隆之刀，于营门正法，令军前将弁士卒共见之”②。

影子腔《征金川》所叙写的基本上和史实一致，只是对于张广泗和讷亲的态度不一样，同情张广泗而彻底否定讷亲。

剧中的纳青（即讷亲）这样自报家门：“本是胡人进中华，一心只要乱国家。可恨奸贼张广泗，杀却老贼展眉发（颜）。”他到了金川前线后，豪气冲天，不可一世，说道：“出京来神惊鬼逃，杀气冲天上九霄。朝天冠夜朝北斗，紫罗袍海内惊煞。”他对张广泗恨之入骨，非要置其于死地不可：

> （白）好个张广泗，你个老匹夫，你今到金川，仗兵权之势，将御下理也不理，欺我是文字官员，不能斩将夺旗。嗐！也罢，我叫你吃下官之亏。我暗里参本，就说他贪生怕死，注累军民，碉楼之破，永无定限。好！我叫你明枪容易躲，暗箭最难防。（唱）俺本是钦差官，鬼神惊怕，况圣上宠爱咱，如玉无瑕。老匹夫，统貔貅，将我欺压。顺吾生，逆吾死，祸之根芽。君旨下，整国法，将你首级杆上挂。

戏中纳青（即讷亲）的下场和史实一样，在金川前线被处死。傅恒一到金川，即命人传来纳青，斥他为奸臣，数落他的罪名：“张广泗是国家大臣，有何过恶，你暗本揭参，有何理说？”即令武士推出斩之，割下头颅，置放木笼，巡游五营以示众。

而对于张广泗，则持肯定的态度。朝廷差人捉拿他时，他迷惑不解道：“好比就，鹰抓雀，展翅扑倒。不晓得，因何故，临阵拿

---

① 《高宗纯皇帝实录》卷325，载《清实录》（第13册），第375页。
② 《高宗纯皇帝实录》卷331，载《清实录》（第13册），第519页。

我？……皇上，皇上，实是自翦羽翼也。"这样的说白，倾向性非常鲜明，剧作者认为张广泗对朝廷忠心耿耿，而皇帝却偏信谗言。在乾隆亲审张广泗的戏中，剧作在史实的基础上刻画出张广泗诚实率直的形象，在他即将被处斩时，傅恒为他说情："主公在上，金川未灭，先斩我国大将，恐于行兵不利。依臣愚见，限定日期，戴罪征伐。"乾隆帝准许后，君臣之间有如下一段对话：

乾　隆：国舅保你，为朕宽限三月，攻破碉楼如何？

张广泗：万岁在上，碉楼险峻，漫说三月，就是三年也不得破。

乾　隆：就限你三年。

张广泗：就是十年，也不能得破。万岁速斩吧，免为臣挂心三年。

虽然只有几句说白，却生动地表现了张广泗的耿介性格——决不为贪生而说言不由衷的话。

战争过程的描写，当然不可能如同实际情况一样详细，但主要事件——金川土司叛乱、乾隆皇帝下令平叛、张广泗与讷亲战败被杀、傅恒取胜、土司投降——基本上都有所反映，即如土司投降，和战争的实际结局也差不多。

二是如实描写征讨之战的困难。数万大军迟迟不能占领弹丸之地的大金川，主要原因是难以攻克碉楼，"碉楼如小城，下大巅细。有高至三四十丈者，中有数十层。每层四面，各有方孔，可施枪炮。家各有之，特高低不一耳"[1]。时人有诗描述道："金川碉楼与天接，鸟飞不上猿猴绝。"[2] 最初，清军或挖地道通向碉楼，然后塞炸药轰塌，或引水淹灌，堵绝其交通，以使困乏，然不久就被守敌一一破之。之后，碉楼不是攻打难不难的问题，而是根本无从下手。尊重史实的该

[1]　李心衡纂《金川琐记》，第18页。
[2]　袁枚《小仓山房诗文集》（上册），上海古籍出版社1988年版，第420页。

剧亦对双方守碉与攻碉的情形做了生动详细的演述：在清将任举领兵攻打碉楼取得小胜之时，番将下令："收拾滚木礌石，清兵到来，往下齐打！"结果，任举被打死，其首级还被悬挂在碉楼的高杆之上。当乾隆皇帝斥责张广泗"违抗军纪，不肯用命"时，张也以碉楼之难攻来辩解："万岁在上，臣子敢不用命？只是八郎塞碉楼高有十数丈，不比松林、山梁之易。又有山径之险，弓射不中，炮打不开。"番兵为了不让清兵靠近碉楼，不仅用滚木礌石，还在楼前挖下大坑，并伪装成平地，引诱清兵陷入。

这样的演述方式，能起到事半而功倍的效果。一部剧摹写了战争的主要人物、过程、事件，可以说它真实地反映了这场战争，当属于严肃的历史剧了。

三　影子腔《征金川》是如何让战争戏充满艺术魅力的

战争戏自然少不了金戈铁马、刀枪相搏的内容，而戏曲在演述这些场景的时候，会充分发挥"唱念做打"四功中的"打"的表演艺术，即把子功和毯子功等，演起来自然是很吸引人的。但是，整部戏如果不是摹写辕门大帐中帅将议事，就是表现战场上两军厮杀，肯定也是很乏味的。因为探马报告敌情、统帅派兵遣将、将军冲阵杀敌等军事内容，不能长久地抓住观众的注意力，更难与观众产生情感的共鸣。战争戏如何能始终抓住观众，一直是戏剧的一个难题，而影子腔《征金川》的编者匠心独运，让这部战争戏充满了艺术魅力。那么，它是如何做到的呢？其主要方法有下列两点。

一是用两条线构建整部戏的故事情节，一条线是战争，另一条线是百姓生活。将这两条线交叉展现，最后扭合在一起。战争线，前文已经讲过，这里只讲第二条线。该条线又有两条分线，一是李俊与王芝兰，二是刘士伟与张玉莲。

李俊与刘士伟，云南威宁人，为孪生兄弟，相貌几乎一样，外人难以辨别。李俊为兄，出场时，父母已亡，他独自继承家业，"自幼练武苦习文，雄心耿耿接白云。时乖未达平生志，暂屈潜龙待风云"。虽然他也习武，但总体上讲，是一个儒雅的书生。一日，李俊往佛堂上香，梦中竟得关圣赐予的七星宝剑。威宁城中有一女子王芝兰，原籍江西，因父母病故，无所依托，便被舅父接到威宁，谁知舅父不久离世，她只得与妗母姜氏相依为命。好在她有绘画的技艺，便居家以卖画为生。李俊慕名前往，二人一见钟情，互赠七星宝剑、凤钗以为信物。

李俊弟士伟因过继给居住在成都的舅舅家承嗣，改姓刘。他"雄胆把身保，力大志又高。英雄不得时，且自守蓬茅"，习学弓马，好打抱不平。东街茶馆胡氏之女玉莲貌美，引得富豪花锦垂涎，设计以周济为名赠银胡氏，后诬陷胡氏收了聘礼而图赖婚姻，他令家丁强抢玉莲，却被暗中保护的刘士伟三拳打死。玉莲得救，心许士伟，刘士伟逃往云南投奔兄长避祸，被官差追捕。不巧，李俊来成都看望弟弟，却被官差误认是刘士伟而下狱，遭酷刑逼供，但坚不自诬。官府弄清真相后，将其释放出狱。

王芝兰自许婚李俊后，无意再抛头露面售字卖画，然姜氏虑无生计，不许其闲居，在威逼无效后，便将芝兰卖给广东客商。但在抢亲之日，七星剑自脱剑鞘，杀死客商。芝兰出逃，遇陈乔夫妇，被认作螟蛉之女。士伟逃至威宁，不见兄长，恰巧途宿陈乔家。他冒名李俊，连芝兰亦辨别不出真假。适逢威宁差役为广东客商被杀案来捉拿芝兰，士伟杀之，携七星剑匆匆奔往金川前线。李俊获释返回威宁的途中，遇陈乔夫妇和芝兰，却被他们误认做是杀害公差的刘士伟，正在争吵时，所有人皆被威宁府衙役捉拿入狱。

刘士伟到了金川后，正好遇到狮子头马良助为夺回凤翔府总兵任举尸体而陷入番人大坑，他以七星宝剑救了良助，并夺回任举尸体。进入统帅辕门大营后，得马良助力荐，傅恒委他总兵之职。士伟乘机向傅恒诉说自己杀人经过与兄嫂、未婚妻之冤屈，傅恒不但免去士伟杀人之罪，还分别发公文给成都府与威宁州，要求地方官员妥善安置其亲属。嗣后，傅恒命他和马良助率领京城来的五百云梯兵，攻打碉楼。碉楼攻破后，番兵投降归顺。士伟因战功卓著被封为镇番国公，和兄嫂团聚，并与张玉莲完婚。

表象上看，这种才子佳人相恋与英雄救美的情节属于戏曲、小说惯用的套路，其实，该剧的剧作者为使故事引人入胜，使人物的行动合乎生活的逻辑，在构思上还是别出心裁的。首先，设计了相貌一模一样的孪生兄弟，于是，出现了两次哥哥给弟弟顶罪的误会，让"巧合"具有了生活的真实性。其次，让张玉莲和王芝兰分别以售画和卖茶为生，因为只有这样安排，"抛头露面"的她们才能接触到男性，或与才子相恋，或为歹人觊觎。最后，李俊与士伟兄弟在剧末才见面，但是，在故事的发展中，他们经常产生联系，哥哥被误认成弟弟入狱受刑不说，弟弟还用哥哥的七星宝剑杀了公差，在金川前线建功立业。

就是因为有了百姓这条线，这部剧所表现的生活才显得非常丰富，时代背景才极为广阔，从朝廷到民间，从前线到后方，从帝王、将军到平民百姓，较为全面地反映了金川之战时期的社会面貌；也正是因为有了这条线，才使得原本单调的场面有了斑斓的色彩，凛冽的气氛中有了温情，尤其是纯真的男女之爱更能让观众产生心旌摇荡的美感。

二是将传奇性与世俗性相结合。剧中的七星宝剑无疑是传奇之物，它是李俊在佛堂上香后，梦中为神赐予，"吾神南方火帝真君，这是七星宝剑一口，此乃当日曹孟德刺董卓之物，将剑好好收藏"。李俊将此剑作为爱情信物送给王芝兰，在王芝兰临难之时，它为了保卫芝兰，竟自己脱鞘杀死强逼婚姻的广东客商；而到了刘士伟的手上，则无异于如虎添翼，刘士伟凭借此剑在金川前线杀敌如砍瓜切菜，从而建立了奇功。宝剑的卓越本领，无疑会让观众感受到奇异之美，但是，这样的异物及由它衍生出来的情节毕竟脱离生活，如果仅仅依凭着它们来构建故事，会失之荒诞，剧作者为了让观众对故事坚信不疑，大多数情节都是依据生活本来的样子即世俗性来表现的。如李俊被官府误认成刘士伟而被捕入狱后，得到刘士伟仗义救助的张玉莲与张母胡氏主动探监，说道："为我家，连累你，身遭横祸；母女们，只落得，泪珠如梭。"为了报答其恩德，玉莲居然要和他结为丝萝。在弄清楚面前的李俊不是刘士伟后，胡氏也没有一走了之，"刘士伟是我家恩人，他们既是同胞，老身情愿奉侍"。受人滴水之恩，当涌泉相报，在传统道德文化环境中生活而有此觉悟者，可谓比比皆是，观众对这样的情节当然不会怀疑。因而，由传奇性与世俗性构建的这部戏，便具有了雄壮之美、奇异之美和温婉之美。

由上述可见，影子腔《征金川》不仅具有历史认识的价值和艺术审美的价值，还能给历史剧和战争题材的剧目创作提供可资借鉴的经验。它也给了我们这样的启发，对于任何艺术形式，只要它为人们喜闻乐见，哪怕只是偏处一隅，也一定有其存在的意义。好在陇南影子腔于2008年被甘肃省人民政府列入第一批省级非物质文化遗产保护名录，流传到陇南的定西通渭影子腔也于2014年列入国家级非物质文化遗产代表性项目扩展名录，随着社会对传统艺术形式愈来愈重视，影子腔定会不断增强生命力，或许在未来适当的时候，《征金川》经过整理改编，融入当代的美学精神，重新被搬演，再现它的艺术魅力。

（朱恒夫　上海师范大学影视传媒学院教授）

江流儿故事类型与民间"报冤"心态

慈 华

宋元时期，民间流传着江流儿的故事：陈光蕊赴任逢灾，被强盗刘洪谋害，已经怀孕的妻子殷氏被刘洪掳走；江流儿出生，刘洪逼迫殷氏抛弃孩子；江流儿长大成人，得知曾经冤仇，为父母雪冤复仇。无独有偶，宋元戏曲里另有《相国寺公孙合汗衫》《认金梳孤儿寻母》《周羽教子寻亲记》《黄孝子寻亲记》等，它们与江流儿故事相似，均是讲述儿子长大后报仇的故事。此前，关于江流儿故事的研究，多是把它置于《西游记》小说中，探讨《西游记》祖本中江流儿故事之有无，或是以此为切入点研究《西游记》的版本；或者，把江流儿被母抛弃于江上的情节看作"弃子神话""漂流婴儿神话"等。① 尚未见有学者把江流儿故事与《合汗衫》《认金梳》等作为一个整体来观察的。笔者试略陈管见，不当之处，敬祈专家学者教正。

一 江流儿故事的基本形态及其类型化案例

江流儿故事产生并流行后，宋元时期的戏剧作品中出现了几种江流儿故事的类型化剧目，这些作品表达了共同的主题——孤儿报冤。

（一）江流儿故事的基本形态

江流儿故事是取经故事的一个单元。唐太宗朝，玄奘取经回长安后，相关故事开始在民间流传。五代至宋元，多种题材搬演其内容，唐僧取经的故事更是广为人知。宋说话有《大唐三藏取经诗话》（一作《大唐三藏取经记》)。金元院本有《唐三藏》（佚）。吴昌龄有《唐三藏西天取经》杂剧（佚），《录鬼簿》著录。杨景贤著有《西游记》杂剧，《录鬼簿续编》著录。元曲中，取经故事已作为典故来使用，足见其风靡程度。②

今存《西游记》杂剧为万历间刊本，题"《杨东来先生批评西游记》，元，吴昌龄撰"。杨氏批评本《西游记》规模宏大，共6卷，24出。其第一卷共四出，"之官逢盗、逼母弃儿、江流认亲、擒贼雪仇"，正名为："贼刘洪杀秀士，老和尚救江流；观音佛说因果，陈

① 如熊发恕《也谈〈西游记〉中唐僧出身故事》，《康定民族师专学报》（哲社版）1993年第1期，第58~64页；王辉斌《〈西游记〉祖本新探》，《宁夏大学学报》（社会科学版）1993年第4期，第58~62页；胡万川《中国的江流儿故事》，《汉学研究》1990年第1期，第443~459页。
② 如杜仁杰【般涉调·耍孩儿】《喻情》："唐三藏立墓铭空费了碑，闲槽枋里躲酒无巴避。悲田院里下象无钱递，左右司蒸糕省做媒"；赵彦晖【南吕·一枝花】《嘲僧》："常则是金斗郡双生和小卿，几曾见丽春园苏氏和都刚？被个老妖精狐媚了唐三藏。"参见隋树森编《全元散曲》，中华书局1964年版，第33页、第1235页。

玄奘大报仇"，讲述唐僧出身（江流儿）的故事。①

宋元南戏中有专门讲述江流儿故事的作品，即《陈光蕊江流和尚》（后文简称《陈光蕊》）。佚名，《南词叙录》"宋元旧篇"著录。今存佚曲 40 支。② 参照佚曲及《西游记》杂剧第一卷的内容，大体上可知其面目：陈光蕊携已经怀孕的妻子殷氏赴任。盗贼刘洪看上殷氏，推陈光蕊下水，强占殷氏为妻。殷氏已有八个月的身孕，为了保留陈家血脉，她忍辱屈从。江流儿满月，刘洪逼迫殷氏把孩子抛入江里。殷氏把江流儿放入漆匣中，使子漂浮于江上。僧人收养江流儿。18 年后，僧人告诉江流儿身世之谜。江流儿寻母、认亲，为父报仇。陈光蕊落水后获救，与殷氏夫妇重圆。

（二）江流儿故事衍生而来的类型化作品

与江流儿故事相似，《合汗衫》也是"孤儿报冤"的主题。《合汗衫》，一作《公孙汗衫记》，全名《相国寺公孙合汗衫》《相国寺公孙汗衫记》，元张国宾撰。其题目为"东岳庙夫妻占玉玦"，正名为"相国寺公孙合汗衫"。③ 其故事大意为：大雪天里，富户张孝友救助冻倒在自家门口的陈虎，并与他结为异性兄弟。张孝友因妻子李玉娥怀孕 18 个月不曾分娩，心中烦闷。陈虎谎称东岳庙可占玉杯玦儿，得知胎儿情况。行船途中，陈虎心生歹意，把张孝友推入黄河，掳李氏为妻。李氏产子，陈虎为之取名陈豹，养在身边。18 年后，陈豹高中武状元，李氏告知身世，陈豹捉拿陈虎，为生父张孝友报仇。张孝友落水后被渔人救起，于金沙院出家。最终，父子、夫妻相见，一家团聚。

---

① 参见吴昌龄撰《杨东来批评西游记》，载《古本戏曲丛刊》编辑委员会编《古本戏曲丛刊初集》（第 7 册），国家图书馆出版社 2016 年版，第 439 页、第 460～461 页。后文《西游记》杂剧的引文均参照此本，仅标明出目，不另出注。

② 参见王季思主编《全元戏曲》（第十二卷），人民文学出版社 1999 年版，第 476～483 页。

③ 参见《相国寺公孙合汗衫杂剧》，载臧晋叔编《元曲选》（第一册），中华书局 1958 年版，第 140 页。后文《合汗衫》的引文均参照此本，不另出注。

"认金梳故事"亦是同一类型。《认金梳》，全名《认金梳孤儿寻母》，元明间无名氏撰。其题目为"陈都知犯法遭刑"，正名为"认金梳孤儿寻母"。①《认金梳》讲述的是：安英秀才带着妻子李淑兰上京取应，途经和州城，在陈都知的店里歇脚。陈都知把安英喊到后花园喝酒，灌醉后，将其谋杀，又强要李氏为妻。李氏已有5个月的身孕，为了保留安家血脉，只得屈从。李氏生下男婴，陈都知让嬷嬷把孩子撇在井里或河里。嬷嬷心软，把男婴送给侄女王素云抚养。王氏丈夫霍荣早逝，孤身一人，她给孩子取名霍安礼，以诗礼教育。霍安礼聪慧，15岁即中婴童举子，独占乡魁。安英死后成和州城隍神，托梦于霍安礼，让他复仇雪恨。霍安礼和生母李氏、养母王氏、嬷嬷一同与陈都知对簿公堂，包拯下断，斩杀陈都知。霍安礼入朝为官，奉养生母、养母与恩人嬷嬷。

综上可知，《合汗衫》《认金梳》与江流儿故事颇为相似：其一，贼寇贪图美色，杀害丈夫，将其妻子占为己有；其二，妻子均为孕妇，她以为丈夫已死，为了延续夫家血脉，随顺了贼人；其三，多年后，孩子长大成人，得知曾经的冤仇，为家人雪冤除恨。因此，可将它们统称为江流儿故事类型，其主题为"孤儿报冤"，基本模式为"意外逢盗—孕妇屈从—孤儿报仇"。

（三）江流儿故事的流变与分化

江流儿故事的情节一波三折，富有戏剧性，并且，它有取经故事的"助力"，到了元代，江流儿故事可谓是妇孺皆知。同一时期，宋元戏曲里涌现了一批情节相似的作品，可将之统称为江流儿故事类型。在流传的过程中，江流儿故事类型出现了分化：其一，选取其中的一个单元，故事中心依旧是"孤儿复仇"；其二，故事重心为孤儿得知身世后四方寻亲，主旨为"孝子寻亲"。

---

① 参见佚名《认金梳孤儿寻母》，载《古本戏曲丛刊》编辑委员会编《古本戏曲丛刊四集》（第26册），第68页。

第一类的代表是《冯玉兰夜月泣江舟》（以下简称《冯玉兰》），元无名氏撰。其题目为"金御史清霜飞白简"，正名为"冯玉兰夜月泣江舟"。① 其情节为：冯太守带着妻子田夫人、女儿冯玉兰等泉州赴任，行船途中，遇沿江巡视官屠世雄。屠世雄贪图田夫人美貌，掠走田夫人，杀害冯太守及其家人，冯玉兰机智躲藏，免遭一难。冯玉兰随船漂泊，一夜后，遇到奉命巡抚江南的金御史，向他说明遭遇。金御史捉拿屠世雄，为冯玉兰一家雪恨除冤。

江流儿故事类型的主题是孤儿复仇，或者明确地讲，基本上是男儿长大后为家人复仇的故事。在本文所论及的类型化剧目中，《冯玉兰》是唯一作为女性为家人复仇的。其他故事中，母亲被贼寇掳走多年，无计可施，直至孤儿长大成人，才能"一雪前耻"。并且，复仇的时间多为 18 年、20 年后。但年仅 12 岁的冯玉兰却能在一夜之后，协助金御史抓获凶手。通过这样的对比，更显示了冯玉兰的智谋。因此，强调女性能力的《冯玉兰》是江流儿故事类型中独树一帜的存在。

第二类的代表剧目有二，即《寻亲记》与《黄孝子寻亲记》。《寻亲记》，又名《教子记》《教子寻亲》，全名《周羽教子寻亲记》。《南词叙录》"宋元旧编"著录，题为"教子寻亲"。《寻亲记》有四卷，共 34 出，其家门大意可见于《第一出》："文墨周生，糟糠郭氏，家道萧然。因官差役，无钱使用，遣妻张郎告借。张郎见色，将实契虚填，信仆奸谋，杀人性命，屈把周生陷极边。单身妇因财被逼，此际实堪怜。节妇贞坚，遗腹孩儿要保全。刚刀立志，毁伤花面，诗书教子，喜中青钱。弃官寻父，旅馆相逢话昔年。归来日，冤仇已报，夫妻子母再团圆。"②

---

① 参见《冯玉兰夜月泣江舟杂剧》，载臧晋叔编《元曲选》（第四册），第 1755 页。后文《冯玉兰》的引文均参照此书，不另出注。

② 参见王镂重订《周羽教子寻亲记》，载《古本戏曲丛刊初集》（第 9 册），第 342 页。后文《寻亲记》引文均参照此书，不另出注。

《黄孝子寻亲记》（后文简称《黄孝子》），又名《黄孝子传奇》《黄孝子千里寻母记》。佚名，《南词叙录》"宋元旧篇"著录，题为"王（黄）孝子寻母"。黄孝子即黄觉经，历史上实有其人，《元史·孝友传》载其生平事迹。《黄孝子》有两卷，26折，其故事大概为：元兵南下，大将木华黎攻打建康府。黄普召集义兵，欲恢复城池。战败，黄普被杀，妻子陈氏被木华黎俘掳，儿子黄觉经被家中老仆陈容夫妇抚养。14年后，18岁的黄觉经立誓寻母。黄家曾与曾家定下婚约，曾家许曾庆贞与黄觉经为妻。曾父见黄觉经四方寻母，不知归期，便要求庆贞改嫁。庆贞不从，投江守节，被乐善救起，收为义女。木华黎想与陈氏成婚，陈氏不肯。木华黎母亲庇护陈氏，使她看守佛堂，不许木华黎来扰。黄觉经寻母28年，终于寻到母亲，并与曾庆贞完婚，一家团圆。①

这两种寻亲故事之所以称之为江流儿故事类型的分化，是因为它们受其影响，带有"孤儿长大成人""寻亲""报仇"等元素，但又不能完全贴合"意外逢盗—孕妇屈从—孤儿复仇"的情节模式。《寻亲记》中，张敏不是盗贼式地杀戮，而是设计谋取郭氏。郭氏保全了遗腹孩儿，养在身边，并且她坚贞不屈，剖面以全节。周瑞隆寻得父亲，返乡时，开封府尹范仲淹已惩治了张敏。《黄孝子寻亲记》与《周羽教子寻亲记》二剧，从剧名上看，便知其故事大体相似。但《黄孝子》的贴合程度比起《寻亲记》更是不如，并且它是唯一无法复仇的作品。因为使黄觉经家破人亡的是元兵大将木华黎。黄孝子与母亲分开42年，四方寻母28载，才终于相见。但彼时早已为大元天下，木华黎作为开国功臣，官居高位，故而不能复仇。

上述共列有《陈光蕊》《合汗衫》《认金梳》《冯玉兰》《寻亲记》《黄孝子》等剧目，它们共同讲述了在社会失范的背景下，贼人

---

① 参见佚名《黄孝子寻亲记》，载《古本戏曲丛刊初集》（第9册）。后文《黄孝子》引文均参照此书，不另出注。

相中一美妇人，便巧取豪夺，使其夫妻分离，家庭破碎；但天理昭彰，坏人终被严惩，家人再得团聚的故事。现将这些剧目总结对比如表1所示。

表1　宋元戏曲中的江流儿故事类型剧目对比

剧目	丈夫	妻子	贼人	孤儿	孤儿情况	复仇时间
《陈光蕊》	陈光蕊	殷氏	刘洪	江流儿	被迫遗弃	18年
《合汗衫》	张孝友	李玉娥	陈虎	陈豹	养在身边	18年
《认金梳》	安英	李淑兰	陈都知	霍安礼	被迫寄养	15年
《冯玉兰》	冯太守	田夫人	屠世雄	冯玉兰	12岁	次日
《寻亲记》	周羽	郭氏	张员外	周瑞隆	养在身边	20年
《黄孝子》	黄普	陈氏	木华黎	黄觉经	家仆收养	未复仇

二　江流儿故事类型的本事与社会背景

江流儿故事类型的本事来源于几则唐宋流传的民间故事。宋元时期，因战乱不断导致的人口流动、家人离散等现象，以及引发的一系列社会冲突与民族矛盾等问题，使得江流儿故事类型产生并流行开来。

（一）江流儿故事类型的本事

《太平广记》"报应"大类下录有三则唐代的故事，分别是：卷一百二十一"冤报"，引《原化记·崔尉子》；卷一百二十二"冤报"，引《乾𦠆子·陈义郎》；卷一百二十八"婢妾"，引《奇闻录·李文敏》。① 这三则故事极为相似，其共同要素可总结为以下四点：其一，官员带着妻子（妻子为孕妇，或是新诞下婴儿）赴任，

---

① 参见李昉等编《太平广记》（第一册），中华书局2020年版，第741～742页、第743～744页、第784页。

途中遇害；其二，妻子无力反抗，只得服从贼寇，贼寇将孩子养在身边；其三，多年后，孩子长大成人，上京应试，经过祖母家，祖母见他与儿子长相相似，送他衣衫（或是见他穿着儿子的衣衫）；其四，衣衫为表记，孩子询问母亲缘由，母亲告诉他事情本末，孩子为生父报仇。其大体框架为"赴任逢灾—妻子被掳—孩子巧遇祖母—孩子得知真相、复仇"。就其"衣衫"为表记来看，这当是《合汗衫》的本事来源。

宋代，民间也流行着相似的传说。北宋刘斧《青琐高议》后集卷四载"卜起传——从弟害起谋其妻"，讲述卜起从弟德成贪图起妻白氏美貌，设计谋取白氏，七八年后，卜起子得知德成不是亲生父亲，而是杀父仇人，因而告官，为卜起雪冤事。①

南宋周密《齐东野语》卷八有"吴季谦改秩"条，讲吴季谦侦破十余年的冤案而得以升官。② 这案件便是：某郡倅遇盗、被害，在盗贼的胁迫下，妻子将数月小儿以黑漆团盒盛之，弃之于江上；小儿被僧人收养；十几年后，母亲与儿子相遇，僧人告官，贼人被捕，母子团圆。比起上述故事，这则故事包含了"黑漆团盒""将小儿浮之江上""寺庙""僧人"等元素，与江流儿故事相差无几。故后人多把《吴季谦改秩》看成是江流儿故事的直接来源。

元代无名氏《湖海新闻夷坚续志》前集卷一有《母子重见》③，故事相类。现将这些本事对比列在此处，见下表（表2）。

---

① 参见刘斧撰辑《青琐高议》，上海古籍出版社1983年版，第142～143页。
② 参见周密著，高心露、高虎子校点《齐东野语》，齐鲁书社2007年版，第91～92页。
③ 参见无名氏撰，金心点校《湖海新闻夷坚续志》，中华书局1986年版，第15～16页。

表2　江流儿故事类型本事对比

故事	发生时代	丈夫	妻子	贼人	孤儿	孤儿情况	复仇时间
崔尉子	唐天宝中	崔策	王氏	舟人孙氏	子	养在身边	20 年
陈义郎	唐天宝中	陈彝爽	郭氏	周茂方	陈义郎	养在身边	18 年
李文敏	唐	李文敏	崔氏	广州都虞侯	子	养在身边	其子渐大
卜起传	唐太宗时	卜起	白氏	卜德成	子	养在身边	七八年
吴季谦改秩	宋	某郡倅	妻	盗	儿	被迫遗弃	10 余年
母子重见	宋咸淳	赵氏	魏氏	叶仲二	叶茂卿	养在身边	20 年

通过对比江流儿故事的本事与剧作，可以总结出两点特征，或可管窥故事形态中"本事"与"剧作"的一般差异。第一，从"复仇时间"来讲：本事里，时间差别大，从"其子渐大""七八年"到"20 年"不等；而剧作里，时间多集中在 15 年至 20 年。这是因为剧作源于本事，又对本事"规范化"编排的体现。第二，江流儿故事的本事与剧作的最大不同是：本事里，丈夫被贼人谋害后均去世；而剧作中，有的作品中丈夫获救，夫妻、父子再团圆，如《陈光蕊》《合汗衫》《寻亲记》。可见，戏剧作品里带有理想化色彩，多年后家人再相聚的结局多是剧作家为了满足观众的重圆渴望而进行的艺术加工。

（二）宋元时期的战乱背景

两种寻亲剧里，几次出现"朱寿昌"的名字。《寻亲记》中，周瑞隆将去鄂州界寻父，他对母亲说道："孩儿怎敢不去？二十年没了父亲，今日见说爹在他乡，孩儿千欢万喜。岂不闻朱寿昌之事乎？幼年失了母亲，后来长成，弃官寻母，访于西川相会，朝廷以为盛事。"（《第二十九出》）《黄孝子》中，四方寻母的黄觉经被称赞道："不料你小年纪，在天涯，茹素持斋，访母寻亲，不惮行千里。老夫将一古人，比与你听。……朱寿昌当年可比伊。"（《脱骗》）既是被多次提及，可知并非偶然。那么，朱寿昌是何人物？提到他的目的又何在呢？

朱寿昌（1014—1083），字康叔，扬州天长人。《宋史·孝义》载其生平事迹。而真正使朱寿昌扬名四海且名垂千古的，是他"弃官寻母"的经历。朱寿昌的母亲刘氏是朱巽的妾，因地位微贱，生下朱寿昌后，即被朱巽逐出。后来，朱寿昌以父荫官，任主簿之职，因思念母亲，他弃官寻母，并立下"不见母，不复还"的誓言。据谢桃坊考证：宋天禧四年（1020），刘氏被迫离开朱家，当时朱寿昌7岁；宋熙宁三年（1070），母子相会之时，寿昌57岁，刘氏已经70多岁了。① 刘氏离开朱家后再嫁，另育有子女，朱寿昌一并迎回，呵护有加。因为寻母的经历，朱寿昌以"孝"闻名于天下，时人称之为"朱孝子"，不少名人士大夫作诗称赞他。元人郭居敬把他列入《二十四孝》，而24位孝子中，宋朝仅有范仲淹和朱寿昌两人，足见朱寿昌在宋元社会的知名度与影响力。

《黄孝子》的故事也是有历史所本的。《元史·孝友传》以寥寥数语，载黄觉经寻母事："黄觉经，建昌人。五岁，因乱失母。稍长，誓天诵佛书，愿求母所在。乃渡江涉淮，行乞而往，冲冒风雨，备历艰苦，至汝州梁县春店，得其母以归。"②

可见，在宋元社会确实有寻亲的事件，并且孝子寻亲的事迹备受时人关注与赞赏。因为宋元时期，战乱不断。宋、金对立时，已是多次交战。成吉思汗建立"蒙古国"后，灭了西夏、辽，逐渐形成了蒙古、宋、金对峙的局面。1234年，蒙古与宋联合灭金。其后，蒙古开始攻打宋朝，宋元战争全面爆发。陈世松等研究者指出："宋元战争从爆发到结束，断断续续地进行了45年（1234—1279），其曲折、复杂、激烈程度，在中国历代战争史上也是罕见的。"③ 战火摧残之下，必然会导致家庭破碎、妻离子散的事件。另，俗语有云，

---

① 参见谢桃坊《朱寿昌寻母事辨》，《文史杂志》2009年第6期，第12页。
② 宋濂等《元史》卷一百九十七，中华书局1976年版，第4449页。
③ 陈世松、匡裕彻等《宋元战争史》"前言"，四川省社会科学院出版社1988年版，第1页。

"大军之后，必有凶年"，战争或可带来十分严重的次生灾害。兵荒马乱、国破家亡的时代背景，人员流动、人们流离失所，很容易引发社会问题。

需要补充的是，元代是个比较特殊的朝代，它是少数民族统治的时代。蒙古族依靠武力入主中原，成为统治者。他们在政策制定上偏向蒙古人和色目人，汉人受到不平等的待遇。因此大一统之后，在元朝不平等的民族政策下，民族矛盾与阶级矛盾尖锐。进一步讲，有元一代的社会秩序混乱、社会冲突多发。查阅史册，可见不少当时社会"豪霸凶徒"的记载。

通过江流儿故事类型，可见当时社会上以强凌弱、夺人妻女、害人性命的例子。官员出行的船只遭劫仅是社会动乱的冰山一角，普通百姓的生活更是水深火热。在宋元时期的戏剧作品里，这类展现人民受迫害的故事不胜枚举。我们可以从《窦娥冤》《鲁斋郎》《李逵负荆》等杂剧里看到不少欺压百姓的贪官污吏、权豪势要、街头混混、地痞流氓等，通过其深入人心的故事情节，可感受到人们凄惨、痛苦的生活。

（三）宋元时期的社会失范问题

江流儿故事类型中塑造了几个杀人掠货的"贼人"，如刘洪、陈虎、陈都知、屠世雄、张员外、木华黎等。《西游记》杂剧中的刘洪是个江上打劫的贼：

> （水手刘洪上，云）自家姓刘名洪，专在江上打劫为活。我虽然如此，不曾做歹勾当。不敢大街走，则向小巷闻。小心怕官府，不做歹勾当。门外卖私盐，院后合私医。做些小经营，不做歹勾当。撑船载商贾，江水正浩荡。见财便生心，命向江中丧。只是这几般，不做歹勾当。（《之官逢盗》）

《合汗衫》中的陈虎是强盗：

> （邦老上，云）行不更名，坐不改姓，自家陈虎的便是。

这里也无人，我平昔间做些不恰好的勾当。(《第二折》)

《认金梳》中的陈都知是皇亲国戚，做旅馆生意：

> （冲末净扮陈都知上，云）家中颇有千间屋，安歇经商
> 客旅人。打听若有金共宝，图财谋死命难存。小人乃和州人
> 氏，姓陈，是陈雄，乃国舅陈勉之侄。我是那权豪势要人
> 家，打死人又不偿命。①

《冯玉兰》中的屠世雄则是专管擒拿贼寇的巡江官：

> （净扮巡江官屠世雄引卒子上，诗云）往来巡绰大江
> 中，举棹张帆只看风。可知贼子闻咱怕，则我是胆大心粗屠
> 世雄。某乃巡江官屠世雄是也。引着这数百水兵，专管沿江
> 擒拿贼寇。(《第二折》)

刘洪与陈虎本就是强盗，陈都知仗着叔叔是国舅的身份胡作非为、谋人性命，似乎并不令人感到特别诧异。而本职是维护江上治安的屠世雄，只为掠夺个美妇人，便杀害了一船老小，做了贼人，着实有些骇人听闻。

遇屠世雄前，冯玉兰做了一个噩梦，梦见行船中遇到了盗匪："（邦老做拿刀入舱）（正旦做转身见惊科）""（邦老做拦住科）（正旦做走科）""（邦老做赶杀科，下）"(《第一折》)。其中，"邦老"是盗贼的代名词。

元陶宗仪《南村辍耕录》卷二十五"院本名目""打略拴搐"类目下有"邦老家门"，后列"脚言脚语""则是便是贼"二目。② 元人夏庭芝《青楼集》"天锡秀"条下载："姓王氏，侯总管之妻也。善绿林杂剧；足甚小，而步武甚壮。女天生秀，稍不逮焉。后有工于是者赐恩深，谓之'邦老赵家'。又有张心哥，亦驰名淮浙。"③ 可

---

① 佚名《认金梳孤儿寻母》，载《古本戏曲丛刊四集》（第26册），第3页。
② 参见陶宗仪《南村辍耕录》，中华书局1959年版，第314~315页。
③ 夏庭芝《青楼集》，载中国戏曲研究院编《中国古典戏曲论著集成》（二），中国戏剧出版社1959年版，第26页。

见，金元院本、杂剧中有"邦老家门"的专门演员。而"邦老"成为一专门的脚色门类，则说明了当时戏剧中敷演这一类的作品很多；宋元戏剧多现实主义题材，又间接证明了当时社会确实盗贼事件多发。

《合汗衫》中，张孝友称其妻子李氏为"大嫂"："我这浑家腹怀有孕，别的女人怀胎十个月分娩，我这大嫂十八个月不分娩，我好生烦恼。"（《第二折》）康保成教授指出这是北方少数民族兄弟共妻古俗的体现，"金元时大量蒙古人、色目人南迁，形成空前的民族融合现象，女真、蒙古族与汉族通婚的情况更加普遍"；"总之，元代呼妻为'大嫂'，从根本上说是兄弟共妻风俗的反映；而这种称谓形成的直接原因，则是由于在称谓的传承中受到少数民族的影响"。① 蒙古族的"收继婚"习俗与儒家传统的纲常伦理完全相悖，但随着汉族与少数民族通婚的现象日益普遍，北方汉人也有了收继婚的现象。② 另外，我们可以在宋元笔记小说中看到不少娼妓盛行、男女私相授受、妇人自由改嫁等"有伤风化"的社会现象；甚至，有"典卖妻女""妻死不葬""不葬父母"③ 等"纲常失序"的例子。

以上，均是"社会失范"的体现。宋元时期，在金元政权，尤其是统治了中国近百年的元王朝的影响下，民间风俗与社会风气也在悄然变化。元世祖时期，已经有儒生就"风俗日薄"的问题上书：

245

---

① 参见康保成《元杂剧呼妻为"大嫂"与兄弟共妻古俗》，《扬州大学学报》（人文社会科学版）1997 年第 6 期，第 24 页、第 28 页。

② 按，郑介夫《上奏一纲二十目》中提到："古者叔嫂不通问，所以别嫌疑，辨同异。今有兄死未寒，弟即收嫂，或弟死而小弟复收，甚而四十之妇而归末冠之儿。一家骨肉，有同聚麀。……此风甚为不美，除蒙古人外，所宜截日禁断。"可见，元代也有汉人效仿蒙古族的收继婚。参见邱树森、何兆吉辑点《元代奏议集录》（下），浙江古籍出版社 1998 年版，第 75 页。

③ 按，《至正直记》卷二"又"条载："浙西风俗之薄者，莫甚于以女质于人，年满归，又质而之他，或至再三然后嫁"；另，卷二有"妻死不葬""不葬父母"条。参见孔齐撰《至正直记》，上海古籍出版社 1987 年版，第 53 页、第 57 页、第 58 页。

"自昔风俗美好，由礼义所生。今也礼义既衰，故日趋于薄。"① 忽必烈等元朝诸帝及统治阶层也重视伦理纲纪的问题，积极推行汉法。但是，在全国大一统的背景下，在多民族经济、文化共同体系的作用下，多民族杂居相处、民族融合是势不可挡的大趋势。潜移默化之中，难免使得"汉唐旧统"移风易俗。

三　江流儿故事类型与民间"报冤"心态的联系

郑振铎曾说："在官书，在正史里得不到的材料，看不见的社会现状，我们却常常可于文学的著作，像诗、曲、小说、戏剧里得到或看到。在诗、曲、小说、戏剧里所表现的社会情态，只有比正史、官书以及'正统派'的记录书更为正确、真切，而且活跃。在小说、戏剧，以及诗、曲里所表现的……是整个的社会，活泼跳动的人间。"② 宋元时期，戏剧流行于民间，为大众所喜好，与人们的日常生活紧密联系。戏剧作品中的故事，诠释了民间社会的集体焦虑与集体愿景，是反映民间心态的重要载体。讲述孩子长大后报仇的江流儿故事之所以能够广泛流播，并滋生出若干类型化剧目，说明了这类故事承载了民众的心灵寄托与价值选择。

（一）"天网恢恢，疏而不漏"的天理观念

上文已经论及，除了《冯玉兰》是一夜之后得以复仇，其他的故事均是有着漫长的时间线。这一时间线不仅是为"儿子长大后为父报仇"的题旨服务，也是我国民间俗语的印证——"天网恢恢，疏而不漏""君子报仇，十年不晚""总有真相大白的一天"等。

江流儿故事类型的情节发展充满巧合，看似荒诞，但在意料之

---

① 王恽《秋涧先生大全集》卷三十五《上世祖皇帝论政事书》，载杨讷编《元史研究资料汇编》（20），中华书局 2014 年版，第 686 页。

② 郑振铎《论元人所写商人、士子、妓女间的三角恋爱剧》，载《郑振铎全集》（第四卷），花山文艺出版社 1998 年版，第 511 页。

外、情理之中。表面上波澜不惊，实则暗流涌动，往日尘冤或因巧合之事得以昭雪，极具戏剧性。其中，复仇的主要人物是"孤儿"。他们的命运坎坷，但他们天赋异禀，嫉恶如仇，这就为后来的复仇做了铺垫。妇人忍辱屈从约二十载，看似复仇无望之时，却能柳暗花明，沉冤得雪。例如《陈光蕊》一剧中，丹霞禅师见江流儿已经 18 岁，"当报仇雪恨去"，这才告诉他身世。于是，江流儿寻到母亲殷氏、为父报了冤仇。

丁乃通在《中国民间故事类型索引》中列有"阳光下真相大白"(960)的故事分类，其后，另有"儿子长大后才能报仇"（960B$_1$）的小类，其情节纲要为："一对夫妻乘船旅行，在夜里突受海盗袭击。丈夫被扔进河里，大家以为死了，妻子因已怀孕，含羞忍辱活下去，后来又被迫抛弃婴儿，由他人拣去。婴儿被一个和尚（渔人）救出收养。后来成为大官。偶然间他遇见母亲以及死里逃生的生父。最后海盗伏法。"① 显而易见，在我国"江流儿故事"是其最具代表性的作品。

事实上，"阳光下真相大白"的故事类型是世界性的。美国民俗学家斯蒂·汤普森评价道："这一组故事的代表作，以格林的故事《太阳给万物带来光明》（类型 960）为优。……这种形式的故事现存于德国、波罗地海各国和塞尔维亚。大约后来以某些植物代替阳光来讲述其揭露作用，故事的这种变体流行于从西班牙到俄国的沿途各地。"② 这一世界故事类型，彰显了"若要人不知，除非己莫为"的古训。犯罪者不能永远地逍遥法外，终究是会受到法律的制裁。

（二）"善恶报应不爽"的心理期待

江流儿故事类型显示了民间朴素的善有善报、恶有恶报的心理。其中的人物塑造个性分明，有准确的定位：狠毒狡猾的强盗、单纯轻

---

① 丁乃通编著，郑建成、李倞等译《中国民间故事类型索引》，中国民间文艺出版社 1986 年版，第 313 页。

② ［美］斯蒂·汤普森著，郑海等译《世界民间故事分类学》，上海文艺出版社 1991 年版，第 163～164 页。

信的丈夫、忍辱负重的妻子、嫉恶如仇的孤儿、忠心耿耿的仆人等。而他们的结局，也都体现了善恶报应不爽的道理。

江流儿故事类型里，作奸犯科的，都受到了严惩。《西游记》杂剧中的刘洪，18 年后，落得"尖刀剖其腹，俘献陈光蕊"（《擒贼雪仇》）的结局。相应地，江流儿故事类型亦秉承着有恩报恩的理念，行善的也有了好的归宿。长大成人后的孤儿，向仇人报仇雪恨之后，便是向恩人报恩。《认金梳》故事里，安英被陈都知杀害后，成为城隍，他向霍安礼托梦："吾神奏知了玉帝，说与此子个详细。与吾神报仇，作善者赠添福禄，作恶者减算除年。这的是善有善报，恶有恶报，不是不报，时辰未到。"[①] 报了生父的冤仇后，霍安礼入朝为官，供养母亲与恩人。

正是因为怀抱着"善恶有报"的心理期待，忍辱屈从的妻子才能在艰难困苦之时，获得精神上的支撑，最终收获"守得云开见月明"的欣喜。我国的民间故事里有很多善恶报应的故事，善报故事有：救人得报、放生得报、孝顺得报、乐善好施得报、敬神得报、改恶从善得报等；行恶得报的故事有：杀生得报、贪赃枉法得报、不孝得报、敲诈勒索得报、奸淫得报等。这些故事所宣扬的善恶报应不爽的道理为世界故事所共有，正如汤普森所说的："我们正在评论的全部民间故事中的行为的实质，几乎都属于居心不良的人们的恶行和故事中所述的男女英雄的德行的对比。……在这些斗争中，结局总是善行终于得胜，而作恶终于受到应得的惩罚。"[②]

（三）"子报父仇"的血亲意志

江流儿为父陈光蕊报仇时，刘洪说，"江流儿，你为'亲爷'害'晚爷'"（《擒贼雪仇》）。因为殷氏"再婚"刘洪，故而刘洪大言不惭，自称为"晚爷"。但是，在江流儿故事类型里，确实有"生父"

---

① 佚名《认金梳孤儿寻母》，载《古本戏曲丛刊四集》（第 26 册），第 15 页。

② ［美］斯蒂·汤普森著，郑海等译《世界民间故事分类学》，第 155 页。

和"养父"的矛盾在。是报杀父之仇，还是报答养育之恩，抑或是恩仇相抵？通过孤儿的态度，可得知民间纲常伦理中的价值取向。

《合汗衫》故事里，陈豹被陈虎养在身边18年。陈豹考取武状元后，母亲李玉娥告知他亲生父亲是张孝友，已经被陈虎推到黄河里淹死了。陈豹说："母亲不说，您孩儿怎知。（做气死科）"醒来后，陈豹说："这贼汉原来不是我的亲爷。……我听说罢紧皱眉头，不觉的两泪交流。今朝去窝弓峪里，拿贼汉报父冤仇。"（《第四折》）最终，陈豹捉拿养父陈虎，认了亲生父亲，阖家团聚。

明清之际的江流儿故事类型剧目里更加注重凸显"为生父报仇"与"报答养父之恩"的冲突。《罗衫记》中，徐能辛勤抚养徐继祖长大。后徐继祖官居御史之职，苏云前来告状，徐继祖看状词上写"一门家眷，尽被强盗徐能杀却"。见到父亲徐能的名字，徐继祖的心理活动是："难道我严亲成无赖？觑状词教我如痴似呆。……我想世上同名同姓的也多。只为名和姓相同谩猜。其间必有元故。"[1] 不清楚徐能所做的事情时，徐继祖在内心里为徐能开脱；问过奶公姚大，得知徐能确实打劫过苏云一家，并且自己并非徐能亲生后，他当即决定将徐能等盗贼正法，为苏云复仇。

长大成人后的孩子在得知往日冤仇后，均是果断地为生父报仇，即便仇人养育自己多年，也没有丝毫的动摇。他们秉承着"法理大于人情"的价值观，按照法律，明正典刑，没有任何的包庇行为。可以说，江流儿故事类型在一定程度上体现了儒家伦理中"天地君亲师"的顺位。

（四）"夫妻子母再团圆"的美好心愿

在江流儿故事类型漫长的时间跨度里，家人分散于不同地方。在这段时期，孩子不知道家仇，但丈夫和妻子却背负着深仇苦恨度日。通过剖析他们的心理状态，可以深切体会到他们对于家人重聚的

---

① 佚名《罗衫记传奇》，载《古本戏曲丛刊三集》（第11册），第307页。

《西游记》杂剧中，殷氏与刘洪一起生活了18年。正如刘洪所说："自从害了陈光蕊，冒认一年，便动了残疾致仕。本在江边住坐，放债为活。那人心已经死了，他又无些枝叶，这件事稳稳当当了。他常劝我看经做善事，我也依着他，他也敬重我。我本不曾在他行做歹勾当。城内寻几个相知，饮酒去也。"（《江流认亲》）刘洪认为，他已经与殷氏过上了"稳稳当当"的"普通"夫妻的生活。而殷氏的内心，却是痛苦隐忍的："自从抛弃了孩儿，屈指早十八年也。这贼汉也吃我降服那性下来。每日入城饮酒，今日又去也。我这几日耳热眼跳，神思不安，不知为何。则因思想丈夫与孩儿，恹恹成病。几时是我不烦恼的日子也！痛杀我也！"（《江流认亲》）18年里，殷氏背负着杀夫之仇，弃子之恨，还成了仇人的妻子，她的遭遇，着实令人动容。

《寻亲记》中，郭氏独自抚养周瑞隆20年，教子成名。周瑞隆考中第九名进士，除授吴县尹，郭氏这才把周羽被张敏谋害的事实告诉了周瑞隆。周瑞隆弃官寻父，找到周羽，一家人相会团圆。郭氏隐忍了20年，才终于与丈夫重聚。

江流儿故事类型显示了宋元社会动荡不安的时代背景下，人们对夫妻破镜重圆的期待，对家人相聚的渴望。正如《黄孝子》中指出的："向日元兵南下，搅扰得人离家破者甚多，也有父不见子，子不见父的；也有夫不见妻，妻不见夫的。"（《脱骗》）江流儿故事类型里"破镜重圆""夫妻母子再团圆"的结局，满足了观众的重圆心理。作为一个流传了上千年的故事类型，它的历时性也证明了，"家人团聚"的美好愿望是亘古不变的。

结　语

宋元戏曲里，涌现了几种江流儿故事的类型化剧目，直至当下，敷演此类故事的作品依旧流行于舞台。在其曲折离奇的故事里，观众或读者既获得了精神上的满足，又感受到了不畏强暴、惩凶除恶的斗争意识。它使人们相信，即便是遭遇了艰难困苦，但终会柳暗花明；作恶者行恶就算再滴水不漏，假以时日，也能有真相大白的一天。江流儿故事类型诠释了天网恢恢、疏而不漏的道理，这是中国故事和世界故事的相通之处，体现了民间文化心态的心有灵犀。

从心态史的角度讲，"报仇"心态古已有之。上古神话里，精卫填海与刑天舞干戚的故事；春秋时期，惨遭灭族的赵武，卧薪尝胆的勾践等。宋元戏曲作品中也有许多的复仇故事，比如，李逵等绿林好汉为百姓打抱不平，桂英等女性对负心汉的报复，小撇古等普通百姓向官府申诉冤情等。本文讨论的江流儿故事类型是宋元时期复仇故事群的一个案例。同样是作为"儿子长大后报仇"的故事情节，江流儿故事类型与《赵氏孤儿》是有明显区别的。《赵氏孤儿》整体上的规模更为宏大，更具悲壮色彩。首先，其背景是朝堂之上，天子无能，奸臣当道，忠良被损。其次，被残害的是赵家九族，满门三百口良贱的性命。相比之下，江流儿故事类型里的复仇则带有"平民化"色彩，它展现了市民阶层的生活疾苦、喜怒哀乐。总之，江流儿故事类型是我国戏曲史上蕴含着特定民间心态的一组案例。我们相信，随着戏剧与民间心态关系研究的深入，会有更多的认识和发现。

（慈华　中山大学中文系博士研究生）

戏曲"雷殛"结局新探

张华宇

从戏曲发生的角度而言,"雷殛"结局应是中国戏曲最早采用的结局模式之一。徐渭在《南词叙录》中《赵贞女蔡二郎》条注云:"《赵贞女蔡二郎》即旧伯喈弃亲背妇,为暴雷震死。里俗妄作也。实为戏文之首。"[①] 除《赵贞女蔡二郎》外,"雷殛"结局亦为后世部分戏曲作品袭用,如《金锁记》《劝善记》[②]《钵中莲》《清风亭》等皆以"雷殛"收束全剧或作为某一重要角色的结局嵌入剧情之中。然而,后人对不同戏曲作品中的"雷殛"结局却持褒贬不一的态度。

---

① 徐渭《南词叙录》,载中国戏曲研究院编《中国古典戏曲论著集成》(三),中国戏剧出版社 1959 年版,第 250 页。

② 《新编目连救母劝善戏文》亦可称《劝善记》,为行文方便,本文皆以《劝善记》称之。

古人褒者如焦循，盛赞《清风亭》中的"雷殛"结局为"真巨手也"①；贬者如张岱，在《答袁箨庵》中评《合浦珠》的"雷殛"结局为"热闹之极，反见凄凉"②。近人赞赏者如钱穆，称《清风亭》中的"雷殛"为"中国戏剧之妙义"③；批评者则大多将"雷殛"视为"封建迷信"，代表人物如李桐轩与马少波。李桐轩在《甄别旧戏草》中将《清风亭》归为"意本可取，而抽象的有犯此六条者"④。其中可取之"意"，大抵是《清风亭》宣扬的孝悌观念，而"犯此六条者"则明指《清风亭》的"雷殛"结局。对此，马少波亦持有类似的主张。⑤ 李、马二人皆是戏曲改革的先锋，他们的观点直接影响了戏曲"雷殛"结局的存废。实际上，作为一种特殊的结局模式，"雷殛"结局有着特殊的源生背景与艺术价值。王云对此已有所探讨，并取得一定成果。⑥ 本文拟于前人的基础上，对戏曲"雷殛"结局的基本面貌与流变轨迹做进一步探讨，并从民间信仰的角度分析"雷殛"结局的成因，进而对戏曲"雷殛"结局的艺术价值进行审慎的评价。

① 焦循《花部农谭》，载中国戏曲研究院编《中国古典戏曲论著集成》（八），第228页。
② 张岱《答袁箨庵》，载《琅嬛文集》，岳麓书社2016年版，第107页。
③ 钱穆《中国京剧中之文学意味》，载《中国文学论丛》，生活·读书·新知三联书店2002年版，第176页。
④ 李桐轩《甄别旧戏草》，载陕西省戏剧志编纂委员会编，鱼讯主编《陕西省戏剧志·西安市卷》，三秦出版社1998年版，第826页。
⑤ 参见马少波《戏曲的前途——1949年8月26日在北京戏曲讲习班报告》，载马少波《马少波文集》卷四，北京出版社2008年版，第60页。
⑥ 王云关于戏曲"雷殛"结局的论文有：《焦循、慈禧太后、钱穆、毛泽东论〈清风亭〉"雷殛"》，《戏曲研究》第85辑，文化艺术出版社2012年版，第149~168页；《〈清风亭〉中雷殛之文化阐释》，《戏剧艺术》2011年第4期，第32~43页；《〈清风亭〉中雷殛之考论》，《戏剧学》第1辑，文化艺术出版社2014年版，第124~145页。

一 江湖与庙堂：戏曲"雷殛"结局的基本面貌

焦循在《花部农谭》中交代了三部带有"雷殛"结局的戏曲作品，分别为《清风亭》《双珠记》《西楼记》，其中可见文本的唯《清风亭》与《双珠记》二剧。目连戏作为一种独特的戏曲形态，至明代郑之珍时方整理、改编成文本，即今日之《劝善记》，其中即有"雷殛"结局。除《劝善记》外，地方剧种中的目连戏如祁剧《目连传》、辰河高腔目连戏、《新昌目连戏总纲》、绍兴目连戏中皆保存有"雷殛"结局。宫廷大戏《劝善金科》以《劝善记》为蓝本编写，亦保存有"雷殛"结局。与目连戏相似，《钵中莲》为明代戏曲作品，后亦为宫廷本吸收，即南府本《钵中莲》。《金锁记》取材于关汉卿杂剧《窦娥冤》，在关作的基础上加入"雷殛"结局。中国戏曲卷帙浩繁，笔者难以一一寓目，带有"雷殛"结局的民间小戏如《雷公报》《五雷报》等，数量更是难以估量。然而，仅就有限之材料亦可发现：戏曲"雷殛"结局存在"民间"与"宫廷"两条并峙的发展路线，并呈现出不同的艺术风貌。

（一）江湖之远

"雷殛"结局虽自诞生伊始就遭到了官府的榜禁，却并未因"榜禁"而完全消失。《赵贞女蔡二郎》作为"南戏之首"，文本今已不传。祝允明《猥谈》中提及"其时有赵闳夫榜禁"①，官府的饬禁或许是《赵贞女》文本未能保留的最主要原因。《中国戏曲志·福建卷》莆仙戏"蔡伯喈"词条注道："一为单出戏，写蔡伯喈荣贵负心，赵贞女到京寻夫，蔡伯喈竟不肯认，纵马伤害赵贞女，玉帝派雷

---

① 祝允明《猥谈》，载俞为民、孙蓉蓉编《历代曲话汇编·明代编》（一），黄山书社 2009 年版，第 225 页。

公电母击毙蔡伯喈"①，20世纪20年代熙春班亦曾演出此剧。《莆仙戏传统剧目丛书》中只收录了"本戏"版本即六出本，并未收录单出本。林庆熙在《宋代福建戏曲初探》中提及单出《蔡伯喈》，但也仅是"据莆仙戏老艺人回忆"②，并且谈到同治三年（1864）手抄本《蔡伯喈》已经亡佚，所以单出本可能已不存世。从剧目的命名而言，此剧目与古南戏相同，直接以人名命名；从情节而言，单出本与《南词叙录》中的记载基本一致；从形态而言，单出的小戏与南戏草创初期的展演形态或有相似之处。莆仙戏本就为南戏遗响，所以熙春班所演之《蔡伯喈》或与《赵贞女蔡二郎》有着十分紧密的联系，再结合莆仙当地俗谚"马踏赵五娘，雷打蔡伯喈"③，笔者认为《赵贞女蔡二郎》并未因"榜禁"消失，而是融入当地的土俗与演剧之中。

此外，地方化亦是戏曲"雷殛"结局在民间发展的主要趋向，其中最典型的例子就是目连戏与《清风亭》。多剧种皆有敷演目连戏的传统，虽本事大致相同，但风格各异，仅标目就有所差别。《劝善记》中"雷殛"结局的标目为《雷公电母》与《社令插旗》，新昌与绍兴目连戏之标目却名为《出雷》，省去"插旗"情节，并增设一插科打诨的角色"西天雷公"④，为他本所无，很明显是目连戏在绍兴地区流传时地方化的产物。祁剧《目连传》将"雷殛"结局分为《雷神接旨》《社令插旗》《雷打十恶》三出⑤，并且表演形制十分特

① 中国戏曲志编辑委员会编《中国戏曲志·福建卷》，中国ISBN中心2000年版，第160页。
② 林庆熙《宋代福建戏曲初探》，《福建戏剧论丛》第2辑，福建省戏曲研究所1987年版，第180页。
③ 中国戏曲志编辑委员会编《中国戏曲志·福建卷》，第161页。
④ 参见朱恒夫主编《中国傩戏剧本集成·绍兴孟姜女·救母记》，上海大学出版社2017年版，第215页；朱恒夫主编《中国傩戏剧本集成·新昌目连戏总纲》，上海大学出版社2017年版，第114页。
⑤ 参见湖南省戏曲研究所编《湖南戏曲传统剧本》（祁剧第八集），1982年内部发行，第133~137页。

别。对此，薛若琳回忆：

> 又如"雷打十恶"，当雷公电母从台上迫赶恶人至台下，恶人夺路逃跑，观众喊打，呼声震天，掩盖了锣鼓声。这场戏至此，表演已经从台上移到台下，从舞台区移到了观众区，在观众自发的，又是密切的配合下，戏演得热烈火爆，气势壮观。①

这种"走入观众"的表演方式具有十分浓郁的地方特色。与目连戏相似，《清风亭》也为多地民间剧种吸纳。武晓静钩沉出三种海外《清风亭》藏本，分别为梆子腔本、京调本与川戏本②，是隶属于不同地方剧种、声腔的《清风亭》演出本，此三种版本在"明暗场戏的互补""角色设置的差异"与"科介的提示作用"等方面皆有所不同③，"雷殛"结局亦然，而梆子腔本甚至无"雷殛"结局，可视为戏曲"雷殛"结局在地方化进程中流变的重要表征。

在民间，戏曲"雷殛"结局也并非孤立发展，而是存在一定的交流与借鉴。《双珠记》的《天打》一出中有一个十分有意思的穿关提示，即李克诚与张有德上场时需"净、付头上带小旗上"④。这种"插小旗"的舞台处理方式同样可见于目连戏，如《劝善记》、辰河高腔目连戏就将"插旗"的情节独立成一出，其目的无外乎是通过各色小旗来标明善恶。《天打》虽然并未像《劝善记》一般将"插旗"情节独立，而是转为暗场处理，但亦有"标明善恶"之意图。《劝善记》成书远早于《缀白裘》，而《双珠记》中"插旗"的穿关

---

① 薛若琳《涵盖多元思想，容包多种艺术——论目连戏兼及海内外的研讨情况》，《戏曲研究》第 28 辑，文化艺术出版社 1988 年版，第 115 页。

② 参见武晓静《日本与台湾藏清末民初花部戏〈清风亭〉整理研究——以东大双红堂本与〈俗文学丛刊〉本为例》，载王萍主编《中国古代小说戏剧研究》第 12 辑，甘肃人民出版社 2016 年版，第 205 页。

③ 参见武晓静《日本与台湾藏清末民初花部戏〈清风亭〉整理研究——以东大双红堂本与〈俗文学丛刊〉本为例》，载王萍主编《中国古代小说戏剧研究》第 12 辑，第 211 ~ 212 页。

④ 钱德苍著，汪协如校《缀白裘》卷二，中华书局 1940 年版，第 60 页。

提示可能正是民间昆班艺人借鉴目连戏演出的产物。

（二）庙堂之高

"雷殛"结局不仅在民间有一定的发展，部分作品亦为宫廷吸收。《金锁记》虽未有明确的演出记录，但尚存有清内府精抄本，《古本戏曲丛刊》第三集据此影印，或其曾于清廷上演也未可知。目连戏题材进入宫廷后，被改编为大戏《劝善金科》，其中《劝善记》中的两出，于此合为一出《快人心雷公霹雳》。《钵中莲》除万历本外，亦为宫廷吸收，现有南府本《钵中莲》，载于《明清戏曲珍本辑选》。就标目而言，万历本《钵中莲》之"雷殛"结局作《雷殛》，南府本作《雷击僵尸》。至于《清风亭》，清宫档案中存有不少关于《清风亭》演出的记载。慈禧就曾对《清风亭》做过两次改动，清宫档案中载："老佛爷传：《天雷报》[1] 添五雷公、五闪电，张继宝魂见雷祖打八十后，改小花脸，添开道锣、旗牌各四个，中军一名。众人求赏，白：'求状元老爷开恩，赏给二老几两银子，叫他二老回去吧。'碰死后，状元白：'撇在荒郊！'（此日，谭鑫培、罗寿山演《天雷报》）"[2] 又有"王得祥传旨：《天雷报》添风伯、雨师（此日，谭演《天雷报》）"[3]。此一类戏曲作品进入宫廷后，大多倚仗宫廷优渥的演出条件，对其"雷殛"结局舞台表演如角色、穿关、砌末等诸方面予以增设与强化。限于文章篇幅，只得以"角色设置"为例析之，其他方面当另作文讨论。

由上文可知，慈禧就为《清风亭》之"雷殛"结局增设"五雷电"与"五闪电"十角，这种强化在《劝善金科》上体现得更为明显。《快人心雷公霹雳》中角色、脚色众多，为方便表述，特与《劝善记》之"雷殛"结局的角色分而列之，以供比较（表1）。

---

① 《天雷报》系《清风亭》之别称。

② 转引自王政尧《清代戏剧文化考辨》，北京燕山出版社2014年版，第212～213页。

③ 转引自王政尧《清代戏剧文化考辨》，第213页。

表1　《劝善金科》《劝善记》"雷殛"结局脚色、角色对照表

剧目名	脚色、角色名
《快人心雷公霹雳》	旦扮十电母；杂扮四判官；杂扮十雷公；杂扮十雨师；老旦扮风婆；净扮九天大帝；末扮社令；副扮张焉有；丑扮段以仁；旦扮孝顺妇；净扮张三；杂扮恶妇李氏；杂扮奸臣宁为仁；杂扮酷吏包可达；杂扮妖道温清虚；杂扮贪官钱茂选；杂扮恶妇强氏；杂扮恶妇贾氏；外扮张老；生扮罗卜；末扮益利；杂扮土地；杂扮八风曹、将吏
郑本①《雷公电母》	旦扮电母；外扮雷公；小扮社令
郑本《社令插旗》	小扮社令；丑扮拐子；丑扮恶妇；净扮拐子；旦扮孝妇；旦扮电母；生扮罗卜；末扮益利；外扮雷公

　　《快人心雷公霹雳》中仅"雷公""电母"就有20个，其场面绝非《劝善记》可比。慈禧虽为《清风亭》之"雷殛"结局增设"雷公""闪电"诸角，但其场面亦不足与《劝善金科》相提并论。当然，《钵中莲》进入宫廷后，其"雷殛"结局就未如目连戏一般受到了强化，甚至较民间还略有逊色，今亦分而列之（表2）。

表2　万历本、南府本《钵中莲》"雷殛"结局脚色、角色对照表

剧目名	脚色、角色名
万历本《雷殛》	小生扮韦陀；旦扮木吒；生扮王合瑞；小旦扮殷氏僵尸；净、副、丑、外、末扮五雷正神；老旦扮鬼卒
南府本《雷击僵尸》	黑云；电母；雷公；风伯；雨师；龙；北极长生大帝；殷氏魂（按，原本未注明脚色）

　　南府本《钵中莲》仅四出，是万历本情节的缩减版，并且每出内容皆十分简略。大概南府本《钵中莲》只是作为简单的承应小戏进行演出，而非《劝善金科》一类的全本大戏，所以规模较民间本要小上不少。即便如此，南府本与万历本之角色仍基本相当，足见清

---

① 《劝善记》为郑之珍所作，在此为表达方便，故称"郑本"。

代宫廷戏曲对"雷殛"结局的重视。

二　雷神信仰：戏曲"雷殛"结局的催化剂

戏曲作家为何要编造"雷殛"的情节呢？王云认为这种举措除了使观众更过瘾外，更是"以超自然的'官府'取世俗的官府而代之"，从而"在补偿性和真实性之间占据最佳平衡点"[1]。至于戏曲作家为何偏以"雷殛——超自然的官府"替代"世俗官府"，则应从民间的雷神信仰中去寻找答案。"雷神信仰"是最常见的民间信仰之一，诚如徐山在《雷神崇拜——中国文化源头探索》中所言："我们可以发现，雷神崇拜绝不是偶然的、孤立的文化现象。它是基于人类共有的生理——心理条件之上的共有观念，反映出人类早期对雷神超人力量表示敬畏这一相同的文化心理。"[2] 古人用"雷"惩罚恶人，本源也应是出于对"雷"的怖畏心理。

戏曲与雷神信仰在宏观上有着紧密的联系。民间傩舞与演剧中皆存有崇祀雷神的文本，其祭祀目的也各有不同。赣南地区有傩舞《雷公》，表现的是"司雷之神，驰骋宇宙，耕云播雨，福泽众生"[3]的场景。广西师公戏《大酬雷》则通过模拟巫术，"用闪电、雷鸣、下雨等一系列行动向神请求风调雨顺"[4]。此处，雷神是以"雨神"的形象出现的。有时，雷神则以"傩神"的身份出现。田仲一成《中国戏剧史》中曾列出赤山乡石洞口村的傩戏演出剧目，具体见下：

---

① 王云《〈清风亭〉中雷殛之考论》，《戏剧学》第 1 辑，第 139 页。

② 徐山《雷神崇拜——中国文化源头探索》，三联书店上海分店 1992 年版，第 18 页。

③ 《中国民族民间舞蹈集成》编辑部编《中国民族民间舞蹈集成·江西卷》（上），中国 ISBN 中心 1992 年版，第 85 页。

④ 朱恒夫主编《中国傩戏剧本集成·广西南宁平话师公戏》，上海大学出版社 2018 年版，第 3 页。

点将发兵、太子双刀、钟馗除邪、和尚道士观风水、福主奏本、土地公婆、土地爷量方、二王对练、判官捉小鬼、雷公电母、扶正除邪（大将）①

其中有以"雷公""电母"为主角的傩戏《雷公电母》。虽然《雷公电母》的表演形态已难以知晓，但是从其他的剧目名如《钟馗除邪》《判官捉小鬼》《扶正除邪》来看，《雷公电母》应是一出扶正驱邪的傩戏。贵州道真县傩堂戏"立楼"部分需由端公召请五方天帝带领雷神前来驱邪②，此处的"雷神"也是"傩神"。雷神最常见之形象则是"善恶之神"，民间演剧中亦不乏有此类雷神的出现，例如《东北萨满神书》中的《大天神》就存有类似的雷神形象，现转引部分唱词如下：

> 都说上方不见灵神，上方已差察看神。
>
> 查看红尘不贤良，查看世间灭良心人。
>
> 哪方出了生逆子，哪方出了不贤良。
>
> 天上打雷地下响，离地三尺就有神王。
>
> 打爹骂娘是逆子，打公骂婆不贤良。
>
> 一个雷声天下响，单打天下灭良心的人。
>
> 打公骂婆刀挖眼，打爹骂娘五雷轰。
>
> ……
>
> 雷公雷母烧纸钱，打闪娘娘发钱粮。③

这一段唱词虽然文辞质朴、形态原始，但是雷神赏善罚恶的职能已经固定，并已开始对"恶"的概念进行解释，如"打公骂婆""打爹骂娘"等违背孝道伦理的行为。倘若将"打公骂婆而遭雷殛"的

---

① ［日］田仲一成著，云贵彬、于允译《中国戏剧史》，北京广播学院出版社 2002 年版，第 85 页。

② 参见朱恒夫主编《中国傩戏剧本集成·贵州傩堂戏》（二），上海大学出版社 2017 年版，第 160 页。

③ 朱恒夫主编《中国傩戏剧本集成·东北汉军旗陈汉军萨满神书·宽甸汉军旗香香卷》，上海大学出版社 2018 年版，第 60 页。

故事进行"戏剧化"处理，不就可以勾勒出一个与《赵贞女蔡二郎》十分相似的戏剧故事吗？所以，尽管我们不能说民间雷神信仰是戏曲"雷殛"结局的直接成因，但是民间雷神信仰对戏曲"雷殛"结局的产生有着重要的"催化"作用是毫无疑问的。

部分戏曲作品中的"雷殛"结局有着明显受到雷神信仰影响的痕迹，如祁剧《目连传》中的"雷打拐子"，除了是一种极具民间特色的演出形态之外，也是具有浓厚仪式内涵的驱傩仪式。对此，部分学人已有论及，并认为这种表演形态是目连戏对民间祭祀仪式的吸收。① 《中华全国风俗志》中记载了类似的祭祀仪式：

> 就中以第三夜为最热闹，因东方亮妻之寻死，而有溺鬼缢鬼之争替。因两鬼之争替，而有闻太师之逐鬼。逐鬼谓之出神。闻太师者，纣臣闻仲也（见《封神榜》），俗谓之家堂神，专管人家之冥事。当出神时，台上灯火齐灭，缢鬼溺鬼，浑身冥箔，满台乱扑，作鬼噪声，状甚幽凄。闻太师手执钢鞭，数其扰乱人家之罪，而下驱逐之令，钢鞭一指，两鬼立即跳至台下，向坛上奔去。闻太师随后驱逐，人声喧哗，炮爆连天……②

值得注意的是，"闻太师"的神格也是"雷神"，其来源大抵出自《封神演义》中闻仲被敕封为"九天应元雷神普化天尊"③。京调本《天雷报》中"雷祖"即是"闻仲"，其云："当年纣朝为大臣，一片忠心保乾坤。绝龙岭上归本位，玉帝封我五雷神。我乃九天应元雷声普化天尊是也。"④ 这段内容与《封神演义》的记述基本相合。故而，

---

① 持此观点者有廖奔、陈建华等。参见廖奔《中国戏曲史》，上海人民出版社 2014 年版，第 370 页；陈建华《节日视阈下的戏曲演艺研究》，长江文艺出版社 2016 年版，第 215 页。

② 胡朴安《中华全国风俗志》（下编），河北人民出版社 1986 年版，第 280 页。

③ 参见许仲琳编，钟惺评《封神演义》，齐鲁书社 1980 年版，第 1022 页。

④ 东京大学东洋文化研究所藏双红堂文库藏京调本《天雷报》，第 8 页，http: // hong. ioc. u – tokyo. ac. jp/main_ p. php。

民间虽以"闻仲"为驱傩的主神，其本源仍是民间的雷神信仰。

戏曲"雷殛"结局中雷神最突出的身份就是"善恶之神"，也是雷神信仰最为集中的体现。目连戏中被插旗的10个恶人、《清风亭》中的张继保、《天打》中的李克成与张有德、《金锁记》中的张驴儿皆是因作恶多端而殒命于"雷殛"之下，而焦循口中的"无不大快"① 也正是在雷神信仰与善恶有报观念的杂糅下产生的观剧效应与心理感受。然而，尽管"雷神信仰"一定程度上推动了"雷殛"结局的源生与传播，但在《劝善记》与《劝善金科》中，"雷神信仰"却逐渐走向"神道设教"的歧途。《劝善记》几乎将"神道设教"作为创作宗旨提出，第三出《斋僧斋道》中"傅相"有念白曰："圣人以神道设教，岂非三教混成之意乎！盖儒也、释也、道也，名虽不同，而皆所以成乎己，犹之日也、月也、星也，明虽不一，而皆所以严乎天。"② 胡天禄在《劝善记跋》中称："予详观之，不过假借其事，以寓劝善惩恶之意，至于崇正之说，未尝不严，其有关于世教不小矣。"③ 至于《劝善金科》，其"神道设教"的色彩被进一步强化，连"妖言惑众"都要受"雷殛"之刑，足见其纳含的封建道德观之严苛。周贻白认为："所谓'劝善'，实际上就是制止当时人民对清廷有所反抗。"④ 如果说《新编目连救母劝善戏文》中的"劝善"还止步于"道德规劝"的话，《劝善金科》中的"劝善"则是赤裸裸的思想镇压了。当然，民间目连戏并未受到这种不良倾向的袭扰，诚如刘祯在《清代目连戏概述》中所说："《劝善金科》宫廷大戏并没有达到转移、左右民间演出倾向的目的，更没有取代民间轰轰烈烈的演

---

① 焦循《花部农谭》，载中国戏曲研究院编《中国古典戏曲论著集成》（八），第228页。
② 郑之珍《新编目连救母劝善戏文》上卷，明万历十年（1582）新安郑氏高石山房刊本。
③ 胡天禄《劝善记跋》，载郑之珍《新编目连救母劝善戏文》，明万历十年（1582）新安郑氏高石山房刊本。
④ 周贻白《中国戏剧史长编》，上海书店出版社2007年版，第570页。

出，它对民间的影响极其有限。"① 《新昌目连戏总纲》中的《出
雷》，尽管在内容上对《劝善记》有明显的继承，但是却添加了大量
的科诨，与原本阴森恐怖的气氛不同。祁剧《目连传》中"雷打拐
子"的情节，观众喧腾，万众参与，这才应是民间目连戏本来的
面貌。

三　民间性：戏曲"雷殛"结局的艺术底色

从现有文献而言，戏曲"雷殛"结局可能是民间艺人在长期舞
台实践中的杰出创造。《赵贞女蔡二郎》的作者已不可知，只能概以
"里俗"称之。钱南扬在《戏文概论》中认为早期南戏可能存在"编
剧者即是演员的情况"②。《张协状元》是现存最早之南戏剧本，为
"古杭书会"才人编写。钱南扬认为："在《张协》的时代，职业演
员恐怕还在萌芽时期。书会与剧团都是业余组织，自然更容易统
一。"③《赵贞女蔡二郎》之创作年代早于《张协状元》远甚，"路
岐"与"才人"身份的重叠自然更可能发生。

部分明清戏曲作品中的"雷殛"结局或为民间艺人根据舞台实
践在文人原作上另行增加的产物。《双珠记》之"雷殛"结局见于
《缀白裘》所收录的《天打》一出。《双珠记》现存版本为汲古阁本，
附于《六十种曲》中，共46出，并无与《天打》相似的内容。汲古
阁本的版本年代明显早于缀白裘本，所以汲古阁本的《双珠记》应
更接近沈鲸原作，而《天打》则为后人所加。胡适于《缀白裘序》
中对《缀白裘》的版本性质早有定论，其云："《缀白裘》所收的戏

---

① 刘祯《清代目连戏概述》，《中华戏曲》第14辑，山西古籍出版社1993年版，第
238页。
② 钱南扬《戏文概论》，上海古籍出版社1981年版，第221页。
③ 钱南扬《戏文概论》，第221页。

曲，都是当时戏台上通行的本子，都是排演和演唱的内行修改过的本子。"①《苏州戏曲志》中亦载："昆剧舞台演出本分《遇谣持正》一出为《卖子》《投渊》二出，并增加《天打》一出。《卖子》《投渊》为昆班所常演，且常连在一起演出。"② 与之相似的是《金锁记》，尽管《金锁记》中的"雷殛"并非艺人所作或另行添加，但却被艺人在演出实践中刻意地保留下来。《金锁记》清内府本之"雷殛"结局的标目本作"天殛"，但于昆剧演出中改为"天打"，并在同光年间全本不复演的情况下，仍然得以演出。③ 至于《西楼记》，现存诸版本中皆不见与"雷殛"有关之情节或标目，李复波认为带有"雷殛"情节之版本可能是《西楼记》之原本。④然而，张岱在《答袁箨庵》中却盛赞《西楼记》"皆是情理所有"⑤，与上文所述其对《合浦珠》之"雷殛"的批评反差过大。张、焦二人皆言之凿凿，不像有假。从年代而论，张在焦前，或许原本《西楼记》并没有"雷殛"情节，而焦循所观之《西楼记》反而为民间改本。

民间艺人对"雷殛"结局的创造或增补绝非偶然，恰恰证明了戏曲"雷殛"结局有其一定的艺术价值与魅力。并且，民间观众对戏曲"雷殛"结局的热衷程度显然胜过原先的结局模式，而这种观剧偏好也印证了"雷殛"结局鲜明的民间底色。王国维在《〈红楼梦〉评论》中将中国小说、戏曲的特质概括为"善人必令其终，而恶人必离其罚"⑥，让恶人在戏曲舞台上接受应有的惩罚，亦是戏曲作家的主要任务之一。恶人的结局越"惨"，观众则越能满意，也正

---

① 胡适《缀白裘序》，载杨犁编《胡适文萃》，作家出版社 1991 年版，第 520 页。

② 苏州市文化局、苏州戏曲志编辑委员会编《苏州戏曲志》，古吴轩出版社 1998 年版，第 113 页。

③ 参见王永敬主编《昆剧志》（上），上海文化出版社 2015 年版，第 198 页。

④ 参见李复波《〈西楼记〉版本补录》，《戏曲研究》第 22 辑，文化艺术出版社 1987 年版，第 233 页。

⑤ 张岱《答袁箨庵》，载《琅嬛文集》，第 107 页。

⑥ 王国维《〈红楼梦〉评论》，载《王国维文学论著三种》，商务印书馆 2017 年版，第 11 页。

如王云所说，以"世俗官府"来惩治恶人，确实难令民间的戏曲观众过瘾。《金锁记》是据关汉卿《窦娥冤》改编的戏曲作品。关作限于北曲体例，对张驴儿等一干人犯的命途交代得十分潦草，很难达到"无不大快"的艺术效果。所以，《金锁记》对张驴儿的命途直接改写为越狱后遭雷殛而死，演出效果要好上不少。此外，《清风亭》有一老派演法，据吴小如回忆，张继保需要"跪在舞台中央，手托二百铜钱而死"①。这种演出方式设计，实则使原本的"雷殛"结局得到进一步的强化，让观众的情感得以进一步的宣泄。

从场次"冷""热"来看，神魔迭出的"雷殛"结局毫无疑问应属于"热场"，而民间艺人在原本戏曲演出中创造或添加"热场"也有其深刻的艺术考量。焦循在《花部农谭》中提供了《双珠记》与《清风亭》的演出生态，即"村剧"②，已经颇为俚俗与热闹的《天打》也只能令当时观众"视之漠然"，只有《清风亭》之"雷殛"才能令其"无不大快"。可想而知，当时的观众大多是没有文化的农民。至于目连戏，演出生态则更加复杂，既可演于乡野村社、迎神赛会，也可演于闹市中的勾栏瓦舍。潘其炯在《艳火行序》中记述了当时湘潭地区城市中目连戏的演出情况：

> 己巳秋，演目连剧于城东之石牛铺。彩楼高结，俯临人海，妇女垂帘聚观者不下千人。因不戒于火，毁焉。闺帏弱质，颠倒于浓烟烈焰之中；市井狂童，狎侮于白日青天之下。其折肢体、焦发肤、弃钗钏、裂衣裳者不知几几。有惭而自经者。因作《艳火行》，以为闺媛观场之戒。③

在这么热闹的演出环境中，如果只是一味地安排"冷戏冷曲"，恐怕观者早已哄然散去。《闲情偶寄》有言曰："今人之所尚，时人

---

① 吴小如《台下人随笔》，蒋锡武主编《艺坛》第 5 卷，上海书店出版社 2007 年版，第 74 页。
② 焦循《花部农谭》，载中国戏曲研究院编《中国古典戏曲论著集成》（八），第 229 页。
③ 张应昌辑《国朝诗铎》，清同治八年（1869）永康应氏秀藏堂刻本。

之所习；皆在热闹二字。"① 民间艺人增补、保留"雷殛"结局，正是基于当时的民间演剧生态所做出的正确抉择。

当下，戏曲"雷殛"结局已鲜见于舞台，以往带有"雷殛"结局的戏曲作品大多被删润，以另一种"更合理"的面貌示人。回眸以往有关戏曲"雷殛"结局的争论，大多是基于文本内容的"合理性"或是其所传递的"封建迷信"思想，而忽视了戏曲"雷殛"结局自身的源生背景与艺术特征。从技艺难度而论，"雷殛"结局显然不足与几乎同时产生的"活捉"相提并论。所以，"活捉"有时可以单独作为一出折子戏进行演出，而"雷殛"则必须附庸于正剧。我们需要认识到，戏曲"雷殛"结局是民间艺人根据长期的舞台实践经验，结合当时特殊的演剧生态、观众背景以及民间信仰创造出的特殊产物，带有强烈的民间性色彩。欲对戏曲"雷殛"结局进行评价，需要突破以往"静态文本"的评价机制，以"民间性"为尺度，从"舞台""信仰"等诸多角度，对它的艺术风貌与戏剧价值做出审慎的评价，不能仅凭"封建迷信"就掩盖了它的积极价值。

若从当时的戏曲生态出发，这种基于观众的艺术创造显然有其一定的积极意义。当然，戏曲"雷殛"结局步入宫廷后，逐渐走向了"神道设教"的歧路，对此，则应坚决予以否定。那么，戏曲"雷殛"结局应该恢复吗？就当下的演剧生态而言，"镜框式"舞台与"村剧"的演出环境大相径庭，原本的雷神信仰基础也已消失殆尽，倘若是出于保护资料的目的进行"雷殛"结局的复排是合理的。但是，如果在新创作的戏曲作品中再加入戏曲"雷殛"结局，则无异于画蛇添足。

（张华宇　华东师范大学中文系硕士研究生）

---

① 李渔《闲情偶寄》，载中国戏曲研究院编《中国古典戏曲论著集成》（七），第75页。

南府原址新考[*]

王　岩

　　清代演剧机构之驻地包括景山、南府、六郎庄、圆明园太平村等多处，而景山、南府地处皇城周围，是驻地中最重要的两处。宫廷演剧机构正是因驻地而得名，康熙时期已经出现"南府学艺处""景山学艺处"之名，至乾隆时内务府已经下设"总管南府景山事务处"。民国以来，有关南府原址就存在"南花园"和"吴驸马府"两种说法，各自被不同的研究者所采信。而南府原址又与"南府"之名的产生时间问题纠缠在一起。现已知该机构最早见诸史料是大连图书馆藏内阁大库散佚满文档中清康熙二十五年（1686）六月二十日《郎

＊　本文为 2019 年国家社科基金青年项目"国家图书馆藏清宫戏曲文献研究"（项目编号：19CTQ017）、2020 年国家社科基金重大项目"清代宫廷戏剧史料汇编与文献文物研究"（项目编号：20&ZD270）阶段性成果。

中费扬古等为宫廷用项开支银两的题本》里有关"糊南府（音译）所用戏台架子（音译）及戏子架子（音译）六"①的记载。但也有学者认为南府之作为地名出现与其作为演剧机构的成立时间有先后之别。如郝成文《康熙朝南府、景山机构的设立与演变》一文指出："康熙二十五年（1686），南府即已'得名'，有学艺太监二十二名归掌仪司管理，但并未有演剧机构设立。同年，景山官学建立。康熙三十三年（1694），昆腔教习四名进入景山，与官学教习同住。至迟在康熙三十七年（1698），南府始有学艺太监三十三名的规制，一直延续至康熙五十一年（1712）。至迟在康熙四十七年（1708），南府已有授艺教习十余名，南府学艺处亦于此期成立，作为后世演剧机构之南府才于此时真正建立。"②但这并不能回答南府原址为何处，以及"南府"之名何时出现的问题。正如道光帝改组南府为升平署时曾明谕"唱戏之处不必称府"③，说明在他看来这种称谓确有不妥之处。但演剧之地承袭"南府"之名或许是因为此地原本确为王公府邸，这不得不使人追索南府之地前身为何处？本文试图通过舆图比对和文献梳理，重新回答上述问题。

一 南府原址为某公主府

确定南府原址为某公主府须将康熙朝《皇城宫殿衙署图》与乾隆朝《乾隆京城全图》对看。《皇城宫殿衙署图》现藏于台北故宫博物院，王其亨、张凤梧的最新研究成果《康熙〈皇城宫殿衙署图〉

---

① 辽宁社会科学院历史研究所、大连市图书馆文献研究室、辽宁省民族研究所历史研究室译编《清代内阁大库散佚满文档案选编·职司铨选 奖惩 宫廷用度 宫苑 进贡》，天津古籍出版社1992年版，第204页。

② 郝成文《康熙朝南府、景山机构的设立与演变》，《戏曲研究》第113辑，文化艺术出版社2020年版，第186~204页。

③ 中国国家图书馆编《中国国家图书馆藏清宫昇平署档案集成》（第3册），中华书局2011年版，第1081页。

解读》认为康熙帝继位以来居清宁宫即保和殿八年，原因是乾清宫"经雨辄漏，墙壁欹斜，地砖亦不平稳，阶石坼缝，甚不坚整"①，到康熙八年（1669）乾清宫修葺竣工才化解了"以殿为宫"的尴尬。因此该文判断："典制纪实性的《皇城图》成图，当在工程竣工，即康熙八年（1669）十一月二十四日前后。"②《乾隆京城全图》现藏于中国第一历史档案馆，是第一幅完整大比例尺北京内外城区实测地图。其绘制始于乾隆十年（1745）十一月初八，告竣于乾隆十五年（1750）五月十六，由海望负总责，郎世宁和沈源任技术指导。将这两幅图里西华门外向南、西三座门以北、南苑围墙以东、宫墙以西的区域进行比较，很容易发现《皇城宫殿衙署图》中的一座公主府及其以南的东西两个花园，至《乾隆京城全图》中已全部归入南府范畴。而这座公主府及府外两个花园正是南府原址。

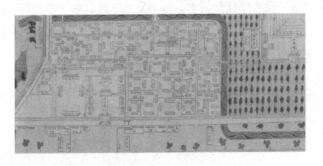

图 1　台北故宫博物院藏《皇城宫殿衙署图》部分

具体而言，在《皇城宫殿衙署图》中自西华门路口向南，依次经内工部炭库、钱粮衙门、观星台、礼仪监，过护城河桥，继续逶迤向南，过一道门向西，即来到一座坐北朝南的公主府邸。该府为一座

---

① 《清实录》编委会编《清实录》（第三册），《世祖章皇帝实录》卷一一八，中华书局1985年版，第917页。

② 王其亨、张凤梧《康熙〈皇城宫殿衙署图〉解读》（下），《建筑史学刊》2021年第3期，第14~29页。

三进院落，正门三开间，正殿、后殿和后寝皆为五开间，而在第一进和第二进院落中，两侧各有两座配殿。从比例结构来看，第一进院落的面积最为宽大，第二进次之，第三进最窄小。公主府外东西两侧，分别标有东西花园各一座。两座花园皆有院墙和院门，园中绘有房屋数间和树木若干。对比《乾隆京城全图》（涉及八排第七、九排第七、十排第七），同样是由西华门路口向南，依次经过煤炭库、铁库、钱粮衙门、大悲院、掌仪司，过护城河桥，继续逶迤向南。经南府胡同，过南府门向西，北侧院落即南府。此处画面漫漶，不易辨识，但仍能依稀识别出公主府三进院落的旧有格局，只是增加了多排房屋，而过去三座殿宇轩昂的屋顶也被改修为普通的连房。南府门外东西两侧分别标注为东院和西院，其位置恰好是《皇城宫殿衙署图》中东西花园的位置，只不过这两座院子在《乾隆京城全图》中已完全改建为居住区，没有绘任何树木，也不复见花园旧貌。尤其东院的居住区较之西院更加密集，约略有 15 个小型四合院，每个小院中皆有正房和两侧配房。

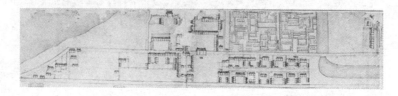

图 2　中国第一历史档案馆藏《乾隆京城全图》十排第七部分

上述改建的原因也很容易理解：一方面，因为公主府的规制显然不适宜内务府下辖的演剧机构使用，改建为普通房屋才符合仪制；另一方面，南府各学需要安顿数以百计的旗籍、民籍学生以及习艺太监，而有些民籍学生的家眷应该也居住在此处，这自然需要新盖大量房屋。最晚在乾隆二十年（1755），南府已经下设内头学、内二学、内三学、外头学、外二学、外三学、弦索学等 7 支"演职队伍"：

南府

总管 一员

内头学 太监 十九名

内二学 首领、太监 三十四名

内三学 首领、太监 三十四名

外头学 学生、太监 六十五名

外二学 首领、学生、太监 六十五名

外三学 首领、教习、学生、太监 八十三名

弦索学 首领、太监 二十六名

钱粮处 学生、太监 四十一名①

乾隆时期，宫廷演剧机构在城内的主要驻地即南府和景山两处，而南府的规模和人数要大于景山。要安置如此众多的人员，是《乾隆京城全图》中公主府、东西花园旧地添盖众多房屋的原因。

除公主府、东西花园改建为南府以及东西院，并添盖房屋外，以上两图还有其他差别。首先，南府外侧的胡同明确更名为"南府胡同"，这就明确了南府的位置。其次，南府胡同尽头墙上的门被更名"南府门"，这说明通过此门即入南府，这明确了过去公主府、东西花园等处皆为乾隆初年南府的范畴。至此可以得出结论，即康熙朝所建立的南府是在康熙八年（1669）时某公主府的基础上改建完成的，从康熙至乾隆初年已历三朝，南府的范围很可能在这段时间内不断扩张，最晚在乾隆初年公主府外东西花园也被纳入南府的范畴并用于建盖住家房。

二 南府原址非南花园

清人吴长元《宸垣识略》曾云："南花园今改名南府，为梨园子

---

① 总管内务府《南府学艺人等往热河备差人员数目及应备物品清单》，中国第一历史档案馆藏清乾隆二十年（1755）七月内务府呈稿，档案编号：05－0142－058。

弟所居，称南府学生。其出入关防甚严。"① 王芷章在 1935 年完成的
《清昇平署志略》中采用此说："南府一地，在明时本为灰池，清初
于其中杂植花树，培灌苏杭所进盆景，始改名曰南花园，高宗盖仿唐
明皇梨花园中教演子弟故事，移内中和乐、内学等太监使习艺其内，
以其辖于内务府，总管大臣及堂郎中等又常办公园内，为别于在西华
门内迤北之内务府言，遂名此在长街南口之分府曰南府。"② 至 1983
年版《中国大百科全书·戏曲曲艺》卷的"南府与升平署"条，王芷
章对南府的成立时间有所修正，但仍坚持南府原址为南花园之说：
"南府的设立，始于康熙年间，府址为原'南花园'，在今南长街南
口路西，北京市第六中学。"③ 此外，温显贵《从教坊、南府到昇平
署——清代宫廷戏曲管理的三个时期》（《湖北大学学报（哲学社会
科学版）》2006 年第 2 期）、黄敏学《清代宫廷音乐管理体制的时代
特征及其近代转型》（《江淮论坛》2011 年第 6 期）、贺海《清代戏
曲活动与皇家》（《紫禁城》1991 年第 5 期）、丁汝芹《康熙帝与戏
曲》（《紫禁城》2008 年第 6 期）等文章皆从此说，可见其影响之深
远。但实际情形并非如此。

有关明代灰池所在，刘若愚《明宫史·金集》载："出西苑门，
迤南向东，曰灰池，曰水碓。"④ 孙承泽《春明梦余录》卷三十九载：
"自西中门之西则尚宝监、鹰坊司，再西出西苑门，迤南东向曰灰池，
曰乐成殿，有水碓、水磨。"⑤ 但这两种说法都太过模糊，只能获知
大概方位。而刘若愚《明宫史·木集》"宝钞司"条的记载则较为
细致：

① 吴长元辑《宸垣识略》，北京古籍出版社 1982 年版，第 348 页。
② 王芷章《清昇平署志略》，商务印书馆 2006 年版，第 7 页。
③ 中国大百科全书总编辑委员会《戏曲曲艺》编辑委员会、中国大百科全书出版社
编辑部组编《中国大百科全书·戏曲曲艺》卷，中国大百科全书出版社 1983 年版，
第 263 页。
④ 刘若愚著，吕毖编《明宫史》，北京出版社 2018 年版，第 9 页。
⑤ 孙承泽著，王剑英点校《春明梦余录》（上），北京出版社 2018 年版，第 51 页。

掌印太监一员，管理、佥书十余员，掌司、监工数十员。每年工部商人办纳稻草、石灰、木柴若干万斤，又香油四十五斤，以为膏车之用。抄造草纸，竖不足二尺，阔不足三尺，各用帘抄成一张，即以独轮小车运赴平地晒干，类总入库，每岁进宫中以备宫人使用，至圣上所用草纸，系内官监纸房抄造，淡黄色，绵软细厚，裁方可三寸余，进交管净近侍收，非此司造也。……其衙门，左临河，后倚河，有泡稻草池，每年池中滤出石灰草渣，二百余年陆续堆积，竟成一卧象之形，名曰"象山"。有作（平声）房七十二间，各具一灶突，朝天，名曰七十二凶神。凡空阔土地，最宜种菜，今畦圃绵亘，桔槔相闻，若田家清野之象云。①

由此可知，灰池、象山等地为明时制作草纸之所在，其地在宝钞司附近。至清代灰池逐渐演变为南花园。如清人于敏中《日下旧闻考》卷四十一载："今之南花园即灰池旧址。"② 另据康熙朝大臣高士奇《金鳌退食笔记》载："南花园在西苑门迤南，东向，明时曰灰池，种植瓜蔬，于炕洞内烘养新菜，以备春盘荐生之用。立春日进鲜萝葡，名曰咬春。本朝改为南花园，杂植花树，凡江宁苏松杭州织造所进盘景，皆付浇灌培植，又于暖室烘出芍药牡丹诸花，每岁元夕赐宴之时，安放乾清宫。"③ 据高士奇"康熙甲子夏六月序"和徐乾学"康熙二十三年秋七月"④ 序文，可知该书所记为康熙十六年至二十三年间（1677—1684）事。

此外，清代文人笔记中还存在另一种说法，即认为南花园在奉宸苑署西，如吴振棫《养吉斋丛录》："南花园种植，或移栽盆盎，或

① 刘若愚著，吕毖选《明宫史》，第41~42页。
② 于敏中等编《日下旧闻考》（二），北京古籍出版社2001年版，第643页。
③ 高士奇《金鳌退食笔记》卷下，北京古籍出版社2018年版，第150页。
④ 高士奇《金鳌退食笔记》卷下，第115~118页。

采供瓶樽，随时呈进。园在奉宸院署西，前明所谓灰池也。若昔时圆明园所供花卉，则彼处别有花园主之。冬季还宫，南花园始进花。"①吴振棫为清嘉庆十九年（1814）进士，授翰林院编修，曾充实录馆纂修、提调兼校勘。但若将其所记对照乾隆朝《京城全图》，就会发现图中奉宸苑在西苑门东门外北侧，此地与明代以来灰池在"出西苑门，迤南向东"的说法完全背离。可知无论图像史料还是文字史料都与此说相悖，因而不予采信。

在前文史料梳理的基础上，笔者在中国第一历史档案馆查阅档案时得见《呈南花园地基图》② 一幅，将该图与《皇城宫殿衙署图》《乾隆京城全图》等对看，即可知南花园的确切地址。在《乾隆京城全图》十排第七图中，由南府门向东，南面墙上即标有一座"南花园门"，而《呈南花园地基图》中的对应位置同样有这座门。进到门内后，见一条东西方向的道路，沿此路向东，南侧有一座花神庙，继续向东过桥即是南花园。这个位置既符合明代《芜史》中灰池"出西苑门，迤南向东"的大致方位，又符合《明宫史》中"左临河，后倚河"的具体描述。图中此地贴着"花儿匠住房""海棠树""木香树"等字条，并注有"南花园地基东西长六十一丈五尺南北宽五丈共栽种葡萄四十八架"等字样。也就是说，明代之灰池即清代之南花园，地处西侧和南侧皆临护城河，而北侧和东侧皆临宫墙的这样一个狭长区域里。

同时，《呈南花园地基图》还解答了为何《宸垣识略》会将南花园误认为是南府原址，因为南府与南花园紧邻——只有一墙之隔。嘉庆九年（1804）的一份内务府档案显示：

> 四月初二日准管理南府景山事务处文开，据南府学艺处
> 呈称：南府东园内河北有南花园，东门内有随黄墙栅栏门一

---

① 吴振棫《养吉斋丛录》卷十九，浙江古籍出版社1985年版，第217页。

② 总管内务府《呈南花园地基图》，中国第一历史档案馆藏清嘉庆十五年（1810）正月初十日内务府奏折，档案编号：05－0547－013。

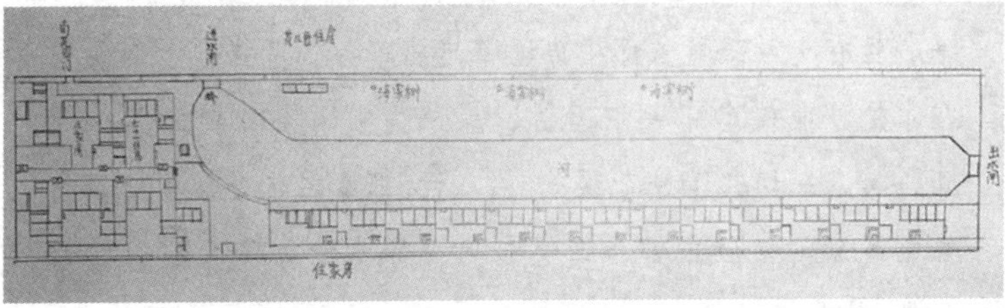

图3 中国第一历史档案馆藏《呈南花园地基图》（笔者绘）

座，相通本处东园，出入闲杂人等既无忌避，亦不由本处辖
管。启转咨奉宸苑，或不用此地，或将界墙高高长起，不许
闲杂人等来往等因呈报前来。本处会同该苑官员前往查勘，
此地系奉宸苑栽养承应地景、花卉、葡萄之处，并不与南府
相通。惟界墙必须长高二三尺，方属合宜。相应咨行贵司，
作速派员踏勘修理等因前来。……随派库掌舒展等踏勘得南
府东园住房后，拆砌院墙一道，通长十五丈五尺，原高六
尺，厚三尺。今拟长高三尺，按例需用青白灰一万三千三百
五十斤，入于备用灰斤稿内，声明开销外，添买旧样城砖五
千六百一块，每块银二分一厘。①

这份档案再次明确了南府与南花园并非一地，但确实毗邻的事
实。参看《呈南花园地基图》会发现图中西侧和护城河以南的众多
住家房，并不在南花园院墙范围内，而应该都是南府人员居住。且其
中有一处明确标注为"七十一住房"，七十一是内务府三旗包衣，在
嘉庆朝曾任骁骑校，长期在南府供职并负责精忠庙事务，参见嘉庆五
年（1800）内务府呈稿：

　　　管理南府景山事务处呈为报堂事。本年六月二十一日，

① 《为支领拆砌南府东园住房后院墙垣等项添买旧样城砖等物所需工价银钱事》，中
国第一历史档案馆藏清嘉庆九年（1804）八月三十日内务府来文，档案编号：
05－08－006－000401－0041。

奉丰公谕：新放骁骑校七十一，在南府当差多年，差务谙练。且有交派跟随堂郎中办理精忠庙事务。着将七十一仍留在本处办理精忠庙一切差务，除该佐领下事务仍令其办理外，其余一切骁骑校杂项差使，着交都虞司转交参领处概行停止等谕。相应报堂，饬交该司遵照堂谕办理可也，为此呈报。①

南府不仅与南花园紧邻，且嘉庆中期南府一度试图兼并南花园地基，参见嘉庆十五年（1810）内务府大臣常福的奏折：

再奴才遵旨亲赴踏勘南花园门，查该处与南府毗连。园内种有葡萄架四十余架，匠役等必须由此门出入。若交奉宸苑另择处所，移种葡萄，将此门点砌，地面拨给南府，似为严紧。谨绘图恭呈御览，伏候命下，遵照办理，谨奏。②

内务府大臣从关防严紧的角度试图将南花园地基拨给南府使用，但此奏请应该没有获批。因为从嘉庆十五年（1810）至清末，内务府下辖的营造司每年都会呈请为南花园花卉搭盖或撤去天棚，例如宣统三年（1911）六月十八日的内务府呈稿：

宣统三年三月初二日准，奉宸苑文开，据南花园苑丞吉增呈称：今据北花园首领赵来福呈报，查得年例，园内遮盖各色花卉搭盖天棚三座，计九间。③

这说明南花园直至清末仍然承担着为内府提供盆景花卉的职责。虽然南府兼并南花园地基的想法并未实现，但南府与南花园毗连的事

---

① 《为呈报新放骁骑校七十一仍留南府当差其余一切骁骑校杂项差使着交都虞司转交参领处概行停止等谕事》，中国第一历史档案馆藏嘉庆五年（1800）六月内务府呈稿，档案编号：05-13-002-000511-0038。

② 《奏为请将南花园门所种葡萄移种南府事》，中国第一历史档案馆藏清嘉庆十五年（1810）正月初十日内务府档案，档案编号：05-0547-059。

③ 《为支领年例搭盖南花园园内遮盖各色花卉所需银两事》，中国第一历史档案馆藏清宣统三年（1911）六月十八日内务府呈稿，档案编号：05-08-030-000607-0027。

实和两地容易混淆的原因已经非常清晰。

另外，将《乾隆京城全图》与《呈南花园地基图》对看，会发现后者在护城河以南的狭长区域中多画出一排住家房，共计 13 座，每座容纳三至五间房屋不等。这说明自乾隆十五年（1750）《乾隆京城全图》绘制完成之后，南府的人员规模又有所扩大，因而不得不加盖住房。而这种标注为"住家房"者很可能是用于安置民籍学生家眷。

三　南府原址非吴驸马府

清末民国以来的梨园艺人或与之交好的一些学者中间，流传着南府旧址为吴驸马府的说法。例如 1926 年，罗瘿公曾在著述中称："南府本为吴驸马府第，后改为升平署，习俗相沿，仍呼南府也。"① 1932 年，齐如山在《谈升平署外学脚色》一文中也谈道："带回昆班及昆曲名宿若干人，在内廷供奉，但因人数添多，遂迁入南长街吴驸马府，即改名曰南府。"② 京胡演奏家徐兰沅的描述更加详细："清宫内的南府，由来很久了。据前辈老先生们谈，南府原是吴三桂的儿子吴驸马府，该屋所谓犯五蛊七煞……无人敢住，就作为宫中教戏的所在，故称之为南府。"③ 另外，章乃炜、王蔼人所著《清宫述闻》历来被认为考据严谨，该书论及南府时特加按语为："另于西华门外迤南，吴三桂之子额驸世璠之第，设承应宫廷戏差之所，名曰南府（地

① 罗惇曧遗编，李宣倜校补，樊增祥批注《鞠部丛谈校补》，浙江人民美术出版社 2016 年版，第 54 页。
② 齐如山《谈升平署外学脚色》，载《齐如山国剧论丛》，商务印书馆 2015 年版，第 335 页。
③ 徐兰沅口述，唐吉记录整理《徐兰沅操琴生活》（第一集），中国戏剧出版社 1998 年版，第 96 页。

址为艺文等学校）。"①

　　但上述说法多源于梨园行从业者的口耳相传，吴驸马府究竟位于何处并没有官方史料作为佐证。目前为止，只有清人纪昀《阅微草堂笔记》卷十"如是我闻"第四中有一段相关记载："裘文达公赐第，在宣武门内石虎胡同。文达之前，为右翼宗学；宗学之前，为吴额驸府；吴额驸之前，为前明大学士周延儒第。"② 至光绪十一年（1885），朱一新重修《顺天府志·京师志·坊巷》后，曾修订整理出版《京师坊巷志稿》上下卷，关于"石虎胡同"条目下的吴额驸府，他特加按语说："吴三桂子应熊，尚太宗幼女恪纯长公主，即吴额驸也。后三桂叛，应熊及其子世霖皆伏诛。"③ 但朱氏之说也是因循纪昀旧说，并未发掘到新的史料证据。学者杨乃济通过对石虎胡同西路北侧中央民族学院附中进行实地考察，发现该校校舍其实占据着东西两路院落。

　　　　这西一路围墙内的几进大院落，既不像住宅又不像庙宇，而颇似衙署和府第。由于不见使用琉璃瓦，如果是府第的话，当为亲王、郡王以下的贝子、公一类的品级。

　　　　该校东一路，现有三进院落，现作为行政教学办公用房。这三进院落的规模，和房舍的开间、进深尺度，都比西一路要小得多。而且除了临街的三开间的门座用了筒瓦外，其余房舍一律用板瓦，面貌颇似一般的四合院住宅，与西一路的格局、派势迥然相异。④

---

① 章乃炜、王蔼人《清宫述闻》（初续编合编本·下），紫禁城出版社 2009 年版，第770 页。

② 纪昀《阅微草堂笔记》卷十"如是我闻"（四），浙江古籍出版社 1998 年版，第179 页。

③ 朱一新《京师坊巷志稿》，北京古籍出版社 1982 年版，第 85 页。

④ 杨乃济《右翼宗学遗址考辨》，载北京历史考古丛书编辑组编《北京文物与考古》，北京历史考古丛书编辑组 1983 年版，第 176~187 页。

杨乃济进而比对《乾隆京城全图》《不入八分镇国公溥咸府第画样》，断定西一路的院落为乾隆帝第一子永璜之长子绵德的府第，此后该府第由绵德之子奕纯、奕纯之子载锡，载锡之次子溥喜、三子溥吉，奕纯之孙载铭之子溥咸，溥咸之子毓厚先后继承，可见是流传有序。同时，杨乃济又征引《钦定八旗通志》和内务府奏案，得出结论：右翼宗学于雍正三年（1725）初设，在西单牌楼北口石虎胡同，共房88间，至乾隆十九年（1754）移至绒线胡同。乾隆二十一年（1756）宗学旧地被赐予裘曰修，直至乾隆五十四年（1789）宅邸中仍有裘氏子孙居住。因此，民院附中西一路的院落绝不是右翼宗学旧地，至于右翼宗学旧址具体在石虎胡同何处则尚无确证。1994年，杨进铨撰文对右翼宗学的位置问题进行补充，认为民院附中东一路院落即绵德府第隔壁宅院即为右翼宗学，根据是："这个宅院1949年时房屋计为53间。如果加上第四进院和西墙根两处因糟朽而拆除的房子，则可与88间吻合（按：《钦定八旗通志》中对右翼宗学有房88间的描述）。这里为右翼宗学校址应无疑问。"[1]

既然民院附中西一路院落为绵德府旧址，东一路院落为右翼宗学旧址，且二者紧邻，那么纪昀"如是我闻"中的记载也就更加可信。绵德府前身即当为吴驸马府，该府第从规制和房间数量上都与公主府相符。据内务府档案，可知绵德接手这座府第时的房屋数量。

> 皇八子永璇著加恩封为郡王，赏给西长安街王府居住，其西华门外王府著赏给皇孙定郡王绵恩居住，西单牌楼公府著赏给皇孙镇国公绵德居住。[2]

> 随据钦派大臣带领司员前赴各处，按册详细查得：西长

---

① 杨进铨《蒙藏学校石虎胡同校址及其历史沿革考辨——兼考右翼宗学、松坡图书馆遗址》，《内蒙古大学学报》（哲学社会科学版）1994年第1期，第28~34页。

② 《为奉旨皇八子永璇封为郡王赏给西长安街王府居住等事宜著各衙门照例办理具奏恭录粘单事致内务府》，中国第一历史档案馆藏清乾隆四十四年（1779）三月内务府来文，档案编号：05－13－002－000446－0001。

安街王府一座，计房三百十四间；西四牌楼王府一座，计房三百十六间；太平湖王府一座，计房三百十二间；石虎胡同公府一座，计房一百四十八间。通共计房一千九十间。①

148 间房屋的数量与同时期存在的和硕恭悫公主府相近。"臣讷亲、三和、傅恒谨奏，为请旨事，查得铁狮子胡同旧有恭悫公主府一座。计房一百五十间，其房间无多，且有倾圮坍塌之处。"② 而档案中王府的房屋数量则都在 300 间以上。从品级角度看，《清史稿》卷一一七载："公主额驸，位在侯、伯上。尚固伦公主〔中宫所生女〕，曰固伦额驸，秩视固山贝子；尚和硕公主妃所生女及中宫抚养者，曰和硕额驸，秩视超品公。"③ 可知固伦额驸、和硕额驸的品级在贝子、公之间。这与内务府档案中显示的石虎胡同为公府也相符。

另外，近年来的一些研究成果也在支持吴驸马府位于石虎胡同的判断。例如朱诚如主编的《清史图典》认为，"该驸马府（指吴驸马府）位于北京西单小石虎胡同"④，并附"吴应熊驸马府原址内院"图片。再如北京建筑大学刘国刚的硕士论文《北京清代公主府建筑规制与特征研究》，也通过文献梳理和实地测绘认同上述观点。⑤

四　南府原址为固伦靖端长公主府

前文已揭，南府原址是康熙八年（1669）时仍存在的某公主府，而康熙二十五年（1686）时"糊南府所用戏台架子"的档案已经出现。

---

① 总管内务府《奏为添建王府用过工样钱粮数目事折》，中国第一历史档案馆藏乾隆四十七年（1782）三月初一日奏销档，档案编号：369-263-1。
② 讷亲、三和、傅恒《奏请领银修理铁狮子胡同旧有恭悫公主府片》，中国第一历史档案馆藏清乾隆十年（1745）十二月二十二日奏销档，档案编号：214-047-1。
③ 赵尔巽等撰《清史稿》（第 12 册），中华书局 1977 年版，第 3363 页。
④ 朱诚如主编《清史图典·康熙朝》，紫禁城出版社 2002 年版，第 191 页。
⑤ 参见刘国刚《北京清代公主府建筑规制与特征研究》，硕士学位论文，北京建筑大学 2020 年，第 41~42 页。

说明此时公主已薨逝或缘事迁出府第，内务府因而收回府第改作他用，原址遂改称南府。因此，康熙八年（1669）至二十五年（1686）间薨逝或获罪的清朝公主有可能是该府第的主人，而符合上述情况的公主至少有皇太极三女固伦靖端长公主（1628—1686）、四女固伦雍穆公主（1629—1678），顺治帝二女和硕恭悫公主（1654—1685），顺治帝养女（努尔哈赤之曾孙女，饶余敏郡王阿巴泰之曾孙女，安郡王岳乐次女）和硕柔嘉公主（1652—1673）等四位。

首先，和硕恭悫公主府旧址在铁狮子胡同（今张自忠路 7 号）。乾隆朝以来，满蒙联姻的公主才渐渐在京内择地建造府第。乾隆十年（1745），乾隆帝三女和敬公主被指婚科尔沁博尔济吉特氏辅国公色布腾巴勒珠尔。额驸自小养育宫中，颇受圣恩眷顾，而和敬公主又是孝贤皇后留下的唯一骨血，因此特准其在京内建造府第。而其府第选址正是顺治帝第二女恭悫公主府旧址。"臣讷亲、三和、傅恒谨奏：为请旨事，查得铁狮子胡同旧有恭悫公主府一座。计房一百五十间，其房间无多，且有倾圮坍塌之处。"[①] 内务府大臣这次奏请修理旧有恭悫公主府正是为修盖和敬公主府。参看《皇城宫殿衙署图》中东四附近，确有一座标注为"公主府"的两进院落，其地以北有城隍庙，东南方向为番经厂，相较而言是附近最为宏阔的建筑。此即康熙初年的恭悫公主府。

其次，固伦雍穆公主远嫁蒙古，其府第应不在京中。固伦雍穆长公主名雅图，孝庄皇后所出。崇德六年（1641），皇太极接受科尔沁左翼中旗和硕卓礼克图亲王乌克善为其子弼尔塔哈尔的聘礼，下诏把固伦公主嫁与弼尔塔哈尔为妻。弼尔塔哈尔是孝庄文皇后的亲侄子，与固伦公主是表兄妹结亲，婚后生长子鄂齐尔。康熙十七年（1678）公主病逝，其陵寝在今内蒙古自治区通辽市扎鲁特旗前德门苏木

---

① 讷亲、三和、傅恒《奏请领银修理铁狮子胡同旧有恭悫公主府片》，中国第一历史档案馆藏清乾隆十年（1745）十二月二十二日奏销档，档案编号：214－047－1。

（乡）的南面丘陵之中，该地当时系科尔沁右翼中旗辖地。同时，《世祖章皇帝实录》中也透露出固伦雍穆公主长期住在科尔沁草原的信息，例如顺治十六年（1659）闰三月实录载：

> 壬辰。先是有旨，往召外藩蒙古王等所尚五公主及额驸，并科尔沁国卓礼克图亲王吴克善、达尔汉巴图鲁郡王满朱习礼俱来京。卓礼克图亲王吴克善以公主病，有误来朝回奏。达尔汉巴图鲁郡王满朱习礼以公主病泄，自身冒风，两孙病殂，诸子复感寒疾，奏请免朝。于是理藩院劾奏。蒙皇上谊笃亲亲，特令公主额驸来朝。今亲王吴克善、郡王满朱习礼奉诏不即至，反推托事故奏陈，殊属不合。仍应催令来京，严加议处，奏入。奉旨，卓礼克图王、巴图鲁王不闻命即至，借端推诿，甚属不合。尔衙门会同议政王、贝勒、大臣议奏。议未上，至是达尔汉巴图鲁郡王星夜引罪来朝。上谕曰：公主、王当此无事之际，以善言相慰。笃亲之故，特召之来。朕之恩待甚厚。矧达尔汉巴图鲁郡王系皇太后亲兄，又曾行间效力，著有劳绩，故欲进封为亲王。今乃以公主病泄孙死为辞，不遵诏旨。藐视朕躬，有干国纪。朝与不朝，任从己便。岂朕轸恤款待有未至乎？已付诸王大臣议处。今达尔汉巴图鲁郡王既自引罪，星夜来朝，著从宽免议。其进封亲王亦著停止。[1]

固伦雍穆公主嫁与卓礼克图亲王吴克善三子弼尔塔哈尔，因此吴克善所说的公主就是固伦雍穆公主。另外，《黑图档》中还存有康熙十二年（1673）十月内务府为其修茸府第的档案，但原档错译为"固伦荣宪公主"[2]，杜家骥曾在《清朝满蒙联姻研究》中专门廓清："康熙十二年十月，为 yangsangga（容美、有丰采），wesihun（崇高尊

---

① 《清实录》编委会编《清实录》（第三册），《世祖章皇帝实录》卷一二五，第969页。
② 赵焕林主编《黑图档·康熙朝》（第12册），线装书局2017年版，第95~96页。

贵）gurun（固伦）gungju（公主）修建已损坏之府第，查满文《玉牒》并与汉文《玉牒》对照，得知她是固伦雍穆公主，清太宗第四女，崇德年间嫁科尔沁左翼中旗，早已为她建有府第，因而康熙十二年为其旧宅修葺。"[1] 因此，固伦雍穆公主的府第应不在京中。

再次，《皇城宫殿衙署图》中明确标注出六座公主府和一座格格府，以南府前身这座公主府的规格最高。清代典制中没有留下对于公主府的建筑规制，但亲王、世子、郡王、贝勒、贝子、镇国公、辅国公的府第规制可作参考。据《康熙会典》卷一三一载：

顺治九年题准：

亲王府台基高一丈。台基上盖房五座。内盖两层楼房一座。贴金彩，画五爪龙及各样花草。柱施纯色红青。不许雕刻龙首。用绿脊绿瓦。殿楼门基，高与府台基等。座位高八尺，长一丈一尺，阔九尺。座基，高一尺五寸。施以朱漆。贴金彩，画五爪龙。后屏，绘五爪龙及五色云。止用绘漆，雕刻有禁。殿前门首用石栏杆。

世子府台基高八尺。殿楼房屋及门，绘金彩四爪龙。余与亲王同。

郡王府与世子同。

贝勒府台基高六尺。台基上盖房五座。堂房及门，贴金彩画各样花草。柱施纯色红青。用平常筒瓦。堂门台基，高与府台基等。

贝子府台基高二尺。堂房及门，贴金彩，画各样小花草。柱施纯色红青。堂门台基，高与府台基等。

镇国公、辅国公府俱与贝子同。[2]

---

① 杜家骥《清朝满蒙联姻研究》（上），故宫出版社 2013 年版，第 351~352 页。
② 王长林编《大清五朝会典》第二册下（康熙会典卷一三一），线装书局 2006 年版，第 1715 页。

另据《乾隆会典》卷七十二载：

府第

凡亲王府制：正门五间，启门三，缭以崇垣，基高三尺。正殿七间，基高四尺五寸。翼楼各九间，前墀环护石阑，台基高七尺二寸。其上后殿五间，基高二尺。后寝七间，基高二尺五寸。后楼七间，基高尺有八寸。共屋五重，正殿设座，基高尺有五寸，广十有一尺，修九尺。后列屏三，高八尺，绘金云龙，雕龙有禁。凡正门殿寝均覆绿琉璃，脊安吻兽，门柱丹艧饰以五采金云龙文，禁雕刻龙首，压脊七种。门钉纵九横七，楼屋旁庑均用护瓦，其为府库为仓廪为厨厩及典司执事之屋分列左右，皆版瓦黑油门柱。

世子府制：正门五间，启门三，缭以崇垣，基高二尺五寸。正殿五间，基高三尺五寸，翼楼各五间，前墀环护石阑，台基高四尺五寸。其上后殿五间，基高二尺。后寝五间，基高二尺五寸。后楼五间，基高一尺四寸。共屋五重。殿不设屏座，梁栋绘金采花卉四爪云蟒，金钉压脊各减亲王七之二，余与亲王府同。

郡王府制与世子府同。

贝勒府制：基高三尺，正门一重，启门一，堂屋五重，各广五间，瓪瓦压脊五种，门柱红青油漆，梁栋贴金采画花草，余与郡王府同。

贝子府制：基高二尺，正门一重。堂屋四重，各广五间，脊用望兽，余与贝勒府同。

镇国公、辅国公制与贝子府同。①

从顺治初年至乾隆朝，王公府第的建筑规制逐渐定型。各朝之间

---

① 王长林编《大清五朝会典》第十一册（乾隆会典卷七二），第642～643页。

的规格虽前后有别，但可知台基高度、殿堂开间数量、院落进深等是衡量府第级别的重要标准。在《皇城宫殿衙署图》中，只有南府前身这座公主府为三进院落，正门为三间，殿堂皆为五间，正门前绘有多级台阶说明台基较高。其余 5 座公主府，有 3 座是两进院落，2 座是一进院落，另有 1 座格格府为一进院落；有 3 座是大门三开间、殿堂三或五开间，2 座是大门一开间、殿堂三或五开间，格格府是大门三开间、殿堂三开间。5 座公主府和 1 座格格府大门皆无台阶，说明台基不高，院落进深也相对窄小。因此，南府前身这座公主府应是图中身份地位最高者，笔者倾向于认为该府属于固伦靖端公主府，而非和硕柔嘉公主府。

据《清史稿》卷一百六十六之《公主表》①，固伦端靖长公主是清太宗皇太极第三女，生母孝端文皇后博尔济吉特氏，名哲哲。天聪二年（1628）七月生，康熙二十五年（1686）五月薨，葬于哲里木盟科尔沁左翼中旗瓦房屯之东北，年 59 岁。初封固伦公主；顺治十四年（1657），进固伦长公主；顺治十六年（1659），封延庆长公主，复改靖端长公主。崇德四年（1639）正月，下嫁科尔沁部索诺木之子奇塔特。奇塔特，姓博尔济吉特氏，孝庄文皇后兄子；崇德八年（1643），受赐固伦额驸仪仗；顺治六年（1649），袭封科尔沁多罗郡王；顺治八年（1651）闰二月卒。之所以认为南府原址之公主府当为固伦靖端长公主府，正是由于额驸奇塔特早丧，而公主长期寡居，存在回京短期甚至长期居住的可能。《世祖章皇帝实录》中顺治十三年（1656）有固伦靖端长公主进京朝见顺治帝的记录，以及顺治十六年（1659）受封号的记录：

（顺治十三年九月辛酉）先是，有旨召外藩土谢图亲王巴达礼，卓礼克图亲王吴克善，达尔汉巴图鲁郡王满朱习

---

① 赵尔巽等撰《清史稿》第 18 册，第 5270～5271 页。

礼，固伦额驸阿布鼐亲王、公主，额尔德尼郡王母公主，弼尔塔噶尔额驸、公主，巴雅思护朗额驸、公主，齐伦巴图鲁额驸、格格等，来见。至是俱至，上御太和殿受朝，赐宴。①

（顺治十六年十二月）庚戌。封下嫁察哈尔固伦公主为永宁长公主。额尔德尼郡王母固伦公主为延庆长公主。额驸弼尔塔噶尔所尚固伦公主为兴平长公主。额驸塞布腾所尚固伦公主为和顺长公主。额驸巴雅思护朗所尚固伦公主为昌乐长公主。额驸吴应熊所尚和硕公主为建宁长公主。②

顺治十年（1653），奇塔特长子额尔德尼袭多罗郡王爵，因此文中"额尔德尼郡王母"即固伦靖端长公主。从前文所引顺治十六年（1659）闰三月的记录可知，蒙古王公须定期进京朝贺，因故不到须遣公主、额驸进京，这为公主在京居住提供了机会。

从满蒙关系的角度来看，蒙古科尔沁部是最早归附清政权并与努尔哈赤家族建立姻亲关系的部族，努尔哈赤、皇太极两代统治者通过与该部联姻建立长期友好合作关系，从而逐步统一东北、绥服漠南蒙古、征服朝鲜，并逐渐开展对明王朝的战争。杜家骥指出："从入关初至清末，清皇家与科尔沁蒙古仍一直联姻不断，这种长时间的连续性，为其他蒙古联姻部落所不能比拟，联姻达130人次。"③ 换句话说，该部是与清皇家通婚人次最多，同时也是娶皇家公主最多的蒙古部落，并且是唯一嫁女成为皇后、皇太后的外戚部落。这种紧密的姻亲关系为寡居的靖端长公主居京给予了保障。

康熙二十五年（1686）五月，固伦靖端长公主薨逝。此后不久，

---

① 《清实录》编委会编《清实录》（第三册），《世祖章皇帝实录》卷一〇三，第806页。
② 《清实录》编委会编《清实录》（第三册），《世祖章皇帝实录》卷一三〇，第1009页。
③ 杜家骥《清朝满蒙联姻研究》（上），第28页。

恰好出现康熙二十五年（1686）六月二十日有关"糊南府所用戏台架子"的档案。因此，南府原址当为皇太极三女固伦靖端长公主在京内的府第。

综上所述，首先，通过对康熙八年（1669）绘《皇城宫殿衙署图》、乾隆十五年（1750）绘《乾隆京城全图》、嘉庆十五年（1810）《呈南花园地基图》进行比对，并参考内务府相关档案，可知南府原址为康熙初年仍存在的某公主府及府外东西两花园。其地在西华门外向南、西三座门以北、南苑围墙以东、宫墙以西的区域内。其次，明代灰池至清代演变为南花园，其地在西侧和南侧皆临护城河而北侧和东侧皆临宫墙的这样一个狭长区域里。南府与南花园紧邻——只有一墙之隔，无怪乎《宸垣识略》会将二者混淆。再次，吴驸马府当在西单牌楼小石虎胡同，即新中国成立以来民族学院附中西一路的院落，此地在乾隆朝赐与绵德作为府第，并非南府原址。最后，南府原址这座公主府是《皇城宫殿衙署图》所绘 6 处公主府中规格最高者，当为一座固伦公主府。在排除固伦雍穆公主、和硕恭悫公主之后，可判断此处当为皇太极三女固伦靖端长公主在京府第。

（王岩　国家图书馆副研究馆员）

287

雍朝戏事

——从《活计档》看雍正帝与宫廷戏曲的发展[*]

陶晓姗

清前期是中国古代戏曲发展的重要时期，但目前关于清前期宫廷戏曲研究尤其是雍正朝时期的研究比较薄弱，往往只是一笔带过，鲜见专文论述，这显然与相关档案稀少有着密切关系。有学者钩沉史料，发现雍正帝严禁官员蓄养戏子[①]，像是表现出对戏曲的禁抑的态度。但《养心殿造办处各作成作活计清档》[②]（业内简称《活计档》，下文亦如此简称）中，有一些关于当时雍正帝制作戏台、砌末的旨令。目前仅见彭秋溪从中梳理雍正朝与乾隆朝关于宫廷戏曲的档案，

[*] 本文在撰述时得到了北京艺术研究所研究员丁汝芹老师的指教，并惠予相关资料，特此记之感谢。
[①] 参见李国荣《雍正严禁官员收养戏子》，《紫禁城》1989 年第 1 期，第 5 页。
[②] 《养心殿造办处各作成作活计清档》，载中国第一历史档案馆、香港中文大学文物馆合编《清宫内务府造办处档案总汇》，人民出版社 2005 年版。

发表《雍正、乾隆两朝内府〈活计档〉所见戏曲史料选辑》① 一文，但因系档案选辑，使本就为数不多的雍正朝戏曲档案被节略掉了关于西峰秀色戏台和戏曲服饰的档案，目前亦未见有后续分析。经对《活计档》的全面梳理，笔者发现这些档案是未经修饰的一手史料，虽然零散不成体系，但还是可以为人们了解宫廷戏曲在雍正朝的发展，以及了解雍正帝对戏曲的真实态度有所帮助。因此笔者撰文以抛砖引玉，并就教于方家。

一　雍正帝与南府教习陈五

南府是康熙朝以来掌管宫廷奏乐演出的机构，并以民间艺人、小太监和艺人子弟等为对象，培养宫廷自己的演艺人员。雍正朝南府档案已佚，相关演员的情况一直不明了，像晚清的"同光十三绝"之类的画像资料更是不可得。但是有一组由雍正帝下旨成作的造像，却在无意中定格了当时一位南府教习的扮相姿态。

当时雍正帝要求造办处制作一组雕像，即由骑马关公与关平、周仓等六人随从的七人组像。雍正帝在看到蜡样之后评说："关夫子脸像拨的不好；照圆明园佛楼内供的关夫子脸像拨；其从神站像款式亦不好，着南府教习陈五指式拨像。钦此。"② 由此可知，当时南府有一位叫陈五的教习。教习本人既是教师也是演员。而今天在紫禁城钦安殿内还可以找到这一组雕像（图1）。在这组塑像中，六从神分两列护卫在关公马前，图片中较为清晰的是前列二人，他们或扛刀昂首向前，或手攥红带做急走状，人物神态栩栩如生。从图1可见，这六人的姿态虽不脱军旅本色，但明显带有戏曲人物式的艺术加工，因而

---

① 参见彭秋溪《雍正、乾隆两朝内府〈活计档〉所见戏曲史料选辑》，《戏曲与俗文学研究》第7辑，社会科学文献出版社2019年版，第240~280页。

② 《雍正十二年各作成作活计清档》，载中国第一历史档案馆、香港中文大学文物馆合编《清宫内务府造办处档案总汇》（第6册），第535页。

他们与钦安殿中其他平正端直的诸神造像相比，显得更为生动。不得不说，雍正帝的做法促进了戏曲与塑像这两种艺术类型之间的交流借鉴。所以，这一组塑像既可为雍正朝关公信仰提供实物研究，也可以为雍正朝戏曲人物的扮相与神情、姿态做参考，其可供学术研究的价值当引起人们的重视。

图 1　钦安殿关公骑马并六从神组像（图片来自故宫博物院）

雍正帝能直接说出南府教习陈五的名字，说明他不仅是宫廷戏曲表演的观众，对南府的情况亦十分了解，对教习陈五及其表演水平是熟悉的，这表明了雍正帝对戏曲表演充满了兴趣。而这种兴趣，还体现在他对戏曲服饰的讲究上。

二　雍正帝与宫廷戏曲服饰

今天故宫博物院保存有大量的清代宫廷戏曲服饰，其精美华丽之程度让人惊叹（图 2）。而《活计档》中记载了雍正帝制作带板、改良宫衣的种种旨令，透露着他精工打造戏曲服饰砌末的目的。

图 2　故宫博物院藏清代戏衣（图片来自故宫博物院）

（一）雍正帝对戏带板的精工打造

带板，是指服饰中所用的腰带，上饰各种材质的板块。养心殿造办处所做的带板有两类，一类是供皇帝自用与赏用的带板，带上一般只用四块板；另一类即为戏曲人物所用，称为"戏朝代板""戏带板"，即为剧中君王大臣所用之腰带，其所用的板块数量较多。

雍正朝造办处所做戏带板，涉及白玉、红铜、黄铜、假珊瑚等多种材质，最为贵重的为"金托板雕龙珊瑚面戏带板一分，宽一寸七分，计大小二十块；金托板雕龙珊瑚面戏带板一分，宽一寸三分，计大小二十块"①。雍正帝要求造办处所做戏带板的图案以夔龙为主，工艺涉及雕刻与錾刻。如果工艺更为复杂的话，雍正帝还要求将其交由更擅长制作的地方去制作。

> 雍正六年三月三十日太监王太平传旨："尔传与海望照
> 雕刻宋龙珊瑚桃式盒样式，将戏朝带板做几副；若造办处做
> 不来，俟日下有人往广东去，可说与广东去的人，着伊照样

---

① 《雍正七年各作成作活计清档》，载中国第一历史档案馆、香港中文大学文物馆合编《清宫内务府造办处档案总汇》（第 3 册），第 482 页。

做来，钦此。"①

当时广东为通商口岸，工匠云集，并形成了以精巧繁复著称的"粤工"，而当时的粤海关监督除选送能工巧匠进入养心殿造办处服务外，还在当地为皇帝采办材料、制作器物。所以雍正帝有时也会要求将一些活计送往广东去做。这也表明雍正帝注重戏曲服饰的工艺，强调精工细作。而他对女性戏曲人物服饰的要求更是精益求精。

（二）雍正帝对女性戏曲服饰砌末的改良

养心殿造办处是雍正帝御用的综合性造办机构，并不为其他皇家成员服务，除了在年节时据旨成作一些戒指、手镯、头钗以备赏用外，几乎不制作女性服饰用品。雍正七年（1729）五月时，雍正帝传旨，要求对一件女性宫衣及长裙进行改做，他提的要求非常细致，说："此宫衣护领换做绣的；如意云肩款式不好，孔雀翎亦不好；其四角当放长，袖子宽可当去窄；中间莲花头亦大了，当收小；摆缝两边抽高；中间放下云肩折窝去凹；浑身花样有可改处更改；后身恭腰中间要做一假活的裙子，边要做直的，或用秋香色、紫色、葵黄色、松绿色、鱼白色，每样绣做二件。画画蛮子内有懂得宫衣的，着他画样。有不明白之处可问阿兰泰。钦此。"②

这里的宫衣与裙子是演员扮演仙女所穿的服装。从引文可见雍正帝对现有这套戏服有诸多不满意的地方，他从护领的工艺、云肩的式样、四角长度、袖子宽窄、花样大小、裙子边曲直、周身款式如何相配合以及做何种颜色，都一一提出改进要求。这种改进可能是他在观戏时发现仙女衣饰并不合身妥帖、影响到表演时的美观呈现而做的要求。而种种旨令显示了雍正帝对宫衣成作的精益求精，当然也是他个人审美的体现。还需要注意的是雍正帝提到的"阿兰泰"，此人并不

---

① 《雍正六年各作成作活计清档》，载中国第一历史档案馆、香港中文大学文物馆合编《清宫内务府造办处档案总汇》（第3册），第59页。

② 《雍正七年各作成作活计清档》，载中国第一历史档案馆、香港中文大学文物馆合编《清宫内务府造办处档案总汇》（第3册），第599页。

是南府人员，而是造办处画作的六品官。但雍正帝既然了解此人精通戏衣，可见当时宫廷中存在着一个小范围的君臣探讨戏曲的情况。

还有一则乾隆初年的档案反映了雍正朝戏曲服饰砌末的种类，也与宫衣有关，主要有"珠子宫衣三分、穿珠额子十二分、珠凤冠三顶、穿珠点翠挑牌十五分、珠子披肩二分，珠子云肩八分（内有加间琉璃珠云肩二分，上系玻璃珠）"①。这些服饰上所用的装饰皆为真珠真宝石，即使上面所用的"玻璃珠"，在当时也是珍稀的物品，雍正朝时正式将玻璃珠作为官员朝冠上的顶珠使用。由此可见，雍正朝对舞台上仙女宫衣及命妇服饰也是精心打造，以求华美。

雍正帝对宫衣的精心改进、用心打造，处处显露着他对戏曲的兴趣与喜爱。也是由于这种由衷的喜爱，他设计了多种形制的宫廷戏台，使得宫廷演剧获得了更多表演空间。

293

三 雍正帝与五座戏台

《活计档》中共出现了5座戏台，地点均在圆明园。因为自雍正三年（1725）八月二十八日雍正正式以皇帝的身份移居圆明园后，就开始了居园理政的生活。据统计，他每年在圆明园的时间最少有206天，多于在紫禁城居住的时间，圆明园也就成为雍正帝的重要生活区域。②雍正帝在圆明园多处规划了戏台，其中见诸《活计档》中的固定戏台有三处：同乐园戏楼、万字房戏台、西峰秀色戏台，此外还有两座由雍正帝亲自设计的活动性戏台，一共是五座。下文按照档案中出现的时间顺序简述之。

（一）同乐园戏楼

同乐园戏楼位于圆明园中路后湖东北岸坐石临流景区，这应当是

① 《乾隆二年各作成作活计清档》，载中国第一历史档案馆、香港中文大学文物馆合编《清宫内务府造办处档案总汇》（第7册），第847页。
② 参见刘畅《慎修思永——从圆明园内檐装修研究到北京公馆室内设计》，清华大学出版社2004年版，第18页。

见诸档案的最早的清代宫廷大戏楼。不过据研究，同乐园戏楼在雍正朝时可能是内部两层外显三层的形制①，后来经历代清帝不断修整、装饰，成为清代宫廷庆典演剧的规模最大的观演建筑群。同乐园最早出现在《活计档》中是雍正四年（1726），"八月初五日据圆明园来帖内称，总管太监陈九卿传：'铺面房、同乐园净房内炉上着配做红铜丝炉罩。'"② 据此人们认为同乐园戏台最晚于雍正四年（1726）建成。同乐园在雍正朝时悬挂"景物常新"的匾额，一副石青地金字对联上书"乐奏钧天玉管声中来凤舞，音宣广陌云璈韵里叶衢歌"③。从对联的内容来看，是对演剧时的伴奏与演员声腔的赞美。这一匾额与对联在乾隆朝初时以新型的字体得到沿用。虽然相关的史料并不多，但是可以明确的是雍正帝已将大型的固定戏台同乐园作为他对圆明园进行设计规划的一项重要内容，这也表明了宫廷演剧在雍正朝时获得了一个正式的独立表演空间，不再像康熙朝时或临时搭台演戏，或借用宗教场所、礼制建筑场所，就此获得了专门的表演空间。至乾隆朝时，宫廷大戏在内容设计上与戏台结构密切相关，并引发了各种砌末的创新。所以雍正帝对圆明园同乐园戏楼的规划、建造与使用是当时清代宫廷戏曲发展的一个重要事件，具有深远的影响。

（二）万字房（万方安和）戏台

1. 万字房的位置

万方安和因其是一组"卍"字形结构的建筑群而得名，在《活计档》中被称为万字房，其总体基座建于水中，东西南北各有两组平行的房间。万字房四面临水，可观四方景象，是雍正皇帝喜爱的一

---

① 参见张龙、吴晗冰、张芝明、张凤梧《圆明园同乐园清音阁戏楼钩沉——兼论清宫三层戏楼的空间使用特征及其成因》，《故宫博物院院刊》2019 年第 9 期，第 54～63 页。

② 《雍正四年各作成作活计清档》，载中国第一历史档案馆、香港中文大学文物馆合编《清宫内务府造办处档案总汇》（第 2 册），第 15 页。

③ 《乾隆二年各作成作活计清档》，载中国第一历史档案馆、香港中文大学文物馆合编《清宫内务府造办处档案总汇》（第 7 册），第 683 页。

处居所。对万字房内部的装饰是从雍正五年（1727）三月二十八日开始的①，所以万字房戏台最晚于雍正五年（1727）三月就已建成。关于万字房戏台的位置，学术界的看法并不一致。② 笔者梳理出相关的档案按时间排列如下：

> 雍正五年六月十四日据圆明园来帖内称，本月十一日郎中海望奉旨：万字房西一路第二间门外板墙上，安呼童钟一件；对戏台屋内安耳顺风一件、帽架一架、水牌一件、香袋一件。钦此。③

> 雍正五年六月二十九日……奉上谕：万字房西北角戏台屋内档门插屏不好……④

> 雍正五年八月二十九日……传旨：万字房西一路对戏台屋内靠碧纱厨陈设的花梨木案面有不全处……⑤

综合这些档案来看，万字房戏台是在西北角，而"对戏台屋"即观戏屋则在与之平行的西一路北端，戏台与观戏屋两者中间隔水。⑥ 万字房戏台也在雍正朝之后得到历代清帝的修饰、沿用，是圆明园一处重要的戏台。

2. 万字房观戏屋：观妙音

前述雍正帝在万字房观剧，是在与戏台平行的另一处，即前述

---

① 《雍正五年各作成作活计清档》，载中国第一历史档案馆、香港中文大学文物馆合编《清宫内务府造办处档案总汇》（第2册），第453页。

② 参见张义《圆明园演剧活动研究》，硕士学位论文，山西师范大学2019年，第31页。相关档案被引述时将"对戏台屋"漏了"对"字而成"戏台屋"，所以相关观点可能还需研究。

③ 《雍正五年各作成作活计清档》，载中国第一历史档案馆、香港中文大学文物馆合编《清宫内务府造办处档案总汇》（第2册），第480~481页。

④ 《雍正五年各作成作活计清档》，载中国第一历史档案馆、香港中文大学文物馆合编《清宫内务府造办处档案总汇》（第2册），第486页。

⑤ 《雍正五年各作成作活计清档》，载中国第一历史档案馆、香港中文大学文物馆合编《清宫内务府造办处档案总汇》（第2册），第601页。

⑥ 参见郭黛姮、贺艳《深藏记忆遗产中的圆明园——样式房图档研究》（二），上海远东出版社2016年版，第217页。

"对戏台屋",在笔者考述的万字房西一路。雍正五年(1727)八月,雍正帝为万字房各处房室命名,并制作匾额,其中有一处被命名为"观妙音"。据其词义,笔者推测这当是雍正帝给万字房观戏屋定立的正式名称。后查阅到《日下旧闻考》有载"万方安和……西面曰:观妙音"①,可以佐证笔者的推测。

雍正五年(1727)六月十五日,雍正帝下令在万字房对戏台屋内安装"耳顺风"。具体的细节是"铜胎烧古,中间接竹子",即头尾为铜质,中间用竹子相连。它的嘴部在室内,其余部分可能是在室外。这一类物品只在《活计档》中出现过,乾隆朝时是随着皇帝出巡使用的物件,但没有说明具体用法。不过,联系到万字房戏台与观戏屋中间以水相隔,再顾名思义,"耳顺风"极有可能是一件传导声音的物品。这为我们研究清宫观演体验又提出了一个新的研究对象。

(三)九洲清晏的两座戏台:折叠围屏戏台与软行台

九洲清晏是当时圆明园最重要的寝殿,雍正帝为在此观戏亲自设计了两座活动戏台。档案略长,但却有助于今人了解相关情况,兹录如下:

> 雍正六年五月二十七日据圆明园来帖内称,四月十三日郎中海望奉旨:"着将折叠米家山围屏戏台做一分。前面不必用柱子,单安踢脚栏杆。其栏杆围屏或用紫檀木、或用花梨木镶锦托泥,用楠木做,不必做整的,每面两三节做亦可。前面两角栏杆柱子上安羊角灯二个。戏台上铺新做的红地黄花毡。后台入深做四尺,面宽随台,用幔帐遮挂,后面留门帘二个。此台配合着九洲清晏抱厦大平台下做。再软行台亦做一分,随行台用布画药栏花帏幔做八块,俱要各长一丈,高随戏台。做样呈览,钦此。"于五月十九日做得戏台小样一分,郎中海望呈览。奉旨:"准做,其余栏杆柱上俱

---

① 于敏中主编《钦定日下旧闻考》(卷八十),北京出版社 2018 年版,第 1345 页。

安矮羊角灯，钦此。"又做得软行台小样一分，郎中海望呈览。奉旨："准做，钦此。"①

这里雍正皇帝以米山家为背景主题设计了一座九洲清晏折叠围屏戏台和一座软行台。所谓"米家山"是指由米芾、米友仁父子创立的山水画样式，主要描绘的是江南烟云变幻、风雨微茫的景色。行台也是临时性的戏台，这在雍正朝时应是常备演剧设施，早在此道造办旨令之前，宫中就已有行台。如"着伊等将戏台、行台上挂的羊角灯，并九洲清晏挂的羊角灯内，有换活底者查明数目"②。这条旨令中，对九洲清晏折叠围屏戏台之围屏材质、大小、装饰、戏台上下场门、后台与软行台的大小、围幔等都做出详细的要求。也正因有《活计档》，今人才能得知关于戏台如此细致的要求正是来自雍正帝本人，这如实地反映了雍正帝对戏台相关知识的了解，还反映出他对宫廷戏曲发展的深度参与。

后来，雍正帝看样时，又要求加装更多的羊角灯，由此推测，这是专为夜晚演戏而准备的临时性戏台。从戏台实际所用的"红地黄花毡大小二块，长一丈零二寸六分、宽一丈零八寸六分一块，长三尺一寸、宽一丈零八寸六分一块"③的尺寸来看，演出可用面积在11平方米左右，所以在这一围屏戏台上演的不可能是大戏，折子戏的可能性很大。

软行台则被做成了方亭子式样，具体来说是用鱼白地彩画竹架串枝莲药蓝花布做顶，用彩画药蓝绫做隔断，并做了八架彩画药蓝花布围帷，所用的帷杆皆为"班珠尔"杆，即仿斑竹上的斑纹。这一行台是典型的方亭子式样，从其中的细节来看，是想营造一座竹架攀花

---

① 《雍正六年各作成作活计清档》，载中国第一历史档案馆、香港中文大学文物馆合编《清宫内务府造办处档案总汇》（第3册），第187页。
② 《雍正六年各作成作活计清档》，载中国第一历史档案馆、香港中文大学文物馆合编《清宫内务府造办处档案总汇》（第3册），第324页。
③ 《雍正六年各作成作活计清档》，载中国第一历史档案馆、香港中文大学文物馆合编《清宫内务府造办处档案总汇》（第3册），第187~188页。

的彩画戏台。

根据档案的后续记载可知，九洲清晏围屏戏台与软行台都被陈设在抱厦之中。① 虽然软行台后来被挪出，但这表明雍正帝对戏台的设计已存在了双台模式。所谓双台模式，是指同一个空间内存在着两个戏台，从清宫倦勤斋的室内遗存，以及半亩园戏台的图纸来看，就是在亭式戏台之前还设有一个更小的戏台，它离主人宝座很近，如倦勤斋小戏台与宝座仅有一米多的距离。不过小戏台到底是做什么使用，一直没有确切的说法，而齐如山认为："台前之小台，乃专备戏法等所设，正因台距宝座稍远，看不真也。"②

（四）西峰秀色戏台

西峰秀色戏台是在雍正七年（1729）建成的，地点是在西峰秀色敞厅。这个戏台也是据旨而做，档案载：

> 雍正七年闰七月初七日据圆明园来帖内称，七月二十五日郎中海望奉旨："西峰秀色敞厅内着做戏台围屏，钦此。"于闰七月初十日郎中海望做得烫胎子样一件，呈览。奉旨："准做。其画帘用绢画，帘裹用蓝布做。钦此。"八月十二日做得画假戏台画片围屏一分，随红地黄花毡大小二块，糊棕色杭细铅鼓子八个，画斑竹绢面布裹帘子一分，随黄布棉套木箱。郎中海望持进，安在西峰秀色处，讫。③

其中的"烫胎子样"指烫样，这是一种用布料、纸、秸秆等轻便材料粘糊而成的立体模型，在正式制作之前供皇帝观览定夺。雍正帝制物有"做样呈览，准时再做"的规定，前所述九洲清晏的两座戏台也是如此。从档案看西峰秀色围屏上画了一座假戏台，想来是为

---

① 《雍正七年各作成作活计清档》，载中国第一历史档案馆、香港中文大学文物馆合编《清宫内务府造办处档案总汇》（第3册），第188页。
② 齐如山著，苗怀明整理《齐如山国剧论丛》，商务印书馆2015年版，第310页。
③ 《雍正七年各作成作活计清档》，载中国第一历史档案馆、香港中文大学文物馆合编《清宫内务府造办处档案总汇》（第3册），第738～739页。

演员营造一个如常的表演氛围，真假如戏确有意味。九洲清晏中红地黄花毡、仿斑竹等元素也再次出现在了西峰秀色围屏中。这是因为雍正帝制物时习惯反复运用自己喜爱的相同元素。

不过，由于西峰秀色戏台是在敞厅之中，而前述档案中也只是做一围屏，那么这一戏台的上顶是露空的吗？另一道档案或许可以告诉我们答案，雍正七年（1729）闰七月初四日，据圆明园来帖内称，太监刘希文传旨："西峰秀色敞厅中间做一糙竹帐架，其四角安滑车六个，钦此。"① 从两则档案中的时间线梳理来看，雍正帝在下旨成作围屏戏台不久，又在西峰秀色敞厅中间加做一个糙竹帐架，帐架四脚安装有滑车，可以移动。这显然是配合前述敞厅内的围屏戏台所做。因此据这两条档案可知，西峰秀色敞厅戏台是一个以帐架为顶、围屏为周边的戏台，从一定程度上来说，也是一种亭子式戏台。其戏台围屏为画作，其帐架又可移动，这表明西峰秀色戏台也是一种临时性戏台，可以应需即时围搭。据帐架"宽一丈一尺、入深一丈七尺五寸"② 的尺寸来看，其表演空间约 15 平方米，上演折子戏的可能性较大。

由前述五座戏台来看，雍正朝的演剧空间形式是多样的，在常见戏台之外，出现了大型的戏楼，还有制作精巧的可供临时演出的折叠围屏戏台、软行台、移动帐架戏台等。这反映当时的宫廷演剧空间的多样性，这种多样性显然是为了适应雍正帝不同形式、不同规模的观赏需求，也反映了宫苑中演戏的频次达到了一个相当的规模。从其旨令的细节来看，这些戏台的制作总体偏素丽秀雅，带有雍正帝个人审美印迹。

---

① 《雍正七年各作成作活计清档》，载中国第一历史档案馆、香港中文大学文物馆合编《清宫内务府造办处档案总汇》（第 3 册），第 738 页。
② 《雍正七年各作成作活计清档》，载中国第一历史档案馆、香港中文大学文物馆合编《清宫内务府造办处档案总汇》（第 3 册），第 738 页。

四 雍正帝对清代戏曲发展的影响

从前文所述雍正帝对戏台的设计，无论是米家山水围屏还是斑竹纹的反复运用，都是在营造一种带有文人审美旨趣的淡雅氛围。可是经由他打造的戏曲服饰砌末的，如前文所述的两副金托板夔龙带板，大小四十块，金重三十二两三钱[1]，而装饰前文中各类珠子宫衣、额带、凤冠的皆为真珠真宝石，共计7837颗[2]，这些小细节足以表明雍正朝戏曲服饰的奢华。这一雅一奢，在气质类型上不能不说颇显差别。同时雍正帝所设计的九洲清晏围屏戏台面积较小，而又要求增加羊角灯的数量，表明这是为夜晚小型演剧活动而准备的，可至雍正十三年（1735）时，胤禛下旨严禁城乡夜晚演戏，这种反差又是非常明显。造成这种反差的原因，可能与他个人爱好和营造皇家尊荣、维护统治有关。

（一）借由皇权而达成的个人兴趣与爱好

从前文对《活计档》相关史料的分析足以看出雍正帝个人对戏曲的浓厚兴趣，他对戏曲知识有较为全面的掌握，甚至在一些方面十分在行，总的来看，他了解演员，讲究服饰，熟悉戏台形制。而雍正帝关于戏曲的种种设想与需求，能够借助"皇帝"这一身份的至高性，利用涵盖京城与地方的御用造办体系，迅速实现，并达到民间无法企及的程度。特别是他对相关戏曲人物的服饰砌末即前文所述仙女、王侯命妇的服饰改良与制作上，因其个人成长与生活环境的原因，对相关细节少了一些民间的想象、多了一份真实的还原。这应当有他个人为追求戏曲服饰符合人物角色而做的努力，并借由皇家财力

---

[1] 《雍正七年各作成作活计清档》，载中国第一历史档案馆、香港中文大学文物馆合编《清宫内务府造办处档案总汇》（第4册），第163页。

[2] 《乾隆二年各作成作活计清档》，载中国第一历史档案馆、香港中文大学文物馆合编《清宫内务府造办处档案总汇》（第7册），第847页。

顺利实现。但是宫廷戏曲并不只为其个人兴趣服务，其存在意义也关乎皇家尊荣。

（二）宫廷戏曲的舞台艺术与皇家尊荣

宫廷演剧并非只是为帝王私人娱乐，常于重要节日、万寿庆典举行，是宫廷仪典的重要组成部分，具备教化百姓的重大政治作用。如雍正四年（1726）万寿节之际，雍正帝曾举行了较大规模的祝寿活动，有皇子、王公大臣等94人到乾清宫做应制诗，随后作乐、进膳、赐食、演剧。再如雍正帝于雍正六年（1728）四月初二日下旨："四月初八日永宁寺佛前供品均照前例供献，令南府学生演戏一日，著每年以此为例。钦此。"① 在这样的场合中，奢华的舞台美术是从视觉上营造皇家气派与皇权威严的重要手段，是皇家威仪与尊荣的重要体现。具体到九洲清晏围屏戏台以及西峰秀色敞厅戏台，从旨令的种种细致要求来看，虽然都是为了临时观剧而准备的移动性戏台，但哪怕是在围屏上画之以假戏台，雍正帝都尽可能地赋予宫廷演剧相对正式的表演空间，这是个人喜爱，更是皇家仪范的显现。

（三）为维护统治反对以观戏、演戏为名而行种种不轨的行为，支持民间戏曲的正常发展

根据李国荣的研究可知，雍正初年外官蓄养戏班，终日沉溺其中，甚至出现了用兵饷军粮供养戏子的做法。对于这种现象，作为统治者的雍正帝表现出了相当严厉的一面，他下旨严禁京城内官署私宅蓄养戏班，并对官员在歌场剧院醉酒滋事行为屡屡斥责，甚至于雍正十三年（1735）下旨禁止城乡夜晚演戏。② 但这并不代表雍正帝反对民间戏曲的发展，事实上他反对的是那种以观戏、演戏为名而实际滋事不轨的行为。雍正六年（1728）三月十四日，在官员请求地方禁戏时，他提出自己的看法，说："今但称违例演戏而未分析其缘由，

---

① 转引自丁汝芹《清代王府演戏》，载恭王府管理中心编《清代王府及王府文化国际学术研讨会论文集》，文化艺术出版社2006年版，第262页。

② 参见李国荣《雍正严禁官员收养戏子》，《紫禁城》1989年第1期，第5页。

则是凡属演戏者皆为犯法，国家无此科条也。"他明确反对民间"州县村堡之间，豪强地棍，借演戏为名，敛钱肥己，招呼匪类，开设赌场，男女混淆，斗殴生事"的做法，但是对于百姓"祀神酬愿，欢庆之会，歌咏太平，在民间有必不容己之情，在国法无一概禁止之理"①。总的来看，他还是以一种理性客观的态度对待民间演戏行为，他的这种态度是对戏曲正常发展的一种有力支持，而这不能不说是源于他个人对戏曲的喜爱。

小 结

通过《活计档》零散史料的梳理与分析，可以看出，雍正朝的宫廷戏曲，形成了演职人员业务精湛，服装砌末精美华丽，以及表演空间的专属性、多样性的特点。这三点表明宫廷戏曲在康熙朝后又得到了进一步的发展，为其在乾隆朝的大发展奠定了坚实的基础。

雍正帝以南府教习陈五的扮相神态为宫廷造像之模型，反映出当时戏曲演员在人物造型上的成就。雍正朝宫衣的样式在乾隆朝得到了继承，只是做了长度的修改，而乾隆帝对八仙衣的讲究②，继承了雍正帝在戏曲服饰上精工细作的态度；乾隆时期同乐园得到了沿用，并修建起多座形制相仿的大戏楼，宫廷演剧空间的独立性、专属性得以巩固。

不得不说的是，雍正帝倾力打造精美的戏曲服饰砌末，在显现皇家气派的同时，也使得宫廷戏曲舞台艺术走向了奢华化的发展方向。至乾隆朝时，弘历为制八仙衣，使用绣匠80名"自九月初一日起至

---

① 《清世宗上谕内阁》卷六十七，载《文渊阁四库全书》（第415册），台湾商务印书馆1982—1986年影印版，第34页。
② 参见《乾隆五年各作成作活计清档》，载中国第一历史档案馆、香港中文大学文物馆合编《清宫内务府造办处档案总汇》（第9册），第383~384页。

十月二十五日始能完竣"①，人力之费，可见一斑。然而乾隆帝竟然
将雍正帝所制珠子宫衣、凤冠、珠子披肩等服饰上的真珠真宝拆下来
用假珠宝代替，并特意说："珠子披肩……其宝石好，朕之数珠上可
以用得。"② 可见雍正朝的戏曲服饰之奢华，也有为乾隆朝时所不
及者。

　　总之，雍正帝对戏曲的喜爱与支持，为宫廷戏曲在当时与之后的
发展奠定了较好的基础；他为了配合吏治改革，避免官员沉溺于声色
之好，而对官员采取制约措施，以及对民间正常演剧活动的支持，都
对当时戏曲的发展有一定的影响，值得重视。

（陶晓姗　故宫博物院故宫学研究所副研究馆员）

---

① 《乾隆六年各作成作活计清档》，载中国第一历史档案馆、香港中文大学文物馆合
　编《清宫内务府造办处档案总汇》（第10册），第152页。
② 《乾隆二年各作成作活计清档》，载中国第一历史档案馆、香港中文大学文物馆合
　编《清宫内务府造办处档案总汇》（第7册），第845页。

清宫大戏《铁旗阵》改编考述*

徐 瑞

　　清宫大戏《铁旗阵》演杨家将征南唐事。相对于《昭代箫韶》《劝善金科》等大戏的研究来看，前人对这部戏的研究并不太多。廖藤叶对《铁旗阵》中把子记录的时间和舞台术语进行了考述。[①]卢光月对《铁旗阵》剧本的创作、情节、人物来源、演出进行了探讨。[②]张转则对《铁旗阵》剧本的版本和演出情况进一步加以探究。[③]以上研究有一定价值，但是由于当时所见文献有限，所以对《铁旗阵》

*　本文为 2020 年广东省哲学社会科学规划青年项目"清宫京剧剧本著录与研究"（项目编号：GD20YYS06）阶段性成果。

①　廖藤叶《〈铁旗阵〉"把子记载"研究》，台湾《兴大人文学报》2009 年第 43 期，第143~170 页。

②　卢光月《清宫连台本戏〈铁旗阵〉研究》，硕士学位论文，华侨大学 2015 年。

③　张转《清宫连台本戏〈铁旗阵〉演出研究》，硕士学位论文，山西师范大学 2017 年。

的研究尚不深入全面。近来，杜雨桐的《〈铁旗阵〉研究》利用《故宫博物院藏清宫南府昇平署戏本》（后文简称《戏本》），对《铁旗阵》的版本、舞台搬演及中国国家图书馆藏《铁旗阵》与《昭代箫韶》的关系进行了研究。① 但是作者只关注到中国国家图书馆藏《铁旗阵》的残本，而未注意到《戏本》中收录同一系统的残本，且对残本《铁旗阵》的时间认定存在错误，也未解决皮黄本是依据哪个版本的昆弋本进行改编、改编了多少本、如何改编等相关问题，令人遗憾。因此本文以《戏本》为中心，结合《故宫珍本丛刊》《中国国家图书馆藏清宫昇平署档案集成》（后文简称《丛刊》《集成》）收录的不同版本，对上述前人未能解决的问题进行考察，以推进《铁旗阵》这部清宫大戏的研究。

一 《铁旗阵》昆弋本系统的两次改编

昆弋本《铁旗阵》剧本经过了两次整理改编，成为演出定本。下本将对昆弋本的版本和改编情况进行梳理和归纳。

现存最早的《铁旗阵》剧本为残本。《集成》第 78、79 册收录了《铁旗阵》第二、十四、二十二、二十三、二十九、三十三、四十二段和未注明段数的 8 出戏，总计 61 出。《戏本》第 60 册影印了第二十五、四十、四十一段，其中第二十五和四十段各 8 出，第四十一段 3 出，总计 19 出。《集成》与《戏本》共收录残本 80 出。张转未见到《戏本》，所以统计存在缺漏。② 杜雨桐虽翻过《戏本》，可能由于翻阅不仔细，漏记了《戏本》中所收录的残本。③ 残本《铁旗阵》剧本每一段封面戳有"旧大班"印。根据前人研究，大、小班是在

---

① 参见杜雨桐《〈铁旗阵〉研究》，博士学位论文，辽宁大学 2020 年。

② 参见张转《清宫连台本戏〈铁旗阵〉演出研究》，硕士学位论文，山西师范大学 2017 年，第 22 ~ 23 页。

③ 参见杜雨桐《〈铁旗阵〉研究》，博士学位论文，辽宁大学 2020 年，第 107 ~ 108 页。

嘉庆五年（1800）成立，道光元年（1821）大班、小班被归并为南府。①这就可以确定残本《铁旗阵》的时间上限。而残本《铁旗阵》又是《昭代箫韶》的直接蓝本。②《古本戏曲丛刊》九集收录了嘉庆十八年（1813）刻本《昭代箫韶》，因此残本《铁旗阵》可以确定是在嘉庆五年（1800）至十八年（1813）之间，而非杜雨桐所言最晚是乾隆时期的文本。③至于《铁旗阵》剧目的初次编创时间的考订还有待新的材料的发现。这部残本应是嘉庆年间大班的用本。以下根据内容顺序对各段出目进行排列（表1）。

表1　嘉庆本《铁旗阵》出目④

段数	出目
未标段数	第一出 助兵；第二出 觅艳；第三出 假充；第四出 招军；第五出 献媚；第六出 就谋；第七出 奏朝；第八出 操舡
第二段	第一出 密谋；第二出 教乐；第三出 夜叙；第四出 遣媳；第五出 报敌；第六出 大战；第八出 诳困六郎
第十四段	第一出 攻夺采石；第二出 议取东易；第三出 擒将据州；第四出 乔扮投充；第五出 比武就谋；第六出 彰讨宣化；第七出 克敌安邦；第八出 受降奏捷
第二十二段	第一出 森罗发票；第二出 廷诤锄奸；第三出 钦斩四恶；第四出 授职防边；第五出 奸拨残兵；第六出 争劫巨奸；第七出 循环彰报；第八出 九鬼对叉

①　参见郝成文、李飞杭《嘉庆朝南府、景山机构之沿革》，《戏剧》2020 年第 5 期，第 99～111 页。

②　参见刘铁、杜雨桐《〈昭代箫韶〉的第五种脚本暨"蓝本"——从国图本〈铁旗阵〉到〈昭代箫韶〉》，《中华戏曲》第 56 辑，文化艺术出版社 2018 年版，第 177～192 页。

③　杜雨桐《〈铁旗阵〉研究》，博士学位论文，辽宁大学 2020 年，第 38 页。

④　参见周和平编《中国国家图书馆藏清宫昇平署档案集成》（第 78～79 册），中华书局 2011 年版；故宫博物院编《故宫博物院藏清宫南府昇平署戏本》（第 60 册），故宫出版社 2015 年版；张转《清宫连台本戏〈铁旗阵〉演出研究》，硕士学位论文，山西师范大学 2017 年，第 22～23 页。

段数	出目
第二十三段	第一出 连擒义释；第二出 智服孟良；第三出 乘隙进谗；第四出 叠遇颠危；第五出 冒呈赤鲤；第六出 智赚骕骦
第二十五段	第一出 奏试骕骦；第二出 计倾杨府；第三出 拆天波楼；第四出 下嘉山寨；第五出 私行事泄；第六出 神差诛奸；第七出 神机极救；第八出 法网余生
第二十九段	第一出 招贤借兵；第二出 椿仙揭榜；第三出 王怀忆盟；第四出 神授兵书；第五出 椿岩布阵；第六出 得图观阵；第七出 探阵遇亲；第八出 神术胜妖
第三十三段	第一出 白云护阵；第二出 推让发令；第三出 宗显陷阵；第四出 香童氏获；第五出 剪梅救夫；第六出 误闻救子；第七出 派兵接援；第八出 际会成功
第四十段	第一出 天门演法；第二出 椿岩请师；第三出 奉探天门；第四出 阵前点化；第五出 登坛申令；第六出 巡阵退神；第七出 神箭射灯；第八出 荡阵除氛
第四十一段	第一出 双烈思孝；第二出 王钦献计；第三出 銮舆还汴
第四十二段	第一出 投城避兵；第二出 背城决战；第三出 纳款班师；第四出 郊劳封功；第五出 问罪诛奸；第六出 赐宴团圆；第七出 森罗圆案；第八出 永庆昇平

　　未标段数的内容是柴王拨给杨景军马攻打汜水关。南唐丞相孙乾相借李衮选美，将孙玉英和明霞献进宫中，同时派女婿杨顺和成搏虎去投军。第二段叙李豹与杨顺、成搏虎密谋取李衮而代之。杨继业派杜玉娥、呼延赤金与秦氏交战。第八出的内容是杨景命陈琳、柴干等人迎战萧天佑、萧达兰。辽兵诈败，焦赞追击。后文缺漏，从出目名来看，应有焦赞陷计、六郎解围被困等内容。就剧情而言，未标段数应在第二段之前，似为第一段，则一开场就有柴王借兵、孙乾相里应外合，剧情推进又显突兀。

（一）昆弋本第一次改编

从标目字数来看，未标段数与第二段都是 2 字，只有第二段第八出是 4 字，与其他出目字数不统一。第十四至第四十二段，出目均为 4 字。第十四段以后的《铁旗阵》本子与前两段的《铁旗阵》为不同版本，四字标目本实为第一次改编后的本子。将第十四段至第四十二段的《铁旗阵》与第二段和未标段数的本子相对应出目进行比较，笔者发现有以下三点变化。

首先，情节上删繁就简，脉络清晰。如《觅艳》至《奏朝》与第二段《密谋》《教乐》《夜叙》相当于第十四段的《乔扮投充》《比武就谋》《彰讨宣化》，叙述孙乾相让杨顺、成搏虎等 4 人进入南唐权力中心，以作攻唐内应。第十四段的三出戏则删除李衮选秀、李豹谋叛的情节，改为孙乾相派杨顺等 4 人投军。

除了这些改动外，改编本还对一些细节进行了调整。以第十四段第四出《乔扮投充》与未标段数第四出《招军》为例。《招军》叙李豹检阅新兵，然后入朝理事。杨顺、成搏虎去军营投军，拔倒招军旗，打伤教习。孙乾相让人将杨顺、成搏虎扯下去打，李豹要人把他们带到教场上去，试其武艺再做定夺。① 《乔扮投充》则将李豹检阅演习的情节删去，敷衍演习的【泣颜回】【柘榴花】等支曲全部删除，进入杨顺等人投军拔旗的情节，戏剧节奏加快。《招军》是杨顺和成搏虎二人投军，而《乔扮投充》添加孙玉英、黄明霞两个人物，增加了杨顺、成搏虎教她们女扮男装的情节。② 第七出《奏朝》，李豹向李衮奏请杨顺、成搏虎二人递补总镇之职，李衮同意，并未责怪李豹纵容乡勇打死总镇。③ 而第十四段第六出《彰讨宣化》李衮先是数

---

① 参见周和平编《中国国家图书馆藏清宫昇平署档案集成》（第 78 册），中华书局 2011 年版，第 45277～45289 页。

② 参见周和平编《中国国家图书馆藏清宫昇平署档案集成》（第 79 册），第 45355～45372 页。

③ 参见周和平编《中国国家图书馆藏清宫昇平署档案集成》（第 78 册），第 45309～45311 页。

落李豹和孙乾相自推门墙，然后授予杨顺、成搏虎等 4 人为总镇。①
这一情节安排更为妥当。

其次，曲唱分配更为合理。例如《就谋》中李豹、孙乾相和众
军士上场唱【蛮牌令】，是众人同唱。②而《比武就谋》中则是分唱，
先是教授金鹏和勇士唱半支【蛮牌令】，再由李豹领众人上场唱半
支。③这就将一支曲分开，避免冷清。《就谋》中李豹和孙乾相同唱
【鬼三台】【秃厮儿】，描述杨顺、成搏虎比武时的英勇，杨顺、成搏
虎打斗时唱【小桃红】。④《比武就谋》中则改为李豹唱【三台印】，
孙乾相接唱【秃厮儿】，然后二人同唱【小桃红】夸述比武场面。⑤原
来杨顺等人在打斗时唱【小桃红】不太合适，故改为李、孙二人先
各唱一支，再合唱一支，就更为合理一些。

再次，改编本曲文更为通俗。例如第十四段第五出《比武就谋》
和未标段数《就谋》的套曲相比，只删去了【圣药王】曲，其他支
曲连缀顺序相同，但曲词差异明显。如《就谋》和《比武就谋》中
的【东原乐】曲都由孙乾相所唱，他责怪李豹下令不许相让，导致
总镇被杀。前者唱词是："兵无戏怎得调，如今断送幽冥道。出令如
山实重牢，治难暴。兀的不国法刑的人民也要通行道。"⑥后者是：
"说甚睹斗讨，不许虚架招。都是你纵恶行凶，断送他幽冥道，致村
野愚夫，犯了法条，心焦躁，这桩情怎生发落。"⑦后者的曲文要更为
通俗晓畅。

---

① 参见周和平编《中国国家图书馆藏清宫昇平署档案集成》（第 79 册），第 45385 ~
　45398 页。
② 参见周和平编《中国国家图书馆藏清宫昇平署档案集成》（第 78 册），第 45299 页。
③ 参见周和平编《中国国家图书馆藏清宫昇平署档案集成》（第 79 册），第 45373 页。
④ 参见周和平编《中国国家图书馆藏清宫昇平署档案集成》（第 78 册），第 45303 ~
　45305 页。
⑤ 参见周和平编《中国国家图书馆藏清宫昇平署档案集成》（第 79 册），第 45378 ~
　45379 页。
⑥ 周和平编《中国国家图书馆藏清宫昇平署档案集成》（第 78 册），第 45306 页。
⑦ 周和平编《中国国家图书馆藏清宫昇平署档案集成》（第 79 册），第 45380 ~45381 页。

以上昆弋本《铁旗阵》第一次改编的特点是情节删繁就简，脉络更清晰，曲唱分配较为合理，曲文更加通俗。

（二）昆弋本的第二次改编

《古本戏曲丛刊》九集收录的《铁旗阵》是周明泰从内府抄录的本子①，共 15 段，103 出。该剧本不仅记录了曲文，还在正文的天头处记录了舞台调度。张转根据演员在昇平署的工作时间以及此剧在清宫中的演出时间，推断此剧本为道光二十三年（1843）排演所依据的本子，结论可信。②

笔者在《戏本》的第 57—60 册发现了一套《铁旗阵》，为头段至第十五段。该版本的《铁旗阵》曲文上方也记录了舞台调度的内容。将周明泰本和此本记录的内容和演员姓名一一进行比对，发现基本相同。那么这个本子也应该是道光二十三年（1843）的本子。这个本子比较特殊，是昆弋改编为皮黄的工作用本。③

周明泰本的第二段第三出剧目名为《玉娥劝父》，而此本为《云汉强亲》》④，那么周明泰的过录本所依据的到底是什么本子？本文以为道光二十三年（1843）的排演本有两个版本，周明泰所依据的应为另一个版本。《戏本》收录的《铁旗阵》还记录了不少出目演唱的声腔是昆腔或弋腔，有的还记录了排演时间长度。另外，由于周明泰本和该本的末段十五段都没有出目名，而咸丰六年（1856）十月二

① 《古本戏曲丛刊》编辑委员会编《古本戏曲丛刊九集》（第 26 册），国家图书馆出版社 2016 年版，第 200 页。

② 参见张转《清宫连台本戏〈铁旗阵〉演出研究》，硕士学位论文，山西师范大学 2017 年，第 27 页。

③ "工作用本"是笔者提出的一个概念。宫廷所编曲本的形成过程，就操作工序而言，会经历修改、誊抄的流程。这些在文本上有大量修改痕迹的曲本，笔者称之为工作用本或工作本。而在工作用本基础上进行誊抄的文本，笔者称之为"誊抄本"。

④ 故宫博物院编《故宫博物院藏清宫南府昇平署戏本》（第 58 册），故宫出版社 2015 年版，第 28 页。

十三日准的末段《铁旗阵》8 出题纲记录了第十五段出目。①笔者以此工作用本为底本，结合周明泰本、咸丰六年（1856）题纲，对道光本的《铁旗阵》出目加以整理，总计 104 出，比周明泰钞本多一出（表2）。

表2　道光本《铁旗阵》出目②

段数	出数	出目
头段	8 出	一出 太乙遣仙（弋）；二出 议伐南唐（昆） 三出 打擂招尤（昆）；四出 投监认罪（弋）（以上皮黄本头本） 五出 父子自缚（昆）；六出 伏阙请诛（弋） 七出 西市待刑；八出 法场计救（以上二本）
第二段	8 出	一出 金殿明冤（昆）；二出 虬龙耀武（昆） 三出 云汉强亲（昆）；四出 赤金夺寨（昆）（以上三本） 五出 从师授枪（弋）；六出 难邦保希（弋） 七出 开弓读纂（昆）；八出 枪挑虬龙（昆）（以上四本）
第三段	6 出	一出 授命兴师（弋）；二出 南唐警报（昆） 三出 砀山大战（昆）；四出 茂林伏箭（昆） 五出 箭攒杨希（昆）；六出 报信裹关（以上五本）
第四段	8 出	一出 两抛炮石；二出 诈降中计 三出 三挡铜锤；四出 截径投庄（以上六本） 五出 潜奔投庄；六出 仙缘奇配 七出 束装归寨；八出 军变破关（以上七本）

---

① 故宫博物院编《故宫博物院藏清宫南府昇平署戏本》（第192册），第265～286页。
② 资料参见《古本戏曲丛刊》编辑委员会编《古本戏曲丛刊九集》（第26～28册），国家图书馆出版社2016年版；故宫博物院编《故宫博物院藏清宫南府昇平署戏本》（第57～60册）；故宫博物院编《故宫博物院藏清宫南府昇平署戏本》（第192册）；张转《清宫连台本戏〈铁旗阵〉演出研究》，硕士学位论文，山西师范大学2017年，第24～25页。

段数	出数	出目
第五段	6 出	一出 扼关布阵；二出 继业探阵（弋） 三出 遣子借兵（昆）；四出 杨顺被擒（昆） 五出 遣英解顺（弋）；六出 探信误闻（弋）（以上八本）
第六段	6 出	一出 驰章请援（弋）；二出 议救东床（昆） 三出 激谇侠士（昆）（以上九本） 四出 巧劫囚车（弋）；五出 嫉偾争雄（弋）； 六出 武场夺印（昆）（以上十本）
第七段	8 出	一出 杨景借兵（昆）；二出 柴王立擂（弋） 三出 较武招亲（昆）；四出 督师除暴（弋）（以上十一本） 五出 继业中矢（昆）；六出 秦氏设谋（弋） 七出 两营同计（昆）；八出 冲围大战（弋）（以上十二本）
第八段	8 出	一出 遇敌断枪（昆）；二出 贤良巧值（弋） 三出 翁媳奇逢（昆）；四出 追希投寨（弋）（以上十三本） 五出 羞避回山；六出 误闻驰援（昆） 七出 呼延督战（昆）；八出 应魁中标（弋）（以上十四本）
第九段	6 出	一出 继业搜山（弋）；二出 议接杨帅（弋） 三出 唐师避锐（弋）；四出 五河对阵（昆）（以上十五本） 五出 约战擅兵（昆）；六出 收取金枪
第十段	6 出	一出 赤金被擒（弋）（以上十六本） 二出 玉娥奋义（昆）；三出 救妹罹罗（弋） 四出 怜妻求救（弋）；五出 义忿提兵（昆） 六出 援妻身陷（昆）（以上十七本）
第十一段	8 出	一出 柴王接旨（昆）；二出 杨景阅兵（昆） 三出 呼延命将（弋）；四出 君保冲营（弋）（以上十八本） 五出 议兵闻报（弋）；六出 破槛施威 七出 赴援挥军（昆）；八出 突围救弟（以上十九本）
第十二段	6 出	一出 救弟回营（弋）；二出 陈情几谏（弋） 三出 呼延诈病；四出 继业斩子（昆） 五出 馈钗激将（昆）；六出 打阵罹罗（昆）（以上二十本）
第十三段	6 出	一出 玉娥报信（弋）；二出 杨希铡草（侉） 三出 点将分兵（弋）；四出 攻城趋救 五出 倒旗破阵（弋）；六出 夫妇全名（以上二十一本）

段数	出数	出目
第十四段	6出	一出 飞叉大阵（昆）；二出 败绩回营（昆） 三出 鼓武貔貅（弋）；四出 荡除叉阵（昆） 第五出 乔装赚关；第六出 捐躯殉节（以上二十二本）
第十五段	8出	一出 李豹命将（弋）；二出 双雄尽忠（昆） 三出 乔装应募（昆）；四出 比武就谋（昆）（以上二十三本） 五出 彰讨宣化（弋）；六出 致书剖情 七出 计成内应（昆）；八出 纳疑受降（昆）（以上二十四本）

以上共 15 段，各段剧情如下：

第一段：潘豹设擂，杨希打死潘豹，潘仁美诬告杨家。太宗下令斩杨氏父子，德昭救人。

第二段：南唐派人来宋挑衅，杨希、王源力挫来者锐气，为国建功。杜金和杜玉娥、呼延赤金在凤鸣庄与天雄寨姚云汉交手，赤金打败云汉，做了寨主。

第三段：杨继业率五子出征南唐。

第四段：杨希攻打宿州，守将陆应高诈降，杨希中计，后突围出来。赤金受任道安指示，截杀陆应高。杨希与呼延赤金、杜玉娥成婚。

第五段：宋万布置铁旗阵，杨继业对此阵赞叹不已。杨顺轻敌，攻阵被擒。

第六段：南唐丞相孙乾相与杨继业曾结亲，据报杨顺被擒，他派女儿和成搏虎救出杨顺。

第七段：杨景向柴王借兵。杨继业中了宋万之计，败退灵璧。

第八段：呼延赞与杨希在灵璧山相遇，玉娥和赤金也与杨继业相遇。陆应魁到山寨叫战，杨希、高君保杀了陆应魁。

第九段：杨继业与杨希、呼延赞等人会合。杨继业攻陷虹县关，宋万退至五河县。

第十段：杨希、玉娥、赤金被宋万俘获。

第十一段：杨景带领人马救出杨希夫妇。

第十二段：呼延赞攻打宋万夫妇的铁旗阵，陷入阵中。

第十三段：杨继业派杨希拔掉铁旗，自己带军攻打临淮关。宋万调人马援救临淮关，铁旗阵被破。

第十四段：马元父子在汜水关设飞叉阵，杨景破阵。杨继业派高君保等人乔装混进城，自己率大军攻城，杀了马元父子。

第十五段：李豹派四将守采石矶，又四处招募乡勇。杨继业攻克采石矶。孙乾相派杨顺夫妇、成搏虎夫妇乔装投军。李豹兵败，李衮投降。

与嘉庆改编本《铁旗阵》相比，道光本呈现如下特点：

第一，故事主线清晰。嘉庆本《铁旗阵》是征南唐和征辽两个故事糅杂在一起。《昭代箫韶》以征辽为中心，叙述德昭与杨继业征辽之事，这一故事实际上是从《铁旗阵》剧本分化而来，此点已有人指出，兹不赘述。① 道光本《铁旗阵》专演征南唐，故事以宋军进攻界牌关、宿州城、临淮关、虹县关、五河县、金陵等城关为线索，主线清晰。

第二，出目名称基本相同。道光本除了将嘉庆本第七出《克敌安邦》拆为两出，其他出目与嘉庆本一一对应，名称差异不大，兹列表如下（表3）：

表3　嘉庆本第十四段与道光本第十五段出目比较②

嘉庆本：第十四段	第一出 攻夺采石	第四出 乔扮投充	第五出 比武就谋	第六出 彰讨宣化	第七出 克敌安邦		第八出 受降奏捷
道光本：第十五段	第二出 双雄尽忠	第三出 乔装应募	第四出 比武就谋	第五出 彰讨宣化	第六出 致书剖情	第七出 计成内应	第八出 纳疑受降

第三，道光本继续删减情节，使剧情更为紧凑。例如嘉庆本《乔

---

① 参见刘铁、杜雨桐《〈昭代箫韶〉的第五种脚本暨"蓝本"——从国图本〈铁旗阵〉到〈昭代箫韶〉》，《中华戏曲》第56辑，第177~192页。

② 参见周和平编《中国国家图书馆藏清宫昇平署档案集成》（第79册），第45319~45447页；故宫博物院编《故宫博物院藏清宫南府昇平署戏本》（第60册）。

扮投充》中四教习上场先自报家门，李豹后上场，唱一支【好事近】。①道光本删去李豹先上场的这段内容，改为杨顺等四人投军。②杨顺等人相互调笑的内容较为拖沓，道光本则予以删汰。③《乔扮投充》中杨顺等人和四教习打斗时唱一支【扑灯蛾】④，道光本删除，这也更有利于武打的进行。⑤

第四，道光本剧情衔接更连贯。《乔扮投充》孙乾相先上场，杨顺向岳父询问杨继业的大军到了何处。⑥道光本则是在孙乾相上场前让杨顺先上场，让杨顺交代自己被孙玉英、成搏虎救出，招赘入府的情节，然后孙乾相上场。情节过渡更合理。⑦

综上，道光本在嘉庆本的基础上，删去征辽内容，剧情更为集中；出目名称基本固定；删减部分情节，剧情更紧凑；补充了过渡内容，使剧情衔接较为连贯。

二　昆弋本翻改为皮黄本

光绪时期，宫廷皮黄戏演出兴盛，慈禧太后将其喜欢的昆弋大戏翻改为皮黄。光绪二十四年至二十六年（1898—1900），慈禧命人将

---

① 参见周和平编《中国国家图书馆藏清宫昇平署档案集成》（第79册），第45355~45372页。

② 参见故宫博物院编《故宫博物院藏清宫南府昇平署戏本》（第60册），第136~159页。

③ 参见故宫博物院编《故宫博物院藏清宫南府昇平署戏本》（第60册），第136~159页。

④ 参见周和平编《中国国家图书馆藏清宫昇平署档案集成》（第79册），第45355~45372页。

⑤ 参见故宫博物院编《故宫博物院藏清宫南府昇平署戏本》（第60册），第136~159页。

⑥ 参见周和平编《中国国家图书馆藏清宫昇平署档案集成》（第79册），第45355~45372页。

⑦ 参见故宫博物院编《故宫博物院藏清宫南府昇平署戏本》（第60册），第136~159页。

演杨家将征辽的《昭代箫韶》改编为皮黄，之后因八国联军入侵而中断。回銮后，慈禧未继续改编《昭代箫韶》，而将杨家将征南唐的《铁旗阵》改编为皮黄戏。

《戏本》第57—60册收录了保留昆弋本改编为二十四本皮黄《铁旗阵》痕迹的剧本，即笔者前文所言的"工作用本"。皮黄本所依据的底本实际上是道光二十三年（1843）的本子，且已经全部翻改完成，这就证实了皮黄本是依据何本改编和改编多少本的问题。①根据皮黄本《铁旗阵》在光绪三十二年（1906）的演出推断，翻改时间应在光绪三十二年（1906）或之前。改编者在工作本的昆弋曲文上贴浮签，在浮签上写上皮黄曲文和宾白，对部分昆弋曲白径直用墨笔删去。通过这个工作本，我们发现宫廷在将昆弋大戏改编为皮黄时，是以昆弋本为底本，直接在昆弋本上进行删改工作（图1、图2）。周明泰曾提到本家班皮黄本《昭代箫韶》的形成过程。据周明泰转引内府太监所言，慈禧在将昆弋本《昭代箫韶》改编成皮黄时，是将太医院和如意馆中懂文理的人传唤到便殿，慈禧对昆曲本逐出讲解，由这些人分别记录词句，然后拼凑起来，略作加工，成为定稿。②通过《铁旗阵》的翻改程序来看，《昭代箫韶》的改编可能并非是"拼凑成文"，而是由专人负责翻改。

昆弋剧本翻改为皮黄，进行了较大的改动，具体体现在以下四个方面。

第一，改段为本。昆弋本为 15 段，每段 6 至 8 出。皮黄本改为 24 本，每本 3 至 4 出。本文将二十四本的出目以及对应的段数进行列表（表2）。"改段为本"是截长为短，且每本不能太长。如头段第五

---

① 杜雨桐推测："如果中国戏曲学院所藏二十四本的《铁旗阵》为乱弹本的话，则昆弋本全本皆被翻改成乱弹。"而根据《戏本》收录的故宫藏工作用本，可坐实其推测。参见杜雨桐《〈铁旗阵〉研究》，博士学位论文，辽宁大学 2020 年，第82页。

② 参见周志辅《昭代箫韶之三种脚本》，《剧学月刊》1934 年第 3 卷第 1 期，14～15 页。

出《父子自缚》剧末题："连前作一本太长了，此作二本头场亦可。"①这一出戏被置于第二本第一出。

图 1　皮黄工作本　　　　　　　图 2　昆弋底本

第二，化用昆弋本曲文。如第八段第四出《追希投寨》，杨希被呼延赞追赶。唱【赤马儿】："羞颜害燥只得偷跑，漫山混绕，偏他随后定跟牢，偏他随后定跟牢。自一鼓追来三鼓敲，这老儿可称搜搅，可称搜搅。"②而皮黄本则改为："羞面难抵漫山绕，偏他随后定跟牢。一鼓追至二更报，二更追至三鼓敲。"③皮黄曲文明显从昆弋曲文化用而来。

第三，删改唱词，加快戏剧节奏。将昆弋翻改为皮黄，最普遍的情况就是删改唱词，使得故事更为紧凑。具体而言，又可分为四种情况：

1. 删除整支曲牌唱词，以念白替代

第三段第一出《授命兴师》，德昭赐予杨继业宝剑时，唱【天下乐】，皮黄本删去。④第二出《南唐警报》，宋万听说虬龙被斩杀，唱

---

① 故宫博物院编《故宫博物院藏清宫南府昇平署戏本》（第57册），第613页。
② 故宫博物院编《故宫博物院藏清宫南府昇平署戏本》（第59册），第57页。
③ 故宫博物院编《故宫博物院藏清宫南府昇平署戏本》（第59册），第56页。
④ 参见故宫博物院编《故宫博物院藏清宫南府昇平署戏本》（第59册），第152页。

【滴溜子】，而皮黄本则将此支曲删掉，改为念白："气死我也。"① 第六出《报信袭关》，杨景说："众将士随我袭取城池去者"，后面杨景的唱词，皮黄本直接删去。②

2. 删除描述性和抒情性曲文，保留情节性曲文

皮黄本《铁旗阵》在改编昆弋唱词时对推进情节的唱词加以改动，而将抒情和描述性唱词都删掉。如第四段第四出《截径许婚》，呼延赤金等杨希的时候唱【石榴花】"只见那蛾眉斜月偃松梢，照不着败北的俊豪……在深林内凝眸眺"这一段被删去，而将情节性曲文"恍恍惚惚心中难料，莫非是故意相嘲，莫非是故意相招"改为【前板】："恍恍惚惚心如燎，莫非故意取笑嘲。"③第七段第一出《杨景借兵》，耿亮上场唱【会河阳】："听报分明簇骑群曹，穿林过涧莫游遨，鞭敲促骑忙驰显，咱猛虎断山径横截道，开言要买路钱和钞，回言便与他粗强暴。"皮黄本则改为【前板】："猛虎断山横截道，留下银钱两开交。"④昆弋本在改编皮黄时，描述性和抒情性曲文基本上都被删去，而只保留了情节性曲文。

3. 删除次要人物唱词

第三段第二出《南唐警报》，骁将向宋万禀告虬龙比武时宋朝大陈武备，昆弋本中有："森森戈戟大陈兵，严严武烈天威盛，我等呵，（叹）勇力向拼生竞。"皮黄本则将骁将唱词删去。⑤第三出《砀山大战》，方良臣召勇士们听命，勇士上场唱【金钱花】，⑥宋军上场时八健军唱【又一体】，均被删。⑦第四段第八出《军变破关》，守卫宿州

① 故宫博物院编《故宫博物院藏清宫南府昇平署戏本》（第59册），第170页。
② 参见故宫博物院编《故宫博物院藏清宫南府昇平署戏本》（第59册），第216页。
③ 故宫博物院编《故宫博物院藏清宫南府昇平署戏本》（第59册），第273页。
④ 故宫博物院编《故宫博物院藏清宫南府昇平署戏本》（第59册），第513页。
⑤ 参见故宫博物院编《故宫博物院藏清宫南府昇平署戏本》（第59册），第168～169页。
⑥ 参见故宫博物院编《故宫博物院藏清宫南府昇平署戏本》（第59册），第178页。
⑦ 参见故宫博物院编《故宫博物院藏清宫南府昇平署戏本》（第59册），第180页。

城的徐游所唱【沽美酒】【太平令】在皮黄本中都被删。①以上人物均为次要人物，改为皮黄时则进行删减。

4. 删除影响行进和武打的唱词

第四段第二出《诈降中计》，杨希被陆应高追赶，杨希唱"难招架，难抵挡，避其锐，穿街巷，不辨东西向"与"快出城回帐再整锋芒"，皮黄本删。②第六段第六出《武场夺印》，秦夫人和陆应魁交战时唱的【千秋岁】【上小楼】都被删。③第九段第六出《收取金枪》，杜玉娥和秦夫人的交战时唱段被删去。④《铁旗阵》武打场面很多，昆弋本存在演员边唱边打的现象，改编者将武打过程中的唱段予以删减，使演员专注于武打。

第四，改独唱为分唱，增强人物互动。第四段第七出《束装归寨》，杜金说："这头亲事呵，（唱）天降奇缘匹配两相当，英雄偶觉，英雄偶觉。"而皮黄本改为【前板】，将原来杜金一人独唱，改为两人对唱："（杜金唱）天定英女配良将，奇缘奇遇世无双。（希唱）岳飞胜德如山样，失势之人甚惭惶。（白）惭愧。"⑤第七出《束装归寨》，剧末杜金唱【催拍】："缔丝萝喜赋桃夭，一宵成百岁欢笑。飉王事幻，飉王事幻，整装回寨，急束征袍。"皮黄本将这段改为【前板】，将一人独唱，改为四人分唱："（杜金唱）喜昨宵成就了百岁欢笑。（赤金唱）乐今时缔丝萝共赋桃夭。（玉娥唱）温柔乡诚非是久恋正道。（希唱）思王事，恨不得，急束征袍。（玉娥唱）奏膺功图得个泥金封号。（杜金唱）你三人，夫与妇尽受荣褒。（希唱）

---

① 参见故宫博物院编《故宫博物院藏清宫南府昇平署戏本》（第 59 册），第 331、333 页。

② 参见故宫博物院编《故宫博物院藏清宫南府昇平署戏本》（第 59 册），第 266 页。

③ 参见故宫博物院编《故宫博物院藏清宫南府昇平署戏本》（第 59 册），第 494、496 页。

④ 参见故宫博物院编《故宫博物院藏清宫南府昇平署戏本》（第 59 册），第 227～237 页。

⑤ 故宫博物院编《故宫博物院藏清宫南府昇平署戏本》（第 58 册），第 297 页。

谢罢了，老泰山，乘马就道。……（赤金唱）回山去，练金兵，同把寇剿。"①这使得曲唱分配更为合理。

除皮黄工作本外，《戏本》第77—79册收有两套《铁旗阵》，一套是头至十六本，《故宫珍本丛刊》亦收录，另一套是第二至第十六本，缺头本。这两种皮黄本抄录字体工整、清晰，无修改痕迹，应是对工作本进行誊抄后的本子。②笔者又将十六本誊抄本与工作本进行比对，发现宫廷在誊抄时在工作本基础上又进行了处理，如工作本第八本第三出《遣子借兵》，此出戏叙述杨继业受宋万邀请，观摩铁旗阵，深感阵法不易攻破，派杨景去禅州向柴王借兵。工作本人物上场提示是："扮杨继业、杨泰、杨景、杨贵、杨顺上同唱西皮散板'阅阵回来心畏甚，深沟高垒守重营'。"③而誊抄本是："扮杨继业、杨泰、杨景、杨贵、杨顺上，继业唱西皮散板。"④因为探阵时，只有杨继业一人进入阵中，杨泰等人是在阵外等待，故改为杨景唱更显合理一些。因此，在誊抄过程中又做了进一步润饰。

以上皮黄工作本《铁旗阵》在道光昆弋本的基础上，改段为本，保持原剧叙事脉络；保留部分昆曲曲牌的引子；化用昆弋本曲词；大幅度删改曲文；改独唱为众人分唱。这些改动加快了剧本的演出节奏。皮黄誊抄本又进一步对情节进行了调整，对唱词进行加工，使得皮黄本《铁旗阵》剧本最终定型，成为演出用本。

① 故宫博物院编《故宫博物院藏清宫南府昇平署戏本》（第58册），第315~317页。
② 另外中国艺术研究院藏有一部民国二十四年（1935）绿格抄本《铁旗阵》，共24本101出。参见中国艺术研究院图书馆编撰《中国艺术研究院图书馆抄稿本总目提要》（第13册），国家图书馆出版社2014年版，第63页。
③ 故宫博物院编《故宫博物院藏清宫南府昇平署戏本》（第58册），第362页。
④ 故宫博物院编《故宫博物院藏清宫南府昇平署戏本》（第79册），第23页。

三 《铁旗阵》的演出

（一）《铁旗阵》演出时间、地点

《铁旗阵》昆弋本有档案演出记载的共有 5 次，其中道光年间 4 次，咸丰年间 1 次。皮黄本只在光绪年间演过 1 次，且并未演完。

道光三年（1823）四月初八日至十二月二十九日，在同乐园、重华宫分别演了 6 段，阅是楼演了 2 段，金昭玉粹演了 1 段。①道光十五年（1835）七月七日至十六年（1836）九月十四日，演出全本，均在同乐园演出。②道光二十三年（1843）四月初八日至十月十五日，演出全本，地点在同乐园。③另外在道光十五年（1835）至道光二十年（1840），在寿康宫、敷春堂演出头段至第七段。这次演出时间跨度较大，除第四段是在道光十八年（1838）正月十八日敷春堂演出外，其他 6 段均在寿康宫演出。咸丰六年（1856）七月初一日至七年（1857）四月十五日，演出全本，其中在同乐园演了 12 段，在重华宫演了 3 段。④

皮黄本《铁旗阵》演出 1 次，光绪三十二年（1906）四月初一日到十二月十五日，共演 15 本。其中在颐乐殿演出了 9 本，在宁寿宫阅是楼戏台演了 3 本，在纯一斋演了 2 本，在颐年殿演了 1 本。⑤皮黄本《铁旗阵》实际没有演完。

总体而言，无论是昆弋本还是皮黄本，因为上场人物众多，场面宏大，所以在三层大戏台演出居多。

---

① 参见周和平编《中国国家图书馆藏清宫昇平署档案集成》（第 2 册），第 491～718 页。

② 参见周和平编《中国国家图书馆藏清宫昇平署档案集成》（第 5 册），第 2357～2384 页、第 2453～2483 页。

③ 参见周和平编《中国国家图书馆藏清宫昇平署档案集成》（第 8 册），第 2809～2859 页。

④ 参见周和平编《中国国家图书馆藏清宫昇平署档案集成》（第 15 册），第 7785～7831 页、第 8017～8041 页；傅谨编《京剧历史文献汇编·清宫文献》清代卷（第 3 册），凤凰出版社 2011 年版，第 228 页。

⑤ 参见周和平编《中国国家图书馆藏清宫昇平署档案集成》（第 47 册），第 25113～25273 页。

（二）演出演员

道光三年（1823）的演出档案中，注明承担《铁旗阵》演出的是外学。道光七年（1827）改南府为昇平署，裁撤民籍学生，直到咸丰十年（1860），咸丰帝才开始重新招进民籍学生入昇平署。所以道光十五年至咸丰六年（1835—1856）的4次演出均由昇平署太监承应。光绪三十二年（1906）皮黄本演出则是由昇平署太监和民籍学生共同担纲演出。《故宫珍本丛刊》"各种题纲"的第三册、第五册影印了皮黄本头本至第十六本的演出题纲。每本题纲上都记录了演出场次、演出时间、角色与演员姓名。这份题纲应该是光绪三十二年（1906）的演出题纲（图3、图4）。

图3 第四本题纲

这份题纲中记载的演员有内学学生45人，民籍学生37人，共计82人。民籍学生进入昇平署的时间均为光绪年间。演出《铁旗阵》的民间艺人有鲍福山、曹永吉、得保、傅恒泰、高得禄、龚云甫、侯俊山、金秀山、郎得山、李连仲等。①这些民籍演员的加入使得当时的演出阵容十分豪华。例如第五本第一出《授命兴师》，叙杨继业被授命为扫唐大元帅，带领杨家将出征，八千岁德昭、陈琳前来为杨继

① 参见张转《清宫连台本戏〈铁旗阵〉演出研究》，硕士学位论文，山西师范大学2017年，第33～35页。

图4 第十四本题纲

业钱行。杨继业由李顺亭扮演，杨门五将杨顺、杨希、杨景、杨贵、杨泰的饰演者分别是陆华云、钱金福、得保、张长保、曹永吉，陈琳和德昭分别为龚云甫、王桂花担演。四大将中则有鲍福山。①第五本第三出的第三场、第四场的四位勇士是朱四十、张凤岐、侯俊山、杨永元，四健勇是孙培亭、相九霄、付恒泰、于庄儿。②这些人都是北京城当红的名角，如此豪华的演出阵容，其表演精彩程度可以想象。

《铁旗阵》这部清宫大戏不同时期的文本，反映出宫廷在演出中不断完善的过程。宫廷将昆弋大戏改为皮黄戏，也因应了当时民间皮黄剧坛编演连台本戏的发展态势。清末民间流行的皮黄连台本戏有《儿女英雄传》《五彩舆》《混元盒》《德政芳》《香莲帕》《错中错》等，这些连台本戏均被民间戏班带入宫廷演出。③宫廷帝后在观看到民间皮黄戏剧目后，利用宫廷已有的剧本资源，参与到皮黄戏剧目的编创工作当中，显示出皇家对这一新兴剧种加以扶持的积极态度。因

① 参见故宫博物院编《故宫珍本丛刊》（第692册），海南出版社2001年版，第376页。
② 参见故宫博物院编《故宫珍本丛刊》（第692册），第376页。
③ 参见徐瑞《晚清内廷挑选戏班进宫承应考述》，载中山大学非遗中心、中文系编《"新史料与新视野"：中国传统戏剧前沿问题国际学术研讨会论文集》（下册），2021年，第728~739页。

此，皮黄戏在清末民初成为全国范围内最有影响力的剧种，与皇家的参与建设有着密不可分的联系。宫廷与民间的互动交流对皮黄戏的发展乃至清代戏曲的演进具体起到了何种程度的作用尚需我们做重新的评估。清宫大戏《昭代箫韶》被改编为皮黄戏又时隔100多年后，被北京京剧院恢复演出。我们也期待着京剧院团将《铁旗阵》这部大戏搬演上舞台，让当代观众一睹百年前宫廷大戏的风采。

（徐瑞　广东财经大学人文与传播学院讲师）

现代视野下的文化自觉

——论冯叔鸾的戏剧观念*

李 菁

　　冯叔鸾（1884—1942），祖籍河北涿州，名远翔，字叔鸾，笔名马二先生、马二、叔鸾、楼桑、楼桑村人等，自称"啸虹轩主人"，为名门"涿鹿相国冯铨之后"①。冯叔鸾生于扬州，自幼居于北京，接受过新式教育，青年时曾在海州中学及苏州任教员，民国后迁居上海，开始为各大小报撰写剧评、发表小说，声名渐起。

　　冯叔鸾年幼起即随兄冯小隐出入于各大戏园，对旧剧情有独钟，曾在《大公报》《神州日报》《时事新报》《中华新报》《大共和日

＊　本文为2021年度北京市社会科学基金规划项目"晚清民国报刊戏剧批评形态研究"（项目编号：21YTC030）、2018年度国家社会科学基金艺术学青年项目"剧场形制与20世纪京剧演出形态变迁研究"（项目编号：18CB168）阶段性成果。

① 赵苕狂《本集著者冯叔鸾君传》，载《叔鸾小说集》，世界书局1924年版，第1页。

报》《晶报》等报刊发表多篇剧评，在创作高峰期，甚至"日为剧论或剧评一二篇"①，另著有《戏学讲义》（1914—1915）、《啸虹轩剧谈》（1914）、《啸虹轩剧话》（1915）等，并且与张肖伧、郑过宜及胞兄冯小隐并称"四大评剧家"。晚清之际，社会时局风云变幻，随着"西学东渐"浪潮的涌起，近代报刊业显著发展，大量报纸、期刊接踵产生，为戏剧批评提供了主要阵地。在此期间，冯氏于《神州日报》《新舞台报》《晶报》《大公报》等报刊担任主笔、主编，创刊了《俳优杂志》。同时，他还从事新剧创作与戏剧演出活动，创作了《夏金桂自焚记》《馒头庵》《女顾问大闹醒春居》《真假财主》《陈七奶奶》等剧目，其中有不少都曾搬上过舞台。而冯氏作为当时的知名票友，不仅演出旧剧，还串演过许多新剧，如他在《鸳鸯剑》中扮演的书童兴儿就十分叫好，被赞为"轻圆爽朗，熟极而流"②。除此之外，冯氏作为"鸳鸯蝴蝶派"骨干成员，著有《叔鸾小说集》，一经推出便广受欢迎，一版再版。虽然他有如此多的成就，却一直被学界忽略，或许是因为冯氏在抗战期间投靠汪伪政权这段不光彩的历史所致。好在近年来，冯叔鸾多重的文化身份逐渐得到关注、重视，如学者简贵灯、任荣对冯氏的籍贯、生卒等生平情况作了考述；学者赵兴勤、赵海霞从剧评入手对冯氏的戏剧理论价值作了总结。③ 不过在戏曲领域，冯氏仍有值得深入挖掘、梳理与研究的空间。

---

① 冯叔鸾《啸虹轩剧谈第一集自序》，《啸虹轩剧谈》，载傅谨主编《京剧历史文献汇编·民国卷》（卷1），凤凰出版社2019年版，第430页。

② 王钝根《本旬刊作者诸大名家小史》，《社会之花》1924年第1卷第4期。

③ 参见简贵灯、陈俊佳《戏剧家冯叔鸾籍贯、生卒、婚姻考》，《福建艺术》2020年第9期；任荣《冯叔鸾生平史实考论——以新发现的中国第二历史档案馆藏冯叔鸾档案为中心》，《戏曲艺术》2020年第4期；赵兴勤、赵韡《冯叔鸾生平考述及其戏曲研究的学术价值——民国时期戏曲研究学谱之十九》，《社会科学论坛》2015年第3期；赵海霞《冯叔鸾报刊剧评的理论价值与批评特点》，《南京师范大学文学院学报》2017年第1期。

一 "戏学"：现代戏剧学科体系建构的萌芽

戏曲历来在发展中不被正统文人所重视，被视为"小道"，难登大雅之堂。而从事戏曲创作与研究者，虽不乏其人，但都将其作为雅好或失意生活的点缀。随着近代报刊业的急剧发展，现代稿酬制度的确立，逐渐出现了专职撰稿人，这在一定程度上促使了剧评发表的繁盛，冯叔鸾就是颇为重要的一位。

民国初年，冯氏主要活跃于上海报刊界，其剧评散见于《游戏杂志》《神州日报》《亚细亚日报》《时事新报》《晶报》《大公报》等报刊。在此期间，他提出"戏学"的概念，首次将戏曲研究、戏曲表演视为单独学科："戏学之成立及戏学名词之成立，皆始于我之《戏学讲义》，前此盖无有也。"① 并界定了戏剧的概念、性质，对现代戏曲理论的建构做出了尝试与探索。

另外，冯叔鸾在《戏之基本观念》《戏之界说》《戏之三要素》《戏之性质》等文章中谈及了戏剧的定义、性质、类别等。他指出"夫戏者，所以扮演古今故事，以感化社会、娱乐神志者也"②，定义中指明了戏剧是扮演的艺术，明确了其假定性的艺术本质，揭示了戏曲感化社会和娱乐心智的艺术功能，又进一步从广义、狭义上进行界定："就广义言之，则凡可以娱悦心志之游戏，皆戏也，故有京戏、昆戏、梆子戏、马戏、影戏、木人戏以及变戏法、说书、滩簧、像声、绳戏等，戏之范围乃至广。若就狭义论之，则惟扮演古今事实、有声而有色者，始得谓之戏。"③ 根据这一界定，真正的戏剧艺术须

---

① 马二先生《戏学讲义》，《游戏杂志》1914 年第 9 期。
② 冯叔鸾《戏之三要素》，《啸虹轩剧谈》，载傅谨主编《京剧历史文献汇编·民国卷》（卷1），第 435 页。
③ 冯叔鸾《戏之界说》，《啸虹轩剧谈》，载傅谨主编《京剧历史文献汇编·民国卷》（卷1），第 435 页。

是能扮演故事，而且格律自然、严谨，结构缜密，非说书、非卖艺、非影戏、非演说。其中，冯氏特别强调戏剧是一种角色扮演艺术，故演员要有角色意识："故一经登台，则我即非我。何以谓之非我？以我之形状语言，全然舍其我之所固有，而惟脚本上所规定表示者是效故也。"① 他认为，演员上台之后，就处在了塑造角色和演绎角色之中，所以言语行为、举止形态都要符合角色的设定，自身要融入到剧中人物形象的命运里，以达到"我即非我"。其次，演员要演绎角色，还必须明确故事情节、舞台人物及演绎方式："戏无分乎新旧，必具有左之三要素：（一）脚本，（二）姿势，（三）声调。"② 冯氏认为剧本是"实戏中唯一之要素"，将其视为戏剧的基础；姿势，包括身段、架子、台步、表情、举止等台上的一切动作形态；声调即指戏中一切言语及歌曲，不专指歌乐。因为他觉得："戏本语言与寻常语言不同，必求台下听者皆能了然，又必须其语言中含有种种意味，使闻者为之色动兴起，始极能事，故其语言之声音高矮疾徐、抑扬吞吐，必有一定之程序，即所谓声调是也。"③

在明确了戏剧的定义之后，冯氏又阐述了戏剧的性质，指出："戏之性质约有五端，一曰美术，二曰文学，三曰通俗，四曰声乐，五曰感化。"④ 即戏剧不仅需要表现美，还要有文学性、音乐性，做到雅俗共赏的同时更具有感化作用，其中最核心、最根本的就在于"美"。"纵横古今，号国曰万，则其社会间所呈现之事实，固不止于亿兆京垓也，演戏者，将以何者为标准而取材乎？一言以赅括之，亦惟取其富于美术之观念者而已。故英雄儿女也，节烈豪侠也，神圣庄

① 冯叔鸾《啸虹轩剧话》，《游戏杂志》1915 年第 18 期。
② 冯叔鸾《戏之三要素》，《啸虹轩剧谈》，载傅谨主编《京剧历史文献汇编·民国卷》（卷 1），第 435 页。
③ 冯叔鸾《戏之三要素》，《啸虹轩剧谈》，载傅谨主编《京剧历史文献汇编·民国卷》（卷 1），第 435 页。
④ 冯叔鸾《戏之性质》，《啸虹轩剧谈》，载傅谨主编《京剧历史文献汇编·民国卷》（卷 1），第 436 页。

严也，温柔绮旎也，自外貌观之，则千综万错，备极纷歧，自根本上观之，则一以美术为归宿。"① 这里的"美术"其实代指"美学"，冯氏肯定戏剧的审美情趣和美的价值，认为戏剧的第一原则就是以追求其美学意义为旨归。在"美"的原则下，剧本要对现实生活做剪裁、点缀和演绎，不能曲高和寡、阳春白雪，要注意内容和音乐的通俗性，以达到感人至深的艺术魅力和感化人生的教育目的。不过，冯叔鸾对戏剧的认识不只是停留在基本阶段，而是经过了理论上的深化阐发，为此他提出了"戏学"理论。

那么，究竟什么是"戏学"？"戏学者，研究演戏之一切原理及其技术之方法而成为一种学科者也。"② 戏曲在中国传统文化的语境中被视作小道，相当长的历史发展中，戏曲研究者只注重曲辞格律和文本的创作。而冯氏在《戏学讲义》中，涉及戏之分类、何为京戏、京戏之源流与派别、京戏术语、表演技巧、新剧沿革小史、新剧源流及派别、名伶小传、男女合演现象、票友、演剧心理学、伶界陋习等多方面内容。冯氏从戏曲本体、舞台技艺和戏曲发展史等内容展开书写，揭开了现代戏剧学科体系建构的序幕。

冯叔鸾早期以票友身份进入剧坛，将多年的观演实践和史实研究相结合，使得他的"戏学"理论除了有对戏剧学学理上的表述外，还体现了其对当时上海剧坛发展现状的审视和反思。民国初年，各地报刊舆论都特别关注戏曲生态与社会环境的问题，时下男女合演之风日盛，改良之士对此风气忧心忡忡，担心会对社会造成不良的影响，伤风败俗。冯氏对男女合演的问题有独到的见解："天津梨园男女合演之风最盛，然其淫靡之习视沪上未尝有加也。即以沪上而论，法界各馆虽有男女合演者，而自一般观剧者视之，与非男女合演者亦无大

---

① 冯叔鸾《戏之性质》，《啸虹轩剧谈》，载傅谨主编《京剧历史文献汇编·民国卷》（卷1），第436页。
② 马二先生《戏学讲义》，《游戏杂志》1914年第9期。

异。"① 而且，"是故男女合演，于艺术上有莫大之便利，而于风化上初无若何之影响，决非不可能之事。惟男伶女优，混处一舞台之中，如何而能使之专心艺术，勿堕情魔，此则剧界内部之道德问题，于社会上之风化，初无所涉也"②。在他看来，有伤风化并不在于男女合演，而在于伶人的自我约束和道德自律，如果合作得当，男女合演还有助于提高表演艺术。

此外，冯叔鸾还深入研究了表演主体和接受群体的心理。首先，他分析"伶人之心理"时列举了七种情况，如"凡演戏尽其所能，以博台上看客之彩声，于是脚跟立定，遂不患无唻饭处，此是一般普通伶人之心理"，"临场不苟，务求胜人，此是具有专长不甘埋没的心理"，另有想走红运而无本领、想立住脚但怕演砸等状况，不得不说，冯氏将伶人上台表演的心理状态描摹得如此形象。相对于演员来说，看戏者的心理则有十六种情况，如假充内行、"羞称不知"、炫耀阔绰、巴结讨好、阔姨太太等心理。从他的描绘中，可以窥探出上海市井生活观演风俗的形象画面。而对于观众心理的分析，则体现了冯氏的社会教育观，如"凡收拾得齐整非常、油头粉面、香气四溢方去看戏，是一种吊膀子的心理"，"凡男客忽看髦儿戏，女客忽看新剧，至于每日必去者，必有一种希冀非分的心理"。③ 演出场所人员驳杂，冯氏研究从一定角度提醒伶人和看客要提高自我保护意识，以免形成不良风气，扰乱社会秩序。

冯叔鸾的"戏学"内容丰富且多层面，除了对戏剧文本的研究，还包括了剧场演出，其研究从演员到舞台、剧场、服化道以及观众，将舞台实践的相关内容进行归类、分析，从学理层面上概括总结经验式的知识，因此他的研究具有超前的学术意识。虽然其中还存在欠缺和不成熟，却蕴含了冯氏对"戏剧学"学科构建的大胆设想，这对

---

① 马二先生《戏学讲义（续）》，《游戏杂志》1915 年第 13 期。
② 马二先生《戏学讲义（续）》，《游戏杂志》1915 年第 13 期。
③ 马二先生《戏学讲义（续）》，《游戏杂志》1915 年第 14 期。

当今戏曲学科建设和戏曲研究都有着重要的启示意义。

二 "严肃"剧评：自平其心的评剧原则

随着民国时期报刊业的发展，大量关于戏剧演出的报道和对演出的评论文章开始出现，文章数量之多、内容之繁盛令人眼花缭乱。同时，随着捧角之风日盛，又出现了大量评伶之作和有关伶党之争的文章。这些文章完全从个人好恶出发，缺乏对戏剧审美的认知和常识的了解，过于商业化和与娱乐化。那何以才能言是真正的剧评家呢？冯叔鸾在《啸虹轩剧谈》有多篇文字对此问题作了阐述。他感慨道：

> 评剧最难。无戏学的知识者不足以评剧，无文学的知识者不足以评剧，看戏不多不足以评剧，戏情不熟不足以评剧。……不特此也，好弄词藻者，不可与评剧。彼等专以评剧为题目，而作一篇绮丽文字。文字虽好，可惜不是剧评。好品色者，不足与评剧。彼辈惟斤斤然于花旦之一门而分党立派，门户之见太深，其言论亦断不足信也。好讲考据者，不足与评剧。戏剧之中，寓言八九，若一一取而附会之，其苦不可胜言矣。至于胸中不可有成见，评论不可偏执一得，又更不独评剧为然。夫剧小道也，而评剧之难如此，则凡夫操寸颖以评论是非者，当亦凛然知所慎矣。[1]

翻看当年大小报刊有关剧评的评论文字，冯氏所抨击的现象不在少数，报刊为了营业和商业利益，大加吹嘘，"剧评家"们周旋于各舞台之间而阿谀评赞："唱工不佳，则称其嗓音好。武工不佳，则称其架子好。"[2] 剧评家宗天风也对当时剧界只看商业利益，缺乏正当

---

[1] 冯叔鸾《论剧评》，《啸虹轩剧谈》，载傅谨主编《京剧历史文献汇编·民国卷》（卷1），第453页。

[2] 冯叔鸾《上海何故无正确之戏评乎》，《啸虹轩剧谈》，载傅谨主编《京剧历史文献汇编·民国卷》（卷1），第457页。

剧评的现象强加批评："评剧之不易也：不知词句，不可以评剧；不明板眼，不可以评剧；不晓派别，不可以评剧；不存公平，不可以评剧……夫今小报，则纯系营业性质，不得不人云亦云。然一般自命为戏学家者，所编剧谈，亦复如是。甚有纸上空谈、严守中立，不加好恶者。嗟乎，评剧如是，其价值殆消灭于无形矣。"① 冯叔鸾认为剧评家除了要具备一定的文化素养和戏学知识，更要看重剧评家的道德："谓学力虽优，而苟无道德以范围之，则其评论亦多失当。故评剧家，须有道德也"，"评剧家之道德如何？即不怀成见，不杂私心是也。不怀成见，则不以平日之毁誉而加褒贬。不杂私心，则不以一己之好恶而有抑扬。"②

平心而论，冯叔鸾的剧评成自家之言，不随波逐流，本着艺术之修养和人格之公允，坚持客观公正的剧评原则，非意气用事，非夹杂恩怨。因此，他的评论文章不是简单的捧角或评伶，而是视演出的表现来评述，且针对伶人的唱、念、做、打、神情等技艺水平进行点评。

自晚清开始，戏曲研究重曲本而轻演出的观念慢慢发生变化，人们逐渐将目光关注到伶人身上，以场上表演为中心的品评模式成为当时戏曲批评的主要焦点。在冯叔鸾的剧评中，对伶人和演出活动的批评占据了相当大的比重，比如《啸虹轩剧谈》下卷除了《海外剧场拾零》等篇章，其余都是针对伶人场上表演所做的批评，具有很强的时效性。

戏曲是一门独特的、综合性的艺术，唱、念、做、打都有固定的程式规范，冯叔鸾在评剧和评伶时，亦从唱功、念白、做工、神情、扮相、武工等方面判断其是否符合戏曲的"规矩"来品鉴和点评，

---

① 宗天风《论上海无正当之剧评》，载《若梦庐剧谈》，泰东图书局1915年版，第10页。

② 冯叔鸾《论剧评家之道德》，《啸虹轩剧谈》，载傅谨主编《京剧历史文献汇编·民国卷》（卷1），第455页。

甚至细微到了一字一句、一招一式。尤其是他对演员的唱念有独特的见解，能从板眼、行腔、用嗓、字眼入手，并且进一步细化。他强调行腔用嗓不能随意为之，要知其板眼节奏的落拍、腔调圆润、嗓音清脆、字眼清正、抑扬顿挫，且随着人物情绪的变化来行腔。他在《啸虹轩剧谈》中多次评价老生王凤卿的唱，赞其"高而不亢，低而不闷，长而不冗，短而不呆"，观之《朱砂痣》，欢服无量：

> 第一场两句摇板，第一句初若甚平淡无奇也者，第二句集全力于一"新"字。遂博满场彩声。此如善为文者，始焉平叙，若甚平淡无奇也者。比及结穴，则以一句贯神。遂觉全篇皆回环生动，顿成佳构。真妙手也。……
>
> "借灯光"一段正板二黄，三眼到底不改原板，亦不改快三眼，是其异人之处。白口亦不同。
>
> 第二场一段原板为全戏精华。"遇兵荒"一句如石破天空，云垂海立，腔调较其他高出两字。汪调如此等处，真不易学。
>
> "救你饥"一段原板之第三句，改为"我有子无子，也是我前生造定"，较他人多二字，甚不易唱，稍一大意便脱板。
>
> 《认子》一场之平调，他人皆以"言而有信"之"信"字叫板即唱，无过门，与"救你饥"二段同。凤卿则于"而有信"言后以一笑叫板，有过门，亦是特异处。
>
> 《认子》之原板及摇板词句亦多不同，而神情之佳妙，合场数千人，人人眉飞色舞。想因汪桂芬离沪有年，而凤卿之来，又恰届沪人研究戏学之际，故推其屋乌之爱，而欢欣鼓舞之出于不自觉也。[1]

《朱砂痣》是汪派老生唱工的重头戏，用嗓洪而不粗，亢而不厉，

---

① 冯叔鸾《王凤卿之朱砂痣》，《啸虹轩剧谈》，载傅谨主编《京剧历史文献汇编·民国卷》（卷1），第475页。

若非有浑厚之天赋，不能轻易效颦。王凤卿能深得汪派三昧，演唱时中气十足，发音沉厚，声音宏而不尖，技艺精纯不苟。又如评丹桂上演的《鼎盛春秋》，称王凤卿演的《昭关》是此戏的中坚，他说：

> 凤卿出台，全场精神为之一振。"逃出了龙潭虎穴中"，"虎"字高入云霄，而"中"字一落千钧。"恨平王无道乱楚宫"四句，如游丝袅空，令人不可捉摸。"一轮明月"一段二黄慢板，第二句"穿"字之行腔，余听两次而未能学得。"心中有事难合眼"之"中"字"事"字，神韵隽绝。"一连七日"四个字与后文"思来想去"四字同，唱得愤促之至。"鸡鸣犬吠"一句亦妙绝。"随朝待漏"四字仍极快。此等处极难摹效。故学汪调唱《昭关》者，乃不数数见也。"换衣"一段二六字正腔圆，而"东皋公请上受一礼"一句摇板中之"礼"字，最为好听。①

王凤卿根据剧情揣摩声腔，将伍子胥孤臣孽子的满腔悲愤融汇于唱腔中，在演唱中体现"戏情"，是演唱的最高境界。

冯叔鸾特别关注伶人在舞台上的扮相、神情、做表。在他看来，演员在故事情境中塑造人物时，所运用的程式技法要符合剧情需要，演员的神情、动作和心理应融入到剧中人物的性格和身份。他说道："有唱工而无身段，直一留声机器而已。然而'身段'二字，谈何容易哉？科班出身者，大概身段皆习过，三步到龙口，整冠，投袖，五步半到台口，退半步，念引子，转身就坐，此类动作皆优为之，顾多执泥成法，食而不能化，遂演成一种刻板戏文，仅足为前三出开锣戏之用。至于票友，天分稍好者，则又多缅越规矩，自以为是，或者袭其皮毛而不能体贴入细。久之习非成是，求得一能存前辈典型者，杳不多得。"② 所以，演员的表演应做到为剧情描写和人物刻画服务，

---

① 冯叔鸾《第一台之〈鼎盛春秋〉》，《啸虹轩剧谈》，载傅谨主编《京剧历史文献汇编·民国卷》（卷1），第476页。
② 马二先生《戏学讲义（续）》，《游戏杂志》1914年第10期。

表情更要细致入微，且要与行动和谐统一，而不是一味地展示身段、动作等程式技艺，生搬硬套只会了无情趣。冯叔鸾赞誉朱素云饰演的周瑜绝佳："朱素云久有活公瑾之目，故去此戏之周瑜，笑则真笑，哭则真哭，气则真气，举止言谈，风流儒雅，而持才负气，的是周郎身分。其最妙传神之处，如未取南郡之先，则骄傲自负，即失南郡之后，则忿怒若不可遏。而入城中箭时之翻身堕马，与鲁肃谈论争执，屡屡负气，皆足令观者叫绝。"① 可见，演员要成功塑造角色，唯有仔细揣摩剧中人物，才能将其描摹得当。冯叔鸾特别推崇杨小楼之武戏，他认为其表演不只是武工技艺的展示，而是能妥帖剧情，处处透露 "美" 的原则。如他评杨小楼《连环套》中的表演："小楼此戏之拿手处，在能将黄天霸之精细、有胆略处演出。而事前之惶急，临时之机变，皆能颊上三毫，善于描摹。"② 这是在说演员在台上仪容架子落落大方，做工表情传神不苟，实为上品。

另外，冯叔鸾以舞台为主的评价体系，不仅适用于旧戏，对于新剧同样适用。他评价新剧名伶凌怜影、王无恐在《情天恨》中的表现，赞其做态极佳："无恐则吞吞吐吐，欲言而不敢言，不言却又不能已。怜影则步步追诘，是娇女的身分，是关心的情事。末后父女二人，相抱痛哭，神态极好。"③ 又如称赞欧阳予倩："予倩之佳处人多知之，能演泼妇、荡妇，能演聪敏机警的女子，能说能笑，故以之扮《大闹宁国府》之王熙凤、《鸳鸯剑》中之尤三姐、《家庭恩怨记》中之小桃红，一时无匹。……貌虽非至美，而俯仰生姿，善于做作。"④

冯叔鸾的剧评不夹私心、不置成见，绝不做情感的奴隶。对于崭

---

① 冯叔鸾《朱素云与王凤卿之〈取南郡〉》，《啸虹轩剧谈》，载傅谨主编《京剧历史文献汇编·民国卷》（卷1），第478页。

② 冯叔鸾《杨小楼之〈连环套〉》，《啸虹轩剧谈》，载傅谨主编《京剧历史文献汇编·民国卷》（卷1），第480页。

③ 冯叔鸾《新民社之〈情天恨〉》，《啸虹轩剧谈》，载傅谨主编《京剧历史文献汇编·民国卷》（卷1），第498页。

④ 马二先生《春柳剧场观剧平谈》，《游戏杂志》1914年第9期。

露头角的新人，他能一视同仁，比如他十分欣赏贾璧云，却也直言不讳其脸型太长，扮相不美观；对于名伶的不足，亦能直言不讳，他数次批评王又宸唱工不尽如人意，做工也太过敷衍；对于自己不喜欢的艺人，也能做到不以好恶而掩盖其所长，他斥责八岁红为野狐禅者，却也为其在《刺八杰》中的表演喝彩；对于剧界拥簇伶人，捧角、党争的做法嗤之以鼻："党之云者，不顾是非，不分好恶，唯以一心之所崇拜而奉之如神明，曾不敢稍有拂忤，且不许人之稍加贬毁。是故党之好恶，党之是非，必不能公，必不能平。余故曰党非剧界中所宜有也。"①他认为，好恶优劣要比较之后再下定论，不应以个人的偏好去非理性地抬高一方、贬低一方："且对于所拥戴者，崇之如帝天，视之如神圣。苟有加以贬词者，不惮搜索苦肠，咬文嚼字，为之文饰辩护，甚至掀髯作色，瞠目大骂，其仇如不戴天。书痴子之情状实在可笑。"②冯叔鸾有良好的职业素养和道德修为，他的研究从艺术优劣的角度出发，公正、客观，拒绝娱乐化、捧角式的剧评，可称之为"严肃"的剧评。

三 戏剧改良：对旧剧的维护与对新剧的探索

20世纪初，中国社会改良之风渐起，以梁启超、陈独秀为代表的一批新文化知识分子欲通过戏剧来鼓吹新式思想，将"新剧"赋予启迪民智、宣扬民主、救亡图存的社会价值，由此开启了戏剧改良运动。时值大众媒体推波助澜，各种报刊陆续登载鼓吹戏剧改良的文章，新文化知识分子在《新青年》对旧剧发难挑起论争，将运动推向高潮。

---

① 冯叔鸾《告柳亚子》，《啸虹轩剧谈》，载傅谨主编《京剧历史文献汇编·民国卷》（卷1），第458页。
② 冯叔鸾《告柳亚子》，《啸虹轩剧谈》，载傅谨主编《京剧历史文献汇编·民国卷》（卷1），第458页。

1917 年《新青年》第 3 卷第 1 号和第 3 号，钱玄同、陈独秀、刘半农和胡适等人发表了批判旧剧的文章，从内容和形式上对中国旧剧予以批评，否定其文学价值："戏子打脸之离奇，舞台设备之幼稚，无一足以动人情感"①，并且提出"废除演唱而归于说白"② 等改良意见。与此同时，旧剧拥护者们曾予以反驳，张镠子先后在《新青年》《晨报》发表《新文学及中国旧剧》《白话剧评》《我的中国旧剧观》等文章，对钱、胡等人关于旧剧的批评提出质疑，表明"废唱用白"是绝对的不可能。冯叔鸾也撰写《评戏杂说》一文为旧剧辩护，站队张厚载。而 1918 年，钱玄同、刘半农在《新青年》第 5 卷第 2 号上撰文《今之所谓剧评家》，将矛头对准了冯叔鸾，由此展开了关于新旧剧的论争。

冯叔鸾在《评戏杂论》中将《新青年》批判旧剧的要点列为 8 条，他本人都予以一一回复，其内容批驳新文化运动者的激进言论，理性地阐释旧剧的合理性。文中指出钱、陈等说中国旧剧脸谱离奇、打把子乱打一气，是因为缺乏对旧剧认知，他强调尽管脸谱是一种化妆术，但亦有其艺术上的价值；打把子是舞蹈的一种，却不背离美学原则，不能武断地认为旧剧没有文学美术的价值。对胡适提出的"废唱用白"观点，冯氏也极力反对："今之言旧剧改良者，动辄曰废去演唱，此至不通之论也。感人之道，歌乐较语言为捷。而涵育心性，娱悦神志，尤非语言所能奏功，如之何其可废？夫旧剧之精神在演唱，今先废去演唱，是先废去其精神也，是并其良者而亦改之也。然则岂将留其糟粕乎？殆不然也。今试问嗜旧剧之人，工唱者必居十之五六，而能说白者殆百不得二三。可知演唱感人之深，较语言为易入，断断乎。无可废去之理也。"③ 他认为音乐能感动人心，唱是旧

① 钱玄同《寄陈独秀》，《新青年》1917 年第 3 卷第 1 号。
② 胡适《历史的文学观念论》，《新青年》1917 年第 3 卷第 3 号。
③ 冯叔鸾《改良戏剧论》，《啸虹轩剧谈》，载傅谨主编《京剧历史文献汇编·民国卷》（卷 1），第 431 页。

剧的根本，废除了唱，中国的戏剧则不能成立。对于陈独秀等批评《珍珠衫》《杀子报》《战蒲关》等剧目助长淫杀、感官刺激太强等观点，冯氏则回应不能因噎废食，将旧剧一笔抹杀，且诲盗诲淫，改之甚易，戏剧本就非真事，用文学性的眼光观之，则甚有趣味。

对于新旧剧的态度，《新青年》激进派与以张厚载、冯叔鸾为代表的为旧剧辩护者截然不同。激进派对旧剧的批判，有居高临下之势，言辞激烈偏激，不啻对旧剧和辩护者粗暴谩骂。但实际上，他们缺乏对中国旧剧的研究，因此对旧剧的改良和新剧的发展都未起到实际的影响。反观旧剧的辩护者，能站在理性的立场，阐述旧剧存在的合理性和艺术价值，并不一味地否定新剧，始终站在戏剧的本质和发展的立场上，客观看待其优缺点。

在"新旧剧论争"之中，冯叔鸾作为旧剧的辩护者，所发表的文章都是从戏剧原理和审美本质阐述旧剧存在的合理性。与此同时，他认为旧剧"举袖报名、向看客说话之类"应该取消，而且化妆也存在不合理之处，布景也不周备，这些都需要进一步革新。所以他并非是顽固的保守主义者，反而经过这次批评，使得他对旧剧改良的认识进一步深化。再者，他对新剧并非心存抵触、概不关心，他不仅接受初兴的新剧，甚至参与新剧实践，于新剧投入了巨大的热情。

冯叔鸾嗜爱旧剧，起初对方兴未艾的新剧并不推崇。他曾说，出京到上海以来接触过的新剧人才，只有汪笑侬为不可多得之人才，彼时的新剧也只有《党人碑》《新茶花》等戏，且故事情节支离破碎，矛盾颇多，没有可观性。随着新剧的发展，他对新剧的态度有所改观，甚至断言"新剧必有完全发达，极受全国欢迎之一日"①。他在《啸虹轩剧谈》《啸虹轩剧话》中发表了一系列评论新剧剧目和阐述新剧理论的文章。不过，冯叔鸾批评新剧更多的是从脚本入手，他认

---

① 冯叔鸾《改良戏剧论》，《啸虹轩剧谈》，载傅谨主编《京剧历史文献汇编·民国卷》（卷1），第431页。

为"脚本者，剧中惟一之要素也"①。脚本是新剧的重要命脉，也是改良戏剧的入手办法。当时的新剧剧本较多是翻译国外作品，由于情节中风尚习俗不同，演出时观者多不能领会其内涵，虽有社会价值，但难以普及。而且有的新剧团不用脚本，人物随意应对，剧情简单、支离破碎，观众看不懂，只觉得台上胡闹一气。在冯叔鸾看来，新剧在当时难有起色的最主要原因是缺乏优秀的脚本和编剧人才，所以当务之急是要改变不用脚本的现状，杜绝粗制滥造、胡乱编凑。他批评新剧团和演剧者缺乏知识、不读书，不用脚本，不事先预演就登台演出，台上神情散漫，言语行为前后不一。他十分推崇春柳社和郑正秋新民社的新剧演出，像《家庭恩怨记》《不如归》《真假娘舅》等剧本，剧情合理，结构周密，引人入胜，剧终仍有余韵。他强调戏剧创作，剧本是首要因素，人物上台要依据剧本内容来演绎故事，不能随意妄为、有悖主旨。同时，他强调剧本情节要结构严谨，前有伏笔、后有解扣，故事要根据戏剧冲突合情合理地展开，不能随意拖沓、东拼西凑，以致情节支离破碎。

冯叔鸾提出：

> 窃以为改良戏剧之要务，第一先泯去新旧之界限，第二须融会新旧之学理，第三须兼采新旧两派之所长。

> 新旧剧界，互相鄙夷，互相诟诋，只知责人，不能返省，各守崖岸，莫由会通。故第一必先泯去新旧之界限也。新旧两派之立，各有其成立之原理，然非个中人不能探其秘也。融会贯通，使互相为用，而不背驰，此实改良戏剧之要务也，故列为第二。新旧两派，各有所长，弃短取长，荟萃精华，而各成为百炼之精金，则改良之能事始毕，而戏剧之大观告成矣。②

---

① 冯叔鸾《新旧剧根本上之研究》，《俳优杂志》1914 年第 1 期。
② 冯叔鸾《改良戏剧论》，《啸虹轩剧谈》，载傅谨主编《京剧历史文献汇编·民国卷》（卷 1），第 431 页。

他表示新剧是否能发达，与旧剧是否需要改良是两个问题，建设新剧与改良旧剧并不是对立面，而是能相互包容、平行共存的。冯氏立足于中国戏剧发展改良的实际需要，主张新、旧剧不用彼此孤立、各守崖岸，而应打破壁垒、冲破界限，将新、旧剧作为中国戏剧的整体进行考量。冯叔鸾对于改良新剧的观点，对中国戏剧的发展有现实的意义。

结　语

清末民初，中国社会经历了重要的转型，中国戏剧也开始了现代化的进程。冯叔鸾作为其时戏剧界的重要人物，他的戏剧理论和戏剧批评都反映出鲜明的时代特点，他的戏剧视野具有前瞻性，不随波逐流，对于新、旧剧的比较也不只留在戏剧表现形态的浅薄认知，能深入戏剧本质做学理性的分析。在戏剧研究方面，冯叔鸾首次提出了"戏学"理论，蕴含了对"戏剧学"学科的大胆设想，具有超前的学术意识和自觉的学科意识。冯叔鸾的戏剧批评延续了中国传统戏剧"剧本本位"的评价体系，同时又重视演员在舞台上的表现，从唱、念、做、打等程式手段提出要求，肯定了戏剧的艺术性和审美价值。纵观他的剧评，无论是旧剧、新剧，评伶还是评剧，亦能做到不怀私心，公正、客观，体现了良好的职业道德。冯叔鸾的戏剧理论实践不自觉地渗透着对西方戏剧的思考，一方面，他对传统戏曲有良好的鉴赏力，深谙旧剧；另一方面，他的"戏学"理论对现代戏剧学科的构建有初步的尝试。在中国戏剧从传统向现代转型的关键时期，冯叔鸾这样一位对旧剧维护辩驳、对新剧探索研究，两者兼顾的戏剧家所起的作用不容忽视。

（李菁　中国戏曲学院《戏曲艺术》编辑、助理研究员）

论富连成创演的
三部新戏

王 伟

　　富连成所演的大部分是传统剧目①，但也有新编剧目，包括富连成编写且首演的剧目，以及虽非富连成编写却为其首演的剧目。目前，对富连成新编剧目的研究还比较少，这无疑不利于我们更为全面、深刻地认识富连成。本文即通过对《庐州城》《白泰官》《智化盗冠》三个剧目的讨论，对富连成新编剧目的状况予以观照。这三

---

① 姜斯轶根据现存剧目资料考察，指出"富社剧目大体可以分为三类：一是传统的折子戏，占上演剧目的大多数；二是有头有尾、情节完整的整本大戏或连台本戏；三是新编首演的剧目"。参见姜斯轶《京剧"第一科班"：富连成社研究》，中国人民大学出版社 2016 年版，第 129～130 页。

个剧目不但可以确定为富连成创演的新编剧目①，而且时期不同、来源有别，具有一定的代表性。

一　《庐州城》

《庐州城》② 改编自清代文言小说《萤窗异草·卜大功》（长白浩歌子著），《京剧剧目辞典》介绍其剧情云："明末，张献忠自延安起义兵后，所过州郡，群雄归附。献忠兵至皖境，欲得凤阳，须先取庐州。部将马雄飞献计，并命人招其义弟武举吕万春、凤阳方士龙来归。士龙得书后，当即归附义军，万春拒邀，得授山东游击。献忠兵伐庐州，河南镇守王元济与吕万春援军会师淮上。马雄飞击败王元济后，拿获吕万春，兵围庐州城。庐州太守刘世清知大局无可挽回，城破之日，偕女凤英自尽。雄飞进城，救活凤英。献忠赐婚雄飞，凤英不从，招降吕万春亦被拒。献忠乃缚凤英。后凤英佯允婚，将熊飞（笔者案：当为'雄飞'）灌醉后杀之，遗书离间士龙，贪夜偕吕万春乔装逃出庐州。献忠见雄飞被害，疑士龙不义，怒斩之。万春等乃乘隙投奔王元济。献忠遣四将追赶，反为所执，放归以作内应。当夜

---

① 虽然一些学术著作以及回忆性文章曾对"富连成新编剧目"加以罗列，然而其中很多不过是旧本的改编，甚至仅是老戏的重排。比如被视作"新编戏"的《藏珍楼》，"为清季咸同年间老伶工汪正士之得意杰构"，只是"迄今数十年来，断绝歌场，早已湮没无闻"，"由教师王连平审慎改纂，详加穿插，将授之该社诸生"。（高健石《振中谈剧：富连成重排〈藏珍楼〉》，《益世报》1935年9月28日第2张第7版）改编旧本虽然也有"新编"的成分，但却不能等同于真正意义上的创编。同样被称作"新编戏"的《酒丐》，当时即有人称其用的是"绝响歌台已七十余年"的老四喜班的本子（荣《尚小云为富连成新排之〈酒丐〉》，《庸报》1935年10月12日第2张第11版），属于"重排"。

② 有的文献写作《芦州城》，这是《庐州城》的异写。明清时期，庐州为府，下辖合肥县、无为州等，府名时常写作"芦州"。例如，嘉靖《东乡县志》（秦镒修，饶文璧纂，明嘉靖刻本）卷上云："李瀚，字朝宗，号南桥，直隶芦州府无为州人。"光绪《左云县志·官政志》（李翼圣原本，余卜颐增修，民国间石印本）亦云："赵洛，安徽芦州府合肥县甲辰进士。"庐州府治所在合肥，与凤阳相距大约300里。

叛将回城纵火，内外夹攻，迫使献忠、罗汝才等撤至城外。王元济、吕万春入城后，礼葬太守，刘女凤英嫁与吕万春。"①

《庐州城》现存民国时期教育部通俗教育研究会石印本，署名"嵩堃、李廷瑛编"。通俗教育研究会是该剧编写的组织者。1915年，在时任教育总长汤化龙的呈请下，教育部设立通俗教育研究会，以进行"研究通俗教育事项，改良社会，普及教育"②的工作，时任教育部次长的袁希涛为会长，社会教育司司长高步瀛为经理干事。研究会下设小说、戏曲、演讲三股，教育部佥事周树人、黄中垲及京师学务局通俗教育科长祝椿年分别担任主任。其中，戏曲股所掌事项有五："一、关于新旧戏曲之调查及排演之改良事项；二、关于市售词曲唱本之调查及搜集事项；三、关于戏曲及评书等之审核事项；四、关于研究戏曲书籍之撰译事项；五、关于活动影片、幻灯影片、留声机片之调查事项。"③ 其主要从事有关戏曲的审核、调查、奖励等工作，既对不良剧目颁布禁令，又奖励新戏演出，甚至编写新戏。《庐州城》便是戏曲股组织编写的新戏，嵩堃、李廷瑛为具体执笔者。嵩堃（1883—1944），字彦博，又字公博，别号博道人，西林觉罗氏，满洲正蓝旗人，内阁学士、署理广州将军孚琦之子，曾任礼部主事，为指画名家，又精通选学，诗文俱佳；入民国后，易名林彦博，以教书作画为生，并致力于传统文化的保护。④ 除《庐州城》外，他还作为执笔人，以通俗教育研究会的名义，为梅兰芳编写过神魔剧《童女斩蛇》。⑤ 1915年12月，嵩堃被教育部通俗教育研究会聘为戏曲股名誉

---

① 曾白融主编《京剧剧目辞典》，中国戏剧出版社1989年版，第945~946页。

② 《通俗教育研究会第一次报告书·章程》，京华印书局代印1916年版，第1页。

③ 《通俗教育研究会第一次报告书·章程》，第2页。

④ 参见李勤璞《满洲旗人嵩堃在现代中国》，《美术学报》2015年第1期，第33~35页。

⑤ 参见景孤血《由"四大徽班"时代开始到解放前的京剧编演新戏概况》（遗稿），载中国人民政治协商会议北京市委员会文史资料研究委员会编《文史资料选编》第22辑，北京出版社1984年版，第89页。

会员。李廷瑛，字雨生，京兆宛平人，教育部主事，在通俗教育研究会戏曲股任调查干事。因此，《庐州城》是官方推行社会改良和教育普及活动的产物。

1934年，化碧《芦州城》说："因当时有好些个老板们不肯接本子，于是乃得光顾到富连成。"① 这种说法并不可信②，但却说明该剧在富连成之前没有班社演过。1929年纱因《庐州城》说"十年前，富连成社，每届年终，必演新剧""不数月便以登台"云云③，可知，该剧首演时间为年底，且经过数月排演。嵩堃受聘通俗教育研究会已是1915年12月，而《顺天时报》1918年4月16日"菊讯一束"亦提及"广和楼演《庐州城》"④，所以《庐州城》创编时间当在1916年或1917年。

富连成接下排演《庐州城》的任务，或许有与通俗教育研究会搞好关系或为"改良社会，普及教育"尽一份力的意图，但更主要的是该剧契合了富连成的演出需要。纱因《庐州城》说："富连成社，每届年终，必演新剧，其间最受一般社会，热烈欢迎者，厥为实事新剧，《庐州城》，剧本制自教育部，某某之手……"⑤ 从上下文来看，《庐州城》就是一种"实事新剧"，那么这里的"实事新剧"当指历史题材的新编剧目。1918年4月12日《顺天时报》"菊讯一束"云："荣庆社近又排演《党人碑》一剧，闻由郝振基传授，此亦历史的佳剧，将来演唱当受社会欢迎也。"⑥ 这也旁证了历史题材剧目在当时确实很有市场。因此可以说，富连成排演《庐州城》是戏曲演出市场导向和自身业务发展方向共同作用的结果。另一方面，《庐州

---

① 化碧《芦州城》，《京报》1934年3月31日第8版。
② 此时距离《庐州城》的创编已经超过15年，而且各班社一般也不会轻易拒绝掌握剧目审查大权的通俗教育研究会。
③ 纱因《庐州城》，《新中华报》1929年4月27日第8版。
④ 《菊讯一束》，《顺天时报》1918年4月16日第5版。
⑤ 纱因《庐州城》，《新中华报》1929年4月27日第8版。
⑥ 《菊讯一束》，《顺天时报》1918年4月12日第5版。

城》体制宏大，武戏甚多，非普通班社所能搬演。当时的戏班"人才并不充足，只以一二台柱之名角，以资号召座客，其余各戏，殊乏精彩，其武戏尤为敷衍凑合"①，富连成则不但演员众多，行当齐全，而且不少演员都具有极高的艺术水平，优势十分突出，这也是为什么中华戏曲专科学校、鸣春社科班等皆曾演过《庐州城》（分别改剧名为《吕万春》《烽火媒》）②，但现在能看到的演出记录却大半都来自富连成。

《庐州城》也确实颇受观众欢迎，取得了不俗的成绩。刚排演完成不久，《顺天时报》"菊讯一束"即报道称，广和楼演出《庐州城》"颇受台下欢迎""座客颇极拥挤"③。在接下来的几年中，广和楼一直贴演《庐州城》，④ 足见其票房号召力。正是由于观众喜爱，富连成还应邀在一些重要的活动中露演该剧。如 1923 年 10 月 2 日，逊清宫室为庆贺端康太妃五十大寿，邀富连成全班在淑芳斋演出《庐州城》，同台的是《借赵云》《游园惊梦》《金钱豹》《汾河湾》《霸王别姬》《定军山》等名剧，由朱素云、王瑶卿、龚云甫、王长林、马连良、梅兰芳、杨小楼、尚小云、余叔岩、钱金福等名角儿出演，《庐州城》之地位可见一斑。⑤ 由于演出精彩，影响甚大，该剧被当时的国外学者视为沈富贵、韩富信等人的"拿手戏"⑥。

进入 20 世纪 40 年代，《庐州城》经历了多次重排。1941 年 6 月，"富社独有本戏《芦州城》，现由该社重为整理，改善内容，增加首

---

① 沧海渔隐《论科班之戏》，《现代日报》1937 年 3 月 10 日第 3 版。

② 参见景孤血《由"四大徽班"时代开始到解放前的京剧编演新戏概况》（遗稿），载中国人民政治协商会议北京市委员会文史资料研究委员会编《文史资料选编》第 22 辑，第 90 页。

③ 《菊讯一束》，《顺天时报》1918 年 4 月 16 日第 5 版、5 月 7 日第 5 版。

④ 参见《民意日报》1920 年 5 月 1 日第 5 版；《新社会报》1921 年 7 月 9 日第 4 版；《晨报》1922 年 4 月 5 日第 7 版。

⑤ 参见王庆祥《溥仪交往录》，东方出版社 1999 年版，第 357～358 页。

⑥ 参见［日］辻听花《菊谱翻新调：百年前日本人眼中的中国戏曲》，浙江古籍出版社 2011 年版，第 153 页。

尾，可演十二刻"①。很快排演完毕，于 6 月 17 日在华乐上演。②
1946 年 1 月，叶盛章、叶盛兰领导的金昇社重排了《庐州城》。③
1948 年 2 月，孙盛文为郭韵蓉排演该剧，但此时的《庐州城》已成
了"濒于失传的一龇老戏"④。屡屡重排，有时还"重为整理，改善
内容"，说明《庐州城》已不是常演剧目，或者说原来的演出形式已
不叫座，否则在激烈的演出市场角逐中没必要花费人、财、物力去做
一件吃力却未必讨好的事。而新闻报道中的"富社独有""濒于失
传"等语也从另一方面证实了演出该剧的班社不多且富连成也长期
未曾露演。

至于其中原因，主要是《庐州城》的艺术个性不够。其实早在
20 世纪 20 年代末，即有人对该剧提出批评，认为其"串插场面，完
全袭取旧剧"⑤，思想内容上也"未离乎战争杀伐忠臣烈女之故套"，
难以"合于现代之需要"⑥。"战争杀伐忠臣烈女"一直是戏曲的重要
题材，表现手段"袭取旧剧"也未必没人看，只要故事讲得好、演
员演得好同样可以叫座。可因为缺少特色，与大量同质化剧目共生便
容易让人产生审美疲劳。富连成曾两次修改《庐州城》，也是为了使
之更加适应市场的需求。第一次是刚拿到本子时，"废去开场秦戏，
别延某某，力趋昆弋"⑦，这不过是使"案头之剧"变成"场上之
剧"；第二次即 1941 年 6 月的重排，但这次也仅仅通过情节的调整使

---

① 《重排独有本戏〈芦州城〉冀元兰将演〈小放牛〉二本〈铡判官〉下期演唱 全部
〈姚刚〉首演于华乐》，《戏剧报》1941 年 6 月 10 日第 1 版。
② 参见《富社全部〈芦州城〉十七日出演华乐》，《新北京》（游艺版）1941 年 6 月
17 日第 6 版。
③ 参见《叶盛兰翔云燕等即将排演〈庐州城〉》，《民强报》1946 年 1 月 5 日第 3 版。
④ 《富连成贴演〈龙凤阁〉之夕 哈元章不敢扮"杨波"》，《中南报》1948 年 2 月 21
日第 3 版。
⑤ 纱因《庐州城》，《新中华报》1929 年 4 月 27 日第 8 版。
⑥ 老霄《戏剧之改进方案（一）》，《大公报》（天津版）1928 年 7 月 18 日第 9 版。
⑦ 纱因《庐州城》，《新中华报》1929 年 4 月 27 日第 8 版。

冲突更加激烈、节奏更加紧凑①，而未真正地解决上述问题。《庐州城》后来逐渐淡出剧坛属于正常现象，戏曲发展史上产生过难以计数的剧目，但最后能够流传下来的只能是其中一小部分。那些在大浪淘沙中销声匿迹的，很多也曾经火爆一时，《庐州城》无疑属于这一类剧目。

二 《白泰官》

白泰官是雍正时期的侠客，与了因和尚、周浔、路民瞻、曹仁父、吕元、甘凤池、吕四娘等7人并称"清初八侠"。在晚清民国时，关于他的传说很多，一些野史、小说尤其喜欢讲述他的故事。京剧《白泰官》的内容便来自汪景星小说《关外屠龙记》。《京剧剧目初探》"白泰官"条注云："叶盛章编演，以武功见长。"又介绍剧情说："尹霞姑、碧姑姊妹因报父仇，拜镖师白永门下，习成武艺，往陕西杀死仇人，回归乡里。白永之子白春（一名泰官）性好游荡，行为不端，犯案累累。白永屡教不改，逐出门庭。松江府欲解税银十万，拟聘白永护送，适白永患病，白母代其押解。路遇尹氏二女，邀至家中款待；白春偶见二女，拟夜入其家采花，二女已知，乃设伏以待；白春至，竟被二女捉获，送交白母训诫，春悔悟，誓改前非。时税银被孤山贼劫去，白春将税银夺回，以功赎罪。"②

《白泰官》创编于1937年，当年11月的《益世报》称："梨园怪杰叶盛章氏，工剑侠戏，人皆知其富于演剧之艺术，而不知叶氏之富于编剧天才也，兹者叶氏于演剧之余，费数月之心血，亲编清代八大剑之一白泰官故事，成《白泰官》新剧，由叶氏自行主演，饰剧中主角白泰官……已排演纯熟，定于月之十一日（星期四）白天，

---

① 参见《富社全部〈芦州城〉十七日出演华乐》，《新北京》（游艺版）1941年6月17日第6版。

② 陶君起编著《京剧剧目初探》（增订本），中国戏剧出版社1963年版，第381页。

在长安首次公演。"① 该剧在表演上有两个突出特点：其一，场面宏大。即以首演为例，除主演叶盛章外，参与演出的还有毛世来、阎世善、李世章、苏盛贵等，共计30余人；舞台上布置有特制的过街楼、山寨、树林、闺房、公堂等当时在北京并不多见的砌末，很有视觉冲击力。② 其二，武戏十分精彩。叶盛章本擅长武戏，在《白泰官》中更是将他的表演功力发挥得淋漓尽致。"其表演各种武技，捷如猿猴，蹿蹀跳跃，奇能绝技，轻灵似燕，半空中，飞来飞去，令人咋舌等技，实超于叶氏以往成功作品之《酒丐》《乌龙岗》《藏珍楼》《巧连环》《铜网阵》诸杰奏。"③ 武戏上的成功使《白泰官》迅速占领了演出市场，不但首次公演"成绩殊优"，而且在首演结束仅3天，即11月14日，富连成便由于"叶盛章之白春，由轴杆飞行至深窗之内，飞来飞去，尤为险绝奇技，极博得一般人赞许"，而"因西城某商店特烦，再在长安公演一次"。④ 到了1942年，叶盛章在长安演《白泰官》，仍以"有空中飞人惊异武技"⑤ 相号召。观众对该剧也保持了长时间的热情，例如1940年1月24日（己卯年腊月十六）的封箱演出，富连成尽管能演诸多名剧，但仍"因各方要求，演唱《白泰官》者颇多"⑥ 而以之为大轴。

关于《白泰官》的编演，翁偶虹回忆说："那时，世风日靡，演员们不得不迎合一般市民的心理，排演了徐良、智化、白泰官、欧阳德等只图卖钱而内容和艺术都很贫乏的剧目。但是，叶盛章在这些剧目里的表现，并没有被'噱头'所淹没。他的表演艺术，依然抱璞还真，塑造性格，渲染气氛，一如既往。尤其是他的武打，纯本传统

---

① 皖村《叶盛章新排〈白泰官〉》，《益世报》1937年11月11日第4版。

② 参见皖村《叶盛章新排〈白泰官〉》，《益世报》1937年11月11日第4版。

③ 皖村《叶盛章新排〈白泰官〉》，《益世报》1937年11月11日第4版。

④ 辽《〈白泰官〉今日再演于长安》，《益世报》1937年11月14日第4版。

⑤ 焜《叶盛章后昼入长安 再演〈白泰官〉》，《新北京》1942年5月15日第2版。

⑥ 然《富社封箱戏 决演〈白泰官〉》，《新北京》（游艺版）1940年1月19日第5版。

作风，不醉心于'以锤顶锤''宝剑入鞘'等喧赫一时的'化学把子'。他的武打技术，最精彩的是单刀，一把普通的单刀，他使出来就似曾相识却又意外陌生。"① 这段话告诉我们两个信息：其一，当时观众喜观动作惊险、刺激的武戏，编演《白泰官》是富连成顺应戏曲市场潮流的需要。尽管翁偶虹强调该剧与那些"只图卖钱而内容和艺术都很贫乏的剧目"不同，可是在时人眼中却未必如此，比如1940年就有人评价叶盛章所演的《白泰官》等剧说："又飞人，又飞城，或云火炽热闹，或云内容空洞瞎闹，姑不必论，总之都是带点海味儿的非正工戏。"② 其说法或不客观，但又确实是来自观众的一种印象，而"带点海味儿""非正工戏"则恰恰说明《白泰官》为了追求票房已经在一定程度上背离了"传统作风"。其二，《白泰官》之所以能在竞争激烈的武戏市场中脱颖而出，主要是因为叶盛章的武打表演确有独到之处，尤其单刀。叶盛章练就单刀技艺，也是戏曲市场竞争的结果，特别是与李万春的竞争。后者回忆说："他排《白泰官》，我觉得这个角色，武生扮演比武丑更相宜，我排了同样内容的《白门三侠》。我们俩也赶到一块儿贴出了广告……还是抢在盛章的《白泰官》前演出了。盛章被逼无奈，只得在开打上另想新花样儿，研究出一套'单刀拐'开打来，算是跟我各有特色。"③ 丁秉鐩在回忆中也曾谈到李万春抢贴《白泰官》，叶盛章"充实他的《白泰官》武打套子"④。白泰官虽初时行为不端，但终成侠士，确如李万春所说，"武生扮演比武丑更相宜"。显然，叶盛章也认识到了这一点，他钻研武打套子，发挥出武丑的特色，从而弥补了行当上的劣势。正

349

① 翁偶虹《霜叶红于二月花（中）——叶盛章与叶盛兰的艺术成就》，《人民戏剧》1981年第8期，第52页。
② 及方《由叶盛章伤足谈到丑角》，载陈志明、王维贤选编《〈立言画刊〉京剧资料选编》（上），学苑出版社2009年版，第528页。
③ 周桓编著《菊海竞渡——李万春回忆录》，中国文史出版社1990年版，第103～104页。
④ 丁秉鐩《青衣·花脸·小丑》，山东人民出版社2010年版，第170页。

是在演出市场的作用下，激烈的竞争促使《白泰官》于艺术上取得了进步，并形成了独特的风貌。

《白泰官》虽然有着巨大的市场需求，但相比一些传统剧目，并没有得到更广泛的传播。其原因有两个方面：

其一，该剧主要是叶盛章偕富连成众艺人演出，甚至长期贴着叶氏"个人独有"的标签①。这种情况来自富连成对版权的保护，其排演完《白泰官》后，即"在社会局备案，他班不能排唱"②。李万春抢贴《白门三侠》，富连成就将其告到了北京社会局："现闻李万春所编之《白门三侠》，系完全抄袭本社所送之《白泰官》剧本，易名送核，拟在庆乐公演，请予制止，以维优先送审之权。"最终裁定结果是，《白门三侠》"应予核准备案"，《白泰官》则"得于文到两星期以内先期演唱，以示优先送核之意"。③ 其中是非曲直姑且不论，富连成的维权意识可见一斑。

其二，警察局的禁令让《白泰官》失去了演出的机会。1944 年 5 月 11 日，北京市警察局"昨通令梨园公会及各戏院，禁演《白泰官》，盖以该剧内容淫猥、有伤风化之故④。所谓"内容淫猥、有伤风化"是指"采花"一场，《立言画刊》报道说："叶今春去沪将此戏授与高足张椿华在北京露演，内有白泰官花园遇两位小姐一幕，本

① 参见榕孙《叶盛章亦有肺病〈白泰官〉剧词欠雅》，《新天津画报》1939 年 12 月 9 日第 5 版；《叶盛章〈白泰官〉今晚演于华乐戏院》，《戏剧报》1941 年 6 月 14 日第 1 版。
② 《新天津》1939 年 5 月 1 日第 6 版。
③ 《北京市社会局训令（稿）》（1937 年 11 月 4 日拟稿），转引自王海燕选编《20 世纪 30 年代北平市戏曲审查委员会史料》，载北京市档案馆编，吕和顺主编《北京档案史料》2015 年第 1 辑，新华出版社 2015 年版，第 136～137 页。按：从该训令来看，此时《白门三侠》似尚未露演。然而，据李万春、丁秉鐩等人的说法，《白门三侠》已经首演。另据 1937 年 10 月 12 日《益世报》，《白门三侠》首演时间为 10 月 13 日，在训令发布之前。所以，官方了解情况有限，训令所述细节有误。
④ 《蒙疆新报》1944 年 5 月 12 日第 3 版。

为侠情剧，椿华误解剧情，而近于诲淫，乃经当局禁演……"① 张椿华因误解剧情而表演过火确实是《白泰官》被禁演的一个原因，但剧目本身亦有责任。《益世报》曾为该剧概括出八条"特色"，其中第三条为"有师兄入师妹闺阁，求欢被辱丑剧"，第四条为"有未婚妻故意戏耍未婚夫，特别滑稽"。② 由此可见，"采花"这场戏的主要卖点就是风情、滑稽。而在张椿华演出之前，已经有人对此提出非议，认为"采花一场，剧词过欠雅，有删改之必要"③。因此，《白泰官》被禁演既有表演的因素，也与剧情有关。当然，前者的作用更直接，张椿华使之越过了官方允许的底线。

三 《智化盗冠》

《智化盗冠》改编自清代小说《三侠五义》（石玉昆著），亦为叶盛章主演，《京剧剧目初探》概括其剧情曰："马强被逮后，其叔马朝贤阴加祖护，反诬倪继祖与北侠打劫，案下大理。黑妖狐智化与丁兆蕙兄弟定计，智乔妆瓦匠入京，应募入宫操作。夜入四执库，盗出九龙珍珠冠，暗置于马强家中。小侠艾虎假告御状，出首马朝贤父子盗冠谋反，五堂会审，马朝贤等获罪，倪继祖复职。"④

该剧的创演时间为 1938 年。是年 5 月 21 日的《益世报》消息说："叶盛章近又轰动菊坛的新戏成功了，《智化盗冠》是一齣汇集百样杂戏，生面别开之作。"看得出来，该剧确实是人们从未见过的新编戏。该消息称："闻本星期日星期一初演于华乐。"报道的副标题又云："明后两日演于华乐。"⑤ 案：1938 年 5 月 21 日为星期六，

---

① 《叶盛章为〈白泰官〉禁演斥责张椿华》，《立言画刊》1944 年第 308 期，第 10 页。

② 皖村《叶盛章新排〈白泰官〉》，《益世报》1937 年 11 月 11 日第 4 版。

③ 榕孙《叶盛章亦有肺病〈白泰官〉剧词欠雅》，《新天津画报》1939 年 12 月 9 日第 5 版。

④ 陶君起编著《京剧剧目初探》（增订本），第 229～230 页。

⑤ 《叶盛章新排〈智化盗冠〉》，《益世报》1938 年 5 月 21 日第 4 版。

"明后两日"正是星期日、星期一。所以,《智化盗冠》于 1938 年 5 月 22 日首演于华乐戏院。

《智化盗冠》的编剧,一般认为是叶盛章,但也有不同意见,如苏移、曾逎平等都认为是吴幻荪。① 对这一问题,人们都是作为常识加以表述,而未进行论证。1938 年 11 月 21 日,《百美图》上刊载一篇名为《志名编剧家吴幻荪》的文章,先罗列诸多吴幻荪创编的剧目,又述说了他对富连成的帮助。② 文章发表的时候,《智化盗冠》已经公演半年,而且取得了极大的成功,如果确为吴氏所编,没有理由不提及。所以,《智化盗冠》的编剧应当不是吴幻荪。另外,郑菊瘦《潜盦丛录》云:"(《智化盗冠》)今经梨园名手编成戏剧,实现于舞台之上,以身作式,聚精会神,使观者比诸阅书尤觉通快畅然,耳目一新矣。"③ 吴幻荪为知名画家,虽然编过多种剧目,但似不宜称之为"梨园名手"。叶盛章能编擅演,自然是"梨园名手";而"以身作式"则似指其粉墨登场,与叶盛章在剧中饰演主角智化也相契合。总之,在没有出现更过硬的证据之前,《智化盗冠》的著作权还应该属于叶盛章。

1938 年 4 月 10 日的《庸报》云:"叶盛章顷以戏曲学校久据广和,荣春社亦于中和公演,已成鼎足而三之对垒势,故不得不排本戏以资号召……近复以荣春科班新排之《崔猛》,有大过会等等节目,高跷秧歌等武技莫不搜罗参与串演,富社为与抵抗计,特排新编之《智化盗冠》。"④ 这里明确地说,富连成排演《智化盗冠》是为了与戏曲学校和荣春社争夺演出市场。当时北京的戏曲班社,即以这三家最有竞争力。戏曲学校生、旦、净、丑各组皆聘请教师,包括高庆奎

---

① 参见苏移《京剧二百年概观》,北京燕山出版社 1989 年版,第 400 页;曾逎平编撰《京剧问答三百题》,文化艺术出版社 2007 年版,第 78 页。

② 参见梨木凉《志名编剧家吴幻荪》,《百美图》1938 年创刊号。

③ 郑菊瘦《潜盦丛录·智化盗冠》,《现代日报》1938 年 8 月 20 日第 2 版。

④ 《叶盛章排演〈智化盗冠〉》,《庸报》1938 年 4 月 10 日第 6 版。

等前辈名伶，又有毕业生纷纷回来助演，先后排出了《二本火烧红莲寺》《二本六国封相》及全部《王宝钏》等戏；荣春社亦"成绩极惊人"，《崔猛》《齐天大圣》《五鬼一条龙》等剧目"颇能吸引观众"；富连成则不十分乐观，"毛世来等一批生力军毕业"，李世芳因积劳成疾，人才十分匮乏，社长叶龙章为了扭转局面，一面聘请教师培养"较有希望之童伶"，一面"率诸教师，为学生排演新剧"。① 富连成之所以选择排演新戏作为一种突围的手段，除了自身人才结构的因素外，更主要是受到当时戏曲审美风尚的影响。彼时，"大多数观众都喜欢新戏，越花样多越受欢迎，就是几龄旧本戏，也要新排，画蛇添足的，置新行头，添新场子，唱新腔，才可大受欢迎"②。曾有人描述道："请看今日之戏剧，上焉者，语言不伦不类，服装不今不古，下焉者，真牛真马上台，西洋跳舞上台，济颠僧大变戏法，孙悟空大耍砒子，说什么旧剧是国剧，简直不如把式场，不若魔术团了。"③ 荣春社的《崔猛》内含高跷、秧歌诸武技，便是对这种观剧风气的迎合，富连成也采取了同样的策略。

《智化盗冠》叫座能力极佳，不但在北京得到追捧，到外埠同样备受欢迎。1939 年《天声报》曾说："叶盛章之《智化盗冠》，上次来津，已三次公演，闻此次，又定临别最后二日，（十一十二）分日夜两场公演两次。"④ 1940 年 11 月 8 日在上海，叶盛章"应各界恳烦，夜场演个人拿手本戏《智化盗冠》"，虽然"黄金可容一千七百余人"，然而"是日上座两千余"，多有出高价而求站票者。⑤ 也正是

---

① 博颐《富连成社，戏曲学校，荣春社：三方面热烈竞争》，《新天津画报》1939 年 5 月 31 日第 2 版。
② 自明《一个"挽救国剧"的呼声》，《十日戏剧》1937 年第 6 期，第 16 页。
③ 许稞厈《旧剧沦亡是谁之罪?》，《十日戏剧》1938 年第 2 期，第 4 页。
④ 张毅《富社临别阵容已定》，《天声报》1939 年 2 月 6 日第 6 ~ 7 合版。
⑤ 《叶盛章在上海》，《戏剧报》1940 年 12 月 12 日第 1 版。

这次演出，叶盛章被上海观众冠以"武丑大王"之名号。①《智化盗冠》之风靡并非"一时"，至 1948 年叶盛章仍在八月十六日"接姑奶奶的日子"演出该剧，并被媒体认为"这个日子口决定坏不了"。②

这一盛况的出现，原因有二：其一，《智化盗冠》的武技表演和滑稽调笑很好地满足了观众的需要。剧作特意设置了一系列"戏中戏"的场面：智化、艾虎四人在京都卖艺，"表演跑马戏、耍猴戏、耍皮缸、上轴杆各种惊人工夫"；马朝贤做寿，人们"演为杂耍、杂技，热闹非常"，智化又相机"装神弄鬼，唬得他们乐极生悲，演出不少丑剧"；智化盗取九龙冠，"用猱升飞行工夫，并使从丈余房上跌下、戮顶各绝技"；智化等人赛神行香走会，"有太狮、少狮、五虎、少林各会"，智化又"反串小丑扮作杠箱官，大闹其胡调，笑料百出"。③《智化盗冠》汇集百样杂戏，在不破坏剧情的前提下，让观众欣赏到了诸般伎艺。其二，开放式的艺术结构可以根据需要随时增减、更换其中的伎艺表演，从而做到了常演常新，能够不断给予观众审美新鲜感。例如 1939 年 6 月 17 日夜，"叶盛章及富连成在华乐演《智化盗冠》，有屈成章别号神权大王者，新自欧美游行表演回国，加入表演火权，招数奇多，极为精彩"④。新奇表演的加入，不但对生客更有吸引力，也有助于维持熟客的观剧热情。再如，1941 年 7月底，有人批评包括《智化盗冠》在内的新排本戏"场子紊乱，编制繁杂，篇幅冗长，绝无老戏简练精彩"⑤。然而过了仅仅 3 个月，到了 11 月 7 日，吉祥戏院演《智化盗冠》，便出现了另一番评价："剧中情节，如群丑祝寿、宝库盗冠、五堂会审、定计过会等，极为

---

① 参见《沪女郎欢迎叶世长 誉之为"潘安"》，《新北京》（游艺版）1940 年 12 月 2日第 6 版。
② 《叶盛章抓白天演〈智化盗冠〉》，《民强报》1948 年 9 月 11 日第 4 版。
③ 《叶盛章新排〈智化盗冠〉》，《益世报》1938 年 5 月 21 日第 4 版。
④ 《富社〈智化盗冠〉明晚加演》，《新北京》（游艺版）1939 年 6 月 16 日第 6 版。
⑤ 峰《盛章金鸿演双齣（上）》，《新天津画报》1941 年 7 月 29 日第 3 版。

紧凑。"① 由此看来，叶盛章应是根据演出市场的新要求，对剧作进行了修改。这种不断的自我改良、自我调适，无疑是延长其市场生命力的有效途径。

《庐州城》《白泰官》《智化盗冠》3 个剧目，有的已经被历史淘汰，有的仍在接受经典化的过程，但它们却同样昭示了富连成创演新编戏的两个特点：第一，充分考虑戏曲演出市场的需要。20 世纪的前 20 年，流行历史题材剧，富连成便排演了《庐州城》；20 世纪三四十年代，观众喜看惊险、滑稽的武戏，于是富连成编演了《白泰官》和《智化盗冠》，甚至不惜被指责为"非正工戏"而"带点海味儿"。三本剧目的演出都有过显著的成绩，主要就是因为能够满足观众审美的需要。第二，充分发挥班社自身的优势。富连成人才济济，有排演大戏的条件。其中演出武戏的优势尤为明显，叶盛章为著名武丑，叶盛兰亦为武小生，他们也不会因为出科、搭班等人员流动而影响演出队伍的稳定性。正是因为演武戏的条件优越，《庐州城》等三部新戏才一度成为富连成的招牌戏。

（王伟　上海师范大学人文学院博士研究生）

---

① 《叶盛章七日吉祥演〈智化盗冠〉》，《戏剧报》1941 年 11 月 5 日第 4 版。

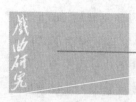

理趣与谐谑的有机融合

——习志淦①新编历史剧丑角艺术探微*

崔淑晓

习志淦是改革开放以来湖北剧坛的重要代表作家之一，至今他已创作 20 余部剧作，新编历史剧②有《徐九经升官记》《洪荒大裂变》《膏药章》《女皇武则天》《襄阳米颠》和《梁子湖传说》，其中《徐九经升官记》《膏药章》二剧都以丑角"挑大梁"，在全国产生了广泛的影响。二剧题材虽未跳出传统戏恩怨情仇的题旨范围，但在情节

* 本文为国家社科基金艺术学重大项目"新中国成立 70 周年中国戏曲史（湖北卷）"（项目编号：19ZD07）阶段性成果。

① 习志淦，后改名为彭志淦。本文所引用的署名都与原文献一致。

② 本文采用《中国大百科全书·戏曲曲艺》卷对新编历史剧的定义："1949 年后写的反映历史人物和历史事件的剧目。一般称为新编历史剧。其题材范围，包括从上古时代直到五四运动以前的历史。此外，采用民间传统和神话寓言等编写的历史故事剧，也都包容在内，统称为新编历史题材剧目。"中国大百科全书总编辑委员会《戏曲曲艺》编辑委员会、中国大百科全书出版社编辑部编《中国大百科全书·戏曲曲艺》卷，中国大百科全书出版社 1983 年版，第 512 页。

上注重选取既好玩又具有深刻内涵的"戏核"、利用丑角人物言行的悖逆塑造出既具戏剧效果又有社会意义的形象，体现了编剧追求理趣与诙谐并融互融的美学理念。

一　精心设计的丑角形象

衡量一部剧作的成功与否，主要看剧本是否塑造了形象独特、生动感人的艺术形象。习志淦的新编历史剧《徐九经升官记》《膏药章》都以丑角为主角，形象独特，有着不同于传统的艺术魅力。传统戏曲塑造人物多是类型化，即"把人物性格中构成戏剧情节发展基础的一个侧面作纵向的充分的发展和刻画，忠奸贤愚要曲尽其态，而不作多侧面的、横向的、并列的展示"[1]。传统戏曲喜欢搬演帝王将相的争权倾轧和才子佳人的缠绵韵事，剧中人物多特征化，缺乏对人物个性的深度开掘，与现代观众的生活相去甚远。习志淦在这两部作品中，以小人物为主角，利用各个方面的对比来展现人物的真善美，他对丑角人物的塑造方式体现其重理趣与诙谐并融的审美理念。

习志淦剧作追求的是赫拉克利特所说的"互相排斥的东西结合在一起，不同的音调造成最美的和谐"，重视"以不美写美"。[2]"徐九经是我们心目中追求的美的形象。这种美，却又是以他的'不美'做反衬的。"[3]相声《姚家井》中，并没有对判案御史外貌、经历和心理的介绍，而在《徐九经升官记》中，习志淦对徐九经形象进行了艺术加工，刻画了一个幽默、聪慧、清正，有状元之才，相貌不佳、糊涂邋遢却能公正执法的芝麻小官徐九经。徐九经"四体不匀

---

① 姜永泰《戏曲艺术节奏论》，文化艺术出版社 1990 年版，第 68 页。
② 习志淦《小丑也能挑大梁——〈徐九经升官记〉创作始末》，《大舞台》2016 年第 7 期，第 17 页。
③ 习志淦《小丑也能挑大梁——〈徐九经升官记〉创作始末》，《大舞台》2016 年第 7 期，第 17 页。

称，五官不端正，容貌不英俊，嗓音不柔润"①，虽高中皇榜第一名，却只当了玉田县七品县令。徐九经虽官阶不高，但不俗不庸、不亢不卑、清正廉明，在玉田县做了九年县令，与百姓建立了深厚的情谊。徐九经丑陋的外貌与他正直的品格形成鲜明的对比。"丑和美走到了一起。外表之丑，愈发显示出其内心之美。"②

徐九经初次判案与最后醉审形成对比，内心天平的倾斜改变凸显出他对正义的坚守。政治权力的斗争并不是剧作的重点，徐九经个人情感在政治权力斗争下的呈现才是剧本着力表现的。徐九经高中状元，安国侯奏本参他，致使其被授为玉田县县令，可以说他与安国侯有仇。并肩王保举他为大理寺正卿，来做主审官，可以说并肩王于他有恩。徐九经面对有恩于他的王爷、与他有旧怨的安国侯，从人之常情来说，不难选择。然而当他知道事情的真相后，陷入"权""情"的旋涡中，一曲"当官难"唱出了为官的艰难。被此案折腾得寝食难安的徐九经伏案睡去，舞台上出现了幻影甲和幻影乙，一个代表徐九经公平刚正的良心，一个代表随俗而为的私心。两个幻影拉扯着，一个说"为官不可不讲良心"；另一个说"哪一个为官的没有私心"。作者利用虚拟动作营造虚拟状态，让徐九经的"良心"与"私心"的纠结外化出来，让观众了解他内心的纠葛与矛盾，直面他痛苦的抉择。

"《徐九经升官记》既不是写公案，也不是写爱情，更不是歌颂清官，它是写人生状态的悖逆：人格与命运的悖逆，才德与价值的悖逆，社会角色与内在自我的悖逆。一句话，这个戏是在探索人生命运，意味深长颇具哲理。"③ 习志淦让徐九经在良心与私欲之间搏斗，让他在官场的夹缝之中选择，对他面临的两难困境进行深刻的剖析。

---

① 郭大宇、彭志淦《徐九经升官记》第四场《上任》，《剧本》1981年第5期，第7页。
② 齐致翔《〈徐九经升官记〉观剧断想》，《剧本》1981年第6期，第74页。
③ 陈先祥《余笑予导演艺术产生的时代背景及其观众意识》，《戏曲艺术》1990年第2期，第38～39页。

徐九经拜见安国侯时，安国侯对他非常傲慢，让他必须将倩娘"断还"，威胁他"若有半点差错啊，我要了尔的狗头"；而拜见王爷时，王爷府中的尤公子"谦恭有礼"，王妃也非常"盛情"，合府上下都对徐九经礼遇有加，对比非常鲜明。徐九经心中天平自然倾向王爷，让王爷请尚方宝剑断案。他得知倩娘自幼就许配给刘钰之后，才明白自己在王爷府受到百般礼遇的原因，明白王爷是想让他因私废公糊涂断案。"原以为侯爷不是好东西，现在看来王爷才不是好东西"，徐九经的天平因公平正义而向安国侯一方倾斜。徐九经弄清事情原委之后，王爷以昔日之"恩仇"动之："莫非你忘了九年之前，安国侯陷害之仇，忘了本王保你进京之恩？"以保举高官引诱他："凭婚书断倩娘要执法如山，这一案若断得遂王心愿，我保你踏金阶厚禄高官。"以权势威逼他："本王保你进京，就是要你为某效力。如今王法就是婚书，婚书就是王法"，"若有半点差错唯……哼哼！你要小心了"。① 面对王爷的利诱与威逼，徐九经不为所动，他丑陋外表下的美好心灵展露在观众眼前。

《膏药章》没有《徐九经升官记》中明显的美丑之对比，主要通过膏药章言行之间的对比，深度挖掘膏药章的精神世界。膏药章的性格言行有着"我本无心说笑话，谁知笑话逼人来"的喜剧效果，而这种喜剧形象背后又有着深刻的社会意义。膏药章是个十分矛盾的人物，他救了小寡妇之后，向小寡妇索要十两银子的治疗费，是一个贪财的小郎中形象。然而他听了小寡妇的悲惨遭遇后，不仅免了小寡妇的治疗费，还把自己的长衫赠予她抵房钱。他听说小寡妇丈夫惨遭害死的遭遇后，义愤填膺，像勇士一样要替小寡妇打抱不平。但得知对手一个是县衙门师爷，一个是洋人后，他出于害怕而退缩了。对比中，善良而胆小，又有点贪财的小市民形象跃然纸上。膏药章对小寡妇的感情矛盾而真实。初见小寡妇，她满脸是血；然而小寡妇洗过脸

---

① 郭大宇、彭志淦《徐九经升官记》第八场《苦思》，《剧本》1981年第5期，第19页。

之后，膏药章为她的美貌惊叹。小寡妇"月貌花容，花容月貌"，让"膏药章灵魂出了窍"。① 随着剧情的发展，小寡妇归还长衫时，为膏药章披上长衫，并嘱咐道："天晚风凉，您披上长衫！"小寡妇的关心使膏药章心动："这一辈子除了我妈，还没有第二个女人对我知冷知热呦！"但膏药章性格懦弱，不敢直接表达自己的感情。等小寡妇关门去后，才敢吐露心声："大姐！我做梦都想您啊！"他面对小寡妇的告白，也唯唯诺诺称为了清白名声答应不得！小寡妇走后，他又充满了自责："膏药章呀膏药章，做梦娶媳妇，媳妇真来了，你又装孙子。你、你、你混蛋！"② 膏药章言行与内心的对比，把他想爱不敢爱，有恨不敢行动，纠结矛盾的小人物形象凸现出来，丰满生动而真实。

徐九经与膏药章，都是小人物，作者都用丑行挑大梁。二者形象丰满真实，但又有不同。徐九经外貌丑陋，但内心坚定，追求公平正义；爱喝酒，但为人理智，有自己的信仰和为官原则。膏药章虽然有一颗善良的心，但他安于现状，救了小寡妇后，索要高额医药费，这是他作为江湖郎中奸诈的一面；得知了小寡妇的凄惨遭遇后，不仅免除了她的医药费，还义愤填膺地要替小寡妇打抱不平，这是他善良的一面。作者善于用美丑来进行对照，行当设计亦对比鲜明。《徐九经升官记》中，代表邪恶一方的尤金，用小生来扮，表面温文尔雅，内心却卑鄙肮脏；代表正义一方的刘钰，用武生扮，性格刚烈，嫉恶如仇；用老生扮阴险的王爷；用花脸扮直率的侯爷。这种对比式的行当安排，是对戏曲舞台行当的一种创新。

习志淦剧作写出了人格与命运的悖逆、才德与价值的悖逆、社会角色与内在自我的悖逆，这种悖逆中既有深刻的社会内涵，同时又有

---

① 余笑予、谢鲁、习志淦《膏药章》（剧本），载曲润海等主编《历久弥精——湖北省京剧院〈膏药章〉学术论集》，中国戏剧出版社 2007 年版，第 378 页。

② 余笑予、谢鲁、习志淦《膏药章》（剧本），载曲润海等主编《历久弥精——湖北省京剧院〈膏药章〉学术论集》，第 396 页。

很强的戏剧性。正如安葵所说："《徐九经升官记》和《膏药章》都是具有哲理意味和悲剧性很强的作品，但它们都充满喜剧的趣味。"①理趣与诙谐在剧中人物身上有着较完美的融合。

二 生动传神的舞台呈现

习志淦成功塑造了理趣与诙谐兼备的徐九经和膏药章的丑角形象，为丑行的表演提供了坚实的基础。这两部剧作在创作时期得到湖北京剧院编剧团体及导演余笑予、演员朱世慧等人的关注，为剧作者提出了许多合理化的建议。《徐九经升官记》《膏药章》二剧的主角设计突破了戏曲丑行传统，徐九经虽外貌丑陋，但不庸俗，性格刚正不阿，其身上又有着文人的儒雅气质；膏药章虽是一个小市民形象，但身上又有着扶危济困、救人危难的大丈夫气，在丑的外表下，有着美的心灵。朱世慧的形象装扮、唱念及舞台动作等完美诠释了剧作者的创作构想。为了演好徐九经这样一个清廉的好官形象，朱世慧融合麒派老生的表演风格，又"糅进了马派老生艺术的飘逸和潇洒"，"用老生的气质、丑行的风采来完成徐九经这一特有人物形象"。②朱世慧说："我们丑行是写意式的'丑中美'。这样就决定按传统将徐九经设计成面部画'豆腐块'，左肩用泡沫垫起，来显示他的相貌丑陋和身体的残疾。现在来看，这个设计是正确的。因为在徐九经身上还有一种文化人的儒雅气。身段方面我也糅进了一些麒派老生的表演风格，但最重要的是，必须保持住丑行的特色。还有，必须是在演人物的同时，要演行当。两者是相辅相成的关系，缺一不可。"③

361

---

① 安葵《万里长江横渡——新时期湖北戏曲观感》，《戏剧之家》2007 年第 2 期，第 40 页。

② 朱世慧《三十年演好一部戏——从我演〈徐九经升官记〉说起》，《中国演员》2013 年第 1 期，第 19 页。

③ 封杰《美哉，徐九经——京剧名家朱世慧访谈录》，《中国京剧》2009 年第 9 期，第 16 页。

唱念安排方面，丑行在传统戏曲表演中以念和做为主要的表演形式，没有成套的唱腔体系。朱世慧说："丑角要排好一出大戏，首先要解决的是唱的问题。"①《徐九经升官记》的编创人员为了使徐九经的唱腔符合他的性格，又能表现丑行的特点，进行了精心的设计。徐九经得到升官消息后，大步圆场急出，唱"万岁爷宣诏我这相貌不扬、年岁不大、官阶不高、资历不深、不俗不庸、不亢不卑、鼎鼎大名、大名鼎鼎、鼎鼎大名的徐九经"②。节奏明快，把徐九经从七品官升至正三品的兴奋之情表现出来。"当官难"唱段有 71 个"官"字，编创人员"选取了既能叙事，又能抒情的【二黄四平调】，又特意将原【四平调】平稳节奏的格式变化了"③。朱世慧把"官字歌"演唱得清晰脆亮，字正腔圆，幽默诙谐而又有一种不平之气。

> 当官难，难当官，徐九经做了一个受气官，一个窝囊官！自幼读书为做官，文章满腹得意洋洋，我进京考大官。又谁知我才高八斗难做官，皆因是，爹娘没有为我生一副好五官，我怨，怨，怨五官！头名状元到那玉田县——当了一名小小的七品官！九年来，我兢兢业业做的是卖命官，却感动不了那皇帝大老官！眼睁睁不该升官的总升官，我这该升官的，只有梦里跳加官！原以为，此番升官我能做个管官的官，又谁知我这大官头上还压着官。王爷、侯爷官告官，偏要我这小官审大官。他们本是管官的官，我这被管的官儿，怎能管那管官的官。官管官，官被管！管官，官管，官官管管，管管官官，叫我怎做官？我成了夹在石头缝里一瘪官！我若是顺从王爷做一个昧心官，阴曹地府躲不过阎王和判

---

① 朱世慧《三十年演好一部戏——从我演〈徐九经升官记〉说起》，《中国演员》2013 年第 1 期，第 18 页。

② 郭大宇、彭志淦《徐九经升官记》第四场《上任》，《剧本》1981 年第 5 期，第 6 页。

③ 朱世慧《三十年演好一部戏——从我演〈徐九经升官记〉说起》，《中国演员》2013 年第 1 期，第 18 页。

官！我若是成全了倩娘，做一个良心官，怕的是，刚做了大官又罢官！是升官？是罢官？做清官，还是做赃官？做一个良心官？做一个昧心官？升官，罢官，大官，小官，清官，赃官，好官、坏官，官、官、官官官官官官！我劝世人莫做官！莫做官！

著名戏剧家吴祖光观看演出后说："剧中主要人物徐九经以丑角应工，唱、做、念极为繁重，演员朱世慧同志的表演突破陈规，另辟新径，有非常出色的成就；最为难得的是他所扮演的这个人物脱离了许多丑角常常难以避免的庸俗之气，看来教人耳目俱新……丑角唱这么多，唱出这样的效果，这无疑在戏曲史上也是空前的。成功的经验值得总结。"①

《膏药章》剧中，曲白相生的唱词使膏药章唱念结合，更符合"丑生"的表演特色。如第一场，膏药章外出要账，遇到捉拿"乱党"的捕快，被误认为是革命党。他唱："听说是革命党，他们反清反皇上，还要咱大老爷们儿剪辫子，实在呀太荒唐。"接下来又由唱转为念："没有辫子，成了秃子。从今往后我成了和尚。还要吃斋念佛，念佛吃斋。我怎么找婆娘？怎么入洞房？"然后又很自然地切入唱腔："怎么去拜花堂？"后又转唱为念："我又怎么抬花轿接新娘？敲锣打鼓拜花堂，吹起了喇叭喜洋洋。呜哩哇哩呜，呜哩哇哩哇！"最后一句又转为唱："光棍我不愿当。"②用一个长腔揭开这部戏的序幕。唱念结合的方式很好地表现了膏药章的性格。膏药章的念白还多次利用谐音误听来增强喜剧效果。如膏药章向小寡妇索要十两银子医药费时，小寡妇叹气："喂呀！"膏药章听成"贵呀"，接着说："给五两！"小寡妇说："天呐！"膏药章说："添？没添呀？"膏药章报章

---

① 吴祖光《京剧奇葩——为〈徐九经升官记〉的成就而作》，《人民日报》1981 年 4 月 24 日第 8 版。

② 余笑予、谢鲁、习志淦《膏药章》（剧本），载曲润海等主编《历久弥精——湖北省京剧院〈膏药章〉学术论集》，第 373 页。

家膏药药名，一口气将九九八十一味药材念下来，节奏抑扬顿挫。《膏药章》中的"报药名"与《徐九经升官记》中的"当官难"都成为经典的念段。这两部戏创新了丑行的曲调，《徐九经升官记》中的"西皮圆舞曲"、【反西皮圆舞板】；《膏药章》中的【窝囊调】等，为丑行声腔的丰富与发展做出了贡献。

两部剧作都非常重视舞台气氛的营造，演出一开始就抓住观众的心。《徐九经升官记》的第一场《抢亲》，演出一开始就是刘倩娘与尤金拜堂成亲的场面，倩娘在喜堂上掀开盖头、脱掉婚衣，里面竟是孝服，紧接着就是刘钰带兵闯入喜堂抢亲，情节紧凑，一开场便有强烈的戏剧冲突。《审案》一出，没有用传统的升堂程式，徐九经正要上堂审案，见王爷、侯爷并坐在正堂，只好搬小板凳上场，后怒举尚方宝剑升堂，从权贵的威吓中挣脱出来。《膏药章》一开场就是众捕快搜捕革命党，交代了故事发生的背景，又为膏药章与革命党人的纠葛做铺垫。舞台上充满了误会和巧合，膏药章听了小寡妇的悲惨遭遇后，点鞭炮去晦气，没想到鞭炮只有两个响，捕快误以为是枪声，膏药章被误认为是革命党。县官在审问真正的革命党时，革命党人说"他为民众把病医，他为人间除顽疾。扭转乾坤换天地，称得起我华夏济世良医"①，加重了县官对膏药章的误会。舞美的安排上，剧组运用科技手段，利用灯光和影像将舞台分为现实和梦境，梦里膏药章与小寡妇结合，将膏药章懦弱胆小的性格细腻地表现出来。《徐九经升官记》第八场《苦思》中，剧组将徐九经的"良心"和"私心"幻化成两个幻影在舞台上。这些舞台表现手法的创新，为剧情的主题表达提供了重要的形式。余笑予导演说："戏曲舞台上常出现角色向观众直抒胸臆的情景。一般的情况只在唱腔或说白上下功夫，而忽略了表演，演出效果就总有缺憾之感。但如果在化虚为实，或化静为动

---

① 余笑予、谢鲁、习志淦《膏药章》（剧本），载曲润海等主编《历久弥精——湖北省京剧院〈膏药章〉学术论集》，第383页。

上下点功夫，戏就好看得多。"①

在传统戏曲中，为了活跃舞台气氛，往往利用丑角滑稽幽默的语言、行动让观众获得轻松愉快的观剧体验，甚至在悲剧色彩浓郁的剧作中也会出现丑角的插科打诨，将观众从悲苦的情绪中拉出来。传统戏曲丑角的演出会对严肃、崇高的主题有一定的消解作用，而《徐九经升官记》《膏药章》人物形象设计独特，再加上朱世慧"用老生的气质来丰满他的内心"②，丑行兼具生行气质，诙谐中有着一股正气，让观众在笑声中得到教益，很好地体现了编剧的艺术品格。《中国京剧史》称"朱世慧为当代文丑挑梁第一人……在有些剧目中的表演被一些专家认为是创立了'丑生'的新行当范畴，对丑生表演的艺术发展有杰出贡献"③。可以说，朱世慧"丑生"新行当的创立与习志淦二剧的编创密不可分。

365

三　独具特色的编剧理念

习志淦之所以能成功地塑造徐九经、膏药章的丑角形象，离不开他对充满理趣的"戏核"的把握。在他看来，古今中外"能够流传于世的好戏，都有一个十分奇特的'戏核'。如《俄狄浦斯王》的弑父娶母；《美狄亚》的杀子报仇；《威尼斯商人》一磅肉的赌注；《西厢记》中崔、张私会；《牡丹亭》中杜丽娘惊梦等等"④。好的"戏核"应该具备三个条件："一是应能揭示深刻的社会内涵；二是应能

① 余笑予《关于当代戏曲形式美的思考》，《文艺研究》1986年第5期，第20页。
② 李远、陈晓宇《化丑为美：京剧名丑朱世慧的粉墨人生——朱世慧访谈录》，《长江文艺评论》2017年第4期，第63页。
③ 北京市艺术研究所、上海艺术研究所编《中国京剧史》，中国戏剧出版社2000年版，第2158页。
④ 习志淦《小丑也能挑大梁——〈徐九经升官记〉创作始末》，《大舞台》2016年第7期，第15页。

激发诱人的戏剧冲突；三是应能展现人物的独特命运。"①

习志淦非常重视"戏核"，他的新编历史剧《徐九经升官记》《膏药章》都是受好玩"戏核"的启发而创作的。《徐九经升官记》据张寿臣单口相声《姚家井》御史审案创作。张寿臣的《姚家井》讲的是清光绪年间刘子清与李子清儿女婚姻之事。刘子清儿子小瑞子与李子清女儿招弟从小定亲。小瑞子因偷家里银票还赌债，出逃六年未归。其间，父死，母亲同意招弟另许。后小瑞子立军功，随两江总督刘坤一回京。他听说招弟另许大麻子豁牙王三后，十分气愤，到岳父家把招弟抢走。王三家告到官府。齐御史审案，一边是两江总督，一边是礼亲王府，谁都得罪不起。齐御史设计让招弟在愿意活、愿意死两个办法中选。招弟选择喝毒药死。王三不愿意要招弟尸体，拿回聘礼，签字具结。小瑞子愿意发送招弟，葬入正穴。御史用凉水喷，招弟复活。习志淦认为齐御史用招弟"假死"断案的手法，是一个很好的"戏核"。他大胆对这个素材进行改编，《徐九经升官记》中四品将军刘钰、李倩娘、尤金、徐九经即是以小瑞子、招弟、王三、齐御史为原型。《膏药章》受传统京剧《粉妆楼》（楚剧叫《胡奎卖人头》）的影响创作而成。剧中胡奎为了救狱中因受刑过重、命在旦夕的兄弟，请神医张勇入狱救人，遭到拒绝。胡奎杀人卖人头，栽赃给张勇，令其入狱救治。习志淦认为胡奎为救友不惜杀人栽赃，是奇特好玩，"充满着戏剧性的'戏核'"②。

独具慧眼的习志淦捕捉到了这些"好玩的戏核"，为了把这些"戏核"很好地发挥作用，他进行了超凡脱俗的艺术处理。《姚家井》中齐御史断案是一个小官判大案故事，这一类故事剧在习志淦之前有莆仙戏《嵩口司》、豫剧《七品芝麻官》等。特别是豫剧《七品芝麻

---

① 习志淦《小丑也能挑大梁——〈徐九经升官记〉创作始末》，《大舞台》2016 年第 7 期，第 15 页。

② 习志淦《寓"理"于"趣"方成戏——从〈膏药章〉选材谈起》，《大舞台》2018 年第 2 期，第 85 页。

官》已拍成电影，广有影响。如果用普通的艺术处理，剧作很容易被淹没，根本不会有太大的影响。习志淦深入分析了齐御史审案这个"戏核"，从戏核追溯人物性格。他认为："原段子中那位御史虽是个清官，但他与那些不苟言笑，正经严肃的董宜、包公、海瑞等人的性格却迥然不同。他在'智审'时所作的那种荒谬的判决，本身就是喜剧性的。从这个行动中，我们隐约看到了一个诙谐、机警、幽默、聪慧、刚直的性格人物，我们决心把它捕捉住"，"御史是个好官，但我们却又不想落入俗套地把他当做英雄来写。写京剧人物首先要确定行当。这个御史是好官，却不是英雄。他审案的行为，幽默、聪慧，用丑行担纲最合适了"。① 他在《徐九经升官记》中，把相声故事里那些关于主人公不凡身世和遭遇的旁枝芟除，删除了和尚、尼姑的剧情，也删掉了命案情节，把仅占原故事很少篇幅的"御史断案"作为主线保留下来；增加了徐九经与并肩王、安国侯两大势力的恩仇，增加了徐九经谒侯、求剑、苦思、醉审等情节，情节更加精练。《徐九经升官记》将《姚家井》中的人物关系进行了重新设置，争夺情娘的两方是安国侯的义子与并肩王的内弟。面对两"虎"相争的案件，朝廷上的官员都不敢得罪任何一方，无人敢接此案。并肩王提拔了与安国侯有旧怨的徐九经为大理寺正卿来审理这个案件，这三者之间的恩怨纠葛和上下级的对立关系，加强了戏剧的矛盾冲突，更加深刻地表现了旧社会官场的斗争。作者利用丑行担纲，突出了徐九经幽默、滑稽却嫉恶如仇的形象，让观众在笑声中鞭挞丑恶，弘扬正义。

《膏药章》一剧对"戏核"的把握也是编剧的巧心的体现。"胡奎卖人头"故事发生时间在唐朝。习志淦为了开掘该故事的思想境界，回顾中国历史，与创作团队"反复斟酌"，最后"决定把这个故事由唐朝搬到清末，以辛亥革命为其大背景"，"把膏药章这样一个

① 习志淦《小丑也能挑大梁——〈徐九经升官记〉创作始末》，《大舞台》2016 年第 7 期，第 16～17 页。

小人物放到这个大背景下描写，就可能塑造出更加具有时代特色的典型性格来。这既是人物塑造的需要，更是表达理念的需要"。① 作者据此戏核，设计了辛亥革命大背景下，一个弱势又乐天知命、胆小怕事又善良的底层市民膏药章的悲剧命运。剧本以小郎中膏药章的传奇经历为线索，增加了小寡妇的角色。膏药章家祖传狗皮膏药治跌打损伤远近闻名。膏药章讨账途中，遇见了撞墙的小寡妇，他救了小寡妇，带小寡妇去客栈清洗伤口。膏药章被误认为是革命党，从而引起他与革命党人的矛盾与纠葛。"小寡妇是我们虚构的。其必须有一个不同于过去舞台上所见过的、有别于他人的悲惨身世。于是，我们根据作品思想理念的需要，设计了她与膏药章不仅遭受着族公和买办的双重欺凌，更遭到官府的不公对待。她头上压着的三座大山，既成为其与膏药章邂逅相识的契机，又成为二人性格冲突的基础及命运发展的指向。于是，本剧便变成了一部辛亥革命大背景下的小人物的悲喜剧。"②

习志淦还善于利用一些道具来突出"戏核"。如《徐九经升官记》中的"歪脖子树"，在剧中出现三次。第一次是徐九经刚到玉田县，怀才不遇，以树自比，作打油诗一首："分明栋梁材，零落路旁栽，为何遭小看？皆因脖子歪！"③ 第二次是徐九经升官时，他觉得自己终于受到重视，今后前途无量，因而心态很好。他把之前的诗作改为："生就栋梁材，不怕路旁栽。刮目再相看，脖子并不歪！"④ 还期待："有朝一日被哪位木匠师傅看中，选去做金銮宝殿的大梁，谁

---

① 习志淦《寓"理"于"趣"方成戏——从〈膏药章〉选材谈起》，《大舞台》2018 年第 2 期，第 86 页。

② 习志淦《寓"理"于"趣"方成戏——从〈膏药章〉选材谈起》，《大舞台》2018 年第 2 期，第 87 页。

③ 郭大宇、彭志淦《徐九经升官记》第四场《上任》，《剧本》1981 年第 5 期，第 6 页。

④ 郭大宇、彭志淦《徐九经升官记》第四场《上任》，《剧本》1981 年第 5 期，第 7 页。

敢说它不正？那歪脖子……正好雕个龙头呢。"① 第三次徐九经到歪脖树下，是智断案后，他升官的理想破灭，脱袍挂冠。他题诗一首："王法条条空自有，大人弄权小人愁。脱袍挂冠吾去也，歪脖树下卖老酒！"② 一棵歪脖树，见证了徐九经的科举失意、升官得意、辞官一身轻的情感变化，既有趣，又有深刻的思想内涵。此外，徐九经上任之前，李小二送的一坛酒也是一个贯串全剧的道具。在办案过程中，这坛酒作为见面礼，先送给侯爷，后又设计要回准备送给王爷。得知案件真相后，徐九经打开酒坛，痛饮至醉，发出"无官一身轻"的感叹。酒、歪脖树与徐九经互相映衬，诙谐有趣，又意蕴深刻。

习志淦有一颗能敏锐发现"戏核"的"慧心"，能脱俗处理"戏核"的"巧心"。他利用巧合、误会及行当、道具等开掘"戏核"的戏剧性，又利用社会背景、人物关系的建构深化"戏核"的社会内涵。他的剧作因理趣与诙谐的融合，让观众笑声不断，让人回味无穷。

综上所述，习志淦的新编历史剧《徐九经升官记》《膏药章》据好玩的"戏核"进行创作，利用丑角担纲演出，借诙谐的形式表现深刻的思想，是理趣与诙谐的有机融合。正如编剧谢鲁所说："不搞耳提面命的说教；抛弃浮薄肤浅的俗套；回避炫奇夸巧的卖弄……讲清错综复杂之事；塑造真实可信之人；抒发人所共感之情；阐明浅显朴素之理。力求——以情动人，以理服人，以德化人，以艺娱人。"③习志淦与他的创作团队的这种创作理念，对于今天戏曲剧本创作与舞台呈现仍然具有十分重要的参考价值。

（崔淑晓　湖北大学文学院博士研究生）

---

① 郭大宇、彭志淦《徐九经升官记》第四场《上任》，《剧本》1981 年第 5 期，第 7 页。

② 郭大宇、彭志淦《徐九经升官记》第四场《上任》，《剧本》1981 年第 5 期，第 24 页。

③ 谢鲁《镜子·点子·路子——〈膏药章〉创作札记》，《剧本》1991 年第 1 期，第 26 页。

《戏曲研究》稿约

　　《戏曲研究》杂志由中国艺术研究院戏曲研究所主办，创刊于1957 年，1980 年复刊，是当代戏剧史上创办最早的戏曲学领域学术杂志，为"中文社会科学引文索引"（CSSCI）来源集刊。本刊坚持继承与发扬中国艺术研究院理论联系实际的优良传统，坚持严谨朴实的学风，努力把刊物办成高水准、专业性强的学术刊物。

　　一、本刊所设的栏目广泛涉及戏曲研究的多元领域，刊登戏曲理论、戏曲批评、戏曲遗产研究、深度访谈、戏曲史研究、戏曲文化研究、地方戏研究、比较戏剧、表导演艺术、戏曲音乐、文献考证、少数民族戏剧及各类专题研究，尤为看重在材料、观点、视角、方法上有新发现、新拓展的来稿。

　　二、本刊 2022 年度计划编辑出版 4 辑，拟分设专题：阿甲现代导演艺术与表导演理论体系专题、戏曲文物与图像研究、当代戏曲新生态研究、民间戏曲专题。竭诚欢迎海内外专家、学者不吝赐稿。

　　三、来稿以万字左右为宜。特别优秀的稿件不受此限。

　　四、来稿请提供 200 字左右的中文摘要、3 ~ 5 个中文关键词，同时提供与中文对应的英文题目、摘要和关键词。

　　五、凡引文，一律出注，并核对原文，确保引文与原文一致。注释采用页下注，务必详细注明文献出处，格式遵从本刊要求，做到规范、准确。示例如下：

专著：

周妙中《清代戏曲史》，中州古籍出版社 1987 年版，第 339 页。

论文集、丛书：

沈达人《张庚先生论戏曲形态》，载中国艺术研究院戏曲研究所编《戏曲学的新发展——张庚先生百年诞辰国际学术研讨会论集》，文化艺术出版社 2012 年版，第 8 页。

徐复祚《曲论》，载中国戏曲研究院编《中国古典戏曲论著集成》（四），中国戏剧出版社 1959 年版，第 237 页。

期刊集刊论文：

郭英德《传奇戏曲的兴起与文化权力的下移》，《中国社会科学》1997 年第 2 期，第 165 页。

安葵《在马克思主义指导下进行戏曲研究和创作——读〈郭汉城文集〉心得》，《戏曲研究》第 108 辑，文化艺术出版社 2019 年版，第 13 页。

学位论文：

梁燕《齐如山剧学初探》，博士学位论文，中国艺术研究院 1996 年，第 1 页。

报刊文章：

毛小雨《关于建立东方戏剧学体系的刍议》，《中国文化报》2013 年 7 月 16 日第 6 版。

古籍：

姚际恒《古今伪书考》卷三，光绪三年（1877）苏州文学山房活字本。

屈大均《广东新语》卷九，中华书局 1985 年版，第 215 页。

李开先《西野春游词序》，载《李中麓闲居集》，《四库全书存目丛书·集部》（第 92 册），齐鲁书社 1997 年版，第 597 页。

汤显祖撰，钱南扬校点《汤显祖戏曲集》，上海古籍出版社 1978 年版，第 216 页。

王骥德著，陈多、叶长海注释《曲律注释》，上海古籍出版社 2012 年版，第 126 页。

乔溎修，贺熙龄纂，游际盛增补《（道光）浮梁县志》卷二十一"艺文·诗录"，清道光十二年（1832）刻本，载《中国地方志集成·江西府志辑（7）》，江苏古籍出版社 1996 年版，第 480 页。

译著：

［德］莱辛著，张黎译《汉堡剧评》，上海译文出版社 2002 年版，第 2 页。

英文：

Hans J. Morgenthau，*Politics Among Nations：The Struggle for Power and Peace*，6th ed，New York：Alfred A. Knopf Inc.，1985，pp. 389 – 392.

六、来稿请注明作者姓名、工作单位、职称或职务、通信地址、邮政编码、联系电话、电子邮箱，基金项目请注明来源、名称、项目编号。

七、来稿作者文责自负，本刊对决定采用的稿件有删改权，不同意删改者，请在来稿中说明。本刊不收取版面费，对刊用稿件的作者皆赠送样书两册。

八、请勿一稿多投，半年内投稿数请勿超过 1 篇，投稿后 3—6 个月未收到本刊通知，作者可自行处理。来稿一律不退，也不奉告审稿意见，敬请海涵。

九、本刊来稿一经采用，如无特别声明，即视作者同意本刊在杂志、杂志随赠 CD 及本刊合作网络媒体、本刊合作手机媒体等电子出版物上，以数字化方式复制、汇编、发行、传播全文，同意由编辑部编辑出版文集或选集。本刊一次性支付的稿酬同时包括上述使用方式的稿费。

十、来稿请以附件形式发至编辑部工作邮箱 xiquyanjiu@ sina. com，并注明"投稿"，即日起不必再邮寄纸稿至编辑部。

《戏曲研究》编辑部

《戏曲研究》2022 年度约稿专题

一、阿甲现代导演艺术与表导演理论体系专题

阿甲是当代戏曲理论家、剧作家、导演。他长期坚持编、导、演的艺术实践，执导了《红灯记》等作品，对生活真实与戏曲艺术真实的关系、程式与生活的关系、体验与表现的关系等进行系统思考，提出"表演文学""程式思维"等学术概念，为京剧表现现代生活、中国戏曲美学及戏曲表导演理论体系建设贡献卓著。阿甲的艺术理论和创作实践犹如一座宝库，值得继续探索。适逢阿甲诞辰 115 周年，期待学界继承和发扬前辈的艺术遗产，进一步研究当代表导演艺术，推进现代表导演艺术理论体系建设和现代戏曲研究发展。

二、戏曲文物与图像研究

戏曲文物研究经过 20 世纪三四十年代的发轫、50 至 70 年代的发展、80 年代以来的繁荣，逐步建立了专门的研究机构和基本的研究队伍，产生出一批重要的研究成果，也形成了较为稳固的研究内容和方法。戏曲文物包括戏台、碑刻、雕塑、绘画、服饰道具等多样庞杂的具体研究对象和领域，如何以这些"物"及其背后的"人"为中心进行多视域和多角度的观照切入，关系着戏曲文物研究宽度和深度的掘进而非相反。近年来，图像研究越来越多得到重视，戏曲文物中的壁画、年画、纸绢画、砖雕木雕、刻石、瓷器、面具、脸谱、戏衣等都有丰富的图像内容，在结合社会文化史进行戏曲文物图像解读，在戏曲文物图像的创制使用、载体环境，在戏曲文物图像间的因袭变革等方面，仍有许多值得深入探讨的空间。

三、当代戏曲新生态研究

戏曲生态理论是中国戏曲理论体系中不可或缺的一部分。戏曲的发展一方面取决于良好生态的营造，另一方面又需要适应新生态变

化。当代戏曲的新生态既宏观涉及了社会、经济、政治、文化、科技等诸多方面，如后疫情时代的环境变化、戏曲政策的发布与落实、众多戏剧节平台的搭建与奖项的设立、多媒体短视频等多元途径的传播等，又具体落实为剧种、院团、剧人当下的生存状况。本专题期待通过对戏曲新生态的研究与探讨，促进对当下戏曲复杂现状的深入思考，推动当代戏曲研究的发展。

四、民间戏曲专题

从戏曲发展历史来看，民间戏曲是其不可忽视的组成部分，也越来越受到研究者的重视。不仅戏曲研究者，民俗学、社会学、文化人类学以及艺术学其他领域的研究者也以民间戏曲为考察对象，取得了不同于以往的研究成果。民间戏曲作为一个蕴含丰富的文化样本，涵盖复杂的社会文化生活，具有吸引多学科进行研究的广阔空间。但民间戏曲的概念内涵及其演进，尚未得到充分讨论，其他如民间戏曲的发展、传播、管理等议题也值得深入研究。设立本专题，希望超越民族和地域，以开阔的视野对民间戏曲进行宏观把握和阐释，抑或以独特的个案研究对民间戏曲进行微观透视和解析，体现民间戏曲研究独立的学术构架和学术脉络，对民间戏曲研究进行阶段性总结并提供新的启示。

图书在版编目（ＣＩＰ）数据

戏曲研究．第 121 辑／中国艺术研究院戏曲研究所
《戏曲研究》编辑部编．—北京：文化艺术出版社，
2022.4
ISBN 978－7－5039－7226－3

Ⅰ.①戏… Ⅱ.①中… Ⅲ.①中国戏剧－文集 Ⅳ.
①I207.3－53

中国版本图书馆 CIP 数据核字（2022）第 050676 号

戏曲研究（121）

编　　者	中国艺术研究院戏曲研究所《戏曲研究》编辑部
责任编辑	蔡宛若　郑　鸣
责任校对	邓　运
装帧设计	徐道会
出版发行	文化艺术出版社
地　　址	北京市东城区东四八条 52 号　　100700
网　　址	www. caaph. com
电子邮箱	s@ caaph. com
电　　话	（010）84057666（总编室）　　84057667（办公室） 　　　　　　84057696—84057699（发行部）
传　　真	（010）84057660（总编室）　　84057670（办公室） 　　　　　　84057690（发行部）
经　　销	新华书店
印　　刷	河北京平诚乾印刷有限公司
版　　次	2022 年 4 月第 1 版
印　　次	2022 年 4 月第 1 次印刷
开　　本	880 毫米 × 1230 毫米　　1/32
印　　张	12
字　　数	300 千字
书　　号	ISBN 978－7－5039－7226－3
定　　价	42.00 元